# SE O DESTINO NOS TROUXER DE VOLTA

MARÍA DUEÑAS

# SE O DESTINO NOS TROUXER DE VOLTA

*Tradução*
Sandra Martha Dolinsky

Planeta

Título original: *Por si un día volvemos*

*Preparação:* Bonie Santos
*Revisão:* Luana Negraes e Bárbara Prince
*Projeto gráfico e diagramação:* Negrito Produção Editorial
*Foto de capa:* Stewart Ferebee / Trunk Archive
*Capa:* Planeta Arte & Diseño
*Adaptação de capa:* Sandra Fava

Dados Internacionais de Catalogação na Publicação (CIP)
Angélica Ilacqua CRB-8/7057

Dueñas, María
Se o destino nos trouxer de volta / María Dueñas ; tradução de Sandra Martha Dolinsky. – São Paulo : Planeta do Brasil, 2025.
448 p.

ISBN 978-85-422-3742-9
Título original: Por si un día volvemos

1. Ficção espanhola I. Título II. Dolinsky, Martha

25-2993 CDD 863

Índice para catálogo sistemático:
1. Ficção espanhola

MISTO
Papel | Apoiando o manejo florestal responsável
FSC® C112738

Ao escolher este livro, você está apoiando o manejo responsável das florestas do mundo

2025

EDITORA PLANETA DO BRASIL LTDA.
Rua Bela Cintra, 986, 4º andar
01415-002 – Consolação
São Paulo-SP
www.planetadelivros.com.br
faleconosco@editoraplaneta.com.br

*À memória de*

ANTONIA KERRIGAN.

*Por tantos livros e tantas coisas.*

*Onde estás, Espanha? Pelo mundo aberta.*

Max Aub, *Diario de Djelfa*, 1944

*Orã é uma verdadeira cidade europeia, comercial, mais espanhola que francesa [...]. Encontramos lindas jovens nas ruas, com olhos pretos, pele de marfim e dentes claros. Quando o tempo está bom, parece que podemos ver no horizonte as costas da Espanha, sua terra natal.*

Guy de Maupassant, *Le Gaulois*, 1888

*Mas se esta cidade já não é árabe, também não se pode dizer que seja francesa. Por todos os lados se veem homens em mangas de camisa, com alpargatas de lona, polainas desabotoadas, faixa negra na cintura e chapéu de feltro largo sobre um lenço rubro, às vezes envoltos em uma manta de cor escura. São espanhóis. Donos de Orã em duas ocasiões, parece que ainda o são.*

Doctor Bernard, *La Argelia*, 1891

*A doçura de Argel é mais italiana. O brilho cruel de Orã tem algo de espanhol.*

Albert Camus, "Pequeno guia das cidades sem passado", em *Núpcias, o verão*, 1954

*Orã, um lugar cosmopolita feito de mercadores de todo lado [...], era uma cidade que brilhava em um patchwork multicolorido sob a calma do sol africano.*

Yves Saint-Laurent, 1983

*Ah, oranês! E o que você sabe? E, além do mais, de que oranês está falando? Do espanhol, do árabe, do judeu, do francês? Nesta cidade em que as raças se entrecruzam e se enfrentam, cada uma trancada em seu gueto, como você pretende esculpir um deus de qualquer que seja o barro?*

Jean Sénac, *Ébauche du père*, 1989

# Primeira parte

# CAPÍTULO I

Quando acabamos de comer o pão e o queijo, minha mãe se deitou e eu fui para a parte de trás, o chiqueiro já sem porcos que havia ocupado com Toñico antes de ele morrer. Meu pai e o homem ficaram em frente ao fogo com o odre de vinho que o forasteiro havia levado: de uma mão passava para a outra mão, de uma boca para a outra boca; de vez em quando, a bebida escorria pelos queixos mal barbeados.

Eu não tinha cama, nem sequer colchão, apenas um fardo de palha e um pedaço de pano encardido para me cobrir. Também não tinha camisola. Ninguém gastava roupa para dormir naquela casa nem naquele mundo; deitávamos com o que havíamos vestido durante o dia, que era o mesmo que no dia anterior e no seguinte, porque não possuíamos mais do que aqueles trapos. No inverno, colocávamos alguma coisa por cima, no verão tirávamos o que sobrava e as crianças andavam nuas como animais.

Adormeci com o sabor do queijo entre os dentes, ruminando aquilo que o homem havia contado sobre o lugar ao qual se dirigia quando parara para nos pedir abrigo por uma noite; um lugar no qual já tinha estado quando jovem, pelo que havia dito. Para chegar a esse lugar, antes era preciso chegar a um porto e depois atravessar o mar. As pessoas iam para lá em busca de trabalho por temporada, algumas ficavam para sempre. Chamava-se Argélia, e esse nome me ficou na cabeça. Argélia.

Não o ouvi chegar; só me dei conta de sua presença quando senti uns dedos grossos me apertando ali embaixo, como uma carícia bestial, enquanto a outra mão cobria meu rosto e me deixava sem ar. Como se fosse uma saca de feijão, ele se jogou em cima de mim e me esmagou inteira. Conseguiu abrir minhas pernas à base de joelhadas. Eu não era capaz de gritar, não conseguia me mexer. Tentei girar a cabeça para respirar. Como não consegui, mordi o dedo dele. Então, ele retirou a mão e me lascou um tabefe que abriu meu lábio e deixou meu ouvido zumbindo.

Ele já devia ter chegado com a calça aberta, pronto para me montar, porque levou só um segundo para entrar, e eu senti como se houvesse cravado um ferro incandescente no fundo de mim. Então, começou a empurrar, a empurrar, a empurrar, enquanto lambia meu pescoço e me enchia de baba e cuspia coisas que eu não entendia e arranhava minha pele com sua barba áspera e suja. Pesava como um porco desses que ali mesmo houvera um dia; cheirava a sujeira, a suor, a vinho rançoso. Enquanto o homem continuava empurrando, eu sentia até minha alma queimar e tinha gosto de sangue na boca.

Logo se esvaziou dentro de mim e ficou ali, como eu sabia que ficavam os machos depois do alívio. Já havia visto isso nos cães, que não se reavivavam nem a pedradas. Havia visto isso quando Francisco me empurrara contra a cerca de um curral e se esfregara em mim naquela noite de São Lourenço, sem nem abrir a braguilha, quando voltara pela primeira vez da guerra do Marrocos. Como quando os porcos montavam as porcas ou quando meu pai dizia à minha mãe vire de costas, mulher, e ela obedecia e não protestava. Largados, meio idiotas, eu sabia, ficavam os machos, desligados, lerdos. O mesmo aconteceu com o homem quando se saciou, ainda fincado dentro de mim, mas já desinflado, sem se mexer.

Aguentei um tempo, não saberia dizer se foi muito ou pouco, com os olhos arregalados, pensando e sem pensar; só queria sair de baixo daquele homem. Quando passou a roncar uniformemente, consegui tirar uma mão e comecei a arrastá-la até onde meu pai deixava as ferramentas. Arrastei-a ansiosa pelo chão de terra batida, às cegas, procurando qualquer coisa. Uma ferramenta, uma pedra, uma foice, um pedaço de pau, o que fosse. Até que toquei em um cabo de madeira. Isso. Isso mesmo. Apertei-o na mão firmemente, não deixei que a dúvida me retardasse. Apenas ergui o braço acima de suas costas e, apertando os dentes, cravei-lhe a foice com todas as minhas forças.

Dei sorte, acertei uma parte macia. A lâmina da colheita – de quando meu pai eventualmente colhia –, meio enferrujada, afundou nele como se entrasse em uma vasilha cheia de manteiga. Logo o ouvi soltar um gorgolejo, como um animal, e sua língua bruta e gorda assomou por entre os lábios. Tentou dizer algo, mas de sua garganta só saiu outro som parecido com um zurro e depois um fio de sangue. Aproveitei para empurrá-lo, pressionando com meu ombro, forte, mais forte, até que consegui escapar para o lado.

Ele continuava de bruços, não se mexia. Continuavam brotando de sua boca algo como muco e um ruído cada vez mais fraco. Sem parar para ver se ainda respirava, apalpei seu corpo às cegas, revirei os bolsos e tirei o que havia neles. Tateando, senti papéis dobrados, a cigarreira, dinheiro, um isqueiro e um lenço amassado e úmido. Agachada a seus pés, eu estendi o lenço no chão e coloquei as coisas dentro dele. E, juntando as pontas, dei dois nós.

Estava indo embora quando pensei que seria melhor me certificar. Então me agachei, peguei de novo o cabo da foice e a remexi, sem tirá-la da carne dele. Para um lado, para o outro, para deixá-lo bem morto.

Saí correndo no meio da madrugada. Não virei a cabeça para olhar pela última vez para minha pobre casa, não voltei para ver ninguém. Só me lancei na escuridão, na direção na qual meu pai partira quando fora para as minas e aonde minha mãe se dirigia em busca de trabalho antes de ficar meio cega. Rumo aonde diziam que estava o mar, outra luz, outros ventos. Estava descalça, seminua, com a saia arregaçada, o lábio cortado e o lenço do homem recheado com suas coisas amarrado em meu pulso. Sentia um ardor indizível nas entranhas e minha camisa estava cheia de sangue.

# CAPÍTULO 2

Quando a noite começou a ficar menos escura, eu continuava andando sem sentir o frio de novembro. Quando a primeira luz do sol clareou a cor do céu, eu continuava andando. Não levava nada dentro da cabeça, nenhum pensamento, nenhuma culpa, só o propósito de ir cada vez mais longe, mais longe, mais longe.

Com a manhã já alta, encontrei um canal de irrigação e mergulhei até o umbigo na água esverdeada, erguendo a saia para não molhar. Arranquei uns matos da beira do canal e com eles esfreguei as coxas e as partes íntimas, para arrancar de minha pele o sangue seco. Lavei também o rosto e o pescoço, onde o homem me lambera com sua baba grossa. Joguei água até nas orelhas, para ver se tirava as palavras porcas que ele jogara dentro de mim.

Quando recomecei a andar, vi meus pés rasgados pelas pedras, as unhas pretas e quebradas; deviam doer, sem dúvida, mas eu não notava. Ou talvez notasse, mas eu mesma anulava inconscientemente aquela dor porque precisava seguir em frente, e aqueles pés cheios de cortes e feridas eram os únicos que eu tinha para me mexer. Continuei percorrendo caminhos e ladeiras, leitos secos de riachos, rios com urzes e matos cheios de espinhos, caniços e barrancos cheios de pó onde, de vez em quando, surgiam pitas chamuscadas pelo sol, penachos de palmito, mandacarus.

Evitei também passar diante de casas ou fazendas, me esquivei de passagens e casebres, desviando toda vez que intuía um rastro humano. À menor suspeita, dava a volta; se a distância via um homem montado em sua mula, um lavrador estripando a terra com a enxada ou uma mulher estendendo roupa, eu me afastava.

Cruzei com cães ossudos que me mostraram os dentes e tentaram me atacar enquanto latiam e cuspiam jorros de saliva, como se estivessem possuídos por Lúcifer; eu me defendi deles com gritos selvagens e ameaças de um pau comprido que pegara em uma ladeira. Continuei caminhando, atenta a tudo, com os olhos bem abertos: o campo pobre e rude quase sem vegetação, os bichos, o horizonte, um punhado de oliveiras, um ou outro poço ou um moinho. Em tudo aquilo eu tentava concentrar minha atenção para não recordar, para não pensar em nada. Para a frente, vamos, vamos. No meio de um campo cheio de restolhos, cruzei com umas perdizes e tentei pegá-las, mas elas foram mais rápidas que eu, e olha que sempre fui ágil para pegar animais.

O sol começava a baixar quando vi uma horta, e não pude resistir à ideia louca de entrar em busca de um pé de qualquer coisa. Estava me aproximando quando vi um vulto se erguer do chão e ouvi os gritos e os gestos do dono; então ele se agachou, pegou umas pedras e começou a jogá-las em mim. Eu me afastei depressa, subindo a saia, tropecei, caí e esfolei os joelhos. Uma pedra me acertou na nuca, mas não me deteve. Àquela altura, nada podia me deter.

Passando um rebanho de cabras, encontrei um menino andrajoso; estava descalço como eu e não devia ter mais de oito ou nove anos, talvez a idade de Toñico antes de ser levado pelas febres. Até pensei que se parecia com ele, com seus andrajos e a cabeça raspada cheia de crostas. Ele se assustou ao me ver, saiu correndo como um coelho, gritei para que parasse. Perguntei a ele se eu estava no caminho certo, e à minha terceira tentativa, já a distância, ele respondeu que não sabia, mas que devia estar, porque daqueles lados aos quais eu me dirigia de vez em quando vinha a carreta que trazia a correspondência. Ali o deixei, indicando meu caminho com seu dedinho encardido.

Já anoitecia quando encontrei uma estrada e, de longe, vi as primeiras luzes, daquelas estranhas que indicam a proximidade das cidades; intuí que estava chegando e preferi não prosseguir. Antes das primeiras casas havia uma construção grande, uma espécie de armazém, com as paredes de pedra meio inclinadas. Olhei de um lado, olhei do outro lado, em frente, às minhas costas. Não vi nenhum sinal de vida e entrei.

Abriguei-me em um quartinho sem porta, com o teto caído, encolhida no chão de terra que cheirava a merda de humanos e de animais.

Sentia um cansaço feroz, mas, apesar de fechar os olhos com todas as minhas forças, não conseguia dormir. Quando por fim minha respiração foi se acalmando, tudo que havia acontecido voltou à minha cabeça como uma tromba-d'água. A fogueira, o jantar. O homem. Os dentes pretos que ele mostrava ao rir, o vinho escorrendo por seu queixo carente de lâmina de barbear, o peito saltado como o de um pombo, os olhos lascivos cravados em meu corpo. Eu deveria ter me antecipado a suas intenções, não ter me afastado de minha mãe, ter informado a meu pai. Mas não fiz nada, e eles também não perceberam. Ou talvez sim; talvez tenham percebido os anseios que ele tinha por mim e o deixado agir. Talvez tenha lhes oferecido umas moedas, ou o pão e o pedaço de queijo que dividira conosco, ou a vaga promessa de qualquer ilusão em troca de um momento comigo, sem que eles protestassem, como se não notassem.

Sua respiração arfante, sua força, minha dor, meu nojo: tudo isso, deitada na escuridão, havia voltado com ferocidade à minha memória. Meus dedos rápidos quando percorreram o chão em busca de qualquer coisa que me servisse para tirá-lo de cima de mim, minha mão ao cravar a foice em suas costas. Mas, estranhamente, eu não me arrependia. Sentia que havia feito o que tinha que fazer, o que ninguém teria feito por mim se eu o houvesse deixado vivo. Jamais até então minha boca havia pronunciado a palavra justiça, mas eu tinha a sensação de que era algo parecido com isso.

*

Acordei com os sinos de uma igreja convocando para a primeira missa do dia. Abri os olhos assustada e me sentei de um pulo. Pelo vão do quartinho onde quem sabe um dia houvera uma porta, entrava a luz de um sol ainda baixo; serviu para me confirmar que o lugar era imundo e que três gatos me contemplavam de um canto. Sentada no chão, com as costas apoiadas na parede, desamarrei o nó do lenço preso em meu pulso e depois desfiz os dois nós que prendiam as quatro pontas. Abri-o para conferir o que havia dentro: meu único patrimônio.

Contei as notas cheias de crostas e as moedas, grandes e pequenas. Desdobrei os documentos amassados, as duas folhas com que o homem fanfarronara junto à fogueira, que agitara proclamando que com elas embarcaria para a Argélia para fazer um bom dinheiro.

Documento de identidade em nome de Cecilio Belmonte Torres, li com esforço na primeira folha.

A segunda era uma passagem Cartagena-Orã no vapor *Ville de Paris*. Data da partida: 9 de novembro de 1927.

## CAPÍTULO 3

Uma menininha comia um pãozinho doce de café da manhã, olhando abobada para o chão; arranquei-o de entre seus dedos enquanto sua mãe pagava a um verdureiro por um maço de cenouras. Quando a criança saiu de seu estupor e começou a chorar, eu já estava longe. Diante de um rapaz que carregava uns cântaros de leite, estendi as mãos em concha, para ver se me dava um pouco. A única coisa que recebi foi a ameaça de um tabefe.

— Como chego ao porto? O porto, onde fica o porto?

Todos apontavam na mesma direção, meio para baixo. Embora a pressa me urgisse, antes de prosseguir parei em uma fonte para jogar água nos pés; estavam pretos, entorpecidos e com as unhas quebradas, massacrados pelas pedras dos caminhos que haviam rasgado minha carne e se cravado bem fundo. Doíam, meu Deus, como doíam. Mas eu me recusava a deixar que a dor me impedisse de seguir em frente.

As mulheres que esperavam para encher seus cântaros gritaram saia daí, vai sujar as bicas. Ou, pelo menos, que esperasse minha vez. Devem ter me achado uma maluca com meus andrajos e minhas urgências. Como eu ia saber que para usar a água tinha que esperar a vez, seguir uma ordem? No morro de onde eu vinha, ninguém conhecia as palavras ordem, vez. Uma velha, encurvada até quase encostar o nariz no peito, pegou-me pelo cotovelo e me tirou do meio do enxame de mulheres. Arrastou-me até sua mísera casinha, virando a esquina, murmurou espere, menina, e logo saiu com umas velhas alpargatas de lona, uma camisa que um dia remoto havia sido branca e uma espécie de capote de tecido rústico, desbotado e remendado uma dúzia de vezes.

— Era de meu marido, que em paz descanse — disse. — Por São Cosme e São Damião, a coqueluche o levou.

Troquei de roupa ali mesmo, à porta; uns homens que passavam assobiaram e cuspiram umas barbaridades e eu devolvi outras. Era o segundo par de alpargatas que eu usava na vida e não me importava que fossem herança de um desconhecido que uma tosse ruim havia mandado para o céu. Eram grandes, mas eu amarrei bem amarradas as fitas nos tornozelos e agradeci mais do que se fossem sapatos forrados de seda.

A cidade, pelo que ouvi, chamava-se San Antón, e de lá segui as indicações da velha e peguei uma alameda comprida como uma cobra. Um bonde me assustou com seu barulho e seu sino; dei um pulo para o lado para que não me atropelasse. Outra gente andava por ali também; rapazes com gorros fazendo entregas com suas bicicletas e catadores com seus carrinhos, vendedores ambulantes, mulheres de lutos eternos que pareciam carregar nas costas a dor por todos os mortos do universo.

Vi também alguns homens de uniforme e fiquei alerta. Imaginei que o dever deles fosse velar pela decência pública. Como eu não era decente, porque ainda levava a semente de um homem em minhas entranhas e seu sangue embaixo das unhas, tentei não cruzar com eles. De modo que, em vez de caminhar pela larga parte central, ensolarada e buliçosa, fui para uma lateral, sob a sombra dos eucaliptos, à margem, sozinha.

E assim adentrei a cidade, e tudo me pareceu tão, tão estranho... Como eu iria imaginar que, pouco mais de um dia de caminhada a pé depois de sair de El Puntarrón, eu encontraria tamanhos prodígios? Carroças puxadas por animais mais altos que eu que pareciam querer me esmagar se me distraísse, e até carros que andavam sozinhos, sem mulas ou cavalos que os arrastassem, fechados, escuros, com buzinas e gente dentro. Comércios que vendiam tecidos de cores que meus olhos jamais haviam visto, bancas de jornal, boticas cheias de frascos e unturas, cafés com grandes toldos na entrada.

Fiquei pasma em frente ao vidro de uma loja, atrás dele viam-se penduradas réstias de linguiça e lindos presuntos; fui incapaz de me mexer até que um moço saiu, deu-me um empurrão no ombro e disse: fora daqui. Parei depois diante de outra com pirâmides de biscoitos amanteigados, como aqueles que havíamos provado uma vez, quando a irmã do padre fora nos ver para convencer minha mãe a nos largar na Casa de Misericórdia prometendo-lhe que nos dariam uma túnica para cobrir as vergonhas e que comeríamos sopa rala com macarrão todos os dias da semana.

— O porto? — eu repetia e repetia, tentando não me embasbacar mais com novas maravilhas. — Estou indo na direção do porto?

Uns apontavam para a frente e outros nem sequer se dignavam a me olhar; do jeito que estava, deviam pensar que eu poderia assaltá-los ou transmitir alguma doença. Até que, por pura intuição, ou porque ali a luz era mais clara, meu destino apareceu à minha frente. Ninguém jamais me havia dito como o mar era grande, e até então eu não conhecia mais água que a dos cântaros, dos canais de irrigação e da pouca chuva que caía em casa muito de vez em quando.

Fiquei abobada diante dos barcos grandes e pequenos, com a boca aberta como andava sempre Eustaquio el Pelao, o vizinho de El Puntarrón que nasceu idiota, coitadinho. Comecei a perguntar entre aquele monte de homens que havia por ali. Foram me passando de um a outro, até chegar ao sujeito com gorro escuro, um bigodão e uma pasta embaixo do braço.

— Quero ir a Orã.

— E eu quero um frango frito para o jantar esta noite.

— Tenho documentos.

Ele bufou pelo nariz.

— Deixe-me ver — exigiu, estendendo a palma de uma mão cheia de sulcos pretos.

Eu entreguei os documentos amassados do homem e ele os aproximou do rosto, como se quisesse cheirá-los; mas era apenas míope.

— Aqui diz Cecilio. Cecilio Belmonte, nome de homem.

— Meu pai se enganou...

Para que não continuasse perguntando, eu me antecipei:

— E o barco de Orã, qual desses é?

— Vai atracar esta noite, está atrasado. Zarpará pela manhã; chegue cedo.

Não vi graça na espera. Poderiam estar me procurando. Quanto mais eu tardasse a embarcar, mais fácil seria me encontrarem. Mas não disse nem um pio, só lhe dei as costas com a intenção de encontrar um lugar onde me esconder enquanto não chegava o momento de subir a bordo. Já havia dado uns passos quando ouvi de novo o do bigodão:

— Ei, menina!

Eu me voltei.

— Tem o carimbo do consulado?

Pelo estupor de meu rosto, ele viu que eu não sabia do que estava falando.

— No Consulado da França, eles têm que pôr um carimbo lá.

Também se deu conta de que eu não tinha a menor ideia do que era isso.

— Um carimbo — repetiu.

Fez um gesto: com o punho fechado de uma mão, bateu contundentemente na palma da outra.

— Ande, corra lá para pegar o carimbo; sem isso, você não embarca.

Tornei a perguntar a quem passasse e tornei a sentir a mesma atitude para comigo: desprezo, repúdio. Mas houve também dois ou três pobres diabos que devem ter sentido dó de mim e me disseram por aqui, por ali, até que me vi diante de um edifício imponente.

Eu não era a única com a mesma pressa; à porta esperavam alguns infelizes com cara de medo e desconcerto como a minha, com fadigas profundas e fomes de anos cravadas nas entranhas. Provinham sabia Deus de onde e levavam consigo suas trouxas paupérrimas, filhos em penca, uma frigideira, uma esteira, um avô surdo, uma avó sem dentes.

Ali foi onde perguntei por alguém que soubesse escrever. Só um pai de família ergueu a mão.

— Mais ou menos, não muito.

Pedi que trocasse Cecilio por Cecilia em meus documentos.

— Faço por algumas moedas. Não estou negando ajuda, menina, mas é que com isso compro leite para meu filho, para ver se ele aguenta a viagem.

*

Se soubesse que a maneira de escrever do homem era tão ruim como a minha, eu teria economizado o dinheiro. Por sorte, não demoramos a entrar, e por fim entendi o que era pôr um carimbo. Nem deram atenção à mudança de uma letra por outra. Um funcionário todo engomadinho e estrangeiro, do outro lado de um balcão, devolveu meus documentos. Eu jamais havia visto dedos tão compridos e unhas tão limpas.

— *Merci, mademoiselle*.

Minha cara lhe disse que eu não havia entendido.

— É francês. Significa obrigado, senhorita — explicou com cara de tédio.

— Francês, é?

Eu não sabia o que era isso; aquela palavra jamais havia entrado em meus ouvidos.

— Francês, da França — disse a mulher que aguardava atrás de mim. — O que pensa que se fala na Argélia, menina? A língua dos franceses, mesmo com tantos mouros e espanhóis naquela terra.

# CAPÍTULO 4

A travessia foi leve, o mar estava feito um lago. Passei a viagem inteira sentada sobre as tábuas do convés, espremida entre bagagens e utensílios, cercada pelo choro das crianças, os medos das velhas e as vozes incansáveis de uns e outros, altas, rápidas, eufóricas, talvez pelo nervosismo diante do porvir aleatório que nos aguardava. Os passageiros franceses de vida melhor, aqueles que haviam embarcado bem-vestidos e asseados em Marselha, descansavam em seus camarotes ou tomavam licores e refrescos nos salões. À margem, muito à margem deles, o convés estava cheio de espanhóis maltrapilhos recolhidos na costa sudeste, primeiro em Alicante e depois em Cartagena.

Cada um levava as próprias carências e o idioma de suas cidades, uns o valenciano, outros o castelhano, e com suas palavras e seus sotaques formavam rodinhas e ninguém parava de falar e cada um aportava um parecer, uma versão, um temor, um anseio. Um advertia que ainda faltavam meses para a colheita dos cereais, outro que era melhor ir direto para a poda de inverno nas vinhas próximas a Río Salado que ser temporário nas plantações de laranja em Saint-Denis-du-Sig, ou Sig bereber, ou Sigle alicantino, ou Siglo para o resto; alguém de Elche, que vivia ali havia um tempo, havia lhe contado. Um insistia que pagavam mais para tirar ferro das minas de Béni Saf que para abrir as estradas de ferro com picareta e pá dez horas por dia, seis dias por semana; um homem de Lorca, que voltara no verão anterior, lhe havia dito. Ninguém tinha sonhos de grandeza, todos ansiavam o elementar: ganhar o dinheiro necessário para poder viver mais ou menos dignamente.

Até as mulheres metiam a colher nas conversas, porque elas também iam para trabalhar, assim como muitos dos filhos desde que completavam sete ou oito anos. Nos campos e em pequenas fábricas, no serviço doméstico das famílias francesas ricas, como lavadeiras e costureiras de roupas alheias. Como prostitutas, algumas, se não houvesse outra solução, concorrendo com as árabes, as italianas e as maltesas para saciar os apetites dos militares ou dos marinheiros; muitos homens sozinhos andavam por aquelas terras. Uma contou que suas primas trabalhavam na salga do peixe em Mazalquivir; outra disse que umas vizinhas de Santa Pola estavam havia anos em um lugar onde faziam buquês de flores.

Houve quem falou da colheita do algodão e houve quem recordou o massacre sangrento de décadas antes nos campos de esparto de Saïda, onde centenas de espanhóis trabalhavam como boias-frias; sem trégua, de sol a sol, como animais. Essa foi a única coisa sobre a qual quase todos concordaram: que haviam ouvido falar da aspereza extrema daquelas plantações, um dos grandes negócios de Orã. A maioria tinha um caso, uma história para contar; comentavam que já havia pouco esparto; havia esgotado de tanto apertar e apertar para multiplicar essa fibra com a qual se fazia polpa de papel e mandá-la aos ingleses durante a Grande Guerra.

Mas ainda restava trabalho e, por isso mesmo, ainda restavam também inescrupulosos representantes das grandes companhias, e naquele convés do vapor abarrotado uns e outros advertiam o resto que melhor era se afastar daqueles homens que pululavam pelos cais dispostos a recrutar espanhóis incautos e analfabetos recém-desembarcados, e aconselhavam estar alerta para não cair em suas armadilhas, porque prometiam boas condições e, no fim, nada era como diziam. Esparto como último recurso: era o que repetiam as vozes em valenciano, em castelhano. Era o pior, o trabalho mais penoso, devido ao calor sufocante daquelas planícies sem água e à dureza compartilhada com os árabes, devido aos abusos aos quais uns e outros eram submetidos naquelas plantações, largados pela mão de Deus, tão esturricados, tão longe.

Da boca de meus companheiros escutei também que alguns tinham a intenção de se assentar permanentemente em terras africanas; dar o sangue para prosperar e se naturalizar como franceses o mais cedo possível, como tantos outros compatriotas, parentes, paisanos já haviam feito desde metade do século passado. Outros, porém, iam como simples boias-frias por uns meses; disseram que eram chamados de andorinhas, por causa disso de ir e vir de uma costa à outra.

E assim, sempre escutando centenas de histórias, cheguei a Orã como parte daquela caterva de infelizes, pobres como ratos, primitivos, iletrados, quase indigentes, meio esfomeados, alguns clandestinos e outros reincidentes, involuntariamente propensos a ser carne de abuso em qualquer canto do ensolarado mapa da tão francesa Argélia, quase sempre carente de mão de obra para suas lidas mais brutas. Outra onda de descartes da *misère espagnole*, como depois aprendi que eles repetiam na língua deles.

Estávamos entrando no porto, já em pé no convés, e olhávamos todos na mesma direção, por fim mergulhados em um silêncio meio acovardado, meio respeitoso, com o rosto voltado para o cais e a cidade, para uma montanha enorme com um forte no alto e para os penhascos. Entre a turba prestes a desembarcar, com certeza havia mais de um que deixava para trás coisas vergonhosas, como aquele sujeito de olhar obscuro que se acocorara entre dois rolos de corda e só fumara e fumara, sem falar com ninguém; ou talvez aquela mulher de peitos caídos, lenço escuro e olhos fugidios e tristes que não olhara para trás nem uma única vez. Como eu mesma e a lembrança do homem que deixara morto em El Puntarrón dois dias antes.

O porto de Orã era muito mais movimentado que o de Cartagena, com seus montes de barquinhos de pescadores por um lado e seus grandes cargueiros e balsas por outro; com veleiros, chalupas, *dhows* com suas velas latinas e pequenos barcos a vapor balançando ao sol, envoltos em rudes gritos masculinos em várias línguas, buzinaços e sirenes.

Mas antes de nos permitir descer à terra, uns funcionários começaram a passear pelo convés, abrindo caminho entre nós enquanto sopravam com estrépito seus apitos e soltavam avisos aos gritos. Eram homens sérios, vestindo uniforme cinza, com bonés idênticos cobrindo até metade da testa. Falavam francês e ninguém os entendia; tentavam falar em espanhol, com um sotaque sofrível, e quase ninguém os entendia também. Até que alguém captou as mensagens e começaram a se espalhar. Que fôssemos ao Consulado da Espanha assim que desembarcássemos, porque tínhamos que nos registrar. Que não podíamos sair de Orã sem passar pelo consulado. Que eram ordens das autoridades francesas.

Mas uma coisa era o que aqueles empregados intimidantes advertiam, e outra o que muitos de nós tínhamos na cabeça. De modo que alguns obedeceram e foram cumprir suas obrigações de cidadãos estrangeiros em território da *République Française*, ao passo que outros – eu entre eles – optaram por adentrar o novo país sem prestar contas a Deus nem ao diabo.

— Você não vem, menina?

O grito partiu de uma mulher que viajava com a mãe e dois filhos em busca de um marido que supostamente trabalhava em uns campos perto de Sidi Bel Abbès; não tinham notícias dele havia quase um ano. Durante a travessia, estávamos sentadas perto e ela me oferecera um pedaço de seu pedaço de pão; era a única coisa que eu tinha no estômago.

Não respondi nem sim nem não.

Somente agitei o braço em despedida e segui meu caminho.

# CAPÍTULO 5

Para cima e para baixo, por morros, escadas e ladeiras cujos nomes eu aprenderia mais adiante. Para cima e para baixo, para baixo e para cima, do porto e dos buliçosos bairros baixos às largas avenidas das zonas europeias; da Promenade de Létang, que quase tocava o mar, até a grande esplanada da Plaza de Armas. Sem rumo nem orientação, percorri ruas e bulevares e passei em frente a estátuas de homens ilustres e igrejas com campanários, diante de mesquitas e mercados de rua, imóveis elegantes onde vivia gente de bem e cortiços ruidosos onde se amontoavam pessoas com menos sorte. Por todos os lados vi ondular uma bandeira de três cores, *le drapeau bleu, blanc, rouge*, a bandeira azul, branca e vermelha que indicava a autoridade francesa sobre a Argélia havia quase cem anos.

Diante de uma barraca de peixe, eu me agachei depressa para pegar duas sardinhas que haviam escorregado e caído no chão. Tirei-as de uma poça e as apertei entre as mãos; quando o peixeiro gritou algo que não entendi, saí correndo. Duas esquinas adiante parei, sentei-me no degrau de uma casa fechada, arranquei as tripas dos peixes e os comi crus; deixei só os espinhos, comi até a cabeça. Depois, tentei roubar uns figos do carrinho de um árabe de túnica e capuz; pensei que ele não perceberia no meio do bulício de vendedores e compradores, mas ele me deu um tapa na mão antes que meus dedos conseguissem roçá-los.

Com as alpargatas do velho de San Antón, aquele que a coqueluche levara, arrastando minha sujeira e minha fome, percorri Orã inteira sem saber o que fazer nem aonde ir, sem falar com ninguém nem ter clareza da dimensão do desatino que era minha fuga. Até que, em algum momento de meu deambular frenético, quando minhas forças começavam a me abandonar e eu sentia a cabeça envolta em bruma, saltou-me à vista uma bandeira diferente, de duas cores só, vermelho e amarelo, as mesmas que eu havia visto ondular no porto de Cartagena e que só reconheci por esse motivo, porque de bandeiras eu entendia pouco. Intuí que estava diante daquele lugar ao qual havia me recusado a ir ao descer do barco, para que ninguém pudesse cotejar a falsificação de minha identidade. Lá estava o Consulado da Espanha, onde talvez soubessem algo sobre Cecilio Belmonte, o morto de cujo nome eu havia me apropriado.

Já ia me afastar, assustada, quando ouvi uma voz familiar do alto de uma charrete, puxada por dois cavalos, parada à porta.

— Ei, menina! Finalmente você veio!

Era a mulher do barco, aquela dos dois filhos, da idosa e do marido que deixara de dar sinal de vida. Tornou a gritar:

— Entre para fazer sua documentação, ainda dá tempo!

Antes que eu pudesse reagir, o condutor da charrete, com a boina afundada na cabeça e voz seca, interveio:

— Vamos embora, mulher, deixe de cumprimentos e conversa mole.

— Espere um momento, homem de Deus! — protestou ela.

— Temos um bom trecho até Sidi Bel Abbès, não há nada que esperar aqui.

Entre as pessoas que estavam na charrete explodiram gritos contraditórios: uns incitavam o condutor para que partisse e outros lhe pediam que esperasse uns instantes para ver o que faziam comigo. Acho que lhes provoquei compaixão com minha aparência patética, meu cabelo desgrenhado, minha fraqueza e meu desconcerto descomunal; e assim prosseguiram por um tempo, brigando entre si aos berros enquanto eu, no meio da rua, continuava aturdida e calada. Até que um jovem que ia em pé na parte de trás se inclinou e estendeu a mão para mim.

— Suba, morena, que ninguém vai segurar esse ignorante aí.

Ainda não sei por qual razão, peguei sua mão, subi na charrete e fui com eles.

## CAPÍTULO 6

Fomos largando gente ao longo do caminho, em pequenos povoados, encruzilhadas e trilhas que levavam a fazendas. Eram homens, na maioria, mas de vez em quando também descia uma mulher, até mesmo uma família; iam ao encontro de alguém conhecido, ou em busca de um contrato meio apalavrado, ou talvez pretendessem simplesmente seguir o rastro nebuloso da incerteza. Pulavam para o chão e depois, do alto da carroça, nós jogávamos suas parcas posses, às vezes uma cesta, um rolo de mantas ou uma trouxa com roupas ou utensílios. Depois nos despedíamos:

— Vão com Deus.

Estranho era quem não ficasse com um véu de ansiedade no rosto, como se nos sentíssemos meio órfãos depois de abandonar aqueles companheiros de viagem molambentos com quem havíamos passado horas desde Orã dando solavancos na estrada; como se o amontoamento dentro da carroça e a terra seca da estrada houvesse tecido entre nós uma espécie de estranha irmandade.

Vão com Deus, repetíamos de tanto em tanto. Vão com Deus. Até que, com a charrete meio vazia e a noite fechada, chegamos a Sidi Bel Abbès. Atravessamos o povoado, grande e plano, totalmente adormecido. Os cascos dos cavalos repicavam nos paralelepípedos e a lua parecia se mexer acima de nós, sobre a carroça aberta. Já éramos poucos; em silêncio, sem forças para continuar falando, percorremos avenidas, coretos e praças com quartéis militares e armazéns, trechos com residências distintas com portões de ferro fundido e jardins entre as sombras e trechos com casas menos decorosas, com telhado de telhas de barro e paredes descascadas.

— Fora, todo mundo.

Assim o condutor nos avisou do final da viagem, em um espanhol áspero que pouco tinha a ver com o francês que diziam se falar por ali. Alguns dos viajantes tinham quem os esperasse, e outros sabiam bem aonde se dirigiam. Em questão de minutos, enquanto tirávamos as crianças adormecidas da carroça, ficamos só eu mesma, a família que me dera pão e a noite.

A mãe das crianças se chamava Encarna; Encarna Molina, de El Esparragal, lugar que eu não sabia onde ficava e do qual ela também não me deu explicações. Não era nem bonita nem feia, tinha olhos grandes e palavra rápida, vestia roupa puída, mas digna, e estava sempre atenta, como se ansiasse saber de tudo: os nomes, os lugares, o que era o quê, para quê, por que e como. Aparentava mais idade, mas ainda não havia chegado aos trinta.

— Andem, mulheres! *Allez*, *allez*, é pra hoje.

O sujeito nos apressava; com as crianças, a avó e os poucos pertences já no chão, Encarna e eu nos olhamos, perguntando-nos sem palavras o que fazer. Talvez porque estava acostumado a gente como nós, exaustas e perdidas, o condutor se adiantou:

— Se não têm aonde ir, podem ficar aqui e de manhã cedinho vão embora.

O condutor era arisco, mas o fato de andar de lá para cá com tantos infelizes talvez lhe despertasse um pouco de humanidade quando via pessoas no limite.

— Há água nos cântaros do fundo, e naquele caixote de madeira encontrarão umas maçãs para as crianças.

Acabamos deitadas no chão de terra dentro daquela espécie de armazém, acabadas, sujas, famintas, mas tranquilas por fim. As crianças caíram no poço dos sonhos primeiro, a idosa se persignou três vezes e murmurou suas orações antes de se deitar para dormir.

— Com Deus me deito, com Deus me levanto, com a Virgem Maria e o Espírito Santo.

Assim encerrou a reza, e Encarna, em réplica, murmurou entre dentes algo que eu não entendi. Certamente a velha também não, porque em questão de segundos estava roncando. Antes de nós também cairmos rendidas, perguntei:

— E quando encontrar seu marido, o que a senhora vai fazer?

Ela despertou um pouco e girou o corpo para mim.

— Primeiro, pare de me chamar de senhora. E segundo, não sei se ele está vivo ou morto; é o que vim tentar descobrir. E quando eu souber, vou decidir se volto para minha cidade ou se fico.

— Mas, para isso, você não precisava trazer as crianças.

Nós as ouvíamos respirar forte, com seus ossinhos sobre o chão duro e a boca aberta; os remoinhos de pó da estrada deviam ter tampado os buracos do nariz delas.

— Nem sua mãe — acrescentei.

Enquanto falávamos em voz baixa, os roncos da mulher eram rítmicos, como se estivesse deitada sobre um bom colchão de lã.

— Essa cadela não é minha mãe; é minha sogra, mãe dele.

— E por que veio com você?

— Porque a nojenta se recusou a me emprestar dinheiro para a passagem e ficar com meus filhos se eu não a trouxesse. E você?

— Eu o quê?

— Por que você veio, tão nova e tão sozinha?

— Para trabalhar — respondi.

— De quê?

— Não sei ainda. Servindo, talvez.

Ela soltou uma gargalhada surda.

— Servir em uma casa? Você? E como os franceses tão finos daqui vão contratar você, alma inocente? A outra vez que meu Antonio voltou para casa, contou que eles comem com toalha de mesa de linho todos os dias, bebem vinho em taças entalhadas e para cada cama têm dois ou três jogos de lençóis.

— Talvez eu possa aprender...

— Não se iluda, criatura. E não me leve a mal, mas já olhou para você? Parece uma selvagem que acabou de sair de uma caverna. Nós somos gente humilde, mas você... Não sei nem dizer, menina. Onde você foi criada?

Eu podia ter falado de El Puntarrón, de nossas penúrias, minha mãe meio cega com as mãos descarnadas e meu pai sempre fraco cuspindo sangue entre acessos de tosse; podia ter descrito nosso barraco imundo, os caldos de água com sal e ervas como único alimento nos dias de inverno, as galinhas que foram morrendo e os irmãos que ainda pequenos foram enterrados porque nasceram com defeito ou pelas diarreias ou as febres, e um atrás do outro os corpinhos foram parar debaixo das pedras, à sombra da figueira. Talvez assim aquela mulher houvesse entendido por que eu era como era, pouco mais que um animal fraco e ignorante. Mas não lhe contei isso, porque outra coisa saiu de minha boca.

— Eu matei um homem. Ele se enfiou dentro de mim à força e eu cravei uma foice nas costas dele.

Ouvi o som de suas roupas se remexendo; Encarna estava se sentando.

— Vou te dar um conselho — disse entre dentes, em um tom sombrio. — Um conselho que você vai guardar bem guardado na moleira. — Ela se conteve uns instantes, como se estivesse escolhendo as palavras. — Nunca mais repita isso que você acabou de me dizer. — Estendeu a mão, cravou as unhas em meu ombro e me sacudiu com força. — Entendeu? — perguntou firme, sem me soltar. — Guarde isso para quando tiver que prestar contas a Deus ou ao diabo, mas engula e não repita jamais. A ninguém. E lembre-se bem do que eu digo: não volte mais ao lugar de onde veio. Nunca. Nunca.

# CAPÍTULO 7

Encarna negociou o preço com o homem da charrete na manhã seguinte.

— Vão para o *chantier* de Solana? Onde ficam os pomares? Têm que pegar a rota de Tessala, chegamos em uma hora e meia. A viagem dos cinco sai…

Ela o interrompeu antes que ele arredondasse a quantidade.

— Cinco não; quatro. A avó, os filhos e eu. Somos quatro.

Com essa conta tão simples eu soube que nossos caminhos iam se separar: na busca daquele marido que estava havia mais de um ano sem dar sinal de vida, eu não entrava.

O condutor também se deu conta de que eu ia ficar para trás.

— E você, para onde vai, menina?

Dei de ombros.

— Para onde houver algum emprego.

— Sabe fazer alguma coisa?

Repeti o mesmo gesto.

— O que for preciso.

— O que for preciso, *monsieur* — corrigiu ele. — Essa é a primeira coisa que tem que aprender: falar com educação.

Eu não sabia do que ele estava falando, mas assenti.

— Semana passada, eu levei umas quinze, vinte famílias aos *chantiers* de esparto, para trabalhar com os árabes na Alfa, a companhia francesa. Eles ainda precisam de gente.

Eu deveria ter mordido a língua e me mostrado disposta a aceitar qualquer coisa. Mas não fiz isso.

— No barco, os homens avisaram que nas fazendas de esparto restava pouco trabalho e que a vida era ruim.

— Veja só a mocinha cheia de melindres! Com essa cara de mendiga! Como se fosse uma *mademoiselle* recém-chegada de Paris ou de Lyon, e não da miserável Espanha.

O homem soltou uma gargalhada rude; Encarna o olhou de cara feia e sem demora interveio a meu favor:

— Talvez o senhor saiba de algo aqui por perto. A garota tem determinação, e assim que conseguir tirar a sujeira do corpo, pentear essa mata nojenta que tem na cabeça e ficar um pouco menos selvagem, até parecerá uma trabalhadora decente.

O homem me olhou de cima a baixo, pouco convencido.

— Não sei… — murmurou, em dúvida. — Tem a documentação em ordem?

Não respondi.

— Sua identidade — insistiu. — Não chegou a carimbá-la ontem, não é? Não fez o registro.

Devagar, só com a cabeça, reconheci que não. Ele praguejou.

— Mais uma com menos documentos que um burro roubado. Isso porque as companhias de navegação têm ordem de não deixar ninguém embarcar sem a permissão, e isso porque depois avisam que é preciso passar pelo consulado para se registrar, porque senão, dá problema.

Encarna saiu de novo em meu resgate.

— Ela não teve tempo, porque o senhor estava com pressa.

— Ainda bem que veio para Bel Abbès. Se houvesse ido para Aïn-Témouchent, ou mais para baixo, para Tlemcen ou qualquer outro lugar de l'Oranie, não poderia dar jeito. Mas aqui sim, ainda bem. Aqui há outro cônsul dos nossos.

Engoli em seco.

— Outro Consulado da Espanha?

— Menor que o de Orã, com poucos funcionários, mas aberto. Espanhóis aqui há de monte, e quando não surge um desacordo, é um pleito ou uma briga.

Um dos filhos de Encarna começou a chorar nesse momento, sabia Deus por qual motivo, talvez de fome. O irmão tentou calá-lo à base de tapas na nuca, acabaram engalfinhados e aí encontrei uma oportunidade para sair dali. Não tinha intenção de cumprir com a formalidade de que o homem falava; não ia mostrar minha carteira de identidade falsa nem a um cônsul nem a ninguém. Alguém poderia conhecer Cecilio Belmonte de quando estivera por aquelas terras da primeira vez.

— Veja se lhe ocorre alguma coisa — insisti.

Ele ficou coçando a cabeça enquanto Encarna tentava apaziguar a briga infantil e enquanto sua sogra protestava em paralelo, recriminando a mãe e os filhos. Vocês não têm temor a Deus, dizia a velha, azeda. Isso é o que acontece por não lhes ensinar o respeito ao pai; assim que encontrar meu filho, vou lhe contar tudo.

— Talvez nas plantações de tabaco, agora em novembro começa a segunda colheita — disse ele, depois de pensar.

Fiquei fitando-o com os olhos arregalados. Não sabia do que ele estava falando; de tabaco eu só conhecia o picado que meu pai enrolava quando sua vontade de fumar era maior que a necessidade de alimentar seus filhos.

— Suba na carroça, ande; deixamos você no caminho — disse ele por fim. — E façam esses dois merdinhas pararem de uma vez por todas, ou quebro a cabeça deles com uns tabefes.

# CAPÍTULO 8

O dono daquela *ferma* não quis me aceitar, a princípio. *Ferma*; essa palavra aprendi com o condutor: era como os espanhóis chamavam aquilo que em francês era *une ferme*, uma fazenda, sítio ou chácara onde havia plantações e precisavam de boias-frias.

— Para esta colheita já tenho o suficiente.

Chamava-se *monsieur* Hernandez, era largo de tronco e curto de estatura, tinha as mangas arregaçadas e as pernas da calça dentro dos canos de umas velhas botas de couro sujas de terra. Falava francês ou árabe ou um espanhol defeituoso com forte sotaque, dependendo de a quem dirigisse os gritos. Apesar de sua negativa, não arredei pé; fiquei na esplanada olhando para a plantação, vendo como os árabes trabalhavam, com suas roupas largas e soltas, e os que não eram árabes, homens de calça e camisa andrajosas em sua maioria, com algumas mulheres entre eles. Os primeiros cobriam a cabeça com turbantes de tecido sujo, o resto com chapéus de palha desfiados, para que o sol africano não abrasasse seus miolos. Reparei em seus movimentos enquanto avançavam pelas fileiras de matas verdes, como se agachavam ou giravam ou esticavam os braços. Queria ter certeza de que eu seria capaz de fazer o mesmo.

— Deixe que eu faça um dia de teste — propus. — Se eu não colher uma boa braçada, amanhã mesmo me manda embora.

Depois de hesitar uns instantes, gritou uma ordem a Hicham, um capataz argelino; talvez eu lhe tenha inspirado pena, ou talvez ele tenha calculado que com mais dois braços seria melhor. O empregado árabe se aproximou, alto e ereto como um cavalheiro, dentro de uma túnica andrajosa, carregando uma grande cesta. Sem abrir a boca, com suas mãos de dedos ossudos me mostrou como arrancar as folhas da planta de tabaco: primeiro as de baixo, as menores, depois as do meio e, por fim, as do alto, tão grandes que algumas chegavam a ter dois palmos. Também me mostrou como pôr camada por camada dentro do cesto, estendidas umas sobre as outras, com cuidado, até enchê-lo, mas sem tocar as bordas. Não precisei de mais que isso; em pouco tempo já conseguia trabalhar depressa como o resto, inclusive mais que alguns. Mas era evidente que, por eu ser mulher — como deixara claro Hernandez desde o início —, ele me pagaria menos. Assim estava estipulado, e se não me interessasse, já podia pegar o rumo do portão que me levaria outra vez para a estrada.

*

Uma sirene nos acordava ao amanhecer, formávamos fila e Hicham, paciente, enchia um recipiente de latão para cada um com um grosso leite de cabra e nos entregava um pedaço de pão quente feito na madrugada; jamais na vida eu havia provado tais iguarias, por mais humildes que fossem. Ao meio-dia tocava outra sirene e repetia-se a operação, mas dessa vez, em vez de leite nos davam água, e ao pedaço de pão somavam um punhado de azeitonas ou de figos. À tarde, depois de pendurar os chapéus em uns ganchos na parede, costumava haver um ensopado quente, e era Hicham de novo quem o servia com uma concha, nas mesmas vasilhas de latão. Esparramados sem ordem, devorávamos nossa ração em silêncio, sentados em uma guia ou em um degrau de argila ou no chão pedregoso mesmo, quase sem trocar palavra antes de cairmos exaustos. Diziam que *monsieur* Hernandez todas as noites jantava *poulet braisé*, frango na brasa, na casa da fazenda com sua família. Hicham, no galpão de madeira em que vivia, não devia jantar nada, a julgar pela estreiteza de seu esqueleto.

Se alguém quisesse se lavar, na parte de trás havia um poço com polia e um balde. Para esvaziar o ventre, um pouco mais além, perto do muro, encontravam-se as latrinas. Mas quando a vontade de urinar apertava, não parávamos a lida; fazíamos ali mesmo, onde a urgência nos encontrasse.

Os europeus dormiam distribuídos por um barracão e os árabes costumavam ficar fora, envoltos em seus albornozes, sob as estrelas. Na primeira noite, eu me encolhi em um canto e apaguei, coberta com o capote que a viúva de San Antón me havia dado. Na segunda noite, notei entre sonhos que alguém acariciava minha perna e me livrei dele a pontapés, sem distinguir quem era entre as trevas. A partir da terceira, eu me acomodei ao lado de um casal que nunca havia dito de onde provinha, para o caso de precisar lhes pedir ajuda; ele era grande e peludo, ela, silenciosa como uma salamandra. Nenhum homem com vontade de carne tornou a se aproximar de mim.

Acabávamos com as costas, trabalhávamos de sol a sol naquela *petite ferme* dedicada ao cultivo do tabaco, a modesta propriedade de Gérard Hernandez, *le patron*, que era francês, apesar de seu sobrenome, porque sua família estava na Argélia havia três gerações, e que era severo, mal-humorado e gritava muito, mas também um bom trabalhador e medianamente honrado com sua gente. Aos sábados, nós de novo em fila, ele girava a chave de uma caixinha de dinheiro que Hicham segurava com as duas mãos, tirava uns rolos de notas e nos pagava. Eu ainda não tinha consciência da miséria que era aquele salário, mas assim era a norma, ou o costume, e ninguém reclamava. E aquela *ferma* também não tinha cara de gerar riquezas milionárias.

— Este dinheiro é o quê? Pesetas? — perguntei da primeira vez, sussurrando, à mulher que estava à minha frente na fila.

— Francos, menina; francos franceses. Nestas terras não circulam pesetas.

Eu desconhecia se aquelas notas amassadas poderiam me servir de pouco ou de muito; se seriam suficientes para comprar um pedaço de sabão ou uma camisa sem buracos ou uma manta para não morrer de frio dormindo à noite. Não tinha conhecimento sobre o valor do dinheiro em geral e muito menos sobre os pagamentos franceses. Jamais na vida havia recebido nada, apenas o que pegara dos bolsos do homem quando partira de El Puntarrón; uma quantia que, conforme acabara de saber, naquele mundo de nada me serviria.

Até que terminamos a colheita do tabaco e a maior parte dos companheiros não teve escolha senão ir embora. Sem sonhos nem aspirações, sem mais horizonte que continuar trabalhando como animais em outras campanhas, em outros *champs de tabac* ou nas colheitas de batata, uva, laranja ou o cereal da vez segundo o calendário, muçulmanos e cristãos se espalharam de novo pelos caminhos, com suas foices ou suas enxadas e suas misérias no ombro, rumo a outras plantações, a outras *petites fermes* como a de *monsieur* Hernandez e tantos outros modestos colonos, ou talvez em busca de uma oportunidade de temporada nas fazendas de algum *gros propriétaire*, um grande proprietário francês daqueles que haviam somado enormes lotes de terra a seu patrimônio graças, segundo eu ouvira dizer, às prebendas da Administração francesa.

Mas eu tive sorte, consegui que *le patron* me deixasse ficar para o trabalho de secagem, que exigia mais jeito que força bruta. Passei as semanas seguintes trabalhando em um galpão de madeira coberto, mas sem paredes, aberto aos quatro ventos, orientado do alvorecer ao ocaso de maneira a evitar o sol das piores horas. Primeiro, nós classificávamos as folhas de tabaco colhidas dos pés: espalhávamos todas sobre um balcão central, depois as separávamos por tamanho e qualidade, para então espetá-las em longos alambres, a fim de que as folhas murchassem penduradas de ponta-cabeça, frente com frente ou costas com costas, para evitar que apodrecessem; também aprendi isso rápido. Então, os arames eram bem esticados e cravados de uma ponta a outra do galpão, acima de nós, até formarem uma espécie de extenso teto vegetal de folhas prontas para que o ar as secasse e as fizesse mudar de cor: do verde ao amarelo, do amarelo ao pardo, do pardo ao marrom intenso.

## CAPÍTULO 9

Fui me adaptando à *ferma*, às exigências variáveis das tarefas e à rotina daquela vida bruta, sem distrações nem horizontes. As únicas novidades eram que eu me lavava com a água do poço dos fundos aos sábados à tarde, costumava me pentear uma vez por semana com o pente de madeira que uma das mulheres me emprestava, e às vezes, em noites de domingo, Hicham fazia uma fogueira na esplanada e nos contava a história de sua gente antes da chegada dos franceses ou cantava uma velha canção árabe com voz melancólica, e um ou outro compatriota meu às vezes se juntava e entoava um fandango lastimoso ou o refrão de uma *parranda*, e os outros assobiavam com os dedos sob as estrelas. Mais de uma vez me pediram que eu cantasse algo de minha terra, mas eu não soube o que cantar. Música era outra das delicadezas que jamais haviam entrado em minha família.

E houve mais mudanças naqueles dias; mas sustentadas, não súbitas. A principal foi minha certeza de que o fato de comer três vezes ao dia, por mais repetitivas e frugais que fossem as rações, estava mudando meu corpo. Não comentei com ninguém; não tínhamos confiança para isso nem as outras mulheres se importavam com as coisas que aconteciam comigo, a mais solitária e mais nova. Em geral, eu falava pouco, porque falavam pouco comigo, porque éramos apenas os dez ou doze empregados sem muito em comum que haviam sobrado depois da colheita, e menos ainda seriam os que acabariam ficando ao fim da cura do tabaco, e talvez por isso, por um anseio oculto de não ser lançado ao vazio das estradas, cada um se protegia e dava o sangue da manhã à noite em uma espécie de competitividade muda, tentando trabalhar o melhor possível para não se encontrar à beira do abismo.

Quando as folhas secaram, começou a retirada, e depois colocamos o tabaco esmigalhado em barricas e caixotes de madeira, para que fosse levado até Orã, à fábrica que comprava todas as colheitas de monsieur Hernandez. A previsão era que no final de uma daquelas semanas fossem buscar o primeiro carregamento. Eu soube que havia chegado o momento quando ouvi cascos de cavalo e rodas de carroça se aproximando da esplanada; depois, a voz de um homem cumprimentando o patrão. Conversaram um pouco e foram juntos até o secadouro, onde já havíamos deixado tudo pronto para o transporte.

Lá dentro estava eu, acalorada pela lida e o meio-dia, com o decote da camisa aberto, as mangas arregaçadas e a mata de cabelo presa à nuca com um cordão enquanto terminava de varrer os restos das folhas e nervuras que haviam ficado pelo chão depois do empacotamento. Alheia aos dois homens e seus negócios, eu manejava a vassoura com brio para terminar o quanto antes e poder ir buscar um pouco de água; estava com uma sede imensa e uma fome canina, embora ainda faltasse um tanto para a hora do almoço.

— Nunca vi você por aqui, não a conheço de outras campanhas.

O desconhecido devia ter entre trinta e quarenta anos, tinha bigode, boné com aba larga e umas manchas de suor nos sovacos que chegavam até o cinto. *Monsieur* Hernandez não estava com ele; sem que eu notasse, devia ter voltado para dentro em busca de notas fiscais, recibos ou qualquer outro avio necessário para transportar a mercadoria à qual íamos dar saída.

Continuei varrendo, sem responder; ele se aproximou mais, estendeu a mão e com as costas dela acariciou meu braço nu, de baixo para cima, de cima para baixo, devagar.

— O que acha de ir comigo lá atrás e me tocar um pouquinho, menina?

Fingi não o ouvir, não o sentir; continuei varrendo. Ele olhou de um lado a outro com rapidez ladina, para se assegurar de que não havia ninguém nas imediações. Então, parou de me acariciar e levou a mão às suas partes.

— Tanto movimento sempre me dá tesão; quer ver, menina? O caminho de Orã para cá é longo e se começam a imaginar muitas coisas.

Permaneci calada, segurando firme o cabo da vassoura e a vontade de dar com ela nele; mas não, não fiz nada, não queria perder o emprego. Ele prosseguiu com suas nojeiras, sem tirar a mão do vulto em sua braguilha.

— Carne de fêmea suada me deixa louco. Passo aqui perto quase todas as semanas; quando quiser, me espere, e se me deixar, eu lhe dou uns francos. Veja, ponha a mão aqui embaixo, menina, vai ver como você me deixa…

— *Laisse la fille tranquille.*

Foi a voz de Hicham que surgiu atrás de nós. Deixe a menina em paz, havia dito em francês. Para deixar bem clara sua ordem e afastá-lo de mim, deu tal empurrão no homem que o fez bater em um dos pilares.

— Não ponha a mão em mim, mouro!

O vozeirão insolente do sujeito chamou a atenção das mulheres que estavam do outro lado do barracão, trabalhando com suas vassouras e panos; suficientemente longe de nós para não ver o que havia acabado de acontecer e suficientemente perto para se aproximar imediatamente. Os homens, enquanto isso, se enfrentavam.

— Ninguém tem que defender essa vadia. Ela me ofereceu dinheiro para que eu a leve para longe daqui, sabia?

O sujeito tinha que erguer a cabeça para chegar ao queixo do capataz árabe; esgoelava-se enquanto Hicham suportava em silêncio suas mentiras e sua raiva.

As mulheres chegaram aonde estávamos e *monsieur* Hernandez apareceu um minuto depois, com passos rápidos e uma pasta de couro debaixo do braço. A partir daí, embaralharam-se as vozes: a do homem, a de Hicham, a minha, as das companheiras que não haviam visto nada, mas intuíam tudo. Para acabar com a confusão, Hernandez ordenou ao capataz que descesse até a estufa e avisasse aos homens para começarem a carregar; foi puxando o sujeito até a esplanada e, voltando-se para mim, limitou-se a rosnar:

— Depois conversamos.

Esse depois foi quando a carroça já ia rumo à saída da *ferma* com destino à fábrica de Orã com a carga de nosso trabalho. Então, o patrão voltou ao secadouro, onde eu continuava varrendo o varrido, porque, na realidade, já não havia nada para fazer ali; eu só estava ali para controlar o medo enquanto aguardava minha sentença.

— Amanhã quero você fora daqui.

Eu me defendi aos gritos, tentei explicar o que realmente havia acontecido, protestei, insultei o homem que havia acabado de sair.

— Não me interessa. Aquele Muñoz tem a língua solta e eu não quero problemas com a Maison Bastos. Dependemos deles, de modo que, entre a Bastos e você, prefiro continuar com eles.

Eu não tinha a menor ideia de quem era Bastos, nem ousei perguntar. Só ficou claro que aquele seria meu último dia na *ferma* Hernandez. Quando o patrão foi a passos rápidos para casa, as outras mulheres suspenderam suas tarefas e me cercaram.

— Pelo menos, se ele te pegasse, não poderia fazer em você uma criatura com a cara feia dele — disse uma.

As outras soltaram uma gargalhada coletiva, com um misto de compaixão e sarcasmo. Acho que as olhei com cara de tonta, sem entender a piada.

— Mas, criatura, será que você ainda não se deu conta de que está grávida até as tampas?

# CAPÍTULO 10

A lavanderia ficava na periferia de Sidi Bel Abbès: eu havia ido parar lá seguindo as indicações de Hicham. Ele se aproximara quando eu estava saindo da *ferma*; ninguém havia ido se despedir de mim. Uma a menos, deviam pensar meus companheiros. Já vai tarde.

— Cecilia. — Ouvi atrás de mim.

Lá estava Hicham, com seu esqueleto comprido, sua túnica puída e algo enrolado em um pano. Entregou-me o embrulho, dentro havia um pão quente.

— *Le lavoir*.

Fiz cara de quem não entendeu.

— *Le lavoir* — repetiu.

Então, fez um movimento com os punhos fechados, separados, mexendo-os ritmicamente para frente e para trás, como se lavasse roupa. Intuí que devia se referir a uma lavanderia.

— *Le lavoir à Sidi Bel Abbès. Vas-y*.

Com a palma da mão na vertical, apontou os dedos compridos para o caminho. Parecia me dizer para ir à lavanderia de Sidi Bel Abbès.

Ficou para trás a *ferma* de Hernandez, com o patrão aflito, com medo de que o tal Muñoz criasse problemas em Orã – por culpa minha – para a venda de seu tabaco. E ficaram para trás meus companheiros já prontos para me esquecer enquanto eu me afastava, e o bondoso Hicham, o único que tentara me ajudar a encontrar outro caminho.

Levei metade do dia para voltar a Bel Abbès, caminhando debaixo do sol, com minhas velhas alpargatas, pelo acostamento da estrada. E ia pensando. Pensando. Pensando em como podia ser possível que eu levasse dentro de mim um filho do homem que me violentara e que eu deixara morto, sem saber como digerir isso e sem compreender como não havia percebido. Minha menstruação sempre fora algo que ia e vinha, nunca fora regular, às vezes sumia durante meses e depois aparecia uma manhã qualquer. Porque eu era esquisita ou, talvez, porque a alimentação ruim havia afetado meu corpo até esse ponto. E quando minha cintura começara a alargar e meus peitos ficaram maiores e mais duros, eu havia suposto que era pelo simples fato de comer três vezes ao dia. E quando talvez perguntasse a mim mesma se aquilo não seria sinal de outra coisa, estava tão podre depois de trabalhar do amanhecer ao anoitecer que minha pobre cabeça ficava sem energia para pensar, e a única coisa que eu queria era voltar para o chão do barracão, enrolar-me como um gato e deixar que o sono me levasse.

Fui cruzando com argelinos que pastoreavam rebanhos raquíticos e com europeus de passos mais rápidos que os meus. Às laterais vi mais campos férteis e uma ou outra casa boa, e mais *fermas* com seus trabalhadores extenuados no meio da plantação. Vi também pequenas vilas árabes ou lotes de terra baldia e ressecada. De vez em quando, levantando densas nuvens de pó, passavam carroças puxadas por mulas, automóveis modernos e veículos militares cheios de soldados que me diziam obscenidades; eu não respondia a nenhuma, nem sequer virava o rosto, apenas continuava caminhando para a frente, com minha roupa pobre e suja, com um rabo de cavalo de cabelo escuro caindo por minhas costas, a alma perturbada e a barriga crescente.

Encontrei a lavanderia quase de madrugada, depois de percorrer Sidi Bel Abbès de ponta a ponta seguindo as instruções que foram me dando pelas ruas e praças. *Le lavoir? Le lavoir?*, repetia para as pessoas, em busca de orientação. *Allez tout droit*, por aqui, por ali, continue caminhando. Até que mais além de onde nos deixara o condutor na primeira noite, mais além dos quartéis da Legião Estrangeira, encontrei o lugar.

Àquela hora não havia ninguém, só tanques de pedra vazios e bancadas nuas; nos arames não havia nem um pano pendurado. A única coisa que encontrei foram poças d'água que ainda não haviam secado; bebiam nelas uns cães magros, dos quais me livrei a pedradas; sempre tive um tiro certeiro. Quando consegui espantá-los, eu me encolhi em um canto para esperar a manhã. Pão já não tinha mais, mas desconcerto, sim.

*

Acordei com vozes; ainda começava a amanhecer. As primeiras mulheres olharam para meu canto, mas não disseram nem *bonjour*, nem *buenos días nos dé Dios*, nem *salam aleikum*, nem nada. Eram mulheres, a maioria com pouco brilho, de saias escuras e lenços cobrindo o cabelo. Apoiados nos quadris ou no alto da cabeça carregavam grandes cestos de vime cheios de roupa. Assim que começaram a conversar entre si, percebi que muitas eram de minha terra ou de perto. O relógio do campanário de uma igreja próxima bateu as sete e, nesse exato momento, começou a sair água das bicas; certamente alguém com autoridade a cortava durante a noite para que aquilo não se enchesse de gente folgada, de miseráveis ou de animais com sede. Ou de seres abandonados por Deus, como eu mesma.

Sem parar de conversar, cada uma ocupou um lugar, como se já estivessem determinados. Fiquei olhando para elas; mais jovens, menos jovens, maduras e até velhas; vigorosas e castigadas até os ossos. Mas todas tinham algo em comum: nenhuma delas estava lavando a própria roupa nem a de sua família. Todas eram simples trabalhadoras, empregadas de comércios ou casas francesas médias e boas; de uma *maison* única, exclusivamente, ou de várias em sucessão, a depender da sorte.

Passei um bom tempo as observando de meu canto, sem me atrever a lhes dirigir a palavra. Contemplar aquele bulício era uma espécie de espetáculo interessante: pela maneira como falavam, pelo que gritavam ou cantavam de vez em quando, pelos sons que faziam e por seus movimentos. Compartilhavam pareceres e gargalhadas, queixavam-se dos caprichos absurdos e das extravagâncias de suas patroas; de vez em quando implicavam umas com as outras, às vezes de brincadeira, às vezes a sério, com comentários dos quais se defendiam com insultos grosseiros e maldições. Tudo isso sobre o fundo sonoro da água caindo, o ruído da roupa molhada sendo esfregada na pedra dos tanques.

Quando o campanário deu meio-dia, a atividade foi detida bruscamente. As mulheres secaram as mãos; estavam vermelhas e inchadas, algumas deformadas, quase sempre rachadas pelo cloro e a soda cáustica. Sem deixar de falar, foram até as bancadas e pegaram suas marmitas de estanho com a comida dentro.

Foi quando não consegui mais me conter; levantei-me e caminhei até elas.

— Por caridade, mulheres...

Fiquei ali parada, com minha fome e meu desamparo, mendigando o que tivessem para me dar: uma colherada de comida, umas palavras de ânimo, um pouco de trabalho.

Um quarto de hora mais tarde, ocupei o último tanque, enfiei as mãos sob os jatos de água fria e comecei a esfregar a sujeira das roupas de um cesto.

# CAPÍTULO II

Nenhuma das lavadeiras pôde me acolher; todas viviam com aperto e famílias numerosas, em suas casas humildes não havia lugar para uma estranha. De modo que, afora o trabalho, a única coisa que me proporcionaram foram indicações: tente aqui, pergunte ali, veja se lá... Acabei em um lugar ocupado por famílias muçulmanas paupérrimas, um cortiço que era uma pocilga depois do *faubourg* Marceau, do bairro dos judeus e da praça de touros, atravessando o *oued* Mekerra e perto dos campos de manobras. Era propriedade de um velho espanhol, despojo da guerra de Cuba; ele mesmo morava em um barraco perto da entrada, para controlar o trânsito. A princípio, tive a impressão de que aquele aleijado estava mais perto do reino dos mortos que dos vivos, mas me enganei com ele, como com tantas coisas. Apesar de sua decrepitude, do toco de perna, dos olhos nublados e de um eterno fedor a aguardente e urina, o sujeito tinha uma astúcia de raposa e sabia de tudo que acontecia por ali, dentro do cortiço e nos arredores. Ah, se sabia! Chamava-se Eladio, e os compatriotas espanhóis o chamavam de Culebra – cobra –, mas naquele mísero recanto da periferia de Sidi Bel Abbès era conhecido simplesmente como o *rumí*. Mais tarde, eu soube que não era só o senhorio bebum que eles chamavam assim em árabe; a mim também. Para os argelinos, todos os cristãos eram *rumí*.

Em uma das pocilgas que se abriam para aquele pátio cheio de lixo e escombros encontrei algo parecido com um teto, pelo qual semanalmente eu pagava ao Culebra metade de meu salário. De vez em quando, uma companheira de trabalho me perguntava onde eu havia me instalado, e eu costumava responder com as mesmas explicações difusas que usara para me orientar, por aqui, por ali; nunca assumi a precariedade do lugar, no final de um barranco atrás de uns currais, do outro lado da ferrovia. Jamais confessei a elas a miséria daquele buraco de chão de terra, teto remendado e paredes cheias de rachaduras, sem mais luz nem ventilação que o vão coberto por umas tábuas de demolição que funcionavam mal e porcamente como porta. Aquele foi meu refúgio enquanto meu ventre crescia e enquanto eu acabava com minhas mãos e minha coluna na lavanderia.

Como eu havia sido a última a entrar no tropel de mulheres, meu trabalho consistia em esfregar o mais difícil: a graxa das camisas de uns mecânicos, os guardanapos de uma *brasserie* onde serviam cozidos com molhos encorpados, os aventais sanguinolentos de um açougueiro do *marché couvert* da rue Lord Byron. Em resumo, lavar coisas nojentas, esse era meu trabalho. Mas me pagavam. O melhor seria dizer que os donos desses negócios pagavam para a Chefona, a mandachuva das lavadeiras, e ela me pagava o que me cabia. Se, ao passar de uma mão a outra, aquela montanha de carne humana ficava com alguns francos meus para seu vinho e seus cigarros, eu não sabia. Nem ousava perguntar, com medo de que me mandasse pegar a estrada outra vez.

— Se confiar em mim, não lhe faltará trabalho — costumava me dizer.

Então, acariciava meus dedos, meu ombro, meu pescoço. Algumas companheiras, pelas costas dela, comentavam que a Chefona gostava de mulheres, mas outras sempre diziam que era louca por homens e todas as noites andava pelos bares atrás dos legionários. De fato, desde a tumultuada relação que tivera com um chefe da *Légion étrangère*, ela ganhara esse apelido, pelo qual respondia sem se incomodar. E havia também quem pensasse que aquela fêmea imponente gostava tanto do pão quanto da linguiça: alguém contou que alguém havia dito que o legionário e ela, em seus tempos de glória, costumavam fornicar como coelhos e tomavam uns porres monumentais, depois brigavam como dois selvagens e, terminada a briga, para se reconciliar, iam juntos se divertir com as putas de Rose Rouge, ao lado dos barracões.

— Em quem mais vai confiar, senão em mim? — insistia.

Para que não me restasse dúvida, ela colocava aos meus pés outro cesto de roupa encardida para eu lavar. E eu confiava nela, porque não podia fazer outra coisa, e no final da semana a Chefona estendia seu braço roliço e peludo, me apalpava um pouco e enfiava em meu decote um punhado de notas. E eu não reclamava de suas carícias, que me eram indiferentes, nem dos francos que me afanava, esses que me importavam mais, porque eu tinha que comprar leite para dois, pão para dois, vagem para dois, porque as outras mulheres me diziam que eu tinha que comer por dois, por mim e para que a semente que aquele homem deixara dentro de mim crescesse. Mesmo assim, todo o alimento que entrava por minha boca parecia se dirigir a uma barriga que ficava cada dia mais redonda e mais dura, enquanto meu corpo continuava magro como sempre.

Diferentemente da tagarelice constante das lavadeiras, com minhas vizinhas argelinas do cortiço eu mal falava: elas não falavam minha língua, nem eu a delas. E, além disso, mal nos víamos. Eu saía ao amanhecer e normalmente chegava quando elas já estavam recolhidas em suas pocilgas depois de ter passado o dia inteiro na lida entre a área comum e seus casebres, trabalhando com seus míseros utensílios, vigiando os filhos para que não fugissem e fossem parar onde ficavam os animais e o matadouro; elas praticamente não saíam do cortiço, porque não eram dali e sim mais do interior, de Cabília, procedentes de vilarejos que abandonaram a contragosto porque assim decidira o marido ou porque foram expulsas por alguma lei despótica dos franceses ou um fogo que arrasara o pouco que tinham, ou qualquer outra rasteira dessas que a vida costuma dar nos infelizes.

Eladio, o Culebra, me punha a par dos devires daquelas vizinhas quando eu chegava à noite, acabada; ele costumava falar com a boca cheia enquanto comia seu jantar com as mãos ou passava a língua no prato de latão. Hoje Safia não saiu, com certeza anda mal, está podre embaixo, dizia venenoso. Ou o filho de Hennu tem febre, com certeza bate as botas em menos de uma semana. Ou Yedder se irritou e deu uma surra na mulher com um porrete e lhe quebrou pelo menos quatro costelas; não sei a razão, mas a vadia mereceu.

Eu mal lhe dava ouvidos; tentava passar reto para entrar em minha toca o quanto antes, com forças apenas para esquentar um caldo com mais água que substância no fogareiro a carvão e na panela toda amassada que ele mesmo me alugava, louca para apagar a lamparina que ele mesmo me havia vendido, desejando me deitar para dormir na esteira pela qual eu também pagava religiosamente minha parte.

— Preço especial para você, minha princesa, por ser da pátria — dissera-me quando eu me instalara.

E piscara com um de seus olhos turvos cobertos perenemente por uma espécie de ranho. Mentira deslavada: aquele mesquinho não estava nem aí para pátria própria ou alheia. Mas sua vontade de mim não cedia.

— Ficaria mais barato para você se me aquecesse à noite, morena — repetia toda vez que eu lhe entregava os francos do aluguel. — Não me importa que esteja prenhe, pelo contrário. Meter assim deve ser interessante...

Como eu o ignorava, ele continuava com sua usura e me arrancava sem compaixão a maior parte de meus ganhos mês após mês, até que minha barriga ficou enorme, e eu cada dia mais magra, e só conseguia andar com as pernas entreabertas e os pés para fora. Ainda está alta, diziam as lavadeiras quando diariamente apalpavam minha barriga com suas mãos destruídas. Ainda precisa descer, devem faltar umas duas ou três semanas.

Mas erraram os cálculos, e eu soube disso certa madrugada de pleno verão, deitada em minha esteira em certa noite de calor intenso, dentro de minha pocilga pela qual corria um sopro de ar. Uma dor pungente na lombar me acordou, lembro do terror no meio da escuridão. Acho que gritei como uma possessa, porque minhas vizinhas acabaram aparecendo e ficaram por ali fazendo e dizendo coisas que eu não entendia; minha consciência ia e vinha, e a dor subia e descia e o calor era infinito, e uma começou a mexer ali embaixo em mim enquanto outra me segurava com sua mão tatuada, enxugava meu suor e, à luz de uma lamparina, cantava alguma coisa doce em sua língua estranha.

Passou a noite, chegou a manhã e se fundiu com a tarde, depois a luz foi se desfazendo e chegou a noite outra vez. E enquanto isso, sem ter noção do tempo, eu morria de dor e dormia e acordava e gritava até rasgar a garganta. Meu único alívio era saber que alguma vizinha estava sempre ali, passando um pano em minha testa e em meu pescoço para enxugar o suor, pousando um pano úmido em meus lábios. Em nenhum momento me deixaram sozinha. Sempre, ajoelhada no chão de terra, tive uma daquelas mulheres ao meu lado.

Com a primeira luz do dia seguinte a criança veio ao mundo. De bunda, meio asfixiada. Magra, feia, roxa, berrando, com uma massa de cabelo pegajoso e escuro na cabeça. Cortaram o cordão, colocaram a criança em cima de mim e eu não soube o que fazer; as mulheres me obrigaram a lhe oferecer o peito. Ali ficou ela, enganchada, chupando colostro sem que eu entendesse o que devia sentir por ela. Era filha de um abusador, mas também era minha, apesar de que, naquele momento, pensei que seria melhor que não tivesse nascido.

## CAPÍTULO 12

Dois dias depois, voltei à lavanderia com uns panos entre as pernas para que o sangue não pingasse e com a menina amarrada à frente de meu corpo, enrolada em um pedaço de tecido que uma das vizinhas do cortiço me emprestara. A caminhada fora penosa; de vez em quando, no meio da rua, tivera que parar e me apoiar na parede para esperar passar a cólica e recuperar as forças para prosseguir. Minhas companheiras, ao me ver, levaram as mãos à cabeça. Obrigaram-me a sentar no degrau de pedra, até a deitar. Sem dar ouvidos a meus protestos, desfizeram os nós do pano e tiraram a criança, que chorava como um gato, com gritos pungentes e tristes. Enquanto a passavam de uma para outra e a ninavam balançando, algumas abriram precipitadamente as marmitas com seu almoço e me obrigaram a comer pedacinhos de pão com queijo, ovos cozidos e linguiça; outra correu até o café da esquina da praça para comprar uma cerveja que me forçaram a beber até não deixar nem uma gota; diziam que ajudava a descer o leite.

Quando bateram sete horas e a água começou a brotar dos canos, insisti em me juntar a elas, mas não me deixaram ocupar meu lugar em frente ao tanque.

— Hoje você descansa — ordenou a Chefona. — Eu lhe direi quando começar.

Passei a manhã no degrau, com a menina ao meu lado dentro de uma cesta no meio da roupa ou pendurada em um ou outro peito meu; talvez tenha sido a cerveja, ou talvez a natureza, que às vezes lança uma estranha bênção no meio das misérias, mas ao longo das horas fui notando meus seios inchando e se enchendo, plenos, bem equipados para dar de mamar àquela filha ainda sem nome.

A pergunta surgiu ao meio-dia, quando as mulheres pararam o trabalho para almoçar.

— Como vai se chamar?

A indagação partiu de uma das mais velhas, enquanto o resto atacava sua comida humilde e me dava uns pedaços generosos. Mastigando, dei de ombros. Havia saído de mim como um verme e eu preferia que continuasse próxima na obrigação, mas distante no sentimento. Sem pensar nela como um ser humano. Sem que brotasse o afeto.

— Ponha um nome francês nela — propôs alguém.

As outras assentiram em coro, de boca cheia. Tudo era mais fácil com um nome francês na Argélia francesa; com um sobrenome, então! Prova evidente era que aquelas mulheres se chamavam Paca Rosales, Ramona García, Esperanza López, Indalecia Gómez, Obdulia Rivera e mais duas dúzias de identidades bem espanholas, e bastava observar o corpo maltratado delas, as mãos descascadas e cheias de vergões para comprovar quanto a fortuna havia sido avarenta com elas. Em um alvoroço espontâneo, aos gritos, começaram a propor nomes. Ponha Agnès, como a charcuteira do *marché couvert*. Blanche, como a da loja de máquinas de costura. Antoinette, como a chapeleira do bulevar da République. Pauline, como a prostituta que foi encontrada esquartejada umas semanas atrás.

— Ou Marie — sugeriu uma. — Só Marie, como a Virgem.

Antes que eu pudesse dizer sim ou não, a Chefona bateu palmas sonoramente três vezes e deu com o pé no chão para fazê-las calar. Depois, apontou seu dedo deformado, castigado pela artrose, para a que havia acabado de falar.

— Pronto, está resolvido. Esta menina será Marie, como a Virgem Santíssima.

Para ratificar sua decisão incontestável, ela se persignou, deu um beijo estalado no polegar cruzado com o indicador e lançou o gesto ao céu. Sem me deixar intervir, ordenou o passo seguinte.

— À tarde vou falar com o *père* Jérémie, amanhã mesmo a batizamos.

A confirmação de seu plano chegou, de fato, na manhã seguinte.

— O padre nos espera hoje às seis — anunciou a Chefona. — O velhaco pretendia que esperássemos até domingo de manhã, depois da missa, mas eu disse que nem pensar. Que tinha que ser hoje mesmo, no fim da tarde, quando terminássemos a lida.

Uma das mais sensatas murmurou:

— Também não há tanta pressa, mulher...

— Como que não há pressa! — bramou a outra com sua voz de trovão. — Não viu o corpo de rato que a criancinha tem? E essa cara feia, que em vez de uma recém-nascida parece uma velha de asilo? É melhor jogar água benta nela o quanto antes, porque se a coisa for mal, pelo menos ela sobe ao céu bem direitinho e não fica no limbo.

Aqueles absurdos deveriam ter me tirado da apatia, mas entraram por um ouvido e saíram pelo outro. Para mim tanto fazia batizá-la ou não; eu não tinha nenhum interesse em que continuasse viva, tanto fazia se morresse no meio de um de seus choros cansativos. Até me passou pela cabeça umas vezes o que vira minha mãe fazer em El Puntarrón quando acabara de expelir por baixo seu quinto ou sexto filho: pouco depois de parir, colocara a criança com a cara no colchão de palha e, com a mão bem aberta, apertara forte a cabecinha para que não pudesse respirar. Tinha problema, murmurou quando percebeu que eu havia entrado no casebre, sigilosa, e sido testemunha do que ela estava fazendo; notava-se o terror em seu rosto. Doente, estragadinho, dissera ela, passando a mão por baixo do nariz para enxugar as lágrimas e o ranho; assim não sofre. Depois o enterramos enrolado em um pano, embaixo da figueira, junto com os outros.

Um novo grito da Chefona me tirou de minhas recordações.

— Petra! Hoje você não tem alguma roupa delicada da *maison* do juiz Faure para lavar? Traga aqui, vamos escolher.

Naquela tarde, o trabalho acabou um pouco antes. Ali mesmo, sobre o degrau, vestiram em minha filha o vestido cheio de renda de Valenciennes de alguma *petite fille française* que certamente tinha o triplo do tamanho dela. Insistiram também em me arrumar, na tentativa de aliviar meu aspecto selvagem. Pentearam minha juba, fizeram uma trança e a enrolaram na nuca, formando um coque preso com grampos meio enferrujados que algumas delas arrancaram da própria cabeça. Ofereceram-me também roupa alheia: ponha esta saia de madame

Liabert, vamos ver se cabe; esta camisa, este sutiã: tudo peças de roupa que tinham de lavar, propriedade de outros corpos muito mais dignos que o meu. Assim que saísse da igreja as devolveria, ninguém sentiria falta delas nesse meio-tempo.

Com seus cestos no quadril ou na cabeça, arrastaram-me até a paróquia de Saint-Vincent Martyr com a menina no colo. Entre europeus vestindo roupas claras e árabes envoltos em túnicas e albornozes, caminhamos pelas ruas centrais de Sidi Bel Abbès, aquelas em que eu jamais pisava em minha rota até meu cortiço na periferia. Percorremos a avenue Kléber e a rue Prudon, passamos em frente à place Carnot com seu teatro e seu coreto de ferro fundido, onde, segundo me contaram, aos domingos a banda da Legião Estrangeira tocava. Um bom número de cabeças se voltou enquanto passávamos; algumas cumprimentaram com uma expressão medianamente cortês e outras nos lançaram olhares de desdém e desprezo. Aí vão as pobres lavadeiras espanholas, sempre tão escandalosas, deviam pensar. Aí vão em pelotão, berrando como cabras.

O velho padre francês nos esperava no interior da igreja ao lado da pia batismal, com sua casula sobre o tronco encurvado, seu livro vermelho na mão e cara de ser obrigado pelas circunstâncias; sabia-se lá com que argúcias a Chefona o havia enrolado para convencê-lo a celebrar a cerimônia fora das horas de suas liturgias.

Jamais na vida eu havia entrado em um templo como aquele; na realidade, jamais havia entrado em nenhum lugar sagrado afora a ermida em ruínas perto de El Puntarrón, a de San Lorenzo, com as paredes todas descascadas e as telhas meio caídas. Mas ali estava eu, caminhando pelo corredor central da igreja entre os bancos de madeira escura, dirigindo-me ao altar com minhas alpargatas encardidas, uma roupa que não era minha e a criança no colo. E assim foi batizada Marie, com seu corpinho de frango e sua cara de lagarto, esgoelando-se nos braços da Chefona, que fez as vezes de madrinha enquanto o velho *père* Jérémie jogava água benta em sua cabeça e murmurava seu latim. *Exorcizo te, immunde spiritus, in nomine Patris et Filii et Spiritus Sancti.*

Terminou em cinco minutos e nos pastoreou até a porta, mais que por cortesia sacerdotal para se assegurar de que fôssemos realmente embora sem causar mais agitação no interior do templo. Respeitosas, as lavadeiras reservaram suas irreverências até o momento de sair à rua, mas assim que atravessamos as portas e descemos os degraus, explodiram os gritos, as palmas, os parabéns para a nova cristã, com todas as mulheres reunidas em torno de mim e da menina enquanto o *père* Jérémie tentava – sem sucesso – fazer com que fôssemos embora dali.

Foi nesse momento, no meio da balbúrdia, que um automóvel se deteve em frente à igreja. Abriu-se uma porta de trás e desceu um homem. O condutor ficou dentro. Um homem relativamente jovem, de boa aparência, vestido com distinção europeia, apesar do aspecto um tanto desordenado àquela hora do fim da tarde: o paletó amassado, o cabelo meio revirado, os sapatos e a bainha da calça cobertos de pó. Claramente, não havia acabado de abandonar o *Le Progrès de Bel Abbès* que andara lendo em um tranquilo café, e sim uma longa jornada de trabalho.

— *Allez, allez*… — insistiu o *père* Jérémie, aflito, empurrando sem recato as costas da mulherada.

Mas as lavadeiras não estavam interessadas em obedecer-lhe, e o padre não teve escolha senão abrir caminho entre elas para ir receber o recém-chegado.

Ele, contudo, não se deu conta da aproximação do sacerdote: estava com a atenção fixa em outro ponto. No meio dos gritos e da celebração, em frente à fachada da Saint-Vincent, aquele homem elegante olhava para mim como se o bom Deus houvesse atendido às suas preces.

# CAPÍTULO 13

Com Marie batizada, meus peitos cheios de leite e os coágulos de sangue ainda escorrendo entre minhas coxas, na manhã seguinte voltei a ocupar meu lugar na lavanderia. Atrás de mim, no degrau de pedra, a menina dormia dentro de uma cesta, e ao meu redor mantinham-se os afazeres constantes de todos os dias, o som da água fria ao brotar dos canos, o ruído que as mulheres faziam ao esfregar a roupa molhada, a tagarelice de umas e outras misturando sem parar lamentos e coplas com casos ou crônicas de eventos tétricos; quanto mais sanguinários e tortuosos, mais elas gostavam.

Supostamente, assim seguiríamos até o meio-dia, hora da pausa para o almoço; ninguém imaginava que algo quebraria a rotina cotidiana por volta das dez e meia. A mulher que ocupava o tanque mais perto da rua foi a primeira que o viu se aproximar e avisou as outras aos gritos.

— Alguma de vocês esqueceu alguma coisa na igreja ontem? Porque o *père* Jérémie está vindo aí; ou talvez queira que confessemos se pecamos ontem à noite.

Para enfatizar suas palavras, ela fez um gesto grosseiro, sacudindo energicamente um braço com o punho fechado. Todas receberam a piada com uma gargalhada. Todas menos eu, que mantive os lábios apertados. Estava exausta, mal havia dormido; a menina havia passado a noite chorando, sentia dor até na alma.

— *Bonjour, mes filles* — cumprimentou o padre ao chegar a nosso recinto aberto.

— *Bonjour, père* Jérémie — responderam as mulheres em coro.

Eu, de novo, permaneci calada.

A curiosidade as fez suspender o trabalho e endireitar o corpo, esperando descobrir por que diabos o padre havia se dirigido até aquele nosso cantinho na periferia. Umas aproveitaram a pausa para levar as mãos à lombar, outras arquearam as costas para trás para desintumescer as vértebras ou tiraram do rosto suado as mechas de cabelo que haviam escapado dos lenços. De minha ponta, a oposta, eu olhei para o degrau para ver como estava a criança.

Sem mais palavras, o padre começou a percorrer as filas de mulheres com olhos atentos, como se procurasse alguém. A Chefona, com seu descaramento de sempre, soltou um berro:

— *Vous cherchez quelqu'un, mon père*? Quem está procurando, padre? Quer uma namorada? Porque isto aqui está cheio de mulheres saborosas...

De novo uma gargalhada geral; todas estavam atentas à próxima reação daquele mulherão; ela era atrevida e desavergonhada, mas também astuta, e desde o primeiro momento tivera certeza de que a visita do padre não se devia a um simples passeio sem importância. De modo que, enxugando as mãos vermelhas em seu enorme avental, ela se afastou do tanque e se dirigiu a ele, para que lhe contasse que razão o levava àquela lavanderia aonde ninguém medianamente digno jamais ia.

Afastaram-se da parte coberta que protegia os tanques e foram para os varais para conversar; era chocante vê-los caminhar lado a lado com seus tamanhos díspares, ela tão corpulenta, ele encurvado e seco. Àquela distância não podíamos ouvi-los, mas sim observar que era o sacerdote quem falava a maior parte do tempo, enquanto ela assentia com a tripla papada embaixo do queixo.

Demoraram pouco a voltar; quando chegaram ambos ao extremo oposto ao meu, o grito rude da Chefona atravessou meus tímpanos:

— Cecilia! Venha para fora agora mesmo!

Os olhos das outras não desgrudaram de mim enquanto eu tirava as mãos da água, dava uma olhada na menina adormecida e obedecia à ordem. Cheguei até eles ainda enxugando as mãos no avental, assim como havia feito a Chefona, assim como fazíamos todas; ali ninguém usava panos secos ou toalhas. O padre entreabriu a boca para se dirigir a mim, mas ela o deteve com uma mão forte na manga da batina dele.

— Deixe que eu fale, *mon père*, esta moça de francês não entende nada.

E prosseguiu:

— Você deu uma sorte imensa, menina. Arranjou um emprego na casa do novo engenheiro *des chemins de fer*.

Franzi o cenho, não estava entendendo.

— Um engenheiro das novas ferrovias, do trem para Mascara — explicou. — Ele chegou há uns meses da França e ontem foi pedir ajuda ao padre porque a mulher acabou de parir e, como deve ser uma fracote, não é capaz de amamentar o recém-nascido.

Então, ela olhou meu decote, meus seios inchados debaixo da blusa e grandes círculos úmidos em cima dos mamilos, por onde o leite estava escapando já fazia um tempo. Marie estava dormindo havia quatro ou cinco horas depois de uma noite insone, e eu sentia que aquilo estava prestes a explodir.

— Veja, padre, que formosura de úberes…

Para ratificar, estendeu uma de suas mãos brutais, pousou-a aberta sobre meu peito esquerdo e apertou com força. O pobre padre sentiu um calorão no rosto e começou a tossir; quase engasgou.

— *Ça suffit* — murmurou.

É suficiente, disse, ruborizado até as orelhas. A Chefona soltou uma gargalhada, eu continuei séria.

— Venha, menina, pegue Marie e vamos lá; eles moram no *faubourg* Thiers, o bairro dos ricos. Eu a acompanho para saber bem das condições, porque com essa sua cara de susto, se for sozinha vão enganá-la com certeza. E depois, já sabe: separe para mim um dízimo de seu salário, em agradecimento por meus serviços.

Concluída sua piedosa função, o sacerdote, ainda aflito, saiu rápido como um coelho enquanto eu pegava a menina e me despedia das mulheres. Deixei-as gritando às minhas costas:

— Ama de leite, isso sim que é emprego!

— Em uma boa casa francesa, isso sim que é sorte!

— Marie já nasceu com sorte!

— Tudo de bom, Cecilia, e lembre-se de nós!

# CAPÍTULO 14

Chegamos àquele *quartier* distinto depois de um tempo caminhando por ruas e bulevares; Sidi Bel Abbès era uma cidade não muito grande, plana como um prato e bastante nova na maior parte, erguida em volta da sepultura de um morabita muçulmano, como me contara uma das mulheres. A Chefona perguntou aos transeuntes em duas esquinas até encontrar a Villa Jasmin na rue Palat, uma linda construção de dois andares com jardim na frente contornado por uma grade de ferro fundido; entre as barras da grade assomavam as buganvílias e os jasmins. Nunca em minha pobre vida eu havia sonhado em pôr os pés em um lugar como aquele.

Aquela área europeia de *villas* e *hôtels particuliers*, *châteaux* e *châtelets* não tinha nada a ver com o bairro alto, o velho bairro de las Palmeras ou os arredores da popular calle del Sol, onde viviam minhas companheiras com sua prole: centros espanhóis cheios de casas caiadas humildes nas quais se falava gritando e se bebia água em vasilhas de barro, se penduravam vasos com gerânios nas janelas e se guardavam lutos rigorosos pelos mortos. Mas nem todas as pessoas de origem espanhola viviam com dificuldade, viu, avisou-me a Chefona pelo caminho. Alguns haviam progredido, e como prova, com seu dedo indicador cheio de vergões, enquanto apertávamos o passo, ela foi apontando alguns comércios. E um compatriota que ficara rico com o esparto construíra até um palacete, o Château Vilumbrales.

Se aquele distinto bairro Thiers pouco se parecia com os lugares onde viviam os trabalhadores espanhóis, muito menos recordava as quebradas onde as míseras famílias argelinas provenientes dos campos e de Cabília conviviam amontoadas em cortiços em ruínas com cristãos da pior espécie, *rumís* caídos em desgraça por causa do álcool, dos abusos, das doenças ou do que fosse. Como meu senhorio, o Culebra. Como eu mesma.

Uma vez em nosso destino, atravessamos o portão da *villa* e percorremos o breve caminho até a entrada. A Chefona apertou com fúria a campainha da porta principal. Sem demora, uma mulher madura vestida de preto até os tornozelos, com um coque grisalho e apertado, abriu. Olhou-nos de cima a baixo sem disfarçar seu desprezo; certamente nos considerou um trio indigno: uma mulher enorme, bronca e desalinhada – a Chefona –, eu, com meu corpo ossudo e meus andrajos, e Marie enrolada naqueles panos sem brilho cruzados à minha frente na diagonal e amarrados às minhas costas. Depois de seu exame descarado, não nos deixou passar, evidentemente. Limitou-se a nos indicar – em francês – como contornar o jardim até a porta de serviço, nos fundos da residência.

— Aposto que esse urubu não é a avó, e sim a *gouvernante* — explicou a Chefona enquanto percorríamos a lateral da casa. — A governanta, a que manda em tudo. Não deve ser da família, mas tome cuidado, porque certamente tem mais poder que um oficial do primeiro regimento.

Ao chegarmos aos fundos da casa, ela tornou a abrir a porta e, por fim, deu-nos acesso àquele mundo. Diante do fogão, na cozinha, outra mulher lidava com pequenas caçarolas de estanho; a *gouvernante* murmurou umas palavras ao ouvido dela e lhe entregou umas notas que tirou de um bolso da saia. A cozinheira, sem olhar para nós, apagou o fogo, jogou uma capa cinza sobre os ombros, pegou um cesto de palha e saiu pela mesma porta pela qual nós havíamos acabado de entrar, andando rápido com suas pernas curtas. O pretexto, certamente, era que fosse comprar alguma coisa, mas eu intuí que a única coisa que a outra queria era livrar-se dela.

Quando ficamos a sós, a primeira coisa que a francesa fez foi me obrigar a tirar a menina pendurada em meu corpo; ao fazê-lo, eu a acordei ou a incomodei, porque ela começou a chorar como um bichinho furioso. Eu quis niná-la, tentar acalmá-la, mas a Chefona a arrancou de meus braços para que eu focasse no que tinha que focar. Diante do choro infantil, madame Brun – assim se apresentou ela – franziu os lábios em uma breve expressão de contrariedade. Sem nem se dignar a olhar para a criança, sem perguntar se era menino ou menina, quanto tempo tinha ou como se chamava, com um gesto me indicou que eu abrisse minha camisa.

Apesar dos bruscos balanços da Chefona, Marie não parou de berrar enquanto eu mostrava à francesa meus peitos inchados e meus mamilos grandes e escuros como nunca haviam sido antes, roxos como ameixas.

— *C'est correct* — murmurou.

A Chefona, ainda balançando a menina, me olhava extasiada, com a boca meio aberta debaixo de seu buço suado.

A seguir, madame Brun nos mandou sentar em uma pequena copa colada à cozinha, um pedaço de paraíso com papel de parede florido; cheirava a comida quente, a pura glória. Ela voltou com uma bacia de louça cheia de água e a deixou em cima da mesa; ao lado, colocou uns panos limpos, uma barra de sabão e uma toalha de um branco tão branco como eu só havia visto quando as moradoras de algum casario perto de El Puntarrón, na primavera, branqueavam com cal viva as paredes dos casebres e dos currais.

— *Lavez-vous* — ordenou.

A Chefona traduziu de imediato.

— Ela mandou você se lavar.

Enquanto a água morna misturada com a espuma e o cheiro de lavanda do sabão escorria por meu decote, axilas e peitos; enquanto eu me secava com uma toalha macia e impoluta, pela primeira vez na vida entendi algumas palavras que até então nunca havia usado, porque jamais havia experimentado essas sensações. Suavidade. Ternura. Delicadeza. Mas meu pequeno prazer durou pouco; em dois minutos madame Brun estava de volta. Nos braços carregava um vulto envolto em rendas.

— *Le petit* Édouard.

Antes de entregá-lo a mim, lançou um olhar à mesa toda molhada. Os panos e a toalha estavam amassados, sujos, espalhados pela superfície, manchados com a sujeira parda arrancada de minha pele. Ela os recolheu com cara de nojo, tirou outros limpos de uma gaveta e os estendeu a mim.

— *Les mamelons. Lavez-les encore une fois. Sans savon.*

A Chefona traduziu e eu obedeci: lavei de novo os mamilos, mas sem sabão, para não deixar sabor e rastro. Quando acabei, ela me entregou o menino.

Era pequenininho, rosado, com uma leve penugem loura lhe cobrindo a cabeça, envolto em uma quantidade sufocante de tecidos, tão diferente de minha filha morena e seminua. Aproximei meu peito de sua boca diminuta, mas ele não a abriu. Insisti enquanto Marie continuava chorando com raiva; estava com fome, certamente. Na terceira tentativa, o pequeno Édouard por fim pegou o mamilo e começou a mamar, primeiro devagar, acanhado; depois com afã quase canino.

E enquanto aquela criança alheia se alimentava com o mesmo leite que minha filha me pedia, madame Brun e a Chefona resolveram questões de salário e obrigações, coisas práticas que a lavadeira mandona me explicaria depois.

— Ela morará na casa — anunciou a *gouvernante*. — Dormirá no quarto com o bebê e comerá a mesma comida que a família. Terá a tarde de domingo livre.

A Chefona considerou bom o acordo; ótimo negócio, certamente pensou. Agora, essa tonta recém-chegada vai ganhar quase o dobro do que ganham as veteranas que passaram metade da vida acabando com a coluna na lavanderia. Sem passar frio nem calor, sem ter que estar na rua antes do nascer do sol e só voltar ao anoitecer, sem dar até a alma nem sofrer as queimaduras da água sanitária nem ser vítima de reumatismo e bronquite. Isso é que é sorte, irmã.

Madame Brun interrompeu o fluir de pensamentos que eu intuía.

— *Une dernière chose, c'est important.*

Nós a fitamos, à espera de que esclarecesse que coisa importante era essa.

— *L'enfant* — anunciou, indicando Marie com um levíssimo movimento do queixo, seco, despectivo.

Não precisei que a Chefona traduzisse suas palavras; a cara da velha harpia era eloquente.

— A menina não fica. Precisa levá-la embora.

## CAPÍTULO 15

Vários sentimentos contraditórios se agitaram dentro de mim. Alegria era um, por ter conseguido um emprego no qual ganharia o triplo. Inquietude, por não saber como seria essa mudança. E um misto de desassossego e tristeza por saber que teria que deixar Marie sozinha. A filha a quem, quase contra minha vontade, eu estava começando a me afeiçoar com um amor possessivo e desconhecido.

A Chefona, apesar de minha insistência, recusou-se a ficar com ela; intuí que era porque tiraria sua liberdade para andar pelas noites de bar em bar com os militares mais bonitos da Legião Estrangeira. Então, foi embora alegando uma falsa pressa repentina; da porta, recordou-me que, na semana seguinte, voltaria para buscar seu dízimo.

Por meio de gestos, com a menina no colo, consegui fazer madame Brun entender que eu tinha que sair para me organizar. Entre as outras lavadeiras também não encontrei nenhuma disposta: como poderiam arcar com tal responsabilidade, disseram, se passavam o dia inteiro na lida fora de casa? Já tinham complicação suficiente com os maridos e os filhos, algumas também cuidavam dos netos, que já se chamavam Jean-Paul, Madeleine ou Marcel, de parentes do povoado, pais doentes ou sogras; bocas demais para alimentar para, ainda por cima, cuidar de filho dos outros. Diante daquelas negativas compreensíveis, com a menina amarrada de novo a meu corpo, voltei ao cortiço do Culebra em busca de uma solução desesperada.

Encontrei-o, como sempre, à porta de seu barraco, sentado em uma cadeira de junco, curvado para baixo para mexer a comida dentro de uma panela de estanho ao calor de um fogareiro. A seu redor, sua muleta de madeira rústica, trastes, restos, montes de garrafas de aguardente vazias, porcarias difíceis de identificar, excrementos de animais e cascas de frutas meio podres. Sem dúvida, os ratos rondavam por ali.

— Eladio, preciso que você traduza, tenho que pedir uma coisa às vizinhas.

— Que coisa? — perguntou, áspero, enquanto pegava um pouco daquela gororoba de aspecto vomitivo com uma colher de pau.

— Preciso que alguém cuide de minha filha enquanto eu trabalho. Consegui um emprego novo.

Ele ergueu a cabeça e me observou com seus olhos turvos, cobertos por aquela espécie de ranho amarelo eterno.

— E onde você vai trabalhar, com essa sua cara de morta de fome?

Hesitei; não queria ouvir mais atrevimentos. Mas acabei lhe dizendo.

— Vou ser ama de leite do filho de uns franceses.

Uma gargalhada brotou do fundo de seu peito, e atrás dela o catarro, que ele cuspiu virando a cabeça de lado. Parte do miasma caiu em cima de sua comida, mas ele não se importou.

— Que merda de mãe é você, que nega o leite à própria filha para vendê-lo a uns ricaços.

A fim de enfatizar suas palavras, deu um tapa no toco purulento de sua perna; as moscas verdes que estavam ali pousadas voaram em bando, mas pousaram de novo logo depois. Tive vontade de pegar um daqueles trastes do chão, dar na cabeça dele e sair correndo; ele não poderia me alcançar com metade da perna faltando.

— Posso pagar por esse favor — acrescentei. — Quando eu receber, semana que vem.

Isso o amansou; qualquer coisa para pôr uns míseros centavos no bolso. Eu lhe expliquei o que queria que ele dissesse: que estava disposta a pagar à mulher que ficasse com a menina, que tentaria tirar leite todos os dias para que a alimentasse com a mamadeira, mas que a pessoa teria que ir buscá-lo na *villa* dos franceses.

Pela cara obscena dele, percebi que minhas palavras o haviam excitado. Voltou minha vontade de lhe quebrar a cabeça, ou de lhe cravar algo bem fundo como havia feito com o outro homem, o pai de minha filha. Mas, uma vez mais, apertei os dentes.

— Pode chamá-las e dizer isso agora mesmo?

— Se quiser, eu mesmo tiro seu leite; posso dar umas chupadas bem gostosas nessas tetas lindas.

Para demonstrar, ele me mostrou sua língua cheia de baba esverdeada e grossa, e começou a movimentá-la com luxúria entre os lábios, fazendo um som nauseabundo. Pensar naquela boca chupando meu peito me provocou um engulho que tive de engolir com dificuldade para continuar negociando.

— Por Deus eu lhe peço, Eladio — insisti, apertando Marie contra meu corpo para protegê-la daquele porco. — Pode chamar as mulheres?

Ele jogou a colher de pau dentro da panela e usou a mesma mão para pegar do chão de terra o sininho que usava para dar seus avisos: um sino robusto de ferro fundido, preto e vistoso. Sabia-se lá de onde o havia tirado.

Em apenas alguns instantes apareceram três vizinhas; as outras duas deviam ter razões sérias para não aparecer, porque todas sabiam que com os avisos do cristão não se brincava. Ou não estavam no cortiço, ou estavam doentes ou doloridas devido aos últimos tabefes do marido, ou debilitadas ao extremo pela falta de alimento, ou haviam voltado para sua aldeia em Cabília por não serem mais capazes de continuar naquele lugar imundo.

Sufia, a mais jovem de todas – também a mais calada –, aceitou. Nos momentos em que estivera ao meu lado durante o parto, havia sido a única que não cantara nem dissera nada. Mas tinha três filhos pequenos, um ruim como a peste, outro meio bobinho e o último ainda mamando, apesar de já ter bons dentes. E tinha também um marido que desaparecia do cortiço de vez em quando para ir trabalhar nas pedreiras, segundo dizia, ou na colheita do pêssego ou da uva, e depois de algumas semanas voltava com um corte na cabeça ou os olhos roxos ou um braço quebrado, sem explicações e sem um mísero franco, sujo e maltrapilho. Minha ajuda econômica, por paupérrima que fosse, para Sufia seria uma bênção.

Ir embora sem Marie provocou em mim uma grande desolação, uma sensação de vazio insuportável. Estava indo trabalhar, prosperar para poder sustentá-la. Meu objetivo era, quando deixasse de alimentar o menino francês, com o que houvesse juntado de meus pagamentos semanais abandonar aquele cortiço imundo do Culebra, que ainda me mostrava sua língua indecente quando fui embora naquela tarde. Caminhando leve pelas ruas, sem o peso de Marie, eu sentia como se aquele porco houvesse arrancado um pedaço de mim mesma com sua boca nojenta.

## CAPÍTULO 16

Logo me acostumei à *maison* dos Favager, apesar de que, no início, foi tudo confusão e erros. Eu chegara sem saber nada, sem entender nada, como um pássaro tirado do ar livre e jogado à força dentro de uma gaiola. Uma gaiola linda, com muitas comodidades que eu desconhecia, e, por isso, no início, eu passava o dia inteiro batendo a cabeça nas barras, sem compreender não só a língua daqueles seres, como também as rotinas mais elementares à convivência.

Eu não tinha hábitos de higiene, ignorava o que era civismo e cortesia, as mínimas formalidades, as boas maneiras. Até então, sempre havia comido sem hora nem ordem, com as mãos, ou sorvendo das vasilhas, ou arrancando nacos do que fosse; jamais haviam me servido um primeiro prato, um segundo prato e uma sobremesa sentada a uma mesa, com talheres e toalha e guardanapo. Estava acostumada a dormir com a roupa encardida do dia, só me lavava e penteava mal e porcamente de vez em quando, não sabia para que servia uma esponja, como usar um vaso sanitário ou um aquecedor, ou que diabos era uma escova de dentes.

Alarmada diante de minha conduta selvagem e primitiva, madame Brun empreendeu uma enérgica campanha para arrancar minha plumagem rústica e deixar-me em conformidade com a família à qual servia: a família do engenheiro Jean-Luc Favager – o homem que havia descido do carro em frente à igreja – e sua frágil esposa Constance, a quem eu era obrigada a chamar apenas de madame, jamais pelo nome. De qualquer maneira, o risco de eu errar era pequeno: mal a via, porque ela passava o dia trancada em seu dormitório com as cortinas fechadas, mergulhada em uma espécie de melancolia, resultado de uma gravidez e um parto difíceis, mais a odiosa obrigação conjugal que a forçara a seguir seu marido até a árida Argélia, deixando para trás sua

Toulouse natal, o conforto de seu mundo, seus entretenimentos burgueses, o apoio dos seus.

A *gouvernante* levava o menino ao quarto dela de vez em quando e ali lhe servia a comida em uma bandeja. Lá ela escutava sua música, bordava peças em *petit point* tão complexas quanto inúteis e lia os romances e revistas que chegavam da *métropole*; o jornal local, com as notícias e os anúncios daquelas terras africanas cheias de pó, não lhe despertava o mínimo interesse.

Diante da falta de ânimo da jovem senhora e da constante ausência do esposo durante suas longas jornadas de trabalho nas obras dos *chemins de fer de l'Ouest Algérien*, a governanta, eternamente amarga e eternamente vestida de preto, obrigou-me a me adaptar à base de ordens, broncas e caras feias. Não é assim. Não é assim que se come, que se anda, que se fala, repetia até cansar. Não é assim que se faz. A Chefona acertara seu prognóstico: a governanta era a rainha e senhora da intendência, quem organizava o dia a dia e levava à rédea curta o serviço doméstico composto por uma sigilosa empregada árabe, a madura cozinheira – que também era de origem espanhola, mas quase não falava e ia embora diariamente depois do almoço –, um velho jardineiro de nome Farid e eu, responsável pela roupa e pela alimentação do pequeno príncipe. Os outros três empregados não moravam na casa, eu era a única. Mesmo assim, Brun jamais me tratou com um mínimo de calor; para ela, eu nunca fui mais que uma fonte de leite que devia manter em perfeito estado para que o abastecimento nunca falhasse.

E enquanto *le petit* Édouard mamava e mamava e ia ficando cada vez mais robusto e lustroso, eu tirava meu leite escondida com um aparelho que a *gouvernante* me dera para o caso de que sobrasse algo, para que não se formasse nenhum grumo e a vaca humana tivesse de cortar o fluxo alimentício do herdeiro. A invenção consistia em uma boca de vidro grosso acoplada a uma pera de borracha, e acabou sendo minha melhor aliada: com ela eu fazia a sucção escondida, antes de cada mamada, para guardar um pouco para Marie antes que o menino voraz e guloso tomasse tudo. Ficava satisfeito por quatro ou cinco horas apenas, de noite ou de dia, manhã, tarde ou madrugada. Quando eu estava começando a me recuperar, Eduardito me requisitava outra vez com seu choro exigente, para mamar de novo.

Também escondida, depois eu vertia esse leite que roubava de mim mesma em um dos dois potes de vidro que havia tirado do fundo de um armário da cozinha e que escondia embaixo da longa colcha do berço, à espera de que Sufia passasse para pegá-lo. Aproveitando que madame Brun ia todas as tardes rezar o santo rosário na Notre-Dame de Lourdes, com o pote escondido entre as dobras do vestido de botões que ela me obrigava a usar como uniforme, eu ia até a esquina da rue Palat e tanto o pote cheio como o vazio passavam de uma mão a outra, circulando entre a distinta Villa Jasmin e o cortiço imundo ao qual eu só voltava aos domingos.

Lá, a cada sete dias eu reencontrava Marie, magrinha e cetrina, que ia se transformando em uma menina à qual me custava reconhecer, cada dia mais distante de mim e de meu mundo. Mal respondia aos meus carinhos, recusava meu peito e preferia a mamadeira; porém, sorria para a mãe postiça e os irmãos postiços, aquelas crianças fracas e maltratadas pela escassez. Eu sempre tentava levar para eles alguma coisa que afanava pelas costas da governanta: uns biscoitos amanteigados, um pedaço de sabão, um punhado de avelãs. Longe de desfrutá-los, aqueles encontros dominicais eram para mim uma fonte de amargura. Sempre, invariavelmente, eu voltava ao anoitecer à *villa* dos Favager dominada pelo desassossego e a culpa. A culpa. A maldita culpa.

Assim se passaram as semanas até se completar um mês, outro mês, vários meses. Algumas vezes eu falhava, quando madame Brun mudava a rotina por alguma razão e me obrigava a ajudá-la com qualquer imprevisto doméstico. E algumas vezes Sufia falhava, suspeitava eu que por exigências do marido encrenqueiro que sempre saía para trabalhar, mas nunca trabalhava. Eu jamais soube se nesses dias Marie tomava leite de cabra ou do peito daquela mulher calada de olhos feito amêndoas que, apesar de não podermos nos entender com palavras, havia se tornado minha cúmplice e mãe substituta de minha filha; o mais próximo de uma amiga.

Conforme o tempo passava, também fui aprendendo mais coisas do mundo civilizado. Aprendi a ler a hora que os relógios marcavam e a descascar as maçãs que vinham de Orã em caixotes, onde chegavam do Val de Garonne em barcos, porque na Argélia cultivavam laranja, clementina e melão, mas dessas frutas vermelhas e duras quase nada. Madame sentia falta delas e seu marido mandava importá-las a cada duas semanas. Também me acostumei a pisar nos macios tapetes de lã, a me assear ao acordar e a escovar o cabelo toda noite, a não me jogar sobre a comida como um animal ansioso. A fazer minha cama esticando os lençóis pelas pontas para não deixar nenhum amassado. Essa era, talvez, minha maior satisfação: dormir sobre um colchão, mesmo que estreito e duro, não em um monte de palha ou no chão mesmo.

De tanto ouvi-las constantemente, fui também absorvendo palavras e expressões em francês: os nomes dos alimentos, utensílios e móveis – *la pomme de terre*, *la fourchette*, *l'armoire* –, as ordens que Brun cuspia e os cumprimentos que, à noite, ao voltar de seu trabalho no trem, *monsieur* Favager me dedicava com educação quando ia acariciar a bochecha de seu filho em meu colo. Apesar da contenção, ele era o único que me tratava com um mínimo de humanidade naquela casa.

Até aquela noite em que chegaram as chuvas finais do outono, depois de vários dias com ventos loucos. Ele voltou mais tarde que de costume, certamente para deixar tudo organizado na ferrovia em previsão das águas torrenciais que acabariam caindo. Eu ouvi quando ele entrou, sereno como sempre: não era homem ruidoso nem de muitas palavras, talvez por seu próprio temperamento ou talvez porque não tinha com quem falar naquele lar sem vigor; nem com a antipática Brun nem com sua esposa murcha.

Eu estava no quarto que dividia com o menino, dando de mamar como quase sempre; de costas para a janela, com uma lamparina pequena acesa em cima da cômoda ao lado, na mesma poltrona de vime na qual me sentava para essa idêntica função cinco ou seis vezes ao dia. Havia sido um dia intenso, a *gouvernante* andava com os nervos à flor da pele porque o vento arrancara um galho de uma árvore do jardim, e, ao cair, ele quebrara um vidro da sala de jantar no térreo.

Então, ela começara a distribuir ordens furiosas à empregada Ouafa e ao jardineiro Farid: cortem, afastem, mudem, empurrem... Como não a entendiam, ela perdera a compostura e acabara gritando com eles, empurrando-os, insultando-os em sua língua: imbecis, malditos retardados, *vous êtes des ânes*, seus burros. A mim coube recolher os cacos, enquanto os empregados árabes saíam do caminho, intimidados, e madame Brun deixava o jantar servido para o patrão em uma ponta da mesa da sala de jantar e se retirava a seu quarto com uma daquelas terríveis enxaquecas de que sofria de vez em quando e que a deixavam meio lerda.

Uma vez apaziguada a desordem doméstica, quando mal restava luz no exterior e na casa só se ouvia o vento açoitando lá fora, o sono me arrastou sem que eu percebesse, com o menino ainda engatado em meu peito. Sem que eu notasse, em algum momento ele soltara meu peito e, satisfeito, adormecera em meu colo. Não sabia quanto tempo havia passado, só a chuva furiosa batendo contra o vidro me arrancou do sono. E ao abrir os olhos, vi a figura dele entre as sombras: *monsieur* Favager me contemplava da porta. Também não sabia havia quanto tempo ele estava ali, concentrado em meu peito nu, em meu rosto limpo e minha trança morena sobre um ombro, enquanto caía a tempestade. Olhamo-nos em silêncio, iluminados pela tênue luz que atravessava a tela de pergaminho. A chuva densa continuava caindo.

Então, ele entrou e fechou a porta sem fazer barulho. Com cuidado, em silêncio, tirou o filho de mim e o deixou no berço. Eu não me mexi, não sabia como reagir, faltaram-me as forças. Ele levou a mão a meu rosto e me acariciou devagar. Com a mesma lentidão, desceu-a pelo pescoço, envolveu-o inteiro. Tornou a subi-la, levou os dedos à minha boca, percorreu meus lábios. E eu não reagi, porque nunca ninguém havia me acariciado daquele jeito, ou porque ele era o senhor da *maison* e eu sua empregada, ou porque minha pele e minha alma talvez simplesmente precisassem do toque de um ser humano.

## CAPÍTULO 17

Acordei com as sacudidas de madame Brun, com seus dedos ossudos cravados em meu ombro como ganchos de açougueiro. *Putain de salope*, *putain de salope*, rosnava, colérica. Puta maldita, repetia a dois palmos de mim, enchendo meu rosto de respingos de saliva. Eu me levantei de um salto; então, ouvi o choro do menino fora do quarto, os soluços de madame Favager no corredor, as palavras incompreensíveis de seu marido tentando acalmá-la. A chuva continuava caindo violenta e eu, mergulhada em um estranho torpor, não tivera consciência de nada; adormecer ao lado daquele homem gerara em mim a enganosa impressão de me sentir segura.

Eu não sabia se ainda estávamos no meio da noite ou se já havia amanhecido; a casa estava submersa em uma estranha penumbra. Na realidade, tudo era estranho: as vozes perturbadas naquele lugar onde ninguém nunca subia o tom, o menino afastado de mim e nos braços de sua mãe. E a governanta, que não parava de me insultar enquanto eu tentava cobrir meu corpo nu com o cobertor: *salope*, porca, puta. Só se deteve quando *monsieur* Favager a chamou do corredor. Ele não se atreveu a entrar, muito menos a me inocentar. Nem sequer enfiou a cabeça pela porta.

Fecharam a porta e me deixaram ali, confusa, aturdida, sem saber o que fazer, incapaz de avaliar a dimensão do que havia acontecido. Encontrei minha roupa no chão, aos pés do berço vazio de Édouard; coloquei o vestido de todos os dias, aquele que seu próprio pai havia tirado enquanto percorria minha pele. Fechei os botões sobre meu corpo nu. Descalça, olhei pela janela. Vi que estava amanhecendo, mas a chuva forte como a água das bicas da lavanderia me impedia de ver na distância: só se distinguiam os contornos das residências próximas, nem mesmo as buganvílias coladas à cerca do jardim. A brutal cortina de água escondia tudo.

Foi quando senti o pânico nas entranhas. Marie, murmurei. E me veio à mente seu corpinho no cortiço do Culebra depois do barranco, sua carinha de menina triste no mísero buraco onde eu a havia deixado com Sufia e os filhos, aquele lugar precário erguido com paredes de terra amontoada e um simples teto de tábuas, sem proteção nem amparo diante da chuva monstruosa que caía e daquele vento louco que dobrava as palmeiras e arrancava os telhados. Marie, Marie, Marie, repeti enquanto procurava meus sapatos pretos e duros como ataúdes, aqueles que substituíram minhas alpargatas quando a *gouvernante* as jogara no lixo sem me avisar. Marie, Marie, ainda balbuciava quando fui para o corredor com a alma amedrontada e o cabelo revirado.

Ao fundo, a porta do dormitório dos patrões estava fechada. Não se ouviam vozes; eu não sabia se madame Favager se encontrava ali dentro sozinha ou com o menino, que momentaneamente havia se calado. Não sabia onde estavam, como se sentiam, e não podia me importar menos.

Madame Brun estava subindo a escada naquele momento. Levava nas mãos uma bandeja com uma chaleira, xícara e pires; o jogo de Limoges que usava de manhã para a patroa.

— *Entre dans la chambre!*

Não dei ouvidos à sua ordem de voltar para o quarto, evidentemente. Ela havia parado no meio da escada, quatro ou cinco degraus antes de chegar ao piso superior onde eu estava. Quando viu que eu não lhe obedecia, o sangue começou a se acumular em seu rosto. As peças de porcelana se chocaram entre si, tilintando.

— *Entre dans la chambre immédiatement!*

— Preciso ir — disse eu em minha língua. — Preciso ir buscar minha filha.

Ela não me ouviu. Ou ouviu, mas não entendeu. Ou ouviu, entendeu e, mesmo assim, continuou plantada no meio do degrau, sem se mexer.

— Afaste-se.

Falei com brusquidão, sem nem um pouco de cortesia. Sem aquele *s'il vous plaît*, aquele por favor que ela mesma me havia ensinado a usar para pedir as coisas com educação.

— Saia da frente — insisti, descendo os primeiros degraus, até ficar diante de sua silhueta escura.

Também não se mexeu: continuava ali, insistindo em bloquear minha passagem enquanto controlava a duras penas a fúria e o ressentimento por ter enfiado *une femme effrontée*, uma descarada como eu, na casa daquela família digna.

A solução surgiu rápida: dei um tapa na bandeja; um golpe sem contemplações, seco e limpo. A porcelana voou pelos ares, a xícara bateu no parapeito e se espatifou; o pires rolou escada abaixo, seguido pela colherzinha e o coador, enquanto Brun perdia o equilíbrio e soltava um grito assustador, talvez porque se queimara com a água fervente quando a chaleira explodira ou simplesmente pelo susto. Por mim, poderia ter rachado a cabeça; a única coisa que eu queria era ir embora dali. Ela ficou ali, uivando, enquanto eu pulava por cima dela, esparramada nos degraus com a saia preta à altura das coxas; uma obscenidade imprópria de seu decoro rançoso.

Superada a governanta, só precisava chegar à porta, abri-la e sair dali; mas ao alcançar a entrada do andar principal, encontrei um segundo obstáculo. Os gritos de Brun haviam alertado *monsieur* Favager e o feito sair de seu *bureau*. Frequentemente ele passava as noites ali, longe de sua mulher, deitado em um sofá que mal comportava suas pernas compridas; eu não saberia dizer se ele se trancava ali para não perturbar o descanso da madame quando trabalhava com os projetos e cálculos das ferrovias ou porque seu casamento marchava rumo ao despenhadeiro e ele ficava mais à vontade sozinho que com ela. Aquela madrugada, porém, havia sido diferente: ele a passara em minha cama, em cima de mim, embaixo de mim, dentro de mim, colado em mim sem que eu o rejeitasse. Saber como sua esposa e Brun haviam descoberto não me provocava a menor curiosidade. Era ele quem deveria ter se protegido e protegido a mim. Por relapso ou negligência ou distração, não o fizera, e pretendiam que eu sofresse as consequências.

— *Tu ne peux pas sortir d'ici*.

Você não pode sair daqui, advertiu. O tom de sua voz não era nada parecido com o que havia usado ao murmurar em meu ouvido, naquela mesma madrugada, um monte de palavras em francês, tão apaixonadas quanto incompreensíveis. O que poucas horas antes fora doçura e desejo transformara-se no timbre autoritário que ele certamente usava com os peões árabes e os operários espanhóis que davam o sangue diariamente sob suas ordens e de seus capatazes, limpando e aplainando os terrenos pedregosos sob o sol africano para poder instalar os novos trilhos de seus *chemins de fer*, pequena glória dos trens franceses.

— *C'est dangereux*.

É perigoso, explicou, mas eu me recusei a lhe dar ouvidos; pouco me importava sua cautela. Além disso, certamente não era minha segurança física que lhe preocupava, e sim a consciência de que, com minha partida, desapareceria também a fonte de alimento de seu filho. De qualquer maneira, eu não tinha dúvida: entre aquele menino alheio e Marie, minha responsabilidade era com minha filha, e, por isso, eu tinha que ir, para tirá-la daquele buraco. Com essa única ideia fixa no pensamento, tentei afastá-lo. Mas não consegui: seu corpo, mais largo e mais alto, mais firme, mais forte que o meu, me impedia. O mesmo corpo que havia me abraçado durante a noite enquanto ele beijava meus olhos, meu pescoço, minha boca, e entrava fundo em mim.

Como não tinha palavras em seu idioma para convencê-lo, eu o empurrei, dei-lhe pontapés e socos no peito gritando em minha própria língua, com insultos e palavrões que tirei da memória. Mas não houve jeito; não conseguia, apesar de estar a poucos passos da porta, no vestíbulo de paredes revestidas, ao lado do grande cabideiro onde ele pendurava seu chapéu ao voltar do trabalho e sua mulher as sombrinhas que usava em suas poucas saídas.

Consegui tirar um braço do apertão com que ele me mantinha imobilizada e o estendi em direção ao *portemanteau*, como se chamava o cabideiro em francês. Às cegas, sem que ele percebesse, tateei e peguei rapidamente algo – o guarda-chuva de Brun. Então o ergui para acertá-lo na nuca, mas não pude: da escada, o grito da governanta o alertou.

— *Attention, monsieur!*

Ao contrário do que ela pretendia, aquele grito foi minha salvação. Enquanto ele, desconcertado, tentava decifrar a que se referia aquele alerta, eu, movida por uma ousadia alimentada pelo medo, aproveitei seu brevíssimo descuido e lhe dei uma joelhada na virilha que o deixou sem fôlego, lívido, de boca aberta como um peixe meio morto. Sem poder evitar, seus braços afrouxaram até me soltarem; depois, devagar, ele se dobrou sobre si mesmo, levando as mãos às partes, abafando um grito monstruoso.

Quando conseguiu tirá-lo da garganta, eu já estava na metade do caminho que cruzava o jardim, com o guarda-chuva fechado na mão, correndo para o portão debaixo d'água.

# CAPÍTULO 18

Nunca encontrei Marie. Nem Sufia e seus filhos, nem as outras vizinhas. Nem o Culebra. As chuvas torrenciais arrasaram o cortiço; o barranco inteiro deslizou em cima de tudo, os casebres e misérias ficaram sepultados sob um gigantesco acúmulo de terra. Mesmo assim, revirei tudo, procurei, procurei em cima daquele monte com os joelhos afundados no barro, escavando durante três dias seguidos até perder as unhas e a esperança. Continuei tentando até que chegou um grupo de lixeiros, ou de funcionários municipais para as catástrofes, ou o que quer que fossem aqueles homens com botas até os joelhos e enormes rastelos nas mãos. Gritei, tentei explicar com gritos incoerentes que minha filha estava lá; pedi que me ajudassem. Não continue, menina, disse o que parecia mais sensato, um francês de olhos vermelhos devido aos detritos e o esgotamento. Caiu tudo em cima, daqui ninguém pôde sair, ficaram todos embaixo.

Na breve história da segunda cidade da província de Orã, aquilo ficou marcado como um episódio trágico que ceifou vidas, movimentou terras, entrou até o fundo das casas rentes à rua e alagou as colheitas mais próximas. Mas Sidi Bel Abbès recuperou a normalidade sob o céu azul intenso do norte da África: os colonos e os boias-frias dos arredores retomaram suas lidas nos campos, os mercados reabriram, o pessoal da cidade retomou seu movimento cotidiano e os negócios, escolas e escritórios voltaram a funcionar como sempre. Enfim, o ânimo coletivo de seguir em frente prosperou.

Naqueles dias eu dormia onde caía, comia o pouco que encontrava e, sem ter ninguém para amamentar, em minha desolação fui perdendo o leite. E a imagem de Marie, a criança que eu achara que nunca amaria e que no fim amara tanto, ficou cravada dentro de mim, junto com um sentimento de culpa tão fundo que me sufocava; meu corpo se entregou e pensei que eu também fosse morrer. Para trás, muito atrás, como em outra vida, haviam ficado o conforto da Villa Jasmin, as copiosas refeições com receitas francesas, os lençóis lisos, o cheiro do sabonete de Provenza, o brilho dos móveis. Não senti falta de tudo isso nem por um instante.

Só tinha certeza de que nada me prendia mais àquele lugar. Esperei a manhã de domingo para ir embora. Antes das dez cheguei à paróquia de Saint-Vincent, onde meses antes a havíamos batizado. Recordar aquele dia, a celebração das lavadeiras com a menina pequenininha em meus braços, talvez devesse ter me provocado alguma emoção, algumas lágrimas. Mas não saiu nenhuma, eu deixara todas lá enquanto escavava o barro. Meu objetivo já era outro, melhor não me distrair.

Mais imunda que nunca, fiquei parada na calçada oposta, perto do imponente Hôtel de Ville; do lado do coreto. Minha intenção era me assegurar de que eles chegariam em bloco para a missa dominical, para rogar pelas vítimas infelizes daquela fatalidade e talvez, especialmente ele, arrepender-se de seus pecados. Ser infiel à esposa indo para a cama com a ama de leite ofendia, sem dúvida, o sexto mandamento.

As pessoas começaram a chegar de ambos os lados do bulevar. Primeiro, isoladas, as mais piedosas. Depois o resto dos fiéis: famílias inteiras, casais e grupos de amigas, mulheres sozinhas, crianças vestidas como pequenos velhos. Todos vestiam suas roupas e chapéus de domingo, gente de bem, *citoyens de la République Française* em terra de muçulmanos, com o passo firme e a superioridade material e moral que sua nacionalidade lhes outorgava. Até que vi que se aproximavam, madame e *monsieur* Favager de braços dados, tranquilos e sérios ambos, ele com um terno escuro sem o pó de *les chemins de fer* nas pernas da calça e ela loura, frágil, com um vestido da cor das flores murchas, pálida e com grandes olheiras sob a aba curta de um chapéu que lhe cobria até as sobrancelhas. Três passos atrás, Brun, com seu eterno luto, empurrava o opulento *poussette* com Édouard dentro. Não estava tão ereta como de costume, tive a impressão de que mancava um pouco.

Eu deveria ter me perguntado quem estava alimentando aquele comilão ansioso que tomava o leite de minha filha, mas também não perguntei. Os assuntos daquela gente já não eram coisa minha; eu só queria me certificar de que chegariam, entrariam e se persignariam como bons cristãos e se sentariam no banco. Uma vez que atestei tudo isso, quando as notas estrondosas do órgão encheram a igreja e *père* Jérémie surgiu no altar com sua casula dourada e sua estola de grande dia, fui embora.

De volta à Villa Jasmin, abri o trinco do portão e contornei a casa até os fundos, como haviam me ensinado a fazer desde o início. Com uma pedra, quebrei o vidro da janela da cozinha, enfiei o braço e a abri por dentro. Empurrei uma das folhas e pulei. Eu sabia bem do que precisava e não perdi um só instante, apesar de ter me cortado ao entrar e de minha barriga roncar de fome. Controlando a vontade de enfiar meio *gâteau* na boca, subi de três em três os degraus pelos quais dias antes Brun havia rolado até chegar ao quarto que eu dividira com o menino.

A primeira coisa que recuperei foram meus documentos: falsos e repugnantes, porque, na verdade, pertenciam ao estuprador pai de Marie, mas eu não tinha outros e era óbvio que acabaria precisando deles. Tirei-os da primeira gaveta da *commode* e, com eles em uma mão, abri a segunda, onde a governanta me mandara guardar a roupa íntima que ela mesma me dera quando eu chegara à *maison*; peças duras e gastas, cinzentas, que em algum momento certamente haviam coberto suas próprias vergonhas. Debaixo da pilha de calcinhas de velha eu escondia o dinheiro que economizava a cada semana, depois de pagar a bondosa Sufia e, de vez em quando – quando ela aparecia – a Chefona.

Mas meus dedos, por mais que eu tateasse, só tocaram a madeira nua do fundo; não havia nem sinal do dinheiro. Então, precipitadamente, tirei a gaveta inteira e a virei sobre o tapete. Nada além das calcinhas, sutiãs horrorosos e alguns lenços. Imaginei que a governanta havia posto meus francos sob seus cuidados, para o caso de que eu pensasse em voltar para buscá-los: com cobiça vingativa, decidira me arrebatar tudo que eu havia economizado para que, um dia, eu e minha filha juntas pudéssemos ter uma vida um pouco mais digna que a da lavanderia e do cortiço do Culebra. Só que a criança não estava mais entre os vivos, e eu tinha de velar por sua memória e por mim mesma.

Uma corrente de angústia percorreu meu corpo; a raiva subiu da boca do estômago até as raízes de meus cabelos, e quase sem ter consciência do que fazia, descontei em tudo que havia por perto. Com um pontapé, virei o berço do maldito Édouard, depois joguei a lamparina na parede, puxei as cortinas para arrancá-las. Até que percebi que não resolvia nada com aquilo e, respirando com dificuldade, tentei me acalmar. Não, aquilo não me levaria a lugar algum. Era melhor ser prática. E hábil. E rápida, para conseguir o quanto antes algum benefício que compensasse a desforra rancorosa da governanta.

Encontrei a solução no dormitório matrimonial, que praticamente só a madame usava. Os mesmos dedos que não encontraram o dinheiro tocaram então outras opções, sem dúvida mais valiosas. A primeira coisa que fiz foi descer uma mala do maleiro do armário; joguei-a aberta em cima da cama e comecei a enchê-la com o que fui encontrando ao redor: virei o porta-joias que madame deixava sobre a *secrétaire*, enfiei roupas que arranquei dos cabides, sapatos soltos, potes de loção e vidros de perfume da penteadeira, os retratos dos familiares que guardavam seu sono e suas dores na mesa de cabeceira. Eu deveria ter ciência da dor que eu causaria àquela mulher frágil fazendo dela a responsável vicária pela maldade de sua empregada e pela covardia de seu esposo, mas esse pensamento nem sequer me passou pela cabeça. Eu só queria ir embora dali com alguma coisa, qualquer coisa para me ressarcir da injustiça deles, retribuir meu trabalho e abrir caminho para sabia Deus onde.

Cinco minutos depois, enquanto eles rezavam misericordiosos na Saint-Vincent pelas almas dos falecidos, abandonei a Villa Jasmin com uma mala cheia e batendo a porta.

# CAPÍTULO 19

— Fora.

Com essa ordem, o condutor informou que havíamos chegado ao fim da viagem. Já era noite e estávamos diante dos grandes portões de madeira de uma fábrica; eu queria lhe perguntar o que podia fazer, aonde podia ir naquela cidade estranha, mas ele já estava distraído, de costas, cumprimentando um vigilante e estendendo a mão para o cigarro que este lhe oferecia.

Era o mesmo homem por cuja culpa eu havia sido mandada embora da *ferma* de tabaco um ano antes: aquele que queria se divertir comigo e depois me acusara de tê-lo incitado. Continuava o mesmo porco de sempre, todo suado e grosso, mas eu precisava chegar a Orã de qualquer jeito e sabia que esse era seu trajeto cotidiano, e não me ocorrera outra solução senão procurá-lo.

Depois de deixar a Villa Jasmin, caminhei durante horas carregando a mala até chegar à encruzilhada pela qual um dia abandonara a plantação de *monsieur* Hernandez. Ali, no acostamento da estrada, eu me sentei debaixo de uma oliveira e esperei uma tarde, uma noite e meia manhã até que o vi se aproximando. Eu ainda estava com o vestido de botões com o qual saíra da *maison*, debaixo de chuva, para ir buscar Marie, encardido depois de dias de inútil rastreio no meio do barro, lixo e água suja. Havia amarrado o cabelo com um pedaço de corda que encontrara na rua. O sujeito não me reconheceu, não despertei nele interesse em me apalpar de novo.

— Não tenho dinheiro para lhe pagar, mas pode ficar com isto. É de seda pura.

Eu lhe ofereci um dos lenços de madame Favager: uma linda peça com estampa chinesa que em outros tempos certamente adornara seu delicado pescoço, antes que suas ilusões de esposa e mãe voassem pelos ares na dura Argélia.

Ele o pegou com a mão preta e fez cara de impaciência.

— Isto só dá até a metade do caminho. O que mais tem aí?

Ofereci outro similar; ele o juntou ao outro, amarrotou-os e os guardou no bolso da calça.

— Preciso de algo mais pelo transporte da bagagem.

Com o queixo mal barbeado, indicou a mala de madame Favager.

— Muito elegante; demais até para uma mendicante como você. Sabe-se lá onde a arranjou.

Dois lenços de seda mais um alfinete de ouro com três pérolas foi o que me custou o trajeto até Orã, espremida, sacolejando na traseira de uma charrete lotada de caixotes e cestos de folhas de tabaco. Deixava em Sidi Bel Abbès a memória de Marie, as mulheres da lavanderia e uma jovem família francesa destruída pela fragilidade dela, os arroubos carnais dele e a antipatia de uma governanta que supurava amargura. Nada que me prendesse, enfim. Quanto antes eu saísse dali, melhor para todos.

Fomos entrando em Orã, primeiro por caminhos com casas e plantações espalhadas, depois percorrendo vias urbanas que me deixaram de queixo caído. Quando o homem me deu a ordem de descer da carroça, obedeci; pulei sem soltar a mala. Não tinha aonde ir, nem sequer sabia onde estava. Mas sentia o cheiro do mar e a noite era clara, e minhas pernas finas e sujas tinham apenas as forças necessárias para encontrar algum lugar onde me abrigar.

Estava, sem saber, em cima do porto ao qual chegara quando fugira de El Puntarrón e atravessara o Mediterrâneo: no maravilhoso porto de Orã, pelo qual passaram berberes, corsários, otomanos e espanhóis, até que os franceses se assentaram. Às costas de uma grande construção, a algumas centenas de passos de La Marina e La Escalera, bairros de gente do mar havia séculos. Sem ter consciência de aonde ia, para lá me dirigi de novo, arrastando a mala por ruas estreitas que subiam e desciam enredadas entre si, sob a luz amarelada de uns pobres postes. De um lado e de outro vi casas, tabernas e cafés, comércios sem glória e gente de diversas ralés, tudo humilde, desbotado, muito sujo. Contudo, pulsava forte: vozes, gritos, sons de panelas e cheiro de peixe frito, tosse, choro de crianças, cantos desafinados que saíam de trás de umas portas cobertas por cortinas, homens tatuados que discutiam sobre lidas e acontecimentos, acertavam dívidas ou jogavam baralho enquanto bebiam licor de anis e blasfemavam quando perdiam e se animavam quando ganhavam, ou coçavam o peito peludo ou um dos sovacos enquanto pensavam, concentrados, na jogada seguinte. Havia salas de bilhar, restaurantes modestos, grelhas de rua que assavam sardinhas e miúdos enchendo o ar de cheiro e fumaça, pequenos comércios e oficinas, uns fechados, outros abertos e iluminados com lamparinas de querosene; havia animais e crianças, mais cristãos que mouros, vendedores de água, mendigos, ambulantes vendendo castanhas salgadas e doces e aquela torta que depois eu soube que se chamava *calentica*.

Percorri ruas, subi e desci ladeiras e escadas, saí de novo nos mesmos lugares por lados diferentes e acabei sentada em um degrau à entrada de uma alpargateria, àquela hora com a persiana fechada, apoiada naquela maldita mala que já me arrependia de estar carregando, pelo peso e porque me recordava como eu havia sido mesquinha com sua dona. Extenuada, abracei meus joelhos e escondi a cabeça neles. Até que acordei com uma pancada na perna.

— Por que está tão borocoxô, menina? Foi abandonada por um marinheiro?

Ergui a cabeça e, na penumbra, distingui a mulher que havia acabado de chutar minha perna. Ainda era noite, mas o clima da rua era outro, mais silencioso, mais frio e mais escuro; certamente eu havia dormido algumas horas e já era o meio da madrugada. Aturdida, não consegui responder. Não tinha resposta nem energia para tirar a voz do corpo.

— Se eu fosse você, sairia daqui — acrescentou a desconhecida. — Daqui a pouco o Gallo de Oro vai fechar, os homens vão sair bêbados como gambás e um ou outro pode querer mexer com você. Está encardidinha, mas para alguns, a uma hora dessas, qualquer pedaço de carne serve.

Era morena, espanhola sem dúvida, tinha cabelo comprido e escuro chegando até o meio das costas e um dente de ouro; nas sombras, não distingui a cor de seu vestido, mas notei o decote grande e mais apertado do que a decência recomendava. Era, evidentemente, uma prostituta das muitas que, noite após noite, como mais tarde eu saberia, alugavam o corpo naqueles subúrbios portuários.

Continuei parada, confusa, com a cabeça ainda embotada. Atrás dela apareceram mais três ou quatro mulheres com passo entediado; devia haver pouco trabalho. Diante de meu silêncio, ela chutou de novo minha canela com a ponta do sapato, dessa vez mais forte.

— Ande, levante. Saia daqui, ande.

Eu quis obedecer; no fundo, sabia que devia. Mas não consegui mexer um dedo, só saíram de minha boca meia dúzia de palavras:

— Não sei aonde ir. Não conheço ninguém.

— Pelo amor de Deus, mais uma órfã que a merda da mãe pátria manda pra nós! — disse ela com ironia. — Você teve sorte, minha linda; hoje a noite está fraca.

Então ela girou o pescoço, ergueu a cabeça para o edifício atrás dela e soltou um grito:

— Gregoria!

Ouviu-se o ruído metálico da porta de uma sacada ao se abrir no segundo andar, mas a tal Gregoria não teve tempo de responder, porque a outra, de baixo, deu uma ordem antes:

— Coloque esta menina no quarto de Charo e amanhã acertamos as contas!

# CAPÍTULO 20

No dia seguinte, de fato, acertamos as contas naquele quarto cheio de roupa alheia e umidade onde eu passara o resto da noite, em um apartamento modesto de paredes descascadas que servia de pensão para mulheres e, de vez em quando, de prostíbulo. Com o sol do meio-dia no alto do bairro La Marina, da cidade de Orã e do mar inteiro, as mulheres se amontoavam em volta da mala de madame Favager. Entusiasmadas como se fosse Natal, pegavam e elogiavam aos gritos as posses que eu pegara na Villa Jasmin em troca do dinheiro que a governanta me roubara.

— Eu quero este pente com cabo de prata; depois vou levá-lo a Mustafa para desmanchar e vou fazer três pulseiras com ele.

— Eu fico com este broche, vou usá-lo domingo para sair com Clément, que prometeu me levar a um baile.

— Vejam, vejam, vejam, um perfume Lorenzy-Palanca, desse que as madames compram no bulevar Seguin.

— Esta *nuisette* de seda é minha. E se não me servir, eu vendo.

Soltando exclamações entusiastas sem parar, elas foram escolhendo e me pagando o que lhes dava na telha; eu não tinha a menor ideia de se o que estava recebendo por aquelas coisas eram somas razoáveis ou se elas estavam abusando de minha ignorância.

No fim, deixaram somente um pouco de roupa para eu me trocar e o par de retratos de uns dignos senhores; imaginei que deviam ser os pais que ficaram em Toulouse sentindo falta da filha quando o genro engenheiro a levara para a costa africana e matara todos os seus sonhos.

— Mas você não é uma ladra sem-vergonha, não é, menina? — perguntou a que havia me chutado na noite anterior, com seu butim bem apertado contra o peito. À luz do dia, vi que era feia e cavalona, de ombros caídos, olheiras inchadas e uma túnica sobre um corpo que deixara de ser firme havia pelo menos duas décadas.

— Não, senhora — respondi. — Eu só peguei o que achei que era justo.

— Muito bem — sentenciou ela, séria.

E para enfatizar, assentiu subindo e descendo sua grande mandíbula. As outras assentiram também, abraçando suas novas posses como ela.

— Tem que haver justiça no mundo. E não me chame de senhora: o padre de minha cidade me batizou María Margarita, mas Margot está bom. Deixe "senhora" para a francesinha de quem você pegou estas coisas, que deve estar arrancando os cabelos.

Então, ela soltou uma gargalhada grosseira, deixando à vista suas gengivas arroxeadas e o dente de ouro; as outras a acompanharam. Nenhuma delas era medianamente jovem nem medianamente bonita; os anos e as penúrias haviam passado por cima delas e deixado suas marcas gravadas a fogo.

— E para você ver como somos gratas pelos bons preços que fez para nós, Grego vai deixá-la ficar uma semana neste quarto, até encontrar um lugar.

Gregoria quis protestar, evidentemente. O lar de caridade regido pelas Trinitárias, segundo eu soube com o passar dos dias, ficava mais para cima, perto da plaza de la Perla; aquela casa do velho bairro espanhol não era mais que uma pensão ou puteiro, dependendo da ocasião, onde todo mundo pagava. Mas Margot encerrou o assunto e a outra não teve escolha a não ser se calar.

— Quando Charo voltar de Relizane, eu explico para ela.

Compassivas, apesar da rudeza, elas me convidaram a almoçar na cozinha: anchovas fritas, uma salada de pimentão assado e um jarro de vinho turvo que passou de mão em mão enquanto elas falavam de boca cheia, enquanto a gordura avermelhada do pimentão escorria queixo abaixo e elas a limpavam com as costas da mão. Sem que eu pedisse, passaram a orientar meu futuro.

— Pode fazer o que nós fazemos, se quiser, desde que não trabalhe nesta área; na place Emerat, onde fica a Posada Española, começa o limite. Nós e mais umas vinte ou trinta temos nossa clientela por aqui; não queremos concorrência, e quando alguma espertinha se mete onde não deve, mandamos lhe dar uma surra de pau, para esquecer a tentação. As novas costumam começar lá embaixo, perto dos cais, atrás da Aduana; depois vão subindo. Se quiser, podemos lhe dizer onde ficar e esta noite mesmo você começa.

Alheias a mim por alguns momentos, passaram a recordar as desventuras de algumas companheiras de outros tempos: a italiana, que encontraram com os olhos arrancados na *quai* Charlemagne; a andaluza, que fora levada por cinco malteses a um dos velhos túneis do Château Neuf; a francesinha que acabara desconjuntada depois de ser empurrada por um barranco no Caminico de la Muerte. Enquanto abriam o melão da sobremesa com uma faca meio enferrujada e distribuíam as fatias e davam mordidas enormes nelas, continuaram me instruindo com seu jeito realista de falar e passaram a me oferecer um catálogo pouco apetitoso das preferências de seus clientes: os que acabavam chorando ao recordar as namoradas ou as mães e os que só se excitavam quando surravam a infeliz da vez; os que mijavam nelas, os que insistiam em dividi-las com menininhos árabes e os que tinham a pica infectada de gonorreia.

— E não teriam outra sugestão de trabalho? — eu me atrevi a perguntar quando todas já haviam jogado a casca do melão no meio da mesa.

Elas deram de ombros, acendendo cigarros como os homens costumavam fazer. Como se dissessem veja bem onde vai se meter; como se as outras opções fossem piores do que as que elas haviam acabado de me oferecer.

— Você pode limpar latrinas — propôs Rubia, sem muito entusiasmo.

Margot e Mora também ofereceram alternativas, enquanto Gregoria se levantava e começava a tirar a mesa.

— Ou trabalhar no *marché* Bastrana, varrendo a merda do chão depois que fecha.

— Ou em alguma fábrica de cigarros.

Não perguntei mais nada; com essa última ideia em mente, deixei a casa. Antes, permitiram que eu me lavasse na cuba que elas mesmas usavam, em um canto do fundo do corredor que fazia as vezes de banheiro. Por alguns instantes, senti saudades da grande *salle de bain* da Villa Jasmin, com sua banheira de esmalte branco sobre quatro pés polidos e suas torneiras de água quente. Para espantar a saudade de todo aquele conforto ao qual eu nunca voltaria, mergulhei a cabeça na cuba, até o fundo.

Com o cabelo molhado nas costas, usando um dos poucos vestidos de madame Favager que as mãos vorazes das putas me deixaram, voltei às ruas que havia percorrido durante a noite: ruas que às vezes corriam retas ou mais ou menos, e outras estreitas e íngremes, cruzando-se sem ordem. Fui aprendendo o nome de quase todas com o passar do tempo: a rue d'Orléans, a Charles Quint e a d'Arsenal, a Barcelona, a Ximénès.

O clima era de novo barulhento e alvoroçado, mais ainda naquelas horas de luz violenta, quando os pequenos comércios estavam em atividade e as mercearias expunham caixotes de verduras, pilhas de laranjas e clementinas, sacos de leguminosas. Nas proximidades, em constante movimento, cruzei com rapazinhos muçulmanos que faziam entregas levando cestos cheios sobre sua pequena cabeça raspada a navalha, com mães de família que pechinchavam com unhas e dentes com os comerciantes dos arredores. Enquanto passava, vi também sapateiros, carvoeiros, cordoeiros, árabes vendedores de água com seus odres às costas, marinheiros de pele queimada que fumavam sob os toldos dos cafés e gatos atentos para pegar o que conseguissem. Mais tarde, alguém me contaria que aquele bairro, tão sujo e desarranjado quanto transbordante de vida, fora fundado pelos espanhóis cinco séculos antes como primeiro assentamento civil na cidade e, com o passar do tempo, fora albergue de gerações e gerações de desterrados como eu, provenientes do outro lado do mar sem avios nem mais planos que a simples sobrevivência.

No final da tarde, desci pela rampa do Capitaine Valès e acabei encontrando o mesmo edifício diante do qual o condutor me deixara na noite anterior. Àquela hora, com a última luz do dia, vi seis letras pretas, maiúsculas, gigantescas, na parede externa; pela ausência de luz, não consegui distingui-las naquele momento, mas eram um B, um A, um S, um T, um O e, por último, outro S. BASTOS, dizia.

Estava contemplando-as quando me assustei com o estrondo de uma sirene. A seguir, os dois grandes portões de madeira se abriram e logo começou a sair um fluxo sem fim de gente: homens primeiro e, poucos minutos depois, montes de mulheres que caminhavam com passo apressado. *Hasta mañana*, ouvi algumas gritarem. *À demain*, ouvi outras responderem. *Hasta mañana*, *à demain*, *à demain*, *hasta mañana*... Assim foram se espalhando em direções diferentes e ali fiquei eu, ao lado da entrada, até que as últimas pessoas saíram e dois homens com as mangas da camisa arregaçadas começaram a fechar os portões de novo. Então eu me aproximei, perguntei em minha língua e eles pareceram me entender.

— Volte amanhã e fale com o departamento de pessoal; hoje já foram embora.

— E traga seus documentos, porque com isso eles são bem sérios aqui. Sem documentos, na Maison Bastos você não entra.

Acabaram de fechar enquanto eu retomava o caminho com um nó no estômago. Outra vez seria oficialmente Cecilia Belmonte, pronta para dar um salto no vazio de novo sob a identidade de um morto.

# CAPÍTULO 21

Comecei enrolando cigarros comuns; a cada mil ganhava um franco, e minha média diária foi por volta de três mil nos primeiros meses. Mais tarde, cheguei aos quatro mil por dia e, com o tempo, perto dos cinco mil. Isso era decisivo no trabalho das tabaqueiras: a rapidez, a destreza, recompensadas com dinheiro contante, por pouco que fosse; uma cenoura que todas perseguíamos como coelhos, tanto as jovens cheias de vida como as velhas de coques grisalhos, as ainda quase crianças ou as matronas, as gordas, as magras, as altas, as baixas, as aleijadas, porque havia de tudo naquela fábrica.

Dentro de grandes salas contíguas, sentadas diante das mesas de madeira sem verniz, novecentas e tantas mulheres passavam os dias repetindo a mesma tarefa entre vozes que misturavam o espanhol popular com o valenciano e um francês bastante deficiente, tudo junto formando um rum-rum que nunca parava e às vezes se transformava em um vozerio estrepitoso que ensurdecia ouvidos e embotava cabeças. Até as companheiras hebreias, as italianas e as maltesas, de tanto nos ouvir, conseguiam se juntar à algaravia. Não havia mulheres árabes entre nós, nem francesas, mas dos homens que trabalhavam na administração muitos eram franceses, além de todos os vigias, ex-militares desmobilizados com o fim da Grande Guerra que compensavam sua falta de poder tentando, sem resultado, impor uma ordem marcial àquele batalhão de mulheres. Loisy, Lagarde, Durant, Lambert, Moreau, Gramusset: tínhamos que nos dirigir a eles sempre com "*monsieur*" na frente. As esposas de alguns deles faziam revistas aleatórias em nós ao sair, apalpando-nos entre as saias para confirmar que não estávamos furtando nem um maldito cigarro.

Assim passava a vida na Maison Bastos, a poderosa empresa que nascera quase um século antes, quando o patriarca dom Manuel, malaguenho que chegara ainda criança à recém-nascida Argélia colonial, abrira um minúsculo negócio tabaqueiro na rua Mezquita Vieja e, com o passar das décadas, acabara se tornando o primeiro fornecedor do Exército francês no norte da África, a primeira marca de consumo local e o primeiro exportador de grande escala.

Essa expansão deslumbrante, contudo, contrastava com a crueza de portas adentro. A ventilação era ruim, flutuava sempre no ambiente um pó de tabaco que deixava nossa garganta seca e entrava nos olhos e os deixava brilhantes; os olhos de todas nós eram assim, por causa daquele maldito pó, não porque a natureza havia sido maravilhosa conosco. Tudo ficava preto, olhos, mãos, unhas, a pele quase inteira; tirar aquela sujeira exigia muito tempo de sabão e bucha.

As horas, os dias, as semanas, os meses iam se encadeando enquanto trabalhávamos a toda velocidade. Algumas tabaqueiras veteranas, meio cegas e quase surdas depois de décadas de trabalho maçante, deixavam seus postos apenas para morrer; algumas jovens iludidas sonhavam ser salvas por um rapaz de boa vida, e a maioria, como eu, sobrevivia sem mais anseios nem aspirações que receber no fim da semana e cruzar os dedos para que as modernidades da mecânica não acabassem com nossos empregos.

No segundo ano, fui trocada de lugar: abandonei as salas das manufaturas baratas e passei para a de categorias superiores, onde eram enrolados cigarros com filtro de papelão, tabaco de qualidade e fibra fina. No terceiro, passei para as oficinas onde se faziam charutos e suas variantes: Brevas, Panetelas, Conchas, Regalías.

Depois de cada jornada de trabalho, quase sempre sozinha, eu pegava o caminho de volta ao lugar onde vivia quase desde que havia sido contratada: um quarto mais ou menos digno na casa mais ou menos digna de dona Magdalena, em La Escalera, o bairro ao lado de La Marina, onde passara minha primeira semana, um pouco mais acima da casa das putas, perto da igreja San Luis, que antes havia sido catedral francesa e antes disso fora a capela de um velho convento dos espanhóis.

O que eu ganhava na Maison Bastos me permitia pagar esse teto e pendurar três vestidos de percal barato em meus cabides de arame;

como único luxo, um ou outro domingo eu me deixava arrastar por algumas companheiras para tomar uma limonada na rue de la Bastille, ou ouvir a banda na place d'Armes, que também se chamava place du Maréchal-Foch, onde os soldados e os trabalhadores, com roupas de domingo, sempre flertavam conosco. Na segunda-feira de Páscoa, junto com milhares de espanhóis ou descendentes, subíamos em romaria até o monte Santa Cruz para comer a *mona de Pascua*; nas noites de São João, íamos ver os rapazes pulando a fogueira na praça da República, e nos Catorze de Julho víamos o grandioso desfile militar da calçada da rue d'Alsace-Lorraine enquanto agitávamos bandeirinhas azuis, brancas e vermelhas.

Nos últimos meses, somara-se a essas pequenas rotinas uma ilusão nova; a primeira em muito tempo, talvez a única de minha vida inteira. Essa ilusão tinha nome de homem: chamava-se Rafael e era um vizinho moreno e tímido, pedreiro, de origem granadina, quase recém--chegado. Só havíamos trocado olhares e cumprimentos, pouquíssimas palavras. Mas pela maneira que ele tinha de cravar os olhos em mim, eu sabia que lhe agradava. E ele a mim, muito; eu gostava muito de Rafael, mas disfarçava, esperando que ele se atrevesse a me propor alguma coisa: um cinema à tarde, um passeio, qualquer gesto daqueles que os homens jovens e dignos costumavam fazer para as moças.

Avaliando esses componentes, eu não saberia dizer se tinha uma boa vida: dependia de com que a comparasse. Se olhasse para trás e recordasse as misérias de El Puntarrón, a dureza da *ferma* de Hernandez, a lavanderia de Sidi Bel Abbès e a tristeza que deixara em mim a perda de Marie, eu diria que sim, que a fortuna havia sido generosa comigo. Porém, se pusesse em um prato da balança minha imensa solidão e minhas dez horas diárias de trabalho maçante seis dias por semana, fizesse chuva ou fizesse sol, e no outro as francesas que via pelos bulevares do centro, com suas risadas despreocupadas, seus óculos de sol e suas compras embrulhadas em papel de seda, então eu diria que minha vida não era mais que uma maneira embrutecedora e insignificante de subsistir.

De qualquer modo, eu quase nunca pensava nisso. Já me bastavam os dias que se sucediam, um atrás do outro, e as recordações que de vez em quando davam as caras. E sobre esse conformismo flutuava eu, até que, ao passar para a oficina dos charutos, fui colocada na última fila de mesas, sentada ao lado da mulher que, sem que eu soubesse ainda, mudaria o meu destino.

Ela se chamava Catherine e era calada, séria, angulosa, trinta anos bem vividos e uns estranhos olhos de duas cores; rápida no trabalho, com um pequeno *chignon* que parecia uma castanha, bem apertado, na nuca, do qual jamais escapava um fio de cabelo sequer. Sentava-se sempre com a coluna bem reta, e durante as primeiras semanas, apesar de trabalharmos lado a lado, mal me dirigiu a palavra.

— Não leve a mal, menina, não é com você — gritou, como um anúncio, uma das operárias com mais malícia. — É que Catherine veio de Argel, a capital, sabe? E ela acha que nós aqui de Orã não estamos à altura dela.

Argel contra Orã, Orã contra Argel: a eterna rivalidade entre as duas principais cidades da Argélia era uma fonte constante de provocações, por isso o resto das mulheres fez eco àquelas palavras, rindo, e a aludida deu de ombros levemente, um gesto que não significava nada. Indiferença, talvez. Mas não faltava razão àquela que avisara: era evidente que aquela Catherine nunca participava da tagarelice coletiva das outras mulheres. Se lhe perguntavam alguma coisa, respondia às vezes em francês e às vezes em espanhol com forte sotaque; se não lhe perguntavam nada, ficava na dela e jamais participava das fofocas, das brincadeiras contra os vigias ou das canções que sempre cantávamos para tornar a monotonia mais suportável. Comia sozinha em um canto e não dava *bonjour* ou *buenos días* bem alto, nem gritava *au revoir* e *adiós* como as outras. Entrava sozinha e saía sozinha, nunca em penca como o resto.

Justamente por isso, por aquele desapego dela, eu me surpreendi ao encontrá-la ao anoitecer em uma sexta-feira de fim de março. Ainda estava com a roupa do trabalho e sua cesta do almoço vazia nas mãos; estava apoiada em uma parede na esquina de um cruzamento sem edifícios nem comércios pelo qual eu passava diariamente para cortar caminho, atrás da plaza de la Perla, ao lado de uma barbearia.

A princípio, imaginei que aquele encontro fosse uma simples coincidência; talvez ela tivesse amigos por ali, ou algum parente ou outro emprego; não seria a única tabaqueira a fazer jornada dupla para arranjar mais alguns francos.

Antes de eu perguntar, ela mesma esclareceu:

— Vim falar com você, não quero que as mulheres da fábrica saibam.

Falou comigo em espanhol com um sotaque que misturava francês e a língua de Maó, porque ela descendia de minorquinos, como tantos que haviam emigrado para Argel e não para o Oranesado, porque a travessia de barco de sua ilha até essa parte oriental da Argélia era mais curta; isso eu sabia porque alguma companheira comentara em algum momento.

— Há algum lugar onde possamos conversar tranquilas?

Na rue d'Orléans, ao lado, havia o Grand Café du Luxembourg, cujos proprietários, apesar do nome do estabelecimento, eram um alicantino e uma italiana com fama de cozinheira prodigiosa. O lugar estava sempre abarrotado, com seus bilhares, sua gritaria, suas mesas de mármore e uma fumaça densa; todos os dias eu passava em frente. Se nós fôssemos dois homens, teríamos ido para lá, com certeza, compartilhar um anisete cercadas por mais um monte de machos. Como éramos duas mulheres, eu lhe propus irmos a meu quarto.

Não precisei guiá-la. Para minha surpresa, ela sabia muito bem onde era minha casa.

— Eu a segui algumas tardes ao sair da fábrica — disse ela. — Para me assegurar.

# CAPÍTULO 22

Dona Magdalena olhou Catherine de cima a baixo: em todo aquele tempo que vivia sob seu teto, era a primeira vez que eu entrava acompanhada.

— Ela trabalha comigo na Bastos — expliquei, serena na aparência, como se aquela visita fosse algo natural e nada desconcertante.

Minha senhoria não perguntou mais nada e foi cuidar da vida: dar comida e limpar a baba e o xixi de Angelito, seu filho que ficara inútil na guerra na Europa quando, às margens do Somme, as metralhadoras alemãs acertaram sua cabeça. Voltou impossibilitado, mas inteiro: um lindo homem de pano que não servia para nada, para sempre passando de uma poltrona a uma cama, desprovido da verve do garoto que, aos dezessete anos, estreara o uniforme do Exército francês sem imaginar seu sinistro porvir. Dona Magdalena vertia seu tempo, sua energia e os francos que eu lhe pagava nos cuidados àquele infeliz.

Fui com Catherine para meu quarto, triste e austero como os outros quatro alugados ali para gente de passagem. Só que o resto, quase sempre homens, acabava indo embora logo, ou porque arranjavam namorada, ou porque chegavam seus parentes, ou porque preferiam se mudar para uma área mais moderna ou encontravam uma casa mais próxima do trabalho. Eu era a única duradoura, e o fato de não ter amigos ou vizinhos de confiança ali me era indiferente. Melhor, eu diria. Depois do rebuliço da Maison Bastos, eu agradecia pelo sossego solitário de meu quarto. E para meu desconcerto, parecia que Catherine sabia disso também.

— Eu sei que você não tem família. Nem pais, nem filhos, nem irmãos; nem amigas sequer além das meninas da fábrica. Também não tem um namorado oficial, só o pedreiro que arrasta um bonde por você, mas ainda não se atreveu a tomar a iniciativa.

Ela havia se sentado na única cadeira, e eu em frente, na cama, na ponta do colchão de algas, embaixo do crucifixo de latão que a senhoria pendurara havia décadas, antes que o bom Deus ignorasse suas orações e permitisse que a guerra canalha deixasse seu Angelito sem miolos.

Catherine me olhava com aqueles olhos estranhos, um escuro e outro claro. Falava em voz baixa, apesar de eu ter fechado a porta.

— E parece que também não lhe sobra dinheiro.

Como negar, diante da evidência daquele quarto pobre? Uma cama, uma mesa de cabeceira e a cadeira que ela ocupava. Uma cômoda com três gavetas, um urinol e a lamparina a querosene que eu havia acabado de acender. Nem armário tinha; eu pendurava a roupa em uns ganchos atrás da porta. Mas em vez de lhe dar explicações, preferi ir direto ao ponto.

— O que você quer? Quer ser minha amiga, para que sejamos menos sozinhas? Quer ser minha mãe? Me oferecer outro emprego?

— Ganhar trinta vezes mais do que você ganha agora por semana, mas em uma única noite. É isso que vim lhe propor, se você me ajudar.

Um uivo de Angelito atravessou as paredes. Uivava com frequência, pungente e feroz: para pedir alguma coisa que sua mãe não entendia, ou porque surgia em sua mente aleijada uma estranha centelha de memória, ou em protesto inconsciente pela imensa sacanagem que a vida lhe havia feito. Quando ele se calou, ela prosseguiu:

— A Maison Bastos comprou o estoque de uma fábrica de Argel que quebrou, da viúva de Bertomeu. Eles fecharam as oficinas e os armazéns, e a Bastos vai ficar com as marcas e o estoque. Crème d'Herbe, Camelia, conhece?

Eu fiz que não com a cabeça. Jamais havia ouvido falar desses cigarros. E continuava sem saber aonde ela queria chegar.

— Todos esses produtos chegarão semana que vem, logo depois de assinarem o contrato, na segunda-feira. De Argel direto para a fábrica. De diversos armazéns, em caminhonetes. Sabe o que isso significa?

Tornei a negar com o mesmo gesto.

— Significa que ninguém sabe bem a quantidade que vai chegar, porque vão sair de lugares diferentes. De modo que, se desaparecer uma parte do carregamento, ninguém vai perceber.

Caminhonetes, armazéns, desaparições, carregamentos. O que eu, uma simples operária, tinha a ver com aquilo? Ia lhe perguntar, mas ela ergueu a mão. Paciência, espere, era o que queria dizer. Fechei a boca.

— Quando chegarem, vão deixar tudo no pátio da fábrica durante a noite, para começar a fazer o inventário na manhã seguinte.

O grande pátio de carga e descarga da Maison Bastos; até aquele momento, essa era a única coisa que eu reconhecia. Era para onde se abriam os grandes portões traseiros pelos quais entravam e saíam os caminhões e carroças. Ali também, na parte coberta, com frequência aguardavam enormes pilhas de pacotes volumosos e caixotes selados; pacotes e caixotes que continham milhares de maços de cigarro e caixas de charuto, prontos para serem transportados até seus destinos por todos os recantos da Argélia francesa ou sabia-se lá por quais lugares do mundo.

— É aí que nós entramos — anunciou.

E foi aí que eu me levantei, farta de escutar disparates.

— É melhor você ir embora, Catherine.

— Deixe-me terminar.

— Não, não prossiga. — Indiquei a porta. — Vá embora.

— *Écoute-moi* — insistiu ela. — *Escúchame*.

— Não, não vou escutar. Já estou vendo aonde você quer chegar e não quero saber de nada. Não quero problemas. Não quero confusão. Não quero sujar as mãos.

Já estão nojentas o suficiente, eu poderia ter lhe dito. Com elas matei um homem, empurrei uma mulher de idade escada abaixo, roubei uma casa honesta e não fui capaz de tirar minha filha do barro. Mas guardei minhas misérias para mim mesma e esperei que ela me obedecesse; só queria que me deixasse em paz e não me propusesse complicar minha vida de novo.

Ela também se levantou da cadeira, mas não saiu; ficou plantada à minha frente. Éramos mais ou menos da mesma altura, mas ela tinha pelo menos dez anos a mais que eu. As duas com poucas carnes, arrebentadas de tanto trabalhar, malvestidas, mal calçadas, mal-ajambradas, diante da mesquinhez de nosso presente. Duas pobres mulheres em uma casa pobre de um bairro pobre, em uma pátria que não era a nossa, iluminadas por uma luz tremeluzente enquanto, em outro quarto, o infeliz Angelito soltava outro grito apavorante.

— O que você tem a perder, Cecilia? Se é que realmente se chama Cecilia, porque, por mais que eu tenha tentado averiguar, ninguém sabe de onde você saiu.

Sua pergunta ficou ecoando dentro da minha cabeça. O que você tem a perder?, dissera ela. O que eu tinha a perder, de fato? Um emprego de tabaqueira, no qual ganhava uma miséria e do qual me mandariam embora quando eu menos esperasse, uma vez que estavam começando a chegar as máquinas? Um teto compartilhado com uma mulher doente e um filho que por causa da guerra tinha menos cérebro que os frangos que corriam pelo pátio? Um fluir de dias sem pena nem glória, sem um passado pelo qual chorar e um porvir com um mínimo de esperança a vislumbrar?

Catherine deu um passo em minha direção, desafiadora com seus olhos de duas cores, um brilhante e outro meio morto.

— Por que não tentar?

# CAPÍTULO 23

No dia seguinte, sábado, voltei para a fábrica com a atenção mais afiada. Fui direto para o meu lugar, joguei no ar um *bonjour*, *buenos días*, e me sentei ao lado de minha vizinha sem trocar uma palavra com ela, como se a noite anterior nunca houvesse existido, como se ela não me houvesse proposto participar de um delito e eu não houvesse aceitado.

Enquanto enrolávamos os charutos um atrás do outro no ritmo veloz e uniforme de todos os dias, eu me abstraí das conversas incessantes de minhas companheiras, segui as instruções de Catherine e me esforcei para escutar as vozes dos guardas.

Aqueles homens compartilhavam um padrão similar: bigodudos, sérios e maduros, excedentes dos quartéis e longe havia décadas dos campos de batalha da distante Europa. Com o que ganhavam na Maison Bastos, aqueles ex-militares complementavam suas pensões por terem servido à pátria com maior ou menor entrega. Na verdade, pouco tinham para fazer lá além de tentar nos intimidar para que nos comportássemos com retidão e não roubássemos, de modo que ficavam só andando pelas instalações, com passo arrastado e as mãos às costas, vigiando para que nada saísse dos conformes. E quando se cansavam, a cada duas ou três horas, reuniam-se em um canto atrás de nós para comentar as grandes notícias que chegavam com atraso da metrópole e as pequenas notícias do que acontecia em Orã e na fábrica. Entre estas últimas, tal como me havia revelado Catherine, a mais recente era a compra das novas marcas de uma tabaqueira falida e de um enorme excedente de cigarros que chegaria de Argel em pouco tempo.

Naquela mesma manhã, enquanto ambas fingíamos estar concentradas no trabalho, ouvimos os guardas mencionando a data: próxima quinta-feira, haviam acabado de ser informados. E naquela mesma tarde, depois de sair da fábrica, enquanto as tabaqueiras casadas preparavam o jantar para a família e as solteiras se asseavam, colocavam vestidos limpos, passavam batom e iam para as praças e bulevares, eu me encontrei de novo com Catherine. Sua proposta fora que nos encontrássemos ao lado de uma banca de jornal na *promenade* de Létang. Fui sem saber que a escolha daquele lugar tinha um propósito: contemplar do alto a baía do porto.

Não andamos para cima e para baixo pela linda via costeira, como fazia todo mundo; nem tomamos um refresco nem comemos um cone de tremoço ou amendoim torrado, como faziam os casais de namorados, as famílias com crianças e os grupos de amigos que nos cercavam naquele entardecer aparentemente tranquilo de fim de inverno. Todo esse movimento nos interessava bem pouco, de modo que nos apoiamos em uma mureta em frente aos cais, de costas para os transeuntes, embaixo de um dos vários pinheiros-mansos que margeavam o passeio. Catherine falava, eu absorvia suas palavras.

— Na noite de quinta para sexta-feira, nós duas vamos ficar dentro da fábrica.

Ela já esperava que eu fosse dizer algo, de modo que ergueu a palma da mão para me calar.

— Quando as outras começarem a sair, nós vamos para a enfermaria, ao lado das latrinas. Fica na lateral do pátio, você sabe onde, e a porta fica aberta à noite. Semana passada entrou uma farpa bem fundo na palma da minha mão, lembra? Eu fingi que não conseguia tirar sozinha e fui para lá, e a mulher de Moreau, que faz as vezes de enfermeira, tirou para mim. Na verdade, eu mesma a enfiei, de propósito, para poder ver aquele lugar por dentro. E quando vi, decidi que poderia nos servir.

Os passos previstos por Catherine pareciam razoáveis, organizados minuciosamente, mas eu ainda não sabia se aquela ideia era uma solução inteligente para sairmos daquela vida miserável ou um imenso absurdo que nos levaria ao precipício. Mas, enfim, deixei que ela continuasse até que a noite caiu e as pessoas de bem começaram a desaparecer. A banca de jornal fechou e a mureta que dava para o porto ficou silenciosa, escura, com nossa presença única embaixo do pinheiro-manso e, em volta, alguns homens sozinhos, fugidios, suspeitos de nada ou de tudo.

Conforme a escutava, fui ordenando mentalmente os momentos do processo: quando as operárias houvessem saído e os porteiros fechassem as entradas de funcionários e só ficassem abertos os portões de trás, que davam para o pátio, nós ficaríamos escondidas na enfermaria, uma sala que todas nós costumávamos evitar como se fosse o inferno; preferíamos esconder dos vigias os percalços, os cortes, os pequenos acidentes, e resolver nós mesmas do nosso jeito.

Estando lá, não íamos vê-los, mas por uma janelinha perto do teto poderíamos ouvir os furgões chegando um atrás do outro e os vigias os recebendo. Então, esperaríamos até que toda a mercadoria fosse descarregada no pátio; até que os caminhões e os carregadores fossem embora, os vigias fechassem os portões por dentro de novo, desejassem *bonne nuit* uns aos outros e fossem para casa. Eles usavam uma porta lateral; não a nossa, das operárias, e sim a dos empregados do nível deles e dos encarregados da administração, que ficava ao lado da área de escritórios, onde nós jamais pisávamos. A essa hora, já seria madrugada.

— A partir daí — afirmou Catherine —, tudo será rápido.

Ela havia combinado com dois conhecidos que tinham um furgão; eles esperariam mais longe e se aproximariam quando os últimos vigias fossem embora. Então, nós só teríamos que sair do esconderijo, destrancar por dentro os portões e abri-los de novo para permitir que entrassem, decidir quais caixas eles deveriam levar entre as centenas e centenas e centenas que teriam sido deixadas, e esperar, talvez ajudar, que as carregassem, saíssem e desaparecessem com elas entre as sombras.

— E então, nós duas trancaremos tudo de novo, voltaremos à enfermaria e ficaremos lá o resto da noite, até que nossas companheiras cheguem na manhã seguinte. Ninguém vai dar falta de nada no pátio.

— E depois?

— Depois, quando tocar a sirene logo cedo, nós vamos nos misturar com as outras e começar a trabalhar como um dia qualquer.

— E o que seus homens vão fazer com as caixas de cigarros?

— Vão levá-las pela *corniche* até Mazalquivir. Até lá.

Estendeu a mão e apontou com o dedo indicador um lugar impreciso a oeste, uma massa rochosa que mal se distinguia na escuridão, sobre a qual os velhos espanhóis haviam construído o forte La Mona, que os franceses passaram a chamar de Lamoune.

— E depois?

— Descerão pelas rochas dos Baños de la Reina, onde fica o balneário de Montecristo, para não serem vistos pelos vigias do porto. E quando chegarem ao mar, colocarão tudo em uns faluchos.

— O que é isso?

— Uma espécie de barco pequeno.

— E aonde vão levar tudo?

— Que diferença faz? — protestou ela com impaciência, farta de tantas perguntas.

Ela tinha razão, não fazia diferença. Era suficiente que ela cumprisse o compromisso de me entregar minha parte do dinheiro. Mesmo assim, continuei insistindo.

— Eu prefiro saber.

Ela aspirou pelo nariz a umidade que subia do mar, como se precisasse encher os pulmões de paciência para poder continuar falando.

— Em alto-mar, vão passar tudo para outro barco, que depois chegará à costa espanhola, onde outros homens, que já estão de sobreaviso, estarão esperando.

Ficamos em silêncio. O ar balançava os galhos dos pinheiros e o frio da noite começou a nos gelar. Ainda calada, olhei de novo para aquela mulher que eu mal conhecia, para seus olhos esquisitos e seu perfil limpo, ossudo, o queixo alto e o caráter firme, o contorno iluminado pela pouca luz amarelada de um poste. Eu não sabia quem ela era, desconhecia tudo de sua vida exceto o fato de que estava me arrastando para algo que de honrado não tinha nada.

— É o que as pessoas chamam de contrabando, não é, Catherine?

Primeiro ela assentiu sem palavras. Depois murmurou:

— Exatamente.

— E como você entende disso?

Ela continuou contemplando as luzes do cais. Ou talvez observasse o mar, o Mediterrâneo escuro, brilhante como óleo sob as estrelas. Ou talvez seu estranho olhar se dirigisse mais longe ainda, à sua ilha balear e ao que ali deixara quando o destino a levara a emigrar até a costa africana.

— Eu fiz isso por um tempo. Em Argel, longe.

— E por que quer contar comigo agora?

— Porque em duas é mais fácil.

— E por que escolheu a mim, e não a uma das outras?

— Porque você é menos linguaruda que as outras.

# CAPÍTULO 24

A manhã do domingo foi uma tortura, sem nada para fazer, só pensando e pensando. Farta, angustiada, depois de comer arroz com frango à mesa da cozinha, deixei dona Magdalena cortando o cabelo de Angelito e fui para a rua para ver se arejava a cabeça.

Não ia dar certo, surgiria um imprevisto, algo acabaria dando errado, como quando pegaram Obdulia, a catalã, tentando roubar quatro caixas de Brevas presas nas coxas por baixo da roupa, ou quando pegaram Francisca, a manchega, com dois pacotes de charutos nas axilas e mais um enfiado no meio dos peitos. Só que nossa ousadia seria muito maior, muito mais temerária e escandalosa. Pretendíamos roubar cigarros, não às dúzias, e sim aos milhares.

Acabaríamos nas mãos da *gendarmerie*, seríamos julgadas como ladras, jogadas na cadeia ali do fim do *plateau* Saint-Michel, entre o cemitério cristão e o israelita; as companheiras das oficinas adoravam recordar o tempo todo, fascinadas, que as mulheres descarriladas, que não tinham piedade, as sem remédio, iam parar lá. As que matavam com veneno de rato, as que roubavam anéis de ouro dos amantes de uma noite e as que mergulhavam cabeças de crianças, próprias ou alheias, em cal viva, as que subiam nos bondes para bater carteiras dos viajantes. Como não me perguntar se talvez nós, em breve, não acabaríamos entre elas?

Eu ia pensando em tudo isso enquanto caminhava sem rumo como um cão sem dono: da place Kléber à da Poste e depois à catedral nova; do Palais de Justice ao monumento aos soldados mortos construído em frente ao mar no fim do bulevar Loubet, uma rua tão distinta que sempre me impressionava; eu não me cansava de olhar suas duas filas de palmeiras e seus lindos edifícios de cinco andares cheios de sacadas com balaustradas e cornijas. Enquanto minhas pernas avançavam, além dos medos, minhas próprias perguntas me acossavam: Para quê? Por que não deixar as coisas como estão? Para que você precisa de todo esse dinheiro?

Para nada imediato, isso era verdade. O que eu ganhava na Bastos dava para subsistir, comer comida quente e comprar um pouco de roupa uma vez por ano; eu conseguia sobreviver sem morrer de fome, pelo menos. Mas não podia aspirar a nada mais sendo tabaqueira, e eu sabia que havia outras maneiras de estar no mundo. Havia aprendido com os Favager em Sidi Bel Abbès, nos meses em que abandonara minha própria filha para engordar o filho dos outros.

Naquela casa não me ensinaram só a me assear muito bem e a usar os talheres; graças a eles eu também conheci as diferenças atrozes que existiam entre uns e outros, entre os que nascem acariciados pela luz da fortuna e aqueles para quem tudo são trevas. E então, eu entendi também que os capitais que uma pessoa tem servem não só para comprar tapetes, porcelanas, filés de carne boa e aquecedores no inverno, mas também para que não abusem dela e ninguém pise em seus filhos. E se um dia trouxesse ao mundo outras crianças – que nunca substituiriam Marie, mas talvez aliviassem meu pesar por tê-la perdido –, eu preferia ter o bolso cheio a vazio. Para que ninguém me tratasse de novo como uma vaca leiteira em corpo de mulher, que ninguém voltasse a me usar como um par de úberes sem essência humana, a serviço de qualquer guloso com quem não dividia sangue nem afeto.

Certamente, fora a lembrança de Marie, que ainda me torturava, que me levara a dizer sim a Catherine. E eu não daria para trás, apesar dos temores que não desgrudavam de minha pele enquanto eu perambulava pelas ruas de Orã entre europeus endomingados e árabes com suas túnicas, cruzando com gente de bom porte que entrava e saía dos cinemas, das *pâtisseries*, dos salões de chá e dos esbeltos edifícios, e entre argelinos, alheios àquele esplendor francês, que levavam crianças descalças pela mão, carregavam nas costas feixes de lenha ou vendiam nas esquinas pedaços daquela torta barata que séculos antes eles mesmos já chamavam de *calentica*, herança de remotos militares espanhóis feita com farinha de grão-de-bico.

Caía a tarde quando voltei ao bairro e, em uma de suas esquinas, cruzei com Rafael, o pedreiro que, como havia dito Catherine, arrastava um bonde por mim. Ele estava com um primo na carroça na qual diariamente carregavam tijolos, entulho ou ferramentas quando iam e vinham das obras.

— Aí vem Cecilia, sempre tão sozinha — disse não ele, e sim o outro rapaz, dando uma cotovelada no primo.

*

Ele era magro, não muito alto, de cabelo preto dividido de lado. Trabalhador, muito trabalhador, diariamente usando um macacão azul cheio de manchas de gesso. Morava umas ruas abaixo da minha, às costas da rue l'Arsenal, com quatro ou cinco primos, pedreiros como ele, todos parecidos. Comumente eu cruzava com eles quando ia ou voltava da fábrica; em La Escalera eram conhecidos pelo sobrenome, os Guerrero.

Às vezes eram contratados para uma obra próxima e eu os via trabalhar nas alturas, em cima dos andaimes como equilibristas de circo, com uma despreocupação que dava medo, com chapéus de palha para se proteger do sol forte ou com um lenço sujo amarrado na cabeça com quatro nós para que o suor não escorresse pela testa.

— Linda Cecilia, dê atenção a Rafael! — diziam os primos sempre que me viam passar, mais de brincadeira que a sério.

Faziam o mesmo com outras moças que andavam por ali; cantadas gritadas eram o pão nosso de cada dia, mas para eles aqueles flertes, mais que para arranjar de verdade uma namorada, serviam para se distrair e tirar um pouco da cabeça a ideia de que, a qualquer momento, podiam dar um passo em falso, cair das alturas e quebrar a cabeça no chão.

Algumas moças que eles cantavam respondiam com frescor e descaramento, outras fingiam se ofender. Eu simplesmente fingia ignorá-los e continuava andando e olhando para a frente. Eu gostava de Rafael; seu rosto moreno e seu corpo fibroso, a serenidade com que suportava as brincadeiras de seus primos, seu silêncio quando os outros flertavam comigo e ele apenas sorria, meio aturdido, enquanto eu seguia meu caminho e o grupo voltava à sua lida, tudo isso me atraía.

Mas naquela tarde foi diferente. Ele estava com um pano na mão, devia estar limpando as rodas ou o eixo da carroça. Assim que me viu, entregou o pano ao outro, esfregou as mãos nas coxas e deu dois passos à frente.

— Pode esperar um minuto, Cecilia?

Assenti, parei, fiquei olhando para ele. Lá estava o jovem cuja existência dançava dentro de minha cabeça fazia mais de um mês, coisa que eu guardava para mim, não havia contado para ninguém.

— Sábado que vem haverá um baile no cassino Bastrana.

Seus familiares passavam aquelas cantadas divertidas, mas ele jamais havia me dirigido a palavra cara a cara. Nem nunca estivera tão perto de mim. Não usava o macacão e a camiseta encardida dos dias de trabalho. Estava com o cabelo úmido penteado, uma camisa branca que precisava de uma boa passada, mas estava limpa e destacava sua pele bronzeada. Tinha o cabelo grosso e as sobrancelhas largas; isso eu já sabia de vê-lo de longe outras vezes. O que eu nunca havia percebido até aquele momento era como parecia firme e sincero seu apreço por mim.

— Meus primos vão levar umas moças do La Marina. E pensei que talvez...

Ele se calou um instante, nervoso: tão seguro para subir nos andaimes e, de repente, coibido diante de minha proximidade.

— ... que talvez você quisesse ir comigo.

Eu teria adorado dizer sim, Rafael, vou com você. Dançar, embora eu não soubesse dançar, senti-lo perto, deixar que me estreitasse ao som de uma orquestra, sentir seu corpo colado ao meu, tocar sua pele colada à minha e sentir-me querida por um homem que me parecia bom, digno, decente. Mas como eu poderia saber onde estaria no sábado seguinte, depois de nosso insensato plano de roubar os cigarros? Tanto poderia estar na cadeia como comprando um vestido caro e um chapéu com flores de seda sob os arcos da rue d'Arzew, aonde iam as madames francesas.

Incapaz de aceitar, controlei a vontade de lhe dizer claro que sim, Rafael, vou com você ao cassino e ao fim do mundo, se quiser. De minha boca só saiu uma palavra:

— Veremos.

# CAPÍTULO 25

Em nenhuma ocasião vi Catherine nervosa nos dois dias seguintes. Ao contrário: continuava trabalhando a seu ritmo, aparentemente tranquila, enrolando seus charutos com a rapidez e o capricho habituais. Eu, porém, estava enlouquecendo de inquietude.

— Chega de nervosismo — ordenou ela com um sussurro categórico quando deixei cair o estilete no chão pela quarta ou quinta vez.

Ela não fez nada para que nos víssemos outra vez: nem me esperou de novo em uma rua deserta para me dar um penúltimo aviso nem marcou outra vez na *promenade* em frente ao porto, nem sequer se despediu de mim quando tocou a sirene no fim do dia e cada qual pegou seu caminho para casa. Só na quarta-feira, em um momento da tarde em que as outras se reuniram em uma gargalhada coletiva devido a alguma brincadeira espontânea, ela murmurou algo sem interromper seu trabalho.

— Amanhã, traga alguma coisa para comer, pode ficar com fome de madrugada.

Antes que eu assentisse, ela acrescentou:

— E algo para se agasalhar, por causa do relento.

À véspera daquele dia que mudaria de novo o rumo de minha vida, eu jantei sozinha na cozinha enquanto dona Magdalena preparava Angelito para dormir. Cada vez precisava fazer mais força para lidar com ele: o corpo dele estava atrofiando e as costas dela, pela idade e pelo esforço, não davam mais. Muitas vezes eu me oferecia para lhe dar uma mão, mas ela recusava. Dizia que o filho era responsabilidade dela, e eu desconfiava de que pesasse em sua consciência a culpa de ter permitido que o rapaz, sem ser francês, lutasse ao lado dos franceses naquela maldita guerra. E por Deus, ambos estavam pagando as consequências muito bem pagas.

Enquanto ela o despia no quarto, lavava-o com água e sabão de uma bacia, colocava nele uma camisola rústica de algodão que havia sido da avó e enfiava entre as pernas dele uma toalha dobrada para que absorvesse a urina durante o sono, eu matava o tempo diante de um prato de anchovas à milanesa que havia esfriado fazia tempo. Só quem me acompanhava era a imagem de Nossa Senhora que a dona da pensão tinha em cima do aparador com uma lamparina acesa a seus pés: uma demonstração tão devota quanto irreal de fervor religioso para que a mãe de Deus velasse pelo penoso ser humano em que seu pobre filho havia se transformado.

Eu continuava sozinha na cozinha, sentada de costas para a janela, quando ouvi o barulho de algo batendo no vidro. Não dei atenção. Logo ouvi outro barulho mais alto, mas também não me voltei; pensei que devia ser um gato, um bicho, um figo que caíra da figueira. Até que um tamborilar de dedos me fez voltar a cabeça para trás. E entre as sombras, vislumbrei uma silhueta.

Eu me levantei tão bruscamente que quase derrubei a cadeira. Em três passos, estava diante da janela olhando para o quintal.

— Saia, venha, rápido.

Era Catherine, que falava em sussurros acelerados; notei em seu rosto uma expressão que eu não conhecia. Assim que me aproximei, ela me pegou pelo braço e me puxou para a portinhola de trás do varal. Dali me levou à rua, obrigou-me a acompanhar seu passo veloz, lado a lado, para nos afastarmos. Ainda havia gente por ali, especialmente homens, trabalhadores voltando para casa ou a caminho de algum café onde os esperavam uma partida de algo e uns anisetes. Como ela não falava nada, também não falei.

Até que chegamos a uma esquina da place Isabelle, no fim do bairro, tão remota e colada na ladeira do morro que não tinha nem luz. Recordei que os moradores também acendiam uma imensa fogueira ali na noite de São João e soltavam rojões que retumbavam nos ouvidos; diferentemente daquelas celebrações buliçosas que marcavam o início do verão, naquela quarta-feira de fim de inverno a praça estava escura e deserta.

Farta do comportamento estranho dela, não me contive.

— Vai me dizer de uma vez por todas o que está acontecendo?

Ela olhou para um lado e depois para o outro com seus olhos esquisitos. Não havia vivalma por ali, só se viam luzes fracas pelas janelas de algumas casas; todas naquela região eram humildes, térreas.

— Ficamos sem o transporte que eu havia combinado. O dono do furgão arranjou confusão com um gendarme e disse que não vai arriscar.

— E você não pode arranjar outro?

Ela bufou; certamente pensava que eu era meio imbecil por não entender a envergadura do problema.

— Precisa ser *une personne de confiance*. Alguém de confiança, de muita confiança.

Catherine misturava mais que nunca o francês com o espanhol: sem dúvida, estava nervosa. Muito nervosa.

— E você não tem mais ninguém?

— Todos os meus contatos para essas coisas ficaram em Argel. Aqui conheço muito pouca gente. Por isso, preciso que você pense em alguém.

Bufei também. Em quem eu poderia pensar? Eu, que só conhecia de vista as pessoas de minha rua e as mulheres da fábrica! Eu, que vivia em uma pensão barata com uma mulher amargurada e seu filho transformado em um espantalho. Em quem eu poderia pensar se meu mundo era minúsculo?

Mas naquele pequeno universo havia mais alguém, e sua lembrança surgiu de repente. Com a camisa branca amassada e o cabelo domesticado por ser domingo, Rafael Guerrero e seu convite para ir ao cassino Bastrana saltaram em meu pensamento.

— Talvez...

Eu lhe contei a ideia, ela cravou os dedos em meu braço e disse:

— *Allez*. Vamos.

Pelo breve caminho até a rue d'Arsenal, eu me atrevi a perguntar:

— O que aconteceu em Argel, Catherine? Por que você veio para Orã, se aqui não tem ninguém?

Sem parar de andar depressa, ela voltou o rosto para mim, como se avaliasse se devia se abrir. Afinal de contas, não éramos amigas, nem mesmo companheiras chegadas. Só o que nos unia era o delito que tínhamos em vista e o anseio compartilhado de abandonar a fábrica e tomar, cada uma para um lado, um caminho mais luminoso.

— Fiz uma coisa que não devia — disse depois de uns segundos.

Calou-se, e eu pensei que não ia explicar mais nada. Mas ela prosseguiu.

— Eu me deixei levar por um homem e traí meu marido, até que ele nos encontrou na cama. Não pôde fazer nada contra ele porque era nosso patrão; nós dois trabalhávamos para o homem.

— E contra você?

— De mim ele não teve piedade. *Sans pitié*. Expulsou-me de casa e me tirou meus filhos. E me deixou quase cega de um olho.

Era isso, então: ali estava a razão de seu olhar desparelhado. Por causa da violência de um homem humilhado, com o olho escuro ela via tudo e com o claro quase nada. E ali estava também a razão de sua frieza e aquela constante melancolia.

— E o patrão não podia ajudar você?

Ela bufou de novo, misturando amargura com sarcasmo.

— Já ouviu falar de Joan March?

Assenti. Como não! Ele tinha outra fábrica de cigarros em Orã, concorrente da Bastos. Nossas companheiras, em sua tagarelice sem fim, sempre falavam dele. Chamavam-no de Don Juan, não Joan, com um misto de respeito e admiração, como se fosse uma espécie de lenda. O rico maiorquino que antes criava porcos e agora possuía grandes negócios, barcos e fazendas, manipulava todos a seu prazer e, segundo as tabaqueiras que tanto gostavam do canalha, havia até mandado assassinar o amante de sua própria esposa. Aquele que burlava com descarada ousadia as autoridades espanholas e francesas, tanto no mar como em terra. Lembrei que algumas tabaqueiras o chamavam de imperador do tabaco; outras, de grande pirata do Mediterrâneo.

Havíamos tomado a rue d'Arsenal, já estávamos perto de onde moravam os primos Guerrero. Catherine pronunciou sua última frase:

— O homem de quem estou falando, outro maiorquino, era como o braço direito dele; intermediava as coisas entre o patrão e nós. Se não for por dinheiro, esse tipo de gente não ajuda nem a própria sombra.

# CAPÍTULO 26

A casa dos pedreiros ficava em um corredor estreito, sem cobertura, no qual se sucediam as portas à esquerda e à direita. Portas de pouca altura, rústicas, desbotadas, que davam passagem a casas de teto baixo cujos habitantes conviviam amontoados pagando um aluguel barato. No chão, de ambos os lados, viam-se vasilhas e latas de conserva com gerânios plantados pelas moradoras; em uma parte mais larga havia uma bomba d'água que todos os habitantes do cortiço deviam usar. Havia no ar restos do cheiro dos jantares terminados, cheiro de alho, ensopado, azeite de oliva, peixe barato.

Perguntamos pelos Guerrero a um homem que estava saindo de bicicleta; com o queixo de barba por fazer ele apontou para o fundo.

— No final, a casa dos pássaros.

Não havia como errar; era a penúltima e, na fachada, penduradas com pregos fixados na parede caiada, encontramos várias gaiolas de madeira e arame, cada uma com três ou quatro pássaros dentro. Foi Catherine quem bateu na porta, enquanto eu me arrependia de minha decisão e tentava controlar a vontade de sair correndo.

Um dos primos abriu, eu não sabia seu nome. O pequeno aposento que se via, que fazia as vezes de entrada, sala, sala de jantar e talvez também dormitório, estava meio na penumbra e silencioso. Provavelmente alguns dos pedreiros já estavam dormindo e outros talvez estivessem indo se deitar; era natural, tendo em conta que se levantavam antes das seis da manhã para trabalhar dez ou doze horas quase sem descanso. Sorte a nossa que Rafael fosse um dos últimos a dormir.

Estava com o cabelo úmido. Embora o habitual naquele bairro e naquele tempo fosse se lavar bem só uma vez, no final da semana, via-se que ele havia se asseado por cima ao voltar do trabalho. Tinha nas mãos um rolo de arame e um alicate; devia estar fazendo uma gaiola.

— A carroça? De madrugada? Sem que ninguém fique sabendo? — perguntou ele, sem acreditar.

Catherine havia conseguido tirá-lo da casa e do pátio coletivo, para evitar que alguém nos ouvisse no meio daquela estreiteza. Para lhe fazer o pedido, nós o havíamos levado para trás do Hospital Militar, onde havia oficinas e lojas fechadas; quase ninguém morava por ali.

— Você ganharia uns bons francos — disse ela, com uma segurança que eu intuía falsa, embora em sua boca soasse desconcertante.

A cidade de Orã não parava de crescer, para os pedreiros raramente faltava trabalho. A Argélia francesa havia completado cem anos, ninguém questionava sua legitimidade e seu futuro. As instituições oficiais continuavam funcionando a todo vapor, a infraestrutura crescia, novos edifícios públicos e privados eram construídos, e para isso sempre se precisava de mão de obra – das mãos morenas, rachadas e ressecadas de espanhóis e árabes, de italianos ou malteses que diariamente davam seu suor, suas costas, suas horas de sono, seu sacrifício pelo avanço da expansão urbana de uma cidade portuária e comercial que já ultrapassava duzentas mil almas; dois terços de população europeia, um terço de argelinos.

Esses trabalhadores compunham uma ralé magra e proletária, normalmente semianalfabeta, sempre disposta a emendar um trabalho no outro sem protestar nem exigir, subindo as estruturas de lindos edifícios arrematados com fachadas *art déco* e de maravilhosas torres que a cada dia ganhavam mais altura. Com seus braços fibrosos como cana-de-açúcar, os pedreiros de Orã levantavam escritórios, escolas, pavilhões, estádios e montes de casas. A cada amanhecer, os primos Guerrero e milhares de homens de feituras e alcances similares iam para essas construções; homens de sobrenome Morales, Ruiz, García, Tejedor, Heredia, às vezes Bianco ou Zanetti. Para juntar-se a eles como peões imprescindíveis, desciam diariamente os Saidi, Taleb, Bensalem, Hassani, todos do Les Planteurs, Village Nègre, Lamur e outros *quartiers* da periferia.

Era um trabalho duro e extenuante, mas honrado, ao qual se dedicavam aqueles homens sem mais horizonte que ganhar uma diária para sustentar seus filhos, se fossem casados, e ter alguma coisa a oferecer às futuras esposas, se fossem solteiros. Como Catherine sabia disso de sobra, apertou o rapaz onde achava que ele era mais sensível:

— E assim, você fará um grande favor a Cecilia. E terá algum dinheiro para um dia pensar em formar uma família.

Quase mordi a língua para não o alertar, para não lhe dizer: não ouça o que ela diz, Rafael, volte para sua casa, não escute o que estamos dizendo. Ande, corra daqui, não se meta nisso. Volte para seus primos, para os tijolos, o cimento e a pá. Isto não é para você; você é um rapaz honesto, e nós não. Nós somos só um par de desavergonhadas, duas péssimas mães que não foram capazes de velar por seus filhos; uma assassina ladra e uma vadia que se deitava com o patrão pelas costas do marido. Duas canalhas prestes a se enfiar de novo na boca do lobo.

Sem que esses avisos saíssem de minha boca, Rafael aceitou de imediato. E, ao contrário do que eu pensara no início, contra minhas cautelas e minhas precauções, de pronto fui tomada por uma estranha sensação de segurança, uma espécie de alívio, a intuição de que talvez ao lado dele tudo fosse ser mais fácil, menos assustador. Então, ela lhe deu as instruções enquanto ele assentia e as organizava dentro de sua cabeça; como era esperto, entendeu tudo de primeira.

— Direi a meus primos que vou usar a carroça no meio da noite para fazer um favor a vocês com uma mudança.

# CAPÍTULO 27

Tocou a sirene do fim do dia na Maison Bastos e as mulheres se levantaram de uma vez, rapidamente puseram jaquetas, casacos e xales sobre os ombros e começaram a se aglomerar, ansiosas para sair. Mais um dia cumprido; um a menos.

— *On y va* — murmurou Catherine. — Vamos.

Para o caso de eu não a ter ouvido, ela me deu uma cotovelada. Uma atrás da outra, entramos no enxame como fazíamos diariamente. No meio do corredor, ela me deu outra cotovelada e repetiu entre dentes:

— Vamos.

Com cuidado, pegou um corredor lateral e lá fui eu atrás dela, enquanto as outras, amontoadas no meio da confusão, avançavam em linha reta rumo à saída. Em meio minuto estávamos no pátio; em segundos entramos na enfermaria e fechamos a porta. Ninguém deu por nossa falta.

A sala era comprida, estreita, com uma das paredes coberta por prateleiras nas quais me pareceu haver caixas, rolos de algodão, pacotes grandes e pequenos cujo conteúdo eu não saberia dizer qual era. Na verdade, como enfermaria quase não tinha uso, de modo que havia se transformado em uma espécie de depósito de inutilidades. A pouca luz e o barulho entravam por uma abertura sem vidro à altura do teto; mais que uma janela, era um respiradouro. Acima de nossa cabeça pendia um fio com uma lâmpada; não ousamos acendê-la.

Ficamos um tempo em pé sem pronunciar nem uma palavra, uma colada à outra com as costas na parede e os ouvidos atentos, até que o vozerio feminino de fora foi se apagando; até que se ouviam distantes os últimos *à demain*, *au revoir*, *con Dios*, *hasta mañana*. A partir daí, as mulheres desapareceram. Com os homens, porém, foi diferente.

Houve primeiro um breve momento de silêncio, sem dúvida os vigias estavam fumando o penúltimo cigarro em outro lugar. Mas logo começou o movimento e ouvimos os árabes entrando para varrer as instalações. Nunca os víamos, mas sabíamos de seu trabalho porque, no fim de cada dia, o chão ficava coberto por uma camada de restos de tabaco e lixo, e, ao voltar no dia seguinte, sempre o encontrávamos limpo.

Logo somaram-se às vozes em árabe outras em francês, os gritos ásperos dos vigias que pareciam ter recuperado repentinamente suas insígnias militares de baixo escalão. *Allez, on y va.* Vamos, vamos. *Bouge, imbécile.* Mexa-se, imbecil. *Dépêche-toi, bon à rien.* Depressa, inútil. De pouco em pouco gritavam com os trabalhadores, davam bronca; em algum momento, inclusive, tive a impressão de que batiam neles com alguma coisa, uma vara ou um jornal dobrado, para que andassem mais depressa.

Conhecíamos tanto aqueles guardas que era fácil distinguir de quem provinham os xingamentos. Do antipático Loisy, de olhos esbugalhados, careca brilhante e mau gênio. Do sigiloso Durant, que sempre se aproximava além da conta e nos apalpava com penosa dissimulação, ou do fleumático Moreau, que batia palmas o tempo todo, palmas débeis e preguiçosas para advertir de sua presença. Do bruto Gramusset, que um dia brigou feio com uma das meninas porque desconfiava de que ela tivesse escondido um pacote de charutos no cós da saia. Porém, não ouvi outros soltando desprezo aquela noite; talvez não estivessem por ali ou fossem mais comedidos e menos arrogantes com os subalternos.

Um longo tempo depois, o cheiro de água sanitária estava impregnado em nosso nariz, mas já não se ouvia mais nada; imaginamos que a limpeza tivesse acabado e o silêncio voltara. Já não entrava luz de fora, a noite havia caído totalmente e caiu sobre nós um sossego que nos pareceu eterno. Não tínhamos nem ideia de onde estavam os vigias: jogando uma partida de dominó ou talvez jantando em casa para voltar mais tarde, ou dando uma cochilada naquela sala comunitária onde havia umas poltronas, jornais e revistas; onde as paredes eram grosseiramente decoradas com estampas de mulheres seminuas com quem a Maison Bastos fazia propaganda de seus cigarros.

Diante da ausência de sons, fomos relaxando o corpo, as costas foram escorregando pela parede e acabamos sentadas no chão, envoltas na escuridão sem saber quanto duraria a espera. Tal como havia dito Catherine, acabei ficando com fome e tirei de meu lenço amarrado um pedaço de pão e outro de linguiça. Ofereci os pobres manjares a ela, quem sabe quisesse dar uma mordida; mas ela recusou com a cabeça.

— Catherine… — disse quando terminei, enquanto tirava os farelos da blusa.

— Shhh.

— Catherine, ninguém pode nos ouvir — sussurrei.

Ter enchido a barriga me deixara mais desperta.

— Não importa. É melhor ficarmos caladas.

Obedeci por alguns minutos, não muitos.

— Catherine — insisti.

Ela respondeu com um grunhido:

— O que você quer?

— Conte alguma coisa.

— Que coisa?

— O que quiser. De sua vida de antes. Do contrabando. Do que aconteceu com seu patrão e seu marido.

Para minha estranheza, ela não se recusou. Talvez também tenha suspeitado de que a espera fosse ser mais suportável se a preenchêssemos com alguma coisa: palavras, lembranças, pensamentos. E assim, naquela mescla habitual de francês com mahonês e castelhano que usava comigo, ali na penumbra, ela me resumiu sua existência. Na verdade, o fato de eu a escutar era o de menos. Tive a sensação de que ela contava tudo a si mesma.

# CAPÍTULO 28

De sua aldeia minorquina, segundo me disse, ela havia emigrado para a Argélia com sua família numerosa em um pesqueiro; era criança, ainda, e o tempo apagara suas primeiras recordações; mas deixara a língua e alguns costumes, os sabores que continuavam saindo da cozinha de sua casa e da de seus vizinhos depois de instalados na margem africana; o *pataouète* que falavam entre os seus e tudo que havia sido mantido ao longo dos anos naquele lar de Kouba, cidade perto de Argel, a capital, onde se assentaram como tantos outros provenientes das Ilhas Baleares durante quase um século. Lá ela frequentara a escola francesa, aprendera ortografia e números, onde nasciam e morriam *la Seine*, *la Loire*, *la Garonne*. Foi se afrancesando, enfim, e gostaria de ter seguido assim. Mas a necessidade acossava a família, e o pai, que tinha um pequeno vinhedo, tomou outras decisões.

Aos treze anos ela abandonou *l'école* e começou a trabalhar limpando garrafas em uma fábrica de vidro; pouco depois, conheceu Miquel Pons, um maiorquino de alma marinheira. O namoro seguiu sem pressa, até que acabaram se casando na igreja de Kouba e ela foi morar com ele perto do mar, perto do porto. E ali, quando não havia mais volta, descobriu que seu marido não tinha somente um emprego em uma casa consignatária de fretamento para exportação, mas dividia seu tempo entre esse digno ofício e o contrabando de cigarros sob as ordens dos homens de Joan March – Juan March, maiorquino como ele mesmo, mas muito mais poderoso. Tanto que tinha uma rede de encarregados para velar por seus negócios na cidade, com Agustí Costa entre eles.

Catherine e eu continuávamos sentadas no chão de cimento da enfermaria, ela falando em sussurros, eu atenta. Então, ela mencionou coisas que não consegui entender, mas deixei que continuasse sem a interromper: chalupas de alto-mar, faluchos de cabotagem, transbordos e desembarques, sanções econômicas, licenças, blitz, contrabandos. De certa forma, disse ela, também fora obrigada a participar do tráfico de cigarros entre a Argélia, as ilhas e o Levante, e graças a isso começou a entrar dinheiro em relativa abundância para eles, mudaram-se para uma casa luminosa, nasceram os filhos, dois meninos. Conseguiram, enfim, realizar o sonho de todos os deserdados que acabavam em terras argelinas: uma vida razoavelmente boa.

— Contratamos até uma empregada para me ajudar.

Até que Miquel, o marido, teve a ideia ingênua de comentar com Agustí Costa, seu patrão direto, que sua mulher fazia um *arròs brut* de babar; era um prato popular cuja receita passava de mãe para filha – no caso de Catherine, de sogra para nora. Como ele poderia imaginar que aquele comentário tão insignificante mudaria seu porvir? E para sempre.

— Então, o patrão disse que queria experimentar, que fazia tempo que não comia um bom arroz, que tinha vontade de comer. Quando meu marido me contou isso ao voltar naquela noite, eu gritei, disse que isso era um absurdo, que não podíamos receber Agustí em nossa casa, o que íamos fazer com aquele homem sentado à nossa mesa?

Mas, no dia seguinte, ali estava ele, diante de uma panela de barro cheia de arroz em um caldo escuro com forte cheiro de especiarias, preenchendo com seu aroma a pituitária e a alma. Devia ter entre quarenta e cinco e cinquenta anos; não era nem de longe atraente, mas emanava poder e comando. E não só comeu o arroz de Catherine até deixar o prato brilhante como também acabou devorando a moça com os olhos.

Três meses depois, o patrão tornou a pedir a Miquel Pons que a mulher deste preparasse *arròs brut*. Mas dessa vez, disfarçadamente, fez manobras para que outros empregados seus tirassem Miquel de casa no meio do almoço, com algum pretexto, e o infeliz não suspeitou: um problema no cais, um imprevisto com uma carga, qualquer coisa. E enquanto isso, Costa terminou seu arroz, fumou um charuto grosso e, quando Catherine ia tirar da mesa a panela com os restos, pegou-a pelo pulso com uma mão, com a outra deu-lhe um apertão na bunda e ordenou:

— *Emmène-moi au lit*. Leve-me para a cama.

— E você obedeceu?

A surpresa me fez erguer a voz sem perceber; ela me deu um tapa e me mandou falar baixo.

— Você queria ir para a cama com ele? — insisti.

Então, inconscientemente, foi ela quem ergueu o tom.

— Como eu ia querer? Está louca? Mas eu não podia negar. Nós dependíamos dele, ninguém era capaz de dizer não ao patrão. A nada. Nunca.

Assim foi que Agustí Costa entrou na linda Catherine, na casa dela, entre os lençóis dela, e depois foi embora sem deixar rastro. A partir daquele dia, o combinado de arroz com sexo se repetiu algumas vezes e Miquel nunca suspeitou de nada, cego pela honra que era que o patrão Agustí gostasse do que ele modestamente podia lhe oferecer, ignorante de sua florescente galhada. Até que, no quinto almoço, a coisa se complicou.

— Eu acho que alguém deu com a língua nos dentes.

O ritual foi o mesmo: arroz e charuto na sala de jantar, alívio carnal no quarto. Só que, dessa vez, o marido voltou para casa quando eles estavam em pleno ato. Pelo que Catherine pôde deduzir depois, ele subiu a escada devagar, colou a orelha na porta. Ao confirmar o que estava acontecendo, até sua última gota de sangue lhe subiu aos olhos e ele teve que morder o próprio braço para não gritar, e teve que subir ao terraço e dar pontapés nas paredes para não fazer o mesmo com a porta do quarto e surpreender o patrão pelado fincado em sua mulher, dizendo nojeiras no ouvido dela enquanto seu cérebro não parava de ruminar transações, acordos, contratos, contas.

Antes que ela continuasse, eu me antecipei.

— E quando ele foi embora, seu marido...

— Ele me deu uma surra que quase me matou. Depois, me trancou em um quarto escuro e, de madrugada, quando as ruas estavam vazias, ele me pegou pelos cabelos, me arrastou pela casa e, com um empurrão, jogou-me para fora. E disse que se eu me atrevesse a voltar, mataria meus filhos.

Eu ia perguntar onde eles estavam, mas ela se antecipou.

— Esse foi meu único alívio: as crianças estavam passando uns dias com meus sogros e não souberam de nada, ainda eram muito pequenos. Desde então, nunca mais os vi. Por isso vim para Orã; para não ceder à tentação de ir buscá-los, preferi me distanciar. E por isso agora decidi que preciso de dinheiro. Para ter algo para lhes oferecer se, por acaso, com o tempo, quando crescerem, eles souberem que ainda estou viva e eu conseguir recuperá-los.

Que história triste, meu Deus; passei a entender a introversão de Catherine, seu retraimento, aquele seu jeito de estar no meio da multidão como se não estivesse.

— E você não pensou em procurá-lo para pedir...

Eu me referia ao homem que causara sua desgraça.

— Para pedir o quê?

Dei de ombros.

— Não sei. Que intercedesse por você, que a ajudasse.

Ela resmungou entre dentes algo que não entendi; devia ser algo na língua de sua ilha.

— Nunca mais o viu? — perguntei então.

Na escuridão, entrevi o movimento negativo de sua cabeça.

— Há pouco tempo, em um banco da place Kléber, encontrei duas folhas soltas de um jornal espanhol atrasado. Li que Juan March havia estado preso em uma cadeia de Madri e que depois havia fugido, mas não escapando por um buraco ou uma janela, como costumam fazer os presos. Ele saiu pela porta, com o casaco sobre os ombros, chapéu na cabeça e charuto na boca; fora, um chofer o esperava com um Rolls-Royce, para levá-lo para longe dali. Agustí Costa estava com eles.

## CAPÍTULO 29

De repente, ouvimos vozes. Depois, correria e avisos; as luzes foram acesas, chegou a nós o barulho das grandes trancas dos portões ao serem abertas.

— Já chegaram — disse Catherine com a voz abafada.

Acabaram-se as confidências, tínhamos que focar no presente. Ela se levantou, eu a imitei de um salto. Notei que ela ficou tensa, até o ritmo de sua respiração mudou e ela começou a respirar pelo nariz depressa, ruidosa. Meu estômago revirou.

— Você acha que...

— Shhh.

Apertei os lábios com os dentes e assim os mantive o resto do tempo. Ouvimos o som das rodas sobre os paralelepípedos do pátio quando os transportes entraram, ouvimos os vigias cumprimentando os homens que chegavam de Argel, dando ordens – por aqui, por lá, assim, com cuidado; uns e outros descarregando as mercadorias, obedecendo às instruções. Trabalharam um bom tempo, ouvíamos o som do esforço e do movimento, uma ou outra brincadeira, um ou outro impropério e uma ou outra maldição quando alguma coisa virava e quase caía no chão.

E ali ficamos nós, escondidas e mudas, até que os sons foram relaxando. Escutamos despedidas e as rodas dos transportes de novo até desaparecerem na distância, as trancas sendo passadas de novo, e então apenas frases escassas, um isqueiro se acendendo, confirmações e assentimento: tudo pronto, tudo em ordem, bom trabalho, amanhã o pessoal do escritório vai fazer o inventário. Chegaram finalmente as últimas despedidas, a troca de *bonne nuit*, *bonne nuit* e o apagar das luzes. Depois, o silêncio.

Durante a prolongada quietude que se seguiu, tive que controlar a imensa vontade de perguntar quando vamos sair, já vamos sair, quanto falta? A prudência de minha companheira determinava o ritmo.

— Está pronta? — sussurrou ela por fim.

Fiz que sim com a cabeça. Na realidade, estava mentindo; não, eu não estava pronta; ninguém em seu juízo perfeito estaria pronto para se meter no desatino que Catherine havia idealizado e que eu havia seguido por minha própria vontade. Mas não havia mais a opção de voltar atrás: logo amanheceria, Rafael estava nos esperando com a charrete, tínhamos que nos apressar.

Ela, sempre tão minuciosa, passou as mãos pelo cabelo, pelo torso e pela saia, como se precisasse estar apresentável para aplicar um golpe na empresa que lhe dava o sustento. Eu só apertei forte a fita que prendia meu cabelo, para que não me incomodasse. Enchi os pulmões de ar e o soltei com força.

— Vamos lá.

Entreabrimos a porta só o suficiente para sair e a fechamos com extremo cuidado, tentando evitar que as dobradiças rangessem. Cautelosas, fomos até o centro do pátio; ainda bem que o esparto de nossas alpargatas não fazia barulho ao pisar. Uma vez ali, entre as sombras, percebemos primeiro os contornos, e logo a magnitude em detalhes. Na parte coberta vimos montes, montes de caixas coladas umas às outras, grandes caixas umas em cima das outras até alcançarem três ou quatro metros de altura. Na parte descoberta, sob as estrelas, acumulavam-se pilhas de caixotes de madeira. Catherine não se enganara: com aquele volume de carga, dificilmente teriam tido tempo para fazer um inventário rigoroso.

Andamos em volta das pilhas, tocando-as com as pontas dos dedos. Em dado momento, ela tirou do bolso uma caixa de fósforos. Riscou vários ao mesmo tempo e os aproximou. *Société Veuve Bertomeu et Cie*, lemos. Ela passou a palma da mão por cima das letras, como se as acariciasse.

— *C'est parfait* — murmurou. — Perfeito.

— Abrimos os portões?

— Abrimos.

Eram duas trancas internas, pesadas, de ferro fundido, enormes. Eu cuidei da de cima, Catherine da de baixo.

— Devagar — avisou. — Não faça barulho.

A advertência era desnecessária, eu já estava cuidando disso. Muito lentamente, fomos deslizando as grossas barras metálicas até que se soltaram. Então, empurramos um dos portões, o da direita. Tão logo o abrimos, vimos a silhueta de Rafael ao lado da charrete. Tive que cobrir a boca para não deixar escapar um grito de júbilo; estava morrendo de vontade de abraçá-lo.

Trabalhamos com agilidade, quase sem falar nada. Catherine acendia fósforos de vez em quando para enxergar e escolher o que mais interessava; certamente, aquilo que poderia dar mais lucro.

— *Celle-là*. Esta. Essa. Aquela.

E assim prosseguimos, até quase encher aquela mesma charrete na qual os pedreiros diariamente carregavam cestos, esteiras, tijolos, sacos de gesso. E teríamos continuado, não fosse eu, ao fundo do corredor que dava nos escritórios, ter notado algo.

Catherine e Rafael estavam levantando um caixote, cada um em uma ponta.

— Silêncio — disse eu, e meu aviso foi como uma faca. — Há uma luz ali; está se mexendo — acrescentei, apontando para o interior.

Dirigimos nossos três pares de olhos à luz: eu estava certa, era uma luz vacilante. Uma lamparina, um candeeiro, um lampião a óleo que avançava em nossa direção. E que, necessariamente, estava na mão de alguém.

— *Viens, il faut partir* — ordenou Catherine, com a voz feito uma chicotada. — Temos que ir.

Fiquei paralisada. Aonde ela queria que fôssemos? O plano era voltar à enfermaria quando tudo acabasse, não contávamos com que houvesse alguém dentro da fábrica. Mas nos enganamos, evidentemente.

— Para a charrete, vamos, para a charrete!

Eles largaram o caixote que carregavam e saímos correndo, com precipitação sigilosa e a angústia retorcendo nossas entranhas. Nem paramos para fechar os portões totalmente, deixamo-nos meio abertos. Uma vez fora, sem parar de correr, girei o pescoço e olhei para trás. A luz continuava balançando no corredor, já mais perto.

— Vamos, vamos, vamos!

Já estávamos na esplanada de fora; dessa vez, era Rafael quem nos apressava. Subam, subam. De um salto, Catherine e eu subimos pela parte traseira da charrete, onde estava a carga, enquanto ele pulava depressa na boleia. Em poucos segundos, os cascos do burro começaram a ecoar sobre os paralelepípedos.

Estávamos encolhidas entre as caixas que havíamos acabado de roubar, afastávamo-nos sacolejando. Eu estava com a garganta seca, o medo arrepiara minha pele inteira. Enfiei o rosto entre os joelhos, procurando uma espécie de falso abrigo. Não queria olhar, preferia não olhar, era aterrorizante olhar. Mas, no fim, olhei.

Quando tirei a cabeça de entre as pernas, vi que a luz seguia ali.

# CAPÍTULO 30

A noite estava serena e fria, mas já sem o gelo do puro inverno; linda, se estivéssemos com ânimo para apreciá-la. Mas não era o caso. Não estávamos interessados no mar imenso, nas luzes tênues da cidade atrás de nós ou no perfil imponente do monte Murdjadjo; a única coisa que queríamos era nos desfazer daquele carregamento depressa, o quanto antes.

Sem trocar uma palavra, descemos sacolejando pela rampa do porto; ao passar pelo Gare Maritime, Catherine e eu nos encolhemos ainda mais entre os caixotes com um duplo propósito: que a umidade gelada não entrasse até nossos ossos e para o caso de algum guarda insone decidir nos parar. Sem sair da posição, levantando só a testa e os olhos, vimos a *quai du Sénégal* cheia de navios enormes e o cais velho cheio de barcos pequenos; mal balançavam, todos pareciam adormecidos. No final, na *pêcherie*, encontramos uns pescadores silenciosos puxando as redes com sua pesca. Nem sequer olharam para nós.

Não demoramos a deixar o cais para trás; então, pudemos esticar o corpo e respirar com um mínimo de tranquilidade. Iniciamos o percurso pela *corniche* até chegar ao lugar onde minha companheira havia combinado com os homens que cuidariam do carregamento, uma região de penhascos rochosos perto do forte Lamoune, logo depois dos Baños de la Reina.

Ao ouvir o trote do burro e o barulho das rodas da charrete, saíram da escuridão as silhuetas escuras de dois homens; Catherine ordenou a Rafael que parasse. Diante deles, nós três descemos da charrete. Eram mal-encarados e estavam mal barbeados, com as boinas enfiadas até as sobrancelhas e a gola do casaco levantada, cada um com seu cigarro entre os dentes. Não trocamos cumprimentos. Sem abrir a boca, eles começaram a esvaziar a charrete com uma rapidez impressionante e o sigilo requerido pelas coisas turvas.

Não houve mais nada: nem palavras, nem apertos de mão, nem uma última advertência por parte de Catherine. Nada. Imaginei que já estivesse tudo falado e combinado, que as coisas naquele ramo fossem assim.

Assim que a charrete ficou vazia e a mercadoria estava no chão, eles jogaram um par de caixotes no ombro e começaram a descer o penhasco com uma destreza assombrosa, velozes como lebres pela encosta abrupta e escura; teriam que descer e subir um monte de vezes até terminar com todo o carregamento. Se eu tivesse uma luz, teria visto que lá embaixo, na água, um terceiro sujeito os esperava em uma barcaça.

Diferentemente do silêncio medroso da viagem de ida, de volta ao bairro fomos falando sem trégua: praguejando pela calamidade daquele alguém inesperado dentro da fábrica e aliviados por termos podido sair a tempo, com a charrete praticamente cheia, sem que nos vissem.

— Se houvéssemos conseguido trancar os portões e ficar lá dentro — disse Catherine —, nunca ninguém suspeitaria que alguém levou embora uma parte. Agora vão saber que sim, que alguém entrou ali e roubou alguma coisa; mas não saberão quanto foi nem que fomos nós.

— Tem certeza?

Em vez de responder, ela deu uma ordem.

— Rafael, deixe-me ali, na esquina.

Estava começando a amanhecer e havíamos chegado à plaza de la Perla, o velho coração da velha Orã, aquela que havia sido a praça de armas dos espanhóis durante quase três séculos. Ao redor daquela pracinha irregular havia a mesquita de Sidi el-Houari e um bom número de ruas e morros. Durante o dia, era um lugar cheio de vida, mas àquela hora, tão cedo, quando o sol ainda não havia terminado de sair, só vimos poucos homens europeus que iam para o trabalho bocejando, uma ou outra mulher que abria as persianas de sua casa e meia dúzia de árabes que saíam da carvoaria com sacos às costas ou na cabeça. O padeiro assomou à porta de sua *boulangerie*, o dono do Café de la Perle começou a levantar a porta metálica, fazendo-a chiar.

Catherine indicou as escadas que subiam para a igreja de Saint-Louis, ao lado do minarete. Rafael lhe perguntou se ela não preferia que a levasse até sua casa.

— Não precisa, é aqui perto.

Eu jamais soube onde ela morava, Catherine nunca me disse.

Ela pulou da charrete e, do chão, deu-nos as últimas instruções, olhando para a direita e para a esquerda para confirmar que ninguém a ouvia.

— Cada um deve seguir a vida normal hoje, tranquilamente.

Embora a ordem fosse clara, eu quis me assegurar.

— Vamos trabalhar, então, como sempre?

— Isso. *Comme toujours*. Como sempre.

Depois, ela esclareceu:

— Esta noite não existiu. Nós não nos vimos, não estivemos juntos na Bastos, não sabemos de nada. *D'accord*?

— *D'accord* — murmuramos.

Na verdade, nem Rafael nem eu tínhamos certeza de nada, mas não era hora de mostrar os restos do medo que ainda levávamos dentro de nós.

— Quando o dinheiro chegar, eu aviso vocês e acertamos as contas. *D'accord*?

— *D'accord* — repetimos.

A última coisa que vi dela foram suas costas entrando no túnel que subia para a igreja, dirigindo-se a algum lugar que eu ignorava.

Minha casa era perto, mas eu deixei que Rafael me levasse.

— Não fique aí atrás, sente-se aqui comigo — propôs.

Juntos na boleia da charrete vazia, braços colados, percorremos o resto do trajeto, um trecho curto durante o qual mal falamos e durante o qual ambos pensamos, confiantes e cheios de ilusões, que aquele seria o início de nossa história.

Estava começando o movimento da manhã: chegavam os cabreiros com o leite, os vendedores madrugadores com mel e água potável, os rapazes que saíam de bicicleta para suas ocupações. Cruzamos com o afiador que logo começaria a lançar seus gritos em quatro línguas, com o velho louco que as pessoas chamavam de El Apóstol e que diziam que matara a mulher com um trabuco em sua cidade valenciana.

Só no fim, a poucos metros de minha pensão, Rafael se atreveu a perguntar:

— Você irá comigo ao cassino Bastrana, então?

Minha risada ecoou no silêncio da manhã.

— Você não se meteu nessa confusão toda só por isso, não é?

Ele deteve o burro, paramos de sacolejar; havíamos chegado. Rafael voltou o rosto para mim, com seus olhos pretos cheios de sono pela noite em claro.

— O que você acha?

Não respondi nem me mexi enquanto ele se aproximava e pousava um beijo em minha boca; um beijo salgado e pleno. Continuei sem responder enquanto descia; só quando pisei no chão repeti o mesmo que dias antes: veremos. Como eu poderia imaginar que se passariam anos antes que voltássemos a nos ver?

A casa ainda estava escura, silenciosa e fria horas depois de terem se apagado os últimos resquícios do braseiro. Mãe e filho dormiam. Embora faltasse pouco para a hora à qual eu costumava me levantar diariamente, decidi me deitar na cama vestida mesmo, sem sequer lavar as mãos, que estavam pretas, para não fazer barulho e acordá-los. Adormeci pensando que depois me lavaria, com o sabor do beijo de Rafael nos lábios e as últimas palavras de Catherine no pensamento: *comme toujours*, como sempre.

Como fomos ingênuos os três, tão incautos, imbecis! Nada foi como sempre, longe disso. E eu soube disso assim que uma voz de homem, um pouco depois, me arrancou do sono.

— *Bonjour, mademoiselle*.

Chamava-se Lagarde e, como quase todos os outros, tinha um bigode denso. Sua barriga assomava entre os suspensórios e sua testa se prolongava em uma calvície que ele tentava disfarçar penteando para a frente o cabelo que restava.

Era um dos guardas da Maison Bastos. Dona Magdalena havia permitido que entrasse, intimidada; como negar passagem a um francês com autoridade, sendo ela uma pobre analfabeta espanhola, uma humilde viúva que vivia dos aluguéis, com um filho sem miolos a seu cargo? De camisola ainda, com seu coque grisalho desfeito e uma grossa manta de lã sobre os ombros, um passo atrás de Lagarde, minha senhoria me olhava com olhos de espanto.

Estavam ambos aos pés de minha cama e ele segurava na mão um pano xadrez branco e azul que imediatamente reconheci, porque era meu: o pano no qual eu embrulhara no dia anterior o pão e a linguiça de meu jantar. O mesmo pano que, sem perceber, eu deixara no chão da enfermaria enquanto Catherine e eu burlávamos a vigilância daquele homem.

# CAPÍTULO 31

O casamento foi rápido, um domingo de chuva mansa na igreja do Gambetta antes da missa das nove. Se houvessem permitido que ele escolhesse, teríamos ido à cerimônia só nós dois, mas o pároco deixou bem claro que eram necessários padrinhos. À força, a irmã e o cunhado foram de Saint-Denis-du-Sig, depois tomaram café da manhã conosco enquanto falavam baixinho sobre a péssima saúde do pai.

Assim que terminaram os cafés e os croissants, levantaram-se para voltar à sua cidade; ambos tinham uma charcutaria e açougue sem funcionários que abria sete dias por semana, de modo que, quando não trabalhavam, não ganhavam. Ao se despedir, eles me deram um pacote de salsichas defumadas e um aperto de mão.

— *Félicitations* — disseram, sérios, e inclinaram a cabeça.

Como se houvesse algum motivo de alegria para mim naquela manhã.

Depois de um mês de estranha convivência, foi assim que me tornei madame Lagarde. A falsa Cecilia Belmonte havia acabado de dar seu consentimento diante de Deus e dos homens para se tornar Cecilia Lagarde, esposa de Jacques Lagarde por obrigação, pela coação do homem que a partir de então passaria de guardião a marido. Não tive alternativa: se houvesse negado, teria enfrentado uma acusação dele diante do diretor da Maison Bastos, que se transformaria em uma denúncia à *gendarmerie*, o que, por sua vez, em um encadeamento sinistro, teria me levado ao calabouço, depois à frente de um juiz e, por último, à penitenciária.

— Além disso, é evidente que você não estava sozinha, de modo que terá de revelar quem foram seus cúmplices. A não ser que… a não ser que me deixe ajudá-la.

Foi assim que ele me fez a proposta na manhã seguinte ao roubo dos cigarros, quando expulsou dona Magdalena de meu quarto para falar comigo a sós. E, embora tenha usado umas frases em francês que me pareceram menos abruptas, e embora houvesse certa timidez em seu tom de voz, a mensagem foi clara: se aceitar ficar comigo, não a denunciarei. Porque só ele, o vigia Lagarde, sabia o que havia acontecido naquela noite. Era ele a pessoa que eu vira avançar com um lampião na mão pela galeria da fábrica, o guardião imprevisto daquela madrugada com o qual nem Catherine nem Rafael nem eu contávamos. Fora ele quem encontrara os portões meio abertos; desde o primeiro momento, ele soubera que alguém que pertencia à casa os havia aberto por dentro para tirar uma boa parte da mercadoria de Argel.

Movido por essa suspeita, Lagarde inspecionara com minuciosidade lupina as instalações próximas ao pátio, os lavabos, as latrinas, o almoxarifado, a salinha das vassouras. Até que, no chão da enfermaria, encontrara um lenço daqueles que muitas operárias usavam para embrulhar o almoço; um daqueles panos de algodão grandes, xadrez, em cujo centro costumávamos colocar o que fôssemos comer no dia, meia baguete com linguiça, um prato coberto com outro prato e dentro o ensopado de batatas que havia sobrado do jantar, três mexericas. Depois, era só unir as pontas com dois nós e pronto. Outras companheiras usavam marmitas de estanho, outras iam almoçar em casa, outras não levavam nada. Desde o início, eu optara pelo pano, pela trouxinha, o mais simples; tinha dois iguais, em xadrez branco e azul, para alterná-los conforme sujavam. Para identificá-los entre o resto, minha bondosa senhoria me havia feito o favor de bordar nos cantos um sobrenome e uma inicial: o Belmonte de meus documentos e o c de Cecilia.

Esse nome em linha vermelha causou minha ruína, por meu descuido de não recolher o pano do chão. Em minha defesa, eu poderia dar algumas justificativas: que estávamos no escuro na enfermaria, que naquela noite, desde que eu dera fim ao pão e à linguiça até o momento em que saímos se passaram várias horas, que Catherine e eu prevíamos voltar mais tarde e então eu poderia ter notado minha distração e tê-lo recolhido. Mas essas justificativas só valiam para mim mesma, para me desculpar mal e porcamente perante minha consciência. Lagarde não estava interessado nelas, de modo que as economizei e optei por não me defender.

Meu nome bordado no pano levara o vigilante ao grande livro que ficava em um dos escritórios da Bastos, onde anotavam os dados das funcionárias com o endereço que dávamos ao ser contratadas; também éramos obrigadas a informar constantemente mudanças posteriores. Como eu não havia saído da pensão, ele me encontrara de primeira.

— Posso salvá-la, se me permitir.

Ainda estávamos dentro de meu mísero quarto; ele em frente a mim com os braços cruzados, eu sentada na beira da cama com os pés descalços no chão.

Eu não reagi, ele insistiu.

— Está entendendo?

Ergui a vista e o olhei nos olhos, redondos, esverdeados, aquosos, quase sem cílios. Nada nele era atraente, nem seu corpo compacto e o barrigão, nem seu rosto de bochechas caídas, nem seu cabelo ralo. Na fábrica ele também não se destacava por seu temperamento: era apenas mais um entre os vigias, anódino, sem distinção, daqueles que não causavam medo nem respeito nas operárias. Poderia ter desaparecido um dia qualquer e nenhuma de nós teria notado sua ausência.

— *Oui, monsieur*.

Com a garganta seca, aceitei o acordo, incapaz de distinguir se estava me salvando do inferno ou colocando eu mesma uma corda em meu pescoço; sem imaginar o que aquele homem queria de mim; talvez me transformar em uma simples criada ou em mão de obra para Deus sabia o quê, ou um mero corpo para lhe prestar à noite os mesmos serviços que as prostitutas que me acolheram quando eu chegara prestavam aos marinheiros. Naquele momento, ele não esclareceu e eu não me atrevi a perguntar. Simplesmente, em minha cama desfeita, vestindo a roupa suja do dia anterior, com o cabelo revirado e a cabeça embotada, com aquele *oui, monsieur* eu mesma concordei em ficar à mercê de um homem do qual desconhecia até o nome de batismo.

Em seu rosto achatado e cheio de veias surgiu um tímido sorriso que talvez pretendesse ser gentil, mas me pareceu macabro.

— *Allez, ramasse tes affaires*. Recolha suas coisas. Vamos embora.

Para sair da casa era preciso atravessar a cozinha, e lá estava minha senhoria dando a Angelito o mingau de pão e leite do café da manhã. O infeliz, como se intuísse que eu estava indo embora para sempre, soltou um de seus gritos apavorantes, e o mingau que enchia sua boca transbordou e escorreu por seu queixo e chegou ao guardanapo amarrado em seu pescoço.

— Espere — pedi a Lagarde.

Eu me aproximei do homem, dei-lhe um beijo na testa e sussurrei em seu ouvido *adiós, bonico*. Deixei umas notas para dona Magdalena em cima do plástico que cobria a mesa; era o pagamento da semana seguinte. Ela não conseguia disfarçar o medo que sentia por receber aquele desconhecido em sua casa; notei que queria dizer algo, mas não se atreveu. Peguei-a pelo braço e o apertei levemente para tranquilizá-la.

— Tudo vai dar certo — murmurei. — Com certeza.

Eu estava mentindo; como eu ia saber aonde aquele desvario iria me levar? Só tinha certeza de uma coisa: não estava disposta a permitir que Catherine e Rafael pagassem por meu erro. Se eu ficasse e fosse investigada, acabariam sabendo que eles agiram comigo. Mas, se obedecesse a Lagarde, nada aconteceria. Ele nunca contaria na Bastos que naquela noite houvera um roubo, e os dois poderiam seguir a vida. Morto o cão, acaba a raiva. E, naquele caso, eu era o cão.

Lagarde disse que ele mesmo cuidaria de minha saída da Bastos; depois, levou-me para sua casa, um lugar modesto em um quarteirão modesto em um bairro que eu não conhecia. Para o leste, onde Orã se expandia, perto da Cueva del Agua, longe de La Escalera e La Marina, da fábrica de cigarros, do porto velho e das ruas onde minhas companheiras viviam. Mais tarde eu saberia que se tratava do *quartier* Saint-Pierre, perto de l'avenue Tripoli e do Marché Michelet, ao qual comecei a ir duas vezes por semana, às terças e sextas, dias em que Lagarde decidira que eu podia sair sozinha do apartamento para gastar com juízo o pouco dinheiro que ele me dava.

Rapidamente entendi sua intenção: o que ele queria era uma simples mulher para tudo, uma fêmea complacente e trabalhadora. Alguém que o acompanhasse em sua solidão de solteirão, mantivesse sua casa e seu corpo em ordem e cuidasse dele quando tivesse os ataques do ciático. Como lhe faltava arrojo para procurar uma companheira sozinho, ao descobrir que eu estava por trás do golpe daquela noite, vira uma oportunidade imprevista e não a desperdiçara.

Começamos uma convivência estranha, eu sem sentir afeto algum por ele e ele demonstrando uma atitude desconcertante: às vezes me tratava como a uma mera criada e às vezes me olhava com arroubo, extasiado, como se eu fosse um anjo que entrara pela sacada aberta.

Eu fiz alguma coisa para sair daquela situação, poderia ter escapado? Eu mesma me perguntei isso centenas de vezes e eu mesma me respondi com outras perguntas. Aonde iria, se Lagarde mantinha a sete chaves meus documentos, minhas míseras economias e a certeza de que eu havia cometido um delito do qual a qualquer momento ele poderia me acusar? De novo para os campos do interior, para acabar com minhas costas em outra *ferma*? Outra vez a um cortiço miserável como o do Culebra, ou a acabar com minhas mãos em outra lavanderia?

Pelo menos eu tinha um teto, tarefas suportáveis – lavar, passar, cozinhar, varrer, esfregar – e um homem que, apesar de ser uma espécie de carcereiro para mim, não incomodava muito. Ele dormia no único dormitório e na única cama. Eu, em um colchão de palha no espaço que servia de entrada, sala de jantar e sala de estar. Levantava-me diariamente antes dele, esquentava o leite do café da manhã para ele, preparava a roupa e o almoço que ele levava ao trabalho e me despedia dele à porta com um *au revoir, monsieur, passez une bonne journée*. Quando ele voltava, à tarde, era praticamente a mesma coisa, mas ao contrário.

Dois ou três meses depois, contudo, as coisas seguiram outras direções. Ele saiu da Maison Bastos e foi contratado por outra fábrica como vigia de novo; eu imaginava que ele preferira mudar de emprego para se afastar daquilo que havíamos sido antes de nosso presente acidental. Ele também decidiu que, para ficar mais perto do novo emprego, íamos nos mudar: para o Gambetta, mais ao leste ainda, do outro lado da cidade, mais longe ainda dos bairros baixos ao pé do monte de Santa Cruz e das grandes praças e bulevares do centro. E como última decisão, em uma segunda-feira à noite, enquanto eu lavava a louça, ele parou ao meu lado e anunciou:

— Domingo nos casamos.

Sem soltar a bucha, assenti com a cabeça. Depois, continuei lavando a louça.

Havíamos chegado àquele domingo e lá estávamos os dois sob o guarda-chuva todo torto que meu novo marido segurava, depois de contrair matrimônio e de tomar café da manhã com o casal de charcuteiros, despedindo-nos deles à porta de um café perto da igreja enquanto eu me perguntava que diabos seria de mim naquele novo trecho de vida de mulher casada sem amor.

## CAPÍTULO 32

No *quartier* Gambetta transcorreram os anos seguintes; anos que depois ficaram difusos, quase borrados em minha memória, nos quais estive à margem do mundo em uma casa feia revestida de cimento cinza, com um estreito terreno lateral onde havia uma única palmeira e que eu transformei em uma mescla de jardim triste e horta de tomates. Ficava no fim do bairro, em uma rua cheia de pó que ia se tornando urbana, mas pouco antes havia sido área de mandacarus, currais, tendas e moinhos. Um lugar perto de uma velha bateria militar e dos *falaises*, os penhascos. Conforme o vento, às vezes cheirava a mar e às vezes a esterco e bosta de cabra.

Ali, Lagarde e eu convivemos como o que éramos: um casal desbalanceado e, ao mesmo tempo, comum. Desde o início da época colonial, abundavam uniões de franceses de pura cepa com mulheres espanholas, raramente com árabes. De fato, mais de uma vez ouvi compatriotas dizerem que ansiavam por um casamento assim para se tornar francesas de primeira categoria.

*Français à deux sous* – franceses de dois centavos – ou *français à cinquante pour cent* – franceses a cinquenta por cento: era assim que algumas pessoas, com certo desprezo, chamavam àqueles que consideravam cidadãos arrivistas por terem conseguido a nacionalidade francesa pelo simples fato de nascerem ou residirem na Argélia, sem terem sangue nem herança da metrópole: os López, Serrano, Merino ou Robles descompensados diante dos Durant, Lambert ou Thomas, apesar de que no Oranesado inteiro os primeiros superavam os segundos em número, obedeciam às mesmas leis e falavam a mesma língua. *Escargots*, era como também costumavam chamar os espanhóis em épocas de emigração desenfreada, porque chegavam com o colchão, a frigideira e as panelas nas costas, as misérias, as crianças magras, a avó vestida de preto com o lenço na cabeça; a humilde casa nas costas. Mas tínhamos sido necessários, e continuávamos sendo, para povoar e pôr em uso o imenso território do norte da Argélia e para manter ativa a economia colonial como comerciantes, operários, agricultores, funcionários diligentes ou meros subalternos; para pôr filhos no mundo a fim de que os muçulmanos não superassem os cristãos e para lutar em tempos de guerra, inclusive para morrer pela honra da nova pátria.

De qualquer maneira, o fato de se dirigirem a mim como madame Lagarde dava no mesmo. Também não era muita gente que o fazia, porque eu praticamente não me relacionava com ninguém: não trabalhava, não tinha amigos, e os vizinhos eram dispersos e poucos. O muro que rodeava a casa só era ultrapassado por Omar, o menino que levava o carvão, e madame Behar, a proprietária judia distinta e idosa que ia debaixo de uma sombrinha buscar o dinheiro do aluguel todos os meses. Normalmente, também, se me viam ali no terreno lateral, algumas mulheres árabes envoltas em suas almalafas se aproximavam, mas ficavam fora. Dos cestos prodigiosos que levavam à cabeça tiravam ovos, mel ou pães, e eu quase sempre comprava alguma coisa. Se me sobravam tomates da horta, eu insistia para que os levassem.

E assim eu passava os dias, sozinha, imensamente sozinha, cumprindo minhas tarefas domésticas entediantes e indo ao centro do bairro só para o indispensável; Lagarde não gostava que eu me demorasse na rua. Até que, em uma dessas saídas, uma manhã de verão, as coisas mudaram.

Não havia nenhum grande mercado perto, por isso eu costumava fazer as compras cotidianas em lugares aqui e lá: em qualquer *épicerie*, na *boulangerie* da Rivera, no açougue do gordo Sellés, sempre com seu avental impoluto, ou nas barracas de frutas e verduras que os árabes montavam na rua, vistosas e coloridas com suas pilhas de laranjas e suas melancias abertas ao meio, com os montes de alface, pimentões gordos e alcachofras que eles levavam das hortas em charretes. E dois dias por semana eu costumava ir à peixaria de Ramona, uma andaluza com corpo de botijão que atendia a todas as suas clientes com um o que vai querer, minha linda? Então, pulava para o francês sem nem respirar

– como fazia tanta gente, eu mesma, inclusive; havia quem chamasse aquilo de falar em orânico. Ou prosseguia com a tagarelice arrebatada de sua terra, conforme quem atendesse. Não havia distinção de classe ou língua nos comércios do Gambetta, todo mundo comprava nos mesmos lugares.

Eu ia à peixaria ali perto, na place Changarnier, em busca dos linguados de que Lagarde gostava e que eu lhe servia duas noites por semana depois de passá-los na farinha e fritá-los em azeite de oliva fervendo. Depois, quando ele terminava a sobremesa e o café e se sentava em sua poltrona para ler *L'Écho d'Oran*, eu jantava na cozinha. E, depois de tirar a mesa, lavar e secar a louça e varrer o chão, se fosse sábado, eu ia para sua cama, erguia a camisola, abria as pernas e ficava olhando para o teto enquanto ele se esforçava, todo suado, para concluir algo que às vezes conseguia, mas normalmente não. O resto das noites, ele roncava no suposto quarto de casal e eu preferia ficar no estreito sofá da sala. Deitada de lado, com a cabeça sobre uma almofada dura que me servia de travesseiro, com os olhos abertos na escuridão, pela janela eu contemplava a silhueta da palmeira do jardim recortada contra o céu, e sua beleza simples e esbelta me dava uma pequena alegria, e para me consolar ingenuamente, sentia que nem tudo havia sido desolador no dia que terminava.

Aquela manhã de julho estava quente e úmida, como todas naqueles meses. Ao chegar à peixaria, contudo, encontrei uma cena diferente da de sempre. A dona, cuja língua e cujo corpo jamais paravam quietos, estava imóvel atrás do balcão com os lábios apertados e os braços esbranquiçados e roliços cruzados sobre o avental, em cima da barriga. Em frente a ela, do outro lado de salmonetes, cavalas e lulas, apesar de a clientela ser numerosa, ninguém falava.

— *Bonjour* — cumprimentei em voz alta como sempre, por inércia, sem parar para decifrar aquele estranho silêncio.

Ao me ouvir, três cabeças se voltaram e fizeram shhh para que eu me calasse. Só então me dei conta de que a falta de vozes se devia ao fato de que todos estavam atentos a algo. Ao rádio. A um aparelho que Ramona havia colocado em cima de um caixote rústico de madeira virado para baixo. Foi assim que eu soube que a guerra havia começado na Espanha.

A partir desse dia, o bairro se alterou. As conversas sobre a guerra começaram a encher as oficinas e comércios dos espanhóis, que no Gambetta eram maioria. Ouviam-se entre as mulheres quando saíam de roupão e chinelo para comprar pão, nas rodinhas que os velhos de boina formavam nas praças à sombra dos eucaliptos e nos encontros noturnos dos vizinhos quando colocavam as cadeiras de junco ao ar livre. A guerra, a maldita guerra que, conforme diziam, havia dividido o país ao meio e o estava dessangrando. Naquela época, eu já estava havia vários anos na Argélia, sem saber de minha família; não sabia se estavam vivos ou mortos, se a guerra havia chegado a El Puntarrón ou se haviam convocado alguém que eu conhecesse. O que eu, imersa no abandono, poderia saber dos meus ou da Espanha ou de qualquer um ou de qualquer coisa?

Para entender melhor as coisas, em dado momento pensei que talvez pudesse voltar a meu velho bairro. Teria sido fácil, tinha apenas que pegar um bonde, depois fazer umas baldeações e descer na place Kléber ou na de la République; dali, ir a pé até os arredores da fábrica para tentar falar com as meninas, ou procurar dona Magdalena, ou parar um conhecido em uma esquina qualquer e lhe pedir que me explicasse o que eu não entendia. Sempre recordava com saudade o tempo que eu havia vivido ali; minhas companheiras e suas fofocas, os passeios aos domingos pelos bulevares, as paqueras dos rapazes e os filmes mudos no abarrotado cinema Le Familia, *la plus ancienne salle de cinéma d'Afrique*, como diziam as pessoas. Apesar da tentação, nunca me atrevi a voltar; Lagarde havia proibido que eu me afastasse.

E entre toda aquela gente que eu abandonara sem explicações, em quem eu mais pensava eram Catherine e Rafael, meus companheiros daquela temerária aventura que certamente gerara benefícios a eles e truncara meu futuro. Como estariam? O que teriam pensado de meu desaparecimento? Teriam tentado me achar? Ela ainda trabalhava na Bastos e ele nos andaimes, ou a vida deles teria dado uma reviravolta como a minha? E além deles, quando a melancolia me tomava com fúria, eu também recordava os tempos de Sidi Bel Abbès, o menino que amamentara e a pequena Marie, com seu corpinho magro como uma lebre sem pelo. E trancada naquela minha casa feia que era como uma prisão de porta aberta, mas uma prisão de qualquer maneira, eu praguejava contra Lagarde por não ter sido capaz de, ao menos, fazer um filho em mim.

Descartado meu regresso ao passado, como eu continuava sem ninguém de confiança a quem recorrer para saber o que acontecia do outro lado do mar, tentei solucionar meu desconhecimento por meus próprios meios. E assim, certa manhã de setembro na qual o calor por fim começava a dar uma trégua, quando Lagarde saiu bem cedo para o trabalho, arrumei a casa correndo, mas em vez de recolher o jornal que ele havia lido na noite anterior e usá-lo, como sempre fazia, para forrar o interior da lata de lixo, eu me sentei à mesa da cozinha e o abri, todo misturado, manuseado e amassado. Que ilusão, eu pretendia ler sozinha em francês...

Para minha frustração, depois de repetir a mesma coisa várias manhãs seguidas, não consegui nem sequer interpretar o sentido das manchetes. Eu conhecia algumas palavras escritas desde os tempos da Bastos e era capaz de falar um francês talvez deficiente, mas rápido e fluido. Contudo, apesar de meu esforço, apesar de apertar as letras impressas com a ponta do dedo indicador até deixá-lo preto de tinta, apesar de cravar a unha nas vogais e consoantes até rasgar o papel, só saíam de minha boca réstias de sons que não significavam nada.

No quarto ou quinto dia, farta de perder tempo, mandei o *L'Écho d'Oran* a seu destino: forrar o cesto debaixo da pia, com as folhas colocadas para receber cascas de ovos e de batatas e tripas de animais. Depois, peguei meu cesto de esparto e, como todas as terças e sextas, fui comprar os malditos linguados para o jantar de meu marido, sem imaginar que na peixaria de Ramona, no mesmo lugar onde meus olhos haviam sido abertos para o que acontecia em minha pátria, eu encontraria uma solução para aliviar minha ignorância.

## CAPÍTULO 33

— Vinte e três francos, minha linda.

Enquanto eu pegava as notas para pagar, ouvi a peixeira cumprimentar uma cliente que acabava de entrar.

— *Bonjour*, madame Le Clerc. Que bom vê-la por aqui em uma sexta-feira.

A aludida respondeu seca, entre dentes; não devia lhe agradar trocar amenidades com os vulgares comerciantes espanhóis do bairro. Mas a peixeira, fiel a sua verborreia, não desistiu.

— A madame não me diga que deixar de madrugar todos os dias não é um prêmio.

Enquanto eu estendia o dinheiro por cima de uma caixa de amêijoas, olhei para a cliente de soslaio. Era alta, madura, macérrima e meio encurvada, com óculos de armação dourada e um coque cinzento. Apesar do calor brutal, as mangas de sua blusa lhe chegavam aos punhos; para ela, mostrar os braços em público devia ser uma falta de decoro desnecessária, algo próprio dos povos selvagens do sul da Europa.

— Seu pedido está pronto; se preferir que continuemos entregando em sua *maison*, eu mando meu Jean-Paul em um instante.

Ramona falava com sua habitual mistura de línguas; certamente a tal madame Le Clerc se contorcia por dentro devido àquele francês desastroso.

— Se bem que, agora que se aposentou da *école*, a senhora poderá viver tranquilamente. Bem tranquilamente. Aposto que já estava farta de ensinar números e letras…

Peguei as moedas que a peixeira me deu de troco e as guardei na carteira enquanto ela se despedia.

— *À bientôt*, minha linda!

Feitas as compras, eu deveria ter voltado para minha casa: já estava com o linguado, a cenoura, a echalota e um pedaço de lombo de cordeiro para o *ragoût* do dia seguinte. Mas não voltei; preferi ficar ali, sob o toldo listrado, esperando.

— *Excusez-moi de vous déranger*, madame. Desculpe incomodá-la.

Ela estava saindo, conferindo seu troco; ao me ouvir, sobressaltou-se.

— Posso lhe fazer uma pergunta, madame?

Ela me ouviu, me olhou, recusou. E eu, baixando os olhos, só fui capaz de murmurar:

— *Merci beaucoup*. E desculpe.

Dei meia-volta com minha cesta na mão. Não era mais uma morta de fome e fazia tempo que não usava alpargatas; usava os sapatos feios e amorfos que Lagarde comprava para mim, tinha dois pares. Mas me sentia como daquela vez, quando havia acabado de desembarcar em Orã e tentara roubar alguma coisa de uma barraca e o vendedor me dera um tapa.

Minha vontade de aprender a ler foi minguando ao longo dos dias seguintes. Naquele sábado à noite, Lagarde, em seu afã de cumprir semanalmente seus deveres de marido, montou em mim e me esmagou as costelas se empurrando para dentro de mim com grunhidos de velhaco até ficar sem fôlego; a sorte lhe sorriu e ele conseguiu se aliviar. Se eu acreditasse em Deus ou em Nossa Senhora ou em alguém de lá de cima, teria rezado para pedir que ele deixasse dentro de mim a semente de uma criança. Mas nada: mais uma vez, a conjunção carnal foi inútil.

Choveu no domingo, os céus desabaram como costumava acontecer em Orã no fim do verão. A água caiu com vontade e o vento arrancou da horta as cercas de bambu seco e os pés de tomate presos com arame. Na segunda-feira fez sol e eu passei o dia levantando o que caíra e arrumando os destroços. No dia seguinte, voltei à peixaria para comprar os odiosos linguados das terças-feiras.

Entrei e esperei minha vez; pedi, guardei o pacote na cesta, paguei a conta, recebi o troco. Estava indo embora quando o grito de Ramona me deteve.

— Espere, minha linda!

Pensei que ela fosse me dar um maço de salsinha, como fazia às vezes. Mas não. Não era isso.

— Madame Le Clerc deixou um recado para você.

Fiquei olhando para ela com os olhos arregalados como os da palombeta que ela estava descamando.

— Ela disse para você passar na casa dela. Na place Fontanelle, a que tem um fícus à porta, ao lado da tabacaria.

Fui correndo, cheguei em cinco minutos. Ela abriu a porta, convidou-me a entrar e, por um instante, tive a impressão de ter voltado à *villa* dos Favager em Sidi Bel Abbès, ao ver cortinas e quadros nas paredes, abajures, flores, tapetes. Só que ali tudo era menor e comprimido, mais gasto, menos lustroso. Eu não sabia, na época, que o salário pago a uma professora pelo Estado francês era bem mais reduzido que o do engenheiro-chefe de uma próspera companhia ferroviária. E por isso, apesar de ter levado consigo da metrópole seus móveis e utensílios, a diferença de classe e poder econômico era óbvia. Mesmo assim, achei a sala de madame Le Clerc de um luxo impressionante: a apreciação instintiva de alguém como eu, que provinha de El Puntarrón, do cortiço do Culebra, de uma mísera pensão em La Escalera e de uma casa plúmbea no fim do bairro sem campainha nem luz elétrica.

— *Asseyez-vous, s'il vous plaît.*

Com sua mão de dedos longos ela fez um gesto elegante, indicando o lugar onde eu deveria me sentar: uma poltrona ao lado de uma estante cheia de livros colocados em um alinhamento perfeito. O assento estava com as molas soltas e a tapeçaria dos braços estava puída pelo uso, mas me pareceu o trono de uma rainha.

Ali fiquei, sentada na beirada, com as pernas juntas, as costas retas e, a meus pés, colado em meus sapatos horríveis, o rústico cesto de esparto com o linguado embrulhado em jornal. Tensa e constrangida, à espera, enquanto ela se acomodava em outra poltrona igual.

— *Je voudrais commencer par des simples questions...*

Engoli em seco.

— *Oui*, madame. Pergunte o que quiser.

Minha origem e a profundidade de minha ignorância, o motivo de meu atraso, os vaivéns de minha vida, a razão de meu interesse presente: fui respondendo a tudo isso com uma sinceridade nua que, em alguns momentos, fazia aquela mulher murmurar *mon Dieu* ou ficar boquiaberta.

Ela sabia que eu era casada, a peixeira devia ter lhe contado. E com relação a isso, ela deixou a pergunta mais preocupante por último.

— *Et finalement, votre mari*…

Não a deixei terminar.

— Meu marido não sabe de nada. E prefiro que continue assim.

# CAPÍTULO 34

Madame Le Clerc era severa. Severa, rígida, implacável. Às vezes, eu levava um cascudo por errar um verbo ou uma pronúncia. Ela era certeira com os nós dos dedos; certamente havia distribuído centenas de cascudos na cabeça de seus alunos durante os quase cinquenta anos nos quais exercera a profissão de professora. Mas também era diligente, meticulosa, e, graças à sua tenacidade, comecei a abrir caminho pelas entranhas da língua francesa.

Para meu alívio, quando eu lhe perguntara quanto teria de pagar, ela me propusera um trato.

— Eu lhe ensino e a senhora me ajuda com a casa.

Antes, quando ela trabalhava na *école*, uma mulher ia diariamente para ajudá-la. Mas então, aposentada, havia ficado sozinha. Ou a empregada havia ido embora, ou pior, ela a dispensara porque sua aposentadoria não dava para tanto; eu não perguntara e ela também não me dera explicações. Limitara-me a aceitar e começamos uma rotina na qual nenhuma das duas perdia nada, exceto tempo, e ganhava algo que a ambas interessava.

Todas as terças e sextas, os dias do peixe, eu ia à casa dela. Apressada, dava uma repassada no chão e tirava o pó, aquele pó que subia das terras do sul e que em Orã entrava por todo lado. Quando precisava, lavava ou passava alguma roupa, às vezes até cozinhava alguma coisa; ela comia como um passarinho, verduras e peixe quase sempre, pouca carne. Depois de eu terminar minhas tarefas, nós nos sentávamos à mesa da sala de jantar, em ângulo, e durante uma hora exata ela se dedicava a me instruir. Usava os mesmos livros que havia usado com as crianças menores na escola, cheios de desenhos simples e letras grandes. No Natal, ela me surpreendeu com uma caixa de lápis embrulhada com papel de seda e eu agradeci, tentando disfarçar minha emoção: era a primeira vez na vida que alguém me dava um presente.

Por outro lado, ela jamais me oferecia café ou chá ou um simples copo de água: nosso trato era comercial, aquelas não eram visitas de cortesia, isso estava bem claro entre nós. E assim, graças àquela mulher maravilhosa apesar de sua magreza e suas costas encurvadas, pouco a pouco comecei a entender o que significavam aquelas longas réstias de letras que antes eram mistérios incompreensíveis para mim, e aprendi também a encadear as palavras para expressar as ideias que nasciam em minha cabeça. E a cada dia, com cada avanço, era como se um pequeno milagre se operasse.

Depois, em casa, eu praticava sozinha: quando encontrava um pedaço de papel limpo no verso de um folheto, de um recibo ou de um pacote, escrevia nele com os lápis novos que eu mantinha escondidos entre o assento e o encosto do sofá no qual dormia, para que Lagarde nunca os visse. Quando me faltava papel, usava o dedo molhado em água para desenhar as letras sobre a mesa. Continuava brigando diariamente com o *L'Écho d'Oran*, e pouco a pouco fui conseguindo minhas pequenas vitórias.

Graças às exigências da professora, fui também aprendendo outras coisas que não demandavam caligrafia, mas que, mesmo assim, eu intuía que eram importantes. O rigor. A tenacidade. A vontade de melhorar, o arroubo de alegria provocado pela consciência do progresso, a exigência consigo mesma e o reconfortante orgulho de fazer bem o necessário. Para alguém como eu, acostumada ao trabalho bruto, aquelas descobertas foram como uma luz que nunca mais deixou de me iluminar.

Fazia mais de um ano de nosso intercâmbio de tarefas quando em uma terça-feira eu não apareci em sua casa. Na noite anterior, Lagarde havia chegado com um pacote debaixo do braço; dele, tirara um vestido preto, feio e amorfo, que poderia ter servido em qualquer matrona do bairro.

— Vista-o amanhã, meu pai morreu. Iremos ao enterro em Saint-Denis, sairemos cedo, não se atrase.

Levantamos quase de madrugada e eu obedeci sem perguntar de onde ele havia tirado aquele vestido; jamais lhe perguntava nada. Teria ficado um pouco melhor com um cinto que marcasse uma mínima forma em meu corpo e não me fizesse parecer um saco pendurado em um cabide. Mas nem me dei ao trabalho de acrescentá-lo: bem pouco me importava minha aparência diante do filho vivo e do pai morto.

Apareci vestida enquanto Lagarde tomava seu café da manhã; ele me olhou de cima a baixo.

— Penteie esse cabelo como uma senhora; parece uma *servante* desse jeito, uma criada — resmungou.

Contive a vontade de lhe perguntar se acaso não era aquela a minha função em sua vida; por mais que ele me considerasse sua esposa, eu jamais tivera esse sentimento. Apesar de, perante a lei e a Igreja, ser sua legítima esposa, para mim aquilo não era mais que uma casca que escondia a patética verdade de minha função, um mero instrumento a seu serviço.

Mas não o enfrentei. Para quê? A única coisa que dava um mínimo sentido à minha vida era o que eu obtinha sem que ele soubesse, na casa de madame Le Clerc. Tudo relativo a ele me provocava apenas fastio: nada me interessava nem me perturbava nem me comovia. Tudo relativo a Lagarde me era indiferente.

Mesmo assim, tornei a lhe obedecer sem reclamar e perdi uns minutos me penteando e fazendo um coque sóbrio na nuca, do qual não tardaram a escapar uns fios; andava sempre tão desarrumada que me faltava prática. Então, amarrei aquele cinto que antes havia descartado, para ficar mais decente. Lembrei-me do batom que havia comprado quando ainda trabalhava na Bastos, uma tarde na qual passeava com minhas companheiras pela rue d'Arzew. Quando Lagarde me arrancara da casa de dona Magdalena, aquele batom cor de cereja ficara no fundo da gaveta da mesa de cabeceira. Para trás, como tantas coisas.

Olhei-me uma última vez no espelho torto do dormitório. Lá estava eu, com meu corpo magro, meu ventre infecundo e meus sapatos horrorosos, com minha cara triste e meu cabelo selvagem domado em um coque imprevisto, vestida de luto para dar o último adeus a um homem que eu não conhecia. Como sempre que via meu reflexo, senti na boca um gosto amargo.

*

Fomos de trem; era a primeira vez que eu entrava naquele prodígio. Não demoramos muito a chegar a Saint-Denis-du-Sig, a cidade que os velhos emigrantes espanhóis chamavam de Siglo, em cujas proximidades ficavam as terras do pai. Um pai de cujo corpo meu marido ia se despedir, apesar de jamais tê-lo visitado em todos aqueles anos em que estávamos juntos, quando o velho ainda era vivo e talvez houvesse agradecido a proximidade do filho.

O cunhado charcuteiro nos esperava na estação; estava mais acabado e mais sombrio que no dia em que fora a Orã para ser padrinho do meu casamento; desde aquela manhã de chuva eu nunca mais o vira. Assim como Lagarde, usava uma gravata preta e uma faixa de luto na manga. Não houve troca de condolências, menos ainda de abraços ou palavras afetuosas. Ele apenas nos conduziu a uma espécie de táxi e seguimos na direção contrária à cidade, rumo aos campos, morrendo de calor, calados durante quase todo o trajeto, vestidos como corvos, meio asfixiados naquele veículo de janelas fechadas no qual não entrava uma gota de ar. Passado um tempo, chegamos à – como então eu soube – propriedade da família, a *ferma* Lagarde.

Depois de atravessar um portão aberto, seguimos por uma trilha flanqueada por pedras pintadas de branco. Nas laterais só se viam campos ressecados de sol, nem sombra de plantações ou de verdor, à exceção de uma ou outra oliveira solitária.

Mas, um dia, aquela fazenda havia sido medianamente próspera: milhares de colonos haviam lutado contra as adversidades de um solo áspero e pedregoso e haviam conseguido limpar as terras baldias, aproveitar a pouca água dos *oueds* e transformar os terrenos secos em campos férteis. Haviam tido a ajuda, desde o início, das ondas de imigrantes espanhóis, acostumados à lavra das terras igualmente ingratas do sudeste da península, e se serviram também da mão de obra barata dos árabes locais, oprimidos pela fome. Entre uns e outros, proprietários de terra, boias-frias e peões, com esforço coletivo, com seu suor e ímpeto, desafiaram as secas, as quebras, os esporádicos ataques sanguinários dos autóctones, as pragas e epidemias. Assim, década após década, conseguiram fazer vingarem milhões de hectares fecundos por todas aquelas planícies e colinas antes ingratas de uma terra que, por tempos e por partes, fora berbere, romana, bizantina, árabe, espanhola, otomana e, então, havia um século, tornara-se *l'Algérie française*, a Argélia francesa.

Na *ferma* Lagarde, porém, havia pouco disso. Sob o sol abrasador daquele dia, em lugar nenhum percebi o resultado daqueles esforços titânicos dos homens contra as adversidades. Ali não havia hortas, laranjais, campos de trigo ou vinhedos à espera da próxima vindima. Ao nosso redor só se via desesperança.

## CAPÍTULO 35

Ao descer do carro, vimos que nos esperava um árabe de idade avançada e pele escura curtida como couro velho. Assim como tantos outros, usava um turbante e, do pescoço para baixo, roupa de trabalho – essa mescla tão frequente entre as roupas tradicionais dos argelinos e as peças práticas dos franceses. Imaginei que devia ser um empregado da casa, talvez o vigia de confiança. Todo sério, ao ver Lagarde levou a mão direita ao coração e inclinou a cabeça, respeitoso; era sua maneira de expressar suas condolências. Como resposta, meu marido praticamente o ignorou. Só assentiu levemente e saiu andando para entrar, sem lhe dirigir uma palavra.

De fora, a casa me fez recordar a do patrão Hernandez, da *ferma* de tabaco. Só que naquela eu jamais havia entrado; era um território vedado aos trabalhadores. Naquele dia, porém, eu adentrava a escuridão de uma casa que no passado talvez houvesse sido um lar agradável, mas naquele momento fedia a urina, medicamentos e decadência.

Mal entrava luz do exterior, todas as janelas estavam com os postigos fechados. O cunhado ia na frente, depois eu e por último Lagarde, apesar de estar naquela que havia sido sua própria casa. De um lado da entrada intuí uma sala de jantar; do outro, uma sala pequena; tudo sem glória, meio desconjuntado. Uns passos mais adiante estava o dormitório, com a porta aberta.

Haviam colocado o falecido em cima da cama vestido dos pés à cabeça; até de botas estava, um par de botas de couro puídas, bem robustas. Dentro do quarto ouvia-se a voz da irmã charcuteira, ajoelhada ao lado, desfiando orações pelo eterno descanso da alma do pai. Ao nos ver, ela interrompeu sua salmodia e ergueu a vista, meio envergonhada.

— Não encontramos outros sapatos — murmurou.

Imediatamente, baixou o queixo até o peito e continuou rezando.

Lagarde continuou impassível; a bota do morto não parecia lhe importar. Continuávamos parados à porta quando senti o aperto de sua mão em meu ombro: estava me obrigando a me mexer, a entrar no quarto. Depois, ouvi o sussurro.

— *Rapproche-toi de lui*.

Contive o nojo com esforço. Ele mandara que eu me aproximasse, que demonstrasse respeito pelo cadáver inchado e nauseabundo de um homem que, em todos aqueles anos em que estávamos juntos, jamais lhe havia interessado. Para o caso de a ordem não ter ficado clara, ele me empurrou de novo.

Não tive escolha senão obedecer. Com passos lentos, sabendo que estava sendo observada, eu me aproximei da cabeceira. Apesar de estarmos quase na penumbra, pelas frestas das venezianas entravam finos raios do forte sol de fora, suficientes para me permitir ver claramente o rosto do morto e seu bigodão grisalho, com as manchas amareladas que o tabaco e o tempo deixam. Haviam enfiado bolas de algodão nos buracos do nariz dele e amarrado uma faixa de pano ao redor da cabeça, do queixo até a moleira, para que a boca não se abrisse. Dura como um cabo de vassoura, sem coragem de me inclinar sobre ele, continuei olhando para seu rosto largo e seu cabelo grisalho, engordurado e abundante. Em nada se parecia àquele filho que naquele momento se dirigia a mim de novo com um sussurro acre:

— *Embrasse-le sur le front*.

Que lhe beijasse a testa, dissera. A duras penas, contive um engulho, mas, ciente de que não tinha escapatória, inclinei o torso para ele devagar; tinha medo de cair em cima do corpo. Ao me aproximar ainda mais, uma mecha solta de cabelo escapou de trás de minha orelha e lhe cobriu um olho; temi que, de repente, ele levantasse uma das mãos que estavam cruzadas sobre o ventre para retirá-la. Prendendo a respiração para não sentir seu fedor, acabei de me inclinar e rocei sua testa com os lábios, fazendo barulho para que ninguém tivesse dúvida de que eu havia cumprido a ordem. Ao me endireitar, tentei disfarçar a náusea e fingi um abatimento que, na realidade, não era mais que puro nojo.

Ali os deixei com suas rezas e suas estranhezas. Sem saber aonde me dirigia, limpando a boca com a manga do vestido, segui pelo corredor até encontrar, ao fundo, a cozinha; grande e desconjuntada, com o fogão enegrecido de fuligem e uma mesa robusta de madeira no centro. Estava cercada por várias cadeiras, e me sentei em uma. Não estava interessada nem no dono daquela casa e daquela *ferma*, nem no motivo pelo qual, chamando-se Sébastien Lagarde, ele estava naquela terra africana, nem em saber por que mal se relacionava com o filho nos últimos tempos. Nada daquela família me interessava, eu só queria ir embora.

Em cima da mesa havia um prato com figos meio murchos; umas moscas gordas e lentas os sobrevoavam com um zum-zum incessante. Havia também duas garrafas de vinho vazias e vários frascos de vidro com substâncias que certamente deviam ser remédios, panos de algodão, meio pudim de pão árabe, um jogo de chaves quase enferrujadas. E um papel. Uma folha de papel dobrada ao meio. Em meu afã dos últimos tempos de tentar ler tudo que aparecesse diante de meus olhos, não pude conter a tentação e estendi a mão. Instantes depois, quando ouvi passos atrás de mim, dobrei o papel outra vez, precipitada, e o deixei em cima da mesa.

Era a charcuteira, que devia ter terminado suas orações. Eu nem sabia seu primeiro nome; madame Girard, por causa do marido, era tudo que eu recordava. Não era parecida com o irmão, mas talvez um pouco com o falecido: corpulenta como ele, tinha também um rosto largo e cabelo liso grisalho. Ela soltou um suspiro fundo e se largou na cadeira da frente.

— O furgão fúnebre deve chegar em breve.

— Para quê? — perguntei.

Ela me olhou como se eu fosse imbecil.

— Como, para quê? — murmurou. — Para levá-lo primeiro à igreja, a Notre-Dame du Bon Remède. E depois ao cemitério.

Eu deveria ter mordido a língua, mas não o fiz.

— Ele não queria.

— Quem?

— Seu pai.

Ela tornou a me olhar como quem observa um ser estranho.

— Perdão, não entendi.

— Seu pai, ele deixou escrito.

— O que foi que ele deixou escrito? — perguntou ela, desconcertada. — Onde?

Apontei com o dedo indicador.

— Ali. Ele quer ser enterrado aqui na *ferma*, embaixo da oliveira grande. Do outro lado de onde sepultaram o cavalo anos atrás.

Ela franziu o cenho, e com essa expressão de estranheza suas sobrancelhas se juntaram e ela ficou ainda mais parecida com o morto. Ficou uns instantes olhando o papel, depois estendeu a mão para ele; uma mão de dedos gordos como as salsichas que vendia em sua loja. Reparei que a aliança de casamento apertava seu dedo anelar; teria sido impossível tirá-la sem cortar o ouro ou o dedo.

Mas a mão não avançou, não chegou a tirar o papel do lugar. Ela mudou de ideia, levantou-se e, sem tornar a falar comigo nem me olhar, saiu da cozinha e voltou ao dormitório. Em menos de um minuto estava de volta, com os dois homens atrás. Então, pegou o papel que continha os últimos desejos do patriarca e o entregou ao irmão, dizendo:

— Sua mulher foi a primeira a ver o que ele deixou escrito. Sobre o cavalo e a oliveira.

Lagarde pegou a folha de papel, abriu-a e a leu enquanto o casal aguardava. Ao terminar, em vez de se dirigir aos charcuteiros para confirmar que eu tinha razão e aquele era o desejo do falecido, ergueu o papel para mim. Só para mim, como se a irmã e o cunhado não existissem.

— Você leu isto? Sozinha? Você mesma?

Sua voz era seca, vi seu pomo de adão subir e descer.

— *Oui*.

— Quando te conheci, você não sabia ler.

Então, fui eu quem engoliu em seco.

— Eu aprendi.

Houve uns segundos de silêncio, tão sinistro, tão fúnebre quanto o clima da casa.

Depois, o tapa.

# CAPÍTULO 36

Assisti ao enterro com o lábio cortado, o sangue formando um coágulo no canto como se uma das moscas dos figos houvesse ficado colada ali. Além disso, meu coque estava meio desfeito: ao girar a cabeça por causa da bofetada, os grampos voaram. Ele, envergonhado, não se atrevera a mandar que eu me penteasse de novo. E eu não me dera ao trabalho.

No fim, não respeitaram o desejo do falecido e o levaram à igreja da cidade e depois ao cemitério cristão na periferia; a família foi acompanhada apenas do padre e de meia dúzia de conhecidos, todos homens, todos velhos. Debaixo de um sol criminoso, ouvi palavras de pêsames, orações e ladainhas pela ressurreição dos mortos e a infinita Misericórdia do Altíssimo, mas não abri a boca. Quando desceram o corpo à cova e o sacerdote acabou as exéquias, a irmã se pôs ao meu lado.

— *Sortons* — disse. — Vamos saindo.

Os homens ficaram contemplando as pás de terra seca caindo sobre o ataúde. Nós, com passo lento, dirigimo-nos ao portão do cemitério.

— Perdoe-o — disse. — Ele está abalado.

— Quem?

— Quem mais? *Votre mari*. Seu marido.

Embora legalmente fôssemos da família, ela me chamava de senhora, como madame Le Clerc; devia ser assim a educação dos franceses, à qual eu não estava acostumada. De qualquer maneira, independentemente de sua boa ou má educação, o que ela dizia acerca das emoções de Lagarde pouco me importava.

— Eles nunca se deram bem, nunca se entenderam.

A única coisa que eu queria era voltar para o Gambetta; encher o balde com água fria e virá-lo em minha cabeça; arrancar de mim o pó, o suor, o cheiro de morte, o nojo.

— Desde pequeno meu pai tentou inculcar nele a responsabilidade de assumir as terras da família; somos a quarta geração de uns alsacianos que vieram para a Argélia no século passado.

Continuei muda; para mim, era como se suas palavras se dirigissem aos túmulos e mausoléus. Aos insetos que corriam pelo chão amarelado. Às cigarras que cantavam enlouquecidas nos ciprestes.

— Nosso bisavô, como tantos outros, chegou jovem a esta terra sem nada além de suas mãos e a ambição de progredir. Com esforço, sobreviveu às desgraças e aos contratempos. Nosso pai foi herdeiro desse legado: o sacrifício, a dedicação sem esmorecer no trabalho para que aquilo que seus antepassados haviam construído continuasse vivo. Mas Jacques não quis.

Eu havia me distraído olhando uma lápide pequena de mármore branco arrematada por um anjo de pedra. Claudine Rideau. Morta aos dois anos. Nos braços do Senhor para sempre, li sem voz, só mexendo os lábios. Que sorte teve a pequena Claudine, pensei, quando a enterraram naquela sepultura tão linda. Não como minha Marie, que acabou no fundo de um barranco. Ou como meus irmãos pequenos em El Puntarrón, enrolados em trapos, enfiados em um buraco debaixo da figueira.

Ciente de que eu não a havia escutado, a irmã retomou o que havia acabado de me contar:

— Jacques, seu marido. Eu disse que ele nunca teve interesse na fazenda. Sempre foi um menino estranho.

Então, ela ficou uns instantes em silêncio, lutando com as recordações.

— Imagino que não deve ser fácil ser a sombra de um bruto como Sébastien Lagarde — murmurou.

Debaixo do sol esturricante, eu poderia ter lhe perguntado se o pai também batia nele quando pequeno, como ele havia acabado de fazer comigo: como se eu fosse uma posse sua, simplesmente por tomar uma decisão própria sem seu consentimento. Talvez sim; talvez a única coisa que meu marido fizesse era repetir um comportamento aprendido. Ou não, e a ferocidade surgira por seu próprio instinto. Mas para mim, na verdade, dava na mesma uma coisa ou outra; sabia que aquela havia sido a primeira vez, mas provavelmente não seria a última. E, para enfrentar aquilo, era melhor eu ir me preparando.

A morte do pai e o que aconteceu ao redor dela marcou, enfim, um antes e um depois na penosa relação que tínhamos. E em vez de nos aproximar, como às vezes acontecia diante das desgraças, o que aconteceu foi que a fenda que nos separava se tornou ainda mais profunda.

De volta a Orã, pela primeira vez em anos Lagarde decidiu tirar uns dias do trabalho. Foi o que intuí, porque, sem me dar nenhuma explicação, a partir da manhã seguinte ele não foi trabalhar e ficou em casa. Acostumada à sua ausência libertadora, tê-lo ali o dia inteiro foi como se alguém houvesse jogado em cima de mim uma daquelas lápides que havíamos visto no cemitério: uma grande e pesada, como as dos velhos colonos prósperos de Saint-Denis-du-Sig, não uma delicada como a da menina Claudine, velada por um anjinho. A minha era opressiva. Angustiante.

Se eu me ocupava na horta com as plantas e os tomates e erguia a cabeça de repente, via-o me observando pela janela da cozinha. Se saía para fazer as compras cotidianas, ao voltar o encontrava na rua, olhando para a direção pela qual eu voltava, esperando-me com as pernas abertas e as mãos nos quadris. Quando eu cozinhava, sentia sua presença às minhas costas. Entre sonhos, uma ou outra noite pensei tê-lo notado se aproximando, sigiloso. Se em algum momento pensou que com essa maneira de estar presente estava suavizando alguma ruga em nossa convivência, o efeito foi o contrário: só conseguiu aumentar minha frustração e minha saturação.

Para não deixar as coisas mais tensas, naqueles dias eu não voltei à casa da professora, mas lhe deixei um recado na peixaria. Jamais em minha vida havia saído de minha boca a expressão *affaires familiales*, assuntos familiares; eram palavras afetadas demais para mim, e, além disso, nunca considerei Lagarde minha família. Mas daquela vez me foram úteis para que madame Le Clerc soubesse que, se eu não comparecia a nossos encontros, era por razões involuntárias.

Estava pensando nisso enquanto caminhava de volta procurando as sombras dos fícus e das palmeiras, com o peixe de todas as santas terças e sextas dentro do cesto de esparto. Ao contrário dos últimos dias, ele não estava me esperando ali fora; ingênua, pensei que talvez o arroubo houvesse passado. Enquanto ele me julgava submissa, não se preocupava, mas ao saber que eu havia aprendido a ler, sua certeza de controle e domínio começou a cambalear. Com o passar dos dias, talvez ele houvesse finalmente aceitado e decidido que minha modesta ousadia não representava nenhum perigo.

Assim que entrei, só de ver sua cara me dei conta de meu erro. Não, ele não havia aceitado nada. Ao contrário. Sua desconfiança persistia e o corroía por dentro; tanto que, durante minha ausência, enquanto eu comprava o peixe, ele revirara a casa, obstinado como um rato faminto. E assim encontrara os lápis que madame Le Clerc me havia dado meses antes, pequeninos já de tanto apontá-los com uma faca. Estavam tão escondidos que ele quase tivera de estripar o sofá encardido para os encontrar.

Eram doze, dentro de sua caixa metálica. A mesma com que ele acertou o lado esquerdo de meu rosto e cortou minha bochecha – um corte que se estendeu da maçã do rosto até a orelha.

# CAPÍTULO 37

Eu tinha que ir embora. Não sabia como nem para onde, mas tinha que ir embora dali. Com essa ideia na cabeça, me deitei e me levantei nos dias seguintes. Por sorte, Lagarde voltou ao trabalho, e isso pelo menos me deu um respiro. Mas eu tinha que ir embora, e para não me tornar uma mísera vagabunda deambulando pelas ruas, antes de mais nada, precisava arranjar algum dinheiro.

Voltar a trabalhar teria sido o mais sensato, mas eu tinha certeza de que ele não permitiria se eu continuasse sob seu domínio. Descartada essa opção, todo o resto eram apenas ideias. E entre elas, a primeira que me ocorreu foi procurar Catherine, minha ex-companheira da fábrica. Seria difícil encontrá-la onde a havia deixado e, mais ainda, que àquela altura ela estivesse disposta a dividir comigo os lucros de nosso roubo. Haviam se passado vários anos, talvez ela houvesse voltado para Argel, talvez houvesse recuperado os filhos. Ou talvez ainda estivesse em Orã e as coisas não fossem mal para ela e talvez pudesse me ajudar.

Decidi começar a procurá-la na semana seguinte e, para não levantar as suspeitas de Lagarde, eu me comportei como a mais virtuosa das mulheres: limpei e lavei até o último cantinho, caprichei para deixar suas camisas mais impecáveis que nunca e preparei pratos que, sem serem substanciosos, por falta de orçamento, pelo menos eram saborosos. Assim passaram a segunda-feira, a terça, a quarta. Na quinta-feira, outra vez me levantei antes do amanhecer e fiz o mesmo de todos os dias: preparei a roupa que ele tinha que vestir e a marmita do almoço, fiz a cama e o café da manhã dele, esperei que terminasse para tirar a mesa, abri a porta da rua e lhe desejei *bonne journée* como a esposa mais atenciosa. Dez minutos depois que ele se foi, saí voando.

Por precaução, evitei as ruas mais largas, as esquinas movimentadas, os atalhos de sempre, e caminhei dando voltas, a bom passo, até a estação da place Gambetta. Com uma corrida final, entrei no bonde justamente quando estava saindo. Acostumada às ruas empoeiradas de meu bairro periférico, conforme adentrávamos o centro tudo se abriu diante de meus olhos como um mundo novo. As praças, os jardins e as avenidas tão compridas com edifícios suntuosos, gente vestindo roupas alegres, os toldos coloridos se agitando sobre as vitrines. Espremida entre um monte de corpos, alheia ao calor, às sacudidas e aos sacolejos, eu não parava de virar a cabeça em uma direção e outra, tentando não perder nada do que entrava por meus olhos: as bandeiras de três cores, as cúpulas dos grandes edifícios, a catedral nova e a grande sinagoga, as estátuas de grandes homens da metrópole cujos nomes eu ignorava e os grandes anúncios de bebidas que fui capaz de ler com uma ponta de orgulho: Ricard, Pernod, Martini.

Tinha a intenção de ir até a place de la République, pertinho de meu destino. Mas não aguentei e, ao chegar à grande place d'Armes e ao Hôtel de Ville, com seus leões grandiosos, saltei na parada das lojas Darmon. Era perto e eu preferia percorrer esse último trecho a pé: saborear minha temerária liberdade como um condenado à morte absolvido temporariamente.

Depressa, depressa, comecei a andar por ruas e escadarias que me eram familiares, porque em outros tempos as havia percorrido muitas vezes: estreitas, enredadas, íngremes, com gente em cima e embaixo, com odores poderosos, vozerio, cheiro de mar e roupa estendida nas janelas. Ainda se ouvia falar francês, mas não era tão cristalino como nos bulevares: mesclava-se com avisos em árabe, insultos e palavrões em espanhol, uma estrofe de copla ou de tarantela de um rádio ligado, anúncios de vendedores ambulantes, alvoroço de mulheres pechinchando e as risadas de crianças que não iam à escola.

Abri caminho controlando a tentação de parar em todas as esquinas e fui descendo para o porto, até que a Maison Bastos surgiu diante de meus olhos. Parei antes de chegar, ao lado de um paredão que tinha restos dos cartazes de uma tourada do ano anterior em Les Arènes, com os nomes de Cagancho e Domingo Ortega desbotados pelo sol, meio apagados. Fiquei ali parada, contemplando o edifício imponente onde havia trabalhado tanto tempo, com uma sensação cujo nome eu ainda ignorava nas duas línguas: *nostalgie*, nostalgia.

A Bastos funcionava com um horário de entrada e saída que era diariamente marcado pelo som das sirenes. Mas eu recordava que algumas mulheres não o cumpriam inteiro porque tinham outras obrigações, especialmente filhos pequenos que não podiam ficar sozinhos. Para a empresa dava no mesmo, lá se trabalhava por produção; quanto menos a pessoa produzisse, menos ganhava. Pensando em ver chegar alguma dessas mulheres que entravam fora de hora, eu me sentei num dos bancos de madeira que margeavam a rua, entre duas palmeiras.

A espera durou pouco, por sorte. Em menos de vinte minutos vi alguém se aproximar. Não a distingui: na distância, era como todas, vestindo roupas sem glória, calçando alpargatas e com o cabelo castanho preso, como mandavam as normas da casa. Caminhava a passos rápidos, com sua trouxinha com o almoço na mão, um lenço xadrez similar ao que provocara minha desgraça. Até que a reconheci.

— Teresa!

A mulher virou a cabeça para um lado e para o outro, reduzindo o ritmo de seus passos, mas sem parar; não sabia de onde provinha a voz, não me viu.

— Teresa, espere um instante! — gritei de novo, levantando-me do banco.

Então ela se deteve e me viu, e ficou me olhando desconcertada.

— Cecilia...

Eu me aproximei; de repente, recordei mais coisas sobre ela. Morava no cortiço Las Tinas, seu marido era afiador de facas. Seu sobrenome era Soler, provinha de uma cidade do Levante, tinha boa voz e era muito graciosa cantando. Mais velha que eu, prematuramente desgastada pelas carências, os partos e a criação dos filhos; quando eu partira, ela tinha já dois ou três, e se continuava naquele horário reduzido, imaginei que devia agora ter uns seis ou sete. Éramos apenas colegas, eu nunca tivera grande proximidade com ela; na verdade, não tivera com ninguém. Mas era meu primeiro reencontro com aqueles dias nos quais eu era igualmente pobre e estava igualmente sozinha, mas ao menos não tinha um homem me oprimindo.

— Por onde anda, mocinha? — perguntou ela com um sorriso.

Entre as tabaqueiras costumava formar-se uma espécie de irmandade que, segundo eu ouvira delas mil vezes, não se desmanchava nunca.

Reprimi a vontade de abraçá-la; não havia ido até ali para, de repente, ficar toda emocionada.

— Eu mudei de bairro — disse apenas, e indiquei a fábrica com o queixo. — Como vai a vida por ali?

Ela deu de ombros, resignada. Aquela Teresa era uma boa mulher, das tranquilas e conciliadoras.

— Vamos levando...

Ela disse algo sobre umas máquinas novas que haviam chegado da Inglaterra, menos necessidade de operárias, mais complicações, outras normas; falava sem dar muita importância a nada. Eu a escutei impaciente, até que por fim ela se calou e eu pude fazer minha pergunta:

— Teresa, você se lembra de Catherine?

Ela mordeu o lábio de baixo por alguns segundos, espremendo a memória.

— Catherine, a que era de Argel — insisti. — A que se sentava ao meu lado.

— Catherine... — repetiu ela lentamente.

Parecia estar se lembrando de quem eu estava falando.

— Ainda trabalha com vocês?

— Não, que nada. Catherine não está mais por aqui, foi embora há anos, mais ou menos na mesma época que você. Acho que ninguém nunca mais a viu.

Então foi ela quem perguntou, enquanto eu disfarçava a decepção que sua resposta me provocou.

— Por que quer saber?

Foi uma pergunta inocente, quase sem curiosidade; só porque era assim que se falava por ali, sem falsidade nem dissimulação, abertamente. E se a pessoa queria, respondia. Se não, se calava.

— Estou procurando por ela porque...

Na verdade, eu não pretendia dizer para que precisava daquela colega, de modo que mudei completamente o rumo da conversa, pensando que, talvez, por esses raros milagres da vida, ela pudesse me dar uma mão.

— Teresa, você não sabe de algum trabalho que eu possa fazer de casa?

Talvez minha aparência não fosse tão pobretona como quando eu enrolava cigarros e charutos naquela fábrica, mas também não estava muito longe daquilo. Via-se claramente que não me sobrava dinheiro, de modo que não precisei lhe dar mais explicações.

— Não, minha filha, não sei de nada — respondeu; era evidente que milagres continuavam não existindo em La Marina. — Há muito pouca coisa, ultimamente menos que nunca. Com a guerra, você sabe, muita gente vem chegando da Espanha. E não pense que algum deles traz alguma coisa: todos vêm com uma mão na frente e outra atrás, consumidos, fartos de viver na miséria.

Eu sabia. Fazia meses que eu ouvia na *boulangerie*, na *épicerie*, na peixaria; inclusive, via alguns deles pelas ruas de Gambetta, às vezes famílias inteiras, com suas aparências inconvenientes e sua língua sem rastro de francês ainda, desnorteados, incapazes de se comunicar. Previam o fracasso dos seus na guerra, fugiam da miséria, da orfandade, do medo. Envolta em minha própria amargura, eu apenas os olhava.

— Bom, Cecilia, tenho que entrar.

— Adeus, Teresa — murmurei.

E de novo segurei a vontade de abraçá-la.

— Vou dizer às companheiras que te vi. Muitas de seu tempo ainda estão aqui, mas algumas foram saindo porque apareceu outra coisa, ou se casaram, ou se mudaram…

Saiu andando com suas alpargatas puídas, sua saia remendada e sua marmita na mão. Poucos passos depois, parou e virou a cabeça.

— Alguns vigias também saíram, aposentaram-se ou se mudaram. E outros desapareceram, como Lagarde, aquele que olhava tanto para você.

## CAPÍTULO 38

Voltei pelas mesmas ruas e pelas mesmas praças com um ânimo diferente, alheia aos movimentos e sons, a tudo que não estivesse dentro da minha cabeça. Catherine, como eu havia imaginado, desaparecera. E com ela desapareciam minhas ambições, tão repentinas quanto certamente absurdas, de conseguir alguma coisa para poder abandonar minha reclusão e começar uma vida nova.

Estava subindo a rue Philippe, acalorada, quando, à altura da fábrica de armas e da mesquita do paxá, a buzina de uma caminhonete me deu um susto que me fez parar de respirar.

— *Attention!* — gritou o condutor em um francês bronco.

Ele estava certo; imersa em meus pensamentos, eu havia descido da calçada e estava andando pelos paralelepípedos da rua. Em meu bairro, o Gambetta, eu fazia isso sempre; era plano, quadriculado e quase não tinha trânsito, mas ali, na velha Orã, era melhor eu andar com atenção por aquelas ruas insensatas que de repente se quebravam e se inclinavam ou se curvavam e se estreitavam.

Subi na calçada de novo e fiz um gesto que tanto poderia ser de desafio como de desculpas. E segui meu caminho ladeira acima, enquanto a caminhonete avançava à minha esquerda quase em paralelo, com dificuldade, carregada até o limite. Velha, barulhenta, soltava uma fumaça preta pelo escapamento, tão densa e malcheirosa que não pude evitar voltar a cabeça e olhar para ela com cara de nojo. E então, por aquela nova mania minha, reparei nas letras que atravessavam a lateral do veículo, formando um letreiro.

Na primeira linha dizia MATÉRIAUX DE CONSTRUCTION; isso eu entendi rápido. Na segunda, GUERRERO. A primeira se referia a coisas como tijolos, revestimentos, pontaletes: foi fácil confirmar, porque era justamente disso que a traseira da caminhonete, descoberta e com a carga à vista, estava lotada. A segunda eu li com sotaque francês – gue--re-rô –, separando várias vezes os sons em voz baixa enquanto o furgão e eu mesma íamos chegando ao alto da ladeira. Então, me dei conta de que aquelas oito letras, além do significado que tinham em minha língua, de se referir a um homem que guerreia, que luta, eram também um sobrenome. O sobrenome de Rafael, o rapaz que quisera me amar, que me beijara na última madrugada em que eu havia sido livre.

A caminhonete e eu chegamos juntos à place d'Armes. Sem perder tempo, eu deveria atravessá-la para voltar à parada do bonde, e o condutor deveria ter seguido seu caminho em linha reta. Mas, naquele momento, um pelotão de estudantes atravessou nosso caminho, e ele não teve escolha além de parar, e eu que dar uns passos para evitá-los. E foi assim que o furgão e eu ficamos a poucos palmos de distância, e então vi o condutor claramente, xingando as crianças que haviam impedido sua passagem, sem tirar o cigarro da boca.

— Você é primo de Rafael.

Ele virou a cabeça. Moreno, leve, magro. Estava com a janela aberta, o cotovelo do braço queimado de sol para fora.

— Eu mesmo, a seu dispor.

Ele franziu as sobrancelhas, tentando me reconhecer. As crianças acabaram de atravessar, o veículo de trás buzinou para que ele avançasse, mas o rapaz não saiu do lugar. Como ele não conseguia lembrar, optei por ajudá-lo. Aos gritos, para que o barulho do motor não abafasse minhas palavras.

— Cecilia, que morava no La Escalera. Que trabalhava na Bastos.

Ele me olhou de novo e então, sim, pareceu recordar, porque no canto de seus lábios assomou um esboço de sorriso: Cecilia, a jovem tabaqueira que eles paqueravam dos andaimes, aquela que queriam que ficasse com o primo mais tímido. Ouviu-se outra buzinada atrás de nós e eu ergui a mão para me despedir. Mas ele não me deixou.

— Aonde está indo? — gritou.

— Ao Gambetta.

Mais uma buzinada, outra, outra.

— Eu levo você, suba!

Eu deveria ter dito não; tinha que pegar o bonde, já estava em cima da hora. Mas, quando me dei conta, estávamos atravessando o bulevar Clemenceau e eu estava sentada ao lado dele, no estreito espaço entre uma cesta cheia de ferramentas e umas latas de tinta, dentro de uma furgoneta capenga carregada de material de construção até sair pelo ladrão.

Ele se chamava Pedro; uns o chamavam de Pierre e outros de Perico. Tive a impressão de que ele já não tinha a gargalhada fresca e juvenil, a leveza dos vinte e poucos anos. Assim como a seu primo, eu o deixara para trás ainda um rapaz, e naquele momento reencontrava um homem todo apressado, beirando os trinta, coproprietário de uma empresa. Uma empresa modesta, mas exigente, capaz de lhes roubar horas de sono e lhes causar dissabores e problemas.

— De nosso grupo de cinco, acabamos montando o negócio só três. Meu irmão mais velho se casou com uma italiana e se mudou para Constantina, outro decidiu abrir uma oficina mecânica com outro sócio. Ficamos eu e Alfonso. E Rafael, claro.

Ele dirigia com pressa, gritando com os pedestres, acelerando e dando guinadas constantes, tocando a buzina com impaciência. E enquanto isso, ia me explicando que já não subiam nos andaimes nem punham tijolos um em cima do outro. Compravam e vendiam, vendiam e compravam aquilo de que outros empreiteiros e outros pedreiros necessitavam. E entregavam os pedidos, como era o caso naquele momento.

— Nosso depósito fica no Tambor San José, mas queremos nos mudar. Agora, estou indo voando entregar tudo isso em uma obra perto do hipódromo. Mas o Gambetta fica quase ao lado, posso deixá-la onde quiser.

Ele continuou falando de mil coisas durante o caminho, e eu o escutava com metade da atenção; com a outra metade pensava no que aconteceria se Lagarde descobrisse minha fuga e que um desconhecido estava me levando de volta ao bairro.

— Compramos esta *camionnette* graças a Rafael, sabia? Com o que ele ganhou há uns anos com um trabalho extra pagamos a entrada; foi mais ou menos na época que ele andava louquinho por você...

Arrematou a recordação com uma gargalhada, enquanto voltava à minha mente o Rafael de então, o pedreiro que, para me agradar, aceitara se meter em uma história obscura que, no fim, contrariamente às suas esperanças, em vez de me aproximar dele, acabou nos separando totalmente.

— Esse dinheiro foi a origem de nossa empresa — prosseguiu Pedro, Pierre, Perico. — O malandro nunca nos contou o que fez para ganhar aqueles francos.

Eu poderia ter lhe explicado em umas breves frases: um roubo de cigarros, um traslado de madrugada até os Baños de la Reina, uns homens que levaram os caixotes penhasco abaixo… Mas fechei a boca. Ele, porém, soltou outra gargalhada.

— Na verdade, Rafael quase nem se alegrou com esse dinheiro, porque depois passou um tempo como uma alma penada.

Intuí a razão daquele abatimento: meu desaparecimento desconcertante, minha estranha ausência. Mas guardei essas suposições para mim e deixei que Pedro continuasse com sua loquacidade, pulando de um assunto para outro em uma mescla de francês e espanhol, como todo mundo fazia. Ao pegar a longa avenue de Mostaganem para sair do centro, ele aumentou a velocidade e começou a falar da guerra na Espanha e dos compatriotas que iam chegando, dos sonhos dos primos de que o negócio continuasse crescendo. Disso e daquilo, de tudo e de nada, dos dois filhos pequenos que tinha e de um terceiro a caminho.

Estávamos atravessando o bulevar Froment Coste quando me atrevi a lhe perguntar o que estava rondando em minha cabeça desde o início.

— E Rafael?

— Rafael o quê?

— Também se casou?

Ele bufou pelo nariz, sarcástico e indulgente ao mesmo tempo.

— Está na boca do gol; vai dar o sim, se Deus quiser, no próximo domingo.

Sua pressa, por sorte, evitou que ele notasse a estranha sensação que me atingiu. Pedi que parasse no cruzamento da velha loja de vinhos dos Gay Frères, que estava fechada havia anos. Pulei da caminhonete e, correndo pelas ruas como um engraxate à caça de clientes, consegui chegar à minha casa dez minutos antes da hora habitual de regresso de Lagarde. Só tinha tempo para amansar a respiração, refrescar-me com água e tirar o pó dos sapatos: as precauções necessárias para não levantar suspeitas e não correr o risco de que ele me desse com a mão na cara outra vez. E, enquanto fazia isso, não tirava Rafael da cabeça.

## CAPÍTULO 39

No dia seguinte, aconteceu o que eu evitava fazia tempo: encontrei novamente com madame Le Clerc. Dessa vez não foi na peixaria, e sim em uma barraca da avenida, onde os árabes montavam suas tendas. Eu estava escolhendo berinjelas, ela se aproximou por trás.

— Que grata coincidência, aqui está minha aluna fujona.

Voltei-me e a fitei. Estava com um ramo de goivos brancos embrulhados em papel apoiado no braço, o jornal do dia dobrado e uma sacola com frutas pendurada no cotovelo. Talvez tenha sido seu tom sarcástico que endureceu minha fisionomia. Ao perceber, ela também mudou a expressão.

— Perdão, Cecilia — murmurou. — Posso convidá-la para um café? Será bom para melhorar seu ânimo.

Eu pretendia recusar; como poderia me sentar em um café com ela em público? Mas ela não me deu opção, porque arrancou de minhas mãos as berinjelas que eu ia comprar, jogou-as no monte de onde haviam saído e ordenou:

— *Venez avec moi*. Venha comigo.

Arrastou-me até a esquina, depois até a porta do Café Alonso, depois até o fundo do salão vazio. Ainda não estava cheio de homens, não era hora dos aperitivos, das *kemias*, dos anisetes e das cervejas. Durante todo o trajeto, nenhuma das duas disse nada. Só quando estávamos diante do mármore branco da mesinha redonda, diante de duas xícaras de *café au lait* que ela pediu sem me consultar, foi que perguntou abertamente:

— Vai me contar o que aconteceu para que você não tenha voltado à minha casa?

Eu poderia ter mantido o pretexto dos assuntos familiares, ter acrescentado qualquer embuste: o luto prolongado pelo sogro, uma visita inexistente dos cunhados de Saint-Denis-du-Sig. Mas seus olhos pequenos cravados nos meus, incisivos e azuis por trás das lentes dos óculos, indicavam que ela não estava disposta a engolir nem mesmo a menor mentira.

— Meu marido não gostou de eu ter aprendido a ler e escrever.

— Por que razão?

Dei de ombros.

— Porque não, simplesmente. Acho que ele pensa que, se eu aprender as coisas do mundo, talvez possa me perder.

— Ajudaria se eu falasse com ele?

Mexi a cabeça para a esquerda e a direita e ela entendeu que aquilo só pioraria as coisas. Então, ela pegou sua xícara e deu um sorvo delicado; eu a imitei, mas meu gole foi mais longo, mais ansioso. Desde a triste manhã de meu casamento, quando celebramos o enlace com os charcuteiros, eu nunca mais me sentara em um café, nem sozinha nem com ninguém. E ali estava então, diante daquela senhora francesa vestida de malva, tão digna e culta, tão admirada pela quase analfabeta que eu fora até a encontrar.

Ela devolveu a xícara ao pires com cuidado; mal se ouviu o choque de louça contra louça.

— Você não o ama, ama?

Eu ia usar a cabeça de novo para lhe dar a resposta, mas as palavras subiram com força até minha boca.

— Não amo. Nunca amei. Ele me obrigou a me casar, não tive saída.

— Ele a respeita?

Baixei a voz.

— Cada vez menos.

Ela bebeu de novo, eu fiz o mesmo.

— Eu soube por madame Ramona que vocês não têm filhos. Mesmo assim, imagino que será difícil deixá-lo.

— Estou tentando.

Não estava mentindo, embora ainda não soubesse como fazê-lo. Como se buscasse uma resposta nelas, baixei os olhos para minhas mãos, minhas unhas quebradas e meus dedos ressecados, esfolados de tanto cuidar dos tomateiros e de esfregá-los com a bucha.

— *Regarde-moi, s'il te plaît*. Olhe para mim.

Fingi que não a ouvia; preferi não a encarar, não deixar que notasse minha desolação, minha desesperança, minha profunda vergonha.

— Olhe para mim, Cecilia — repetiu.

Acabei obedecendo. Lá estavam outra vez seus olhos claros. Sérios e sinceros, emoldurados pela armação dourada dos óculos.

— Conte comigo para o que precisar. Para qualquer coisa, entendeu?

Ela terminou o café, pagou para o garçom, ajeitou a gola da blusa leve e pegou suas flores, suas frutas, seu jornal. Depois, murmurou *au revoir*, Cecilia, até logo. Só quando ela já estava quase alcançando a porta e não podia mais me ouvir, ainda sentada no fundo, consegui murmurar:

— *Merci*, senhora.

## CAPÍTULO 40

As crianças e os avós do bairro La Marina costumavam dizer que embaixo de Tambor San José passavam os túneis que atravessavam os subterrâneos da velha Orã e se cruzavam em mil direções: um enxame de galerias cheias de ratos que subiam o monte de Santa Cruz e desciam para o porto, caminhos subterrâneos que levavam às fortalezas, baterias, torres de vigilância e castelos que os soldados espanhóis a serviço de seus reis haviam construído ao longo dos séculos. Alheia à lenda, aquela antiga construção redonda de pedra me serviria apenas como referência a partir da qual procurar o depósito dos Guerrero.

O primo Pedro, Perico, Pierre me havia dito que ficava por ali a empresa que haviam montado, e para lá me dirigi alguns dias depois de nosso encontro. Não foi uma decisão impulsiva; pensara naquilo cem vezes, hesitara, calculara, avaliara os riscos e as consequências. Escapar de novo do Gambetta e ir até a outra ponta da cidade era temerário: sabia que Lagarde, embora aparentemente eu não lhe desse motivos para suspeitar, continuava desconfiado, em guarda. Além disso, a notícia de que Rafael ia se casar também me conteve no início. Que necessidade havia de remexer no que nunca havia vingado entre nós?

Mas eu me sentia sufocar cada vez mais, com aquela opressão e angústia constantes por viver com um carcereiro ao qual, como que com uma argola no pescoço, a bênção de um padre e a certidão de casamento assinada à força me mantinham presa. Suas coações dos primeiros tempos já não me davam mais medo; que me denunciasse pelo roubo àquela altura, depois de tantos anos, isso havia deixado de ser uma ameaça.

Por isso, porque talvez aquele pedreiro que suspirara por mim na juventude pudesse me dar uma mão para sair de minha agonia, por fim decidi procurá-lo, e, com essa ideia na cabeça, naquela manhã desci do bonde na place des Quinconces, no fim do bulevar Stalingrad. O Tambor San José ficava bem perto; uma vez ali, só precisei caminhar um pouco para encontrar o que procurava. O local não tinha distinção alguma; via-se apenas uma fachada com a persiana metálica meio aberta e o nome da família escrito em um letreiro. MATÉRIAUX DE CONSTRUCTION GUERRERO, meu destino indicado com duas réstias de letras pintadas com tinta preta.

Contemplei o local da calçada oposta, engoli em seco. Nem sequer sabia se Rafael estava ali dentro, mas, mesmo assim, senti um frio na barriga. Acaso ele se lembraria de mim? Acaso eu lhe conseguiria confessar por que havia desaparecido, por que nunca pegara minha parte do dinheiro, por que nunca fomos dançar juntos? Sem poder me livrar totalmente do pesar, atravessei a rua e parei embaixo da persiana meio aberta.

Em contraste com o sol forte de fora, o interior estava escuro e fresco. Aquilo não era mais que um amplo espaço bruto, com teto alto e laterais cheias de sacos, pilhas de material, vigas, pacotes. Tudo parecia organizado, em filas, blocos e pilhas simétricas: a sensação de ordem era imediata.

Ao fundo via-se um pouco de luz; fui andando para lá devagar, até me encontrar diante de uma porta entreaberta. Atrás dela se ouvia uma voz masculina que, evidentemente, não era de Rafael, porque falava francês com sotaque italiano, emitindo palavras e frases soltas: perfeito, agora sim, mais curto, mais comprido, a melhor qualidade para o grande dia. Em resposta, outro homem dizia, seco: assim está bom, não se preocupe... Talvez aquela, sim, fosse a voz de Rafael, mas era tão pouco o que dizia e tanto o tempo transcorrido desde a última vez que o ouvira que eu não tinha certeza.

Fiquei esperando que do outro lado da porta, dentro da sala, acontecesse algo que me permitisse ver o interior e saber se era ou não ele que estava com o italiano. Não tive que aguardar muito, por sorte: em poucos minutos a porta se abriu e da sala saiu um homem de idade avançada com muita brilhantina no cabelo. Levava na mão um cabide com um terno escuro. Eu havia me refugiado em uma curva da parede, ele não pôde me ver enquanto se despedia.

— Vai ficar perfeito, *monsieur* Guerrero. O senhor será o noivo mais elegante de Orã, não tenha dúvida.

Foi assim que eu soube, sem vê-lo ainda, que era Rafael quem estava ali dentro.

Esperei mais alguns instantes oculta em meu canto até confirmar que a silhueta do italiano, um alfaiate sem dúvida, se dirigia à rua, saía e se misturava com as pessoas com seu cabide no alto. Então, bati na porta.

— Entre, Vanetto. Esqueceu alguma coisa?

De frente para a parede, de costas para mim, abotoando a camisa, com os suspensórios da calça caídos e o cabelo revirado: assim o encontrei. Mais alto do que eu recordava, menos magrela, mais nutrido e saudável: ali estava Rafael, o homem que havia sido aquele rapaz que uma noite funesta se despedira de mim com um beijo nos lábios, sem saber que estava prestes a me perder.

— Vanetto? — repetiu.

Voltou-se para mim enquanto fechava o último botão.

— Não é o alfaiate. Sou eu, Cecilia.

## CAPÍTULO 41

Seu olhar ficou colado no meu durante longos instantes, como se ele estivesse se assegurando de que eu era eu, e não uma brincadeira da memória.

Mas sim, era eu, apesar de então me chamar Cecilia Lagarde e apesar de o tempo ter deixado sinais em minha pele e acabado com minha vontade de ser jovem. Lá estava eu, diante dele, dentro de seu depósito de material de construção, sem permissão, perto do Tambor San José e do velho bairro espanhol onde havíamos nos conhecido. Com meu corpo ossudo, meu cabelo desarrumado e minha roupa pobre, a saia azul de todos os dias, a blusa que um dia fora branca, um casaco amorfo de lã e meus sapatos sem glória; corroída pela amargura, de repente contendo uma vontade imensa de abraçá-lo por ter sido ele, Rafael, um dos poucos humanos que havia demonstrado afeto por mim em toda a minha vida.

Ele não se mexeu, nem eu. Assim ficamos ambos no modesto escritório sem janelas nos fundos do depósito, sob a luz de uma lâmpada. Ele perto da parede, eu sem atravessar o vão da porta pela qual acabara de sair o alfaiate que fazia seu terno de noivo.

— Cecilia — murmurou, por fim.

Balancei a cabeça como se querendo dizer sim, Rafael, sou eu, eu mesma.

— Onde andou todo esse tempo? Onde você se meteu?

Aturdido ainda, ele falava baixo, devagar. Então, deu um passo à frente enquanto eu, em resposta, somente mordi o lábio.

— Por que você desapareceu, Cecilia? Por que nunca…

— Porque era o melhor para todos.

Eu não sabia quanta verdade era conveniente lhe contar, portanto, para mudar o rumo das palavras enquanto decidia, passei a vista por aquela sala pequena que era seu local de trabalho: a mesa rústica sobre a qual havia algumas pastas e uma máquina de escrever, duas cadeiras desparelhas e um calendário que anunciava refrigerantes da marca Orangina.

— Há uns dias encontrei seu primo Pedro — acrescentei. — Ele me disse que vocês haviam aberto este depósito. — Então, dei um passo, dois passos, até diminuir a distância. — E vim lhe perguntar se você sabe alguma coisa de Catherine.

Como ele não respondia, esclareci:

— Catherine, minha companheira da Bastos. Aquela que...

Ele sabia de sobra de quem eu estava falando, não precisava de explicações.

Era ele mesmo e não era o mesmo Rafael; o tempo o havia mudado também, para melhor, no caso dele. Assim como eu havia notado em seu primo, o rapaz havia dado lugar ao homem. E eu soube de imediato, tive certeza: se eu não tivesse participado do roubo absurdo daqueles cigarros provenientes de Argel, teríamos ido dançar no cassino Bastrana, teríamos começado a nos ver com mais frequência, eu teria acabado ocupando o lugar da noiva com quem ele ia se casar no domingo e ele teria sido o pai de meus filhos, um marido de quem eu jamais fugiria como tentava fazer com Lagarde.

Pare de pensar bobagens, ordenei a mim mesma. Não é hora para melancolia, volte ao presente.

— Preciso encontrá-la.

— Só sei que ela partiu há uns dois anos. Primeiro saiu da Bastos e foi para outra fábrica. Depois, acabou indo embora, imagino que para Argel, mas ela não me disse.

Engoli a decepção sem disfarçar. Nada prendia Catherine a Orã; era natural que houvesse partido, esperado até. Mas eu, tão ingênua, em algum lugar dentro de mim mantinha um pouco de esperança.

— Mas, antes, nós procuramos você — acrescentou.

Surgiu um meio-sorriso em meu rosto, então. Sóbrio e triste, comovido, mas um sorriso, afinal. Eles me procuraram. Sim, eles me procuraram. Eu mesma me havia feito essa pergunta centenas de vezes, e ali estava a resposta. Eles me procuraram, se importaram comigo, ficaram preocupados; eu não era como aqueles pobres diabos que o mar devolvia depois que se jogavam das *falaises*, os penhascos do Gambetta perto de minha casa; aqueles infelizes por quem ninguém nunca se interessava e com quem eu me comparava tantas vezes.

— Por todo lado. A dona de sua pensão disse que você havia ido embora com um homem, um francês. Reviramos céus e terra, mas nunca…

— Eu não pude negar.

Sua expressão foi de desconcerto.

— Ele a obrigou?

— A ir com ele e não voltar a vocês.

Sua expressão continuava sendo de espanto.

— Quem era?

— Isso agora não importa. Foi melhor para todos, já lhe disse.

Eu falava com aparente firmeza, mas estava mentindo: foi melhor para eles; para Catherine e para ele, não para mim. Para mim, foi uma condenação.

— Quem, Cecilia? — insistiu. — Quem a forçou assim? Por quê? Para quê? Por que não nos avisou?

— Já não importa. Passou-se muito tempo, você vai se casar e eu preciso voltar ao lugar de onde vim. Eu precisava de Catherine para…

Hesitei um instante, optei pela versão breve.

— Para tentar resolver um problema.

O silêncio voltou, continuávamos nos fitando. Ele foi o primeiro a quebrá-lo.

— Problema de dinheiro?

— Mais ou menos.

— Porque eu lhe devo algo.

Olhei para ele confusa; ele esclareceu de imediato.

— Catherine guardou sua parte; no fim, tiramos um bom dinheiro com aquela carga. De fato, graças a isso, demos entrada na caminhonete com que abrimos este negócio.

— Eu sei, seu primo me contou.

— E Catherine, acreditando que talvez você aparecesse, enquanto esteve em Orã guardou sua parte.

— Mas no fim — antecipei —, imagino que tenha acabado levando tudo.

Ele negou, virando o pescoço, um pescoço moreno e firme que assomava entre o colarinho aberto da camisa. Um pescoço tentador, física e emocionalmente, que despertou em mim uma vontade imensa de abraçá-lo.

— Não. Catherine foi justa. Justa e generosa; enquanto pôde, ela guardou sua parte. Com o passar dos anos, quando decidiu voltar para Argel, ela me procurou e me entregou a metade. O que ela entendeu que me cabia, depois de dar por definitiva sua ausência.

Catherine, tão boa, pensei. Sempre tão séria, tão maltratada pela vida. Tão silenciosa, com seu olho estranho, tão nobre. Senti um nó na garganta.

— E agora você precisa dele, não é? — perguntou ele, então.

Por Deus, como precisava! Ele não podia imaginar a falta que aquele dinheiro me fazia.

— Mas não por capricho.

— Imagino; basta vê-la para saber que você não vive com folga. — Engoliu em seco antes de murmurar: — Mesmo assim, continua linda.

# CAPÍTULO 42

Quando cheguei, bem mais tarde que o razoável, já havia anoitecido e Lagarde já havia voltado. Ele não me perguntou onde eu havia estado nem o motivo de minha demora. Só o que fez ao me ouvir entrar foi parar diante de mim e erguer o braço; desde a morte de seu pai, aquilo estava se tornando um costume sinistro. Mas não chegou a baixá-lo; dessa vez, fui mais rápida que ele e o segurei pelo pulso.

— Não me toque.

Cuspi as palavras em espanhol, mas a língua não importava: meu tom e minha atitude deixaram-no desconcertado momentaneamente. Meio intimidado, ele não foi capaz de reunir coragem para tentar de novo.

Porém, ele guardava um ás na manga. Não disse nada enquanto eu assumia de novo o papel de esposa submissa, esquentava o jantar para ele, colocava a toalha de mesa, servia-lhe um copo de vinho da garrafa e fingia que tudo estava igual a sempre, triste e patético como sempre. Mas não. Não, longe disso. Aquele dia fora todo diferente, totalmente diferente.

Ele decidiu dar sua cartada no momento que eu fui tirar o prato vazio de sopa para lhe servir o cozido de vitela. Sem me olhar, dando por certo que eu simplesmente tinha que escutar e manter a boca fechada, fez seu anúncio:

— Vamos nos mudar para Saint-Denis-du-Sig, para a propriedade de minha família, semana que vem. Pedi demissão da fábrica, vou pôr a fazenda em funcionamento de novo. Já avisei a proprietária que vamos entregar esta casa.

Fiquei sem ar, mas fingi indiferença e voltei para a cozinha sem responder. Coloquei o prato na pia, então apoiei as mãos na beira da pedra fria e deixei a cabeça cair. Ele queria me levar para Saint-Denis-

-du-Sig para me estreitar ainda mais, como aquele campo desolado, seco, sem um sopro de vida, onde só se ouviam as cigarras.

— A carne está sem sal!

Ele reclamou aos berros da sala de jantar. Engoli o desassossego como pude, afastei-me da pia, peguei o saleiro, fui até ele e o coloquei na mesa com um golpe seco.

— Coloque o sal.

Qualquer outro dia eu teria obedecido de imediato; solícita, teria sacudido o saleiro sobre sua comida, teria murmurado desculpas por meu erro, teria perguntado se assim era suficiente. Mas dessa vez, não. Dessa vez, endireitei as costas e mantive os braços caídos, em sinal de que não ia me submeter.

— *Assaisonne-la* — repetiu devagar, em voz baixa, tentando conter a raiva que lhe subia por dentro.

Sem sequer ter consciência, a resposta saiu de minha boca outra vez.

— Não estou com vontade.

— *Mauvaise femme* — rosnou.

Jogou o prato longe: voaram os pedaços de vitela, as batatas, as ervilhas, os cacos de louça depois de o prato bater na borda da lareira. O molho grosso manchou minha roupa e um lado do rosto, mas mantive minha postura. Não corri para recolher tudo, como fazia sempre.

— Mulher ruim — repetiu ele —, vadia...

Só reagi quando ouvi o som dos pés de sua cadeira se arrastando sobre o piso frio: ele estava se levantando e viria para cima de mim. Não podia suportar meu enfrentamento, minha insolência o deixava fora de si.

Como ele poderia saber de onde eu havia tirado aquela minha coragem repentina? Como Lagarde poderia imaginar que meu reencontro com Rafael havia me abalado e, de certa forma, me reconciliado comigo mesma? E isso me deu energia para não deixar que ele me espancasse de novo, para me esquivar de seu acesso de ira com movimentos ágeis, serpeando para a direita e a esquerda enquanto ele tentava me pegar pela manga do casaco, pelo ombro, pelo pescoço, pelo cabelo. Até que, esquivando-me totalmente, consegui alcançar a porta.

Corri com todas as minhas forças pela rua escura, iluminada apenas pela luz fraca de um poste de vez em quando. Em uma esquina, cruzei com um bêbado e quase o derrubei; em outra, uns cachorros latiram para mim com fúria. Ele foi atrás de mim; no início, ouvi seus passos próximos, mas logo ele ficou sem fôlego: os anos que tinha a mais que eu, a barriga que eu lhe alimentava, os cigarros que fumava e o vinho que bebia diariamente, tudo isso lhe pesava. Eu o ouvi blasfemar e tossir às minhas costas quando não pôde mais continuar. Mas eu não parei, não parei, não parei até chegar à praça Fontanelle e à casa do fícus. E então, esquecendo que existia algo tão sofisticado como uma campainha, soquei a porta com os dois punhos.

— A senhora me ofereceu ajuda — disse sem fôlego quando madame Le Clerc abriu.

Ela não perguntou nada; para quê? Apenas me deixou entrar e depois assomou rapidamente a cabeça para olhar para um lado e para o outro, para se certificar de que não havia ninguém por perto. Fechou a porta de novo, girando o trinco, pegou-me pelos ombros, olhou-me séria de cima a baixo e, ao ver minha aparência, murmurou:

— *Enfoiré!* Desgraçado.

Sentei-me na mesma poltrona do primeiro dia, a das molas soltas e da tapeçaria gasta que, mesmo assim, para mim era de uma elegância soberba. Sem me perguntar nada, ela tirou uma garrafa de um móvel, serviu uma taça redonda e a entregou a mim.

— É Calvados; vai lhe fazer bem, beba.

O líquido dourado arranhou minha garganta, mas minha professora tinha razão: cada gole, depois de me queimar a caminho das entranhas, foi me acalmando por dentro. O ritmo de minha respiração foi ficando uniforme, o sangue parou de trovejar dentro da minha cabeça. Então, percebi que tocava no rádio uma música linda, que havia apenas uma luz tênue acesa; pensei que certamente madame Le Clerc estava pronta para se deitar.

— Eu não tinha outro lugar para ir — murmurei como pedido de desculpas. — Mas ele não virá me procurar aqui, não se preocupe.

Ela esticou um lado da boca, como um gesto de desprezo: não por mim, e sim por Lagarde. Então, ela se levantou e se afastou corredor adentro. Ouvi que se movimentava, mexia em coisas, abria e fechava gavetas, torneiras, portas. Reapareceu minutos depois.

— Preparei um banho para você.

Tentei protestar, pedir que não se incomodasse. Precisava apenas de um teto sob o qual passar a noite, poderia ficar sentada naquela mesma poltrona, ou em uma cadeira da cozinha ou no chão mesmo, se fosse necessário; desapareceria assim que surgisse a primeira luz, bem cedo, para não a incomodar. Mas ela não me deixou falar. Com a mesma autoridade com que tempos antes corrigia meus erros de ortografia, uma simples sobrancelha erguida serviu para me calar.

— *Allez*. Não deixe a água esfriar, venha.

Dentro do banheiro, sem querer e querendo ao mesmo tempo, contemplei minha imagem no espelho. Lá estava eu, depois da luta para me livrar da cólera de meu marido, depois da corrida pelas ruas desertas do Gambetta no meio da noite. Com o rosto manchado de molho do ensopado, com a roupa suja e desarrumada depois das sacudidas que ele me havia dado para tentar me pegar e o cabelo revirado pelos puxões, suada, com uma aparência penosa. Mas me aproximei mais do espelho, mais, mais, tudo que era possível. Até que, no fundo de meus olhos, notei um brilho diferente.

Devagar, tirei o casaco, a blusa, a saia, a anágua, o sutiã, a calcinha, todas aquelas peças grosseiras, puídas, lavadas mil vezes, remendadas, sem a menor finura e delicadeza. Com cuidado, ergui primeiro uma perna, depois a outra, até estar dentro da banheira. Agachei-me devagar, quase com medo, até me sentar no fundo de porcelana branca. Nunca mais havia sentido essa sensação desde que abandonara a casa do engenheiro, em Sidi Bel Abbès; em nenhum lugar onde morara depois havia banheira, nem mesmo água corrente.

Pouco a pouco, fui perdendo aquele respeito e deixei que minhas costas deslizassem devagar, até que a água cobriu meu peito, meu colo, meu pescoço; até que me atrevi a mergulhar a cabeça. E então, prendendo a respiração, a lembrança de Rafael tomou meu pensamento.

# CAPÍTULO 43

Na manhã seguinte, para reforçar a cautela, madame Le Clerc insistiu em me acompanhar até a parada do bonde, aquela que ficava perto da fábrica de gás, a mais distante de minha casa, na outra ponta do bairro: para evitar encontros ingratos caso Lagarde decidisse andar pelas ruas à minha procura.

— Voltará esta noite?

— *Non*, madame. Não a incomodarei mais, a senhora já fez o suficiente.

Certamente não era a primeira vez que ela tinha conhecimento de uma situação como a minha; o mundo estava cheio de casais malcasados e mulheres desamadas. Porém, certamente era a primeira vez que escondia uma delas entre suas paredes. Havia feito muito por mim, eu lhe agradecia de coração, mas tinha que seguir meu caminho.

— Tem certeza de que tem aonde ir?

— Mais ou menos.

Não, eu não tinha certeza; menti para não a preocupar. Eu não tinha certeza de nada. Nem de onde dormiria aquela noite, nem de como encarrilharia o resto de minha vida. Mas, ao longo daquela madrugada que passara meio em claro em sua casa, deitada na cama do quarto quente onde ela me alojara, tive consciência de que não podia voltar atrás e tomei algumas decisões para orientar meu porvir incerto. Decisões temerárias, arriscadas, dessas que nunca ocorreriam a uma pessoa decente como a professora. Mas eu não era uma digna funcionária *de la République Française*; era um ser à beira do precipício sem ter onde me segurar. E não tinha outra saída.

Continuávamos juntas na parada; os demais passageiros haviam subido no bonde, eu era a última. Já ia subir quando ela me segurou pelos ombros de novo, como havia feito quando eu aparecera na noite anterior.

— *Soyez très prudente*. Tenha muito cuidado, Cecilia.

Percorri o trajeto me sentindo uma estranha dentro das roupas que ela me havia emprestado. Nada a ver com os vestidos coloridos e na moda que pelas janelas eu via as francesas usando enquanto caminhavam, elegantes, pelas calçadas dos bulevares. Tudo que madame Le Clerc pudera me oferecer era sóbrio como ela mesma, discreto ao extremo. Além disso, quase quarenta anos nos separavam. Mesmo assim, consegui uma aparência meio aceitável com uma saia escura simples e uma blusa clara simples, e na banheira, na noite anterior, eu havia lavado o cabelo. E, antes de abandonar sua casa, em um arroubo de precaução, ela mesma insistira para que eu pusesse uns óculos de sol e um lenço de seda na cabeça, amarrado no queixo. Tentei recusar, mas ela foi categórica: não se tratava de frivolidade, e sim de precaução, somente.

Eu estava indo ao encontro de Rafael para receber o que ele me havia proposto; ambos havíamos concordado que seria melhor não voltar a nossos antigos bairros, melhor desvinculá-los do presente. E nem a seu depósito, para manter a prudência.

— *En le jardin du Petit Vichy?* — propusera. — O que acha?

Cheguei primeiro. Era cedo e a banca de jornal ainda estava abrindo. Um homem calvo berrava ordens em francês a dois árabes que retiravam as tábuas laterais. Sem me aproximar, eu me sentei para esperar em um banco em frente ao imponente Château Neuf, sem saber por que os franceses o chamavam de castelo novo se, na realidade, era uma enorme fortaleza dos tempos dos espanhóis desde havia trocentos anos. E, no silêncio da manhã, entre os gritos das gaivotas que subiam do porto, centrei o pensamento nos passos seguintes que havia previsto depois de enlaçar as duas surpreendentes notícias do dia anterior: o anúncio de meu marido de que nos mudaríamos para Sidi Bel Abbès e o que Rafael oferecera me dar.

Ele demorou poucos minutos a aparecer; avançava entre as palmeiras rumo ao centro do jardim, pela rampa. Ao vê-lo, de longe ainda, senti outra vez uma espécie de beliscão em algum lugar bem fundo em mim. Lá estava o homem que um dia me quisera bem, não como o pai de Marie em El Puntarrón, não como o covarde do engenheiro da ferrovia nem como a mesquinhez de Lagarde.

Como no depósito, ele usava calça cinza e camisa branca bem passada, com os punhos dobrados até o cotovelo, o cabelo escuro dividido de lado, o rosto caprichosamente repassado pela navalha. Enquanto se aproximava, eu o recordei como era antes: um pedreiro tímido que se vestia meio decentemente só aos domingos e o resto do tempo usava um macacão azul cheio de manchas, a barba silvestre, um chapéu de palha para que o sol não lhe queimasse os miolos enquanto trabalhava se equilibrando sobre vigas e andaimes. Espantei-me de novo ao ver quanto ele havia mudado, sem deixar de ser o mesmo.

— *Bonjour*, Cecilia.

— *Bonjour*, Rafael.

Ele olhou para um lado, olhou para o outro, como se estivesse se situando e decidindo o que fazer. Depois de alguns segundos, optou por se sentar ao meu lado no banco, mas antes colocou a mão no bolso e tirou discretamente um montinho de notas.

— Foi tudo que pude conseguir — disse enquanto o estendia a mim. — Muito menos do que lhe cabe, mas...

Peguei o dinheiro sem olhar e o guardei debaixo da blusa, sob a alça do sutiã: não tinha bolsa, nem carteira, nem nenhum outro lugar onde guardá-lo em segurança.

— É suficiente — eu disse.

— Suficiente para quê?

Não respondi, e ele me contemplou com olhos curiosos. Olhos castanhos e honestos, limpos, não como os de Lagarde, que pareciam os dos dourados da peixaria onde eu comprava seus linguados. Como Rafael poderia saber que o dinheiro que acabava de me entregar serviria para me livrar daquele outro homem?

— Tentarei lhe dar o resto assim que puder. Não imaginava que você fosse voltar e o gastei com uma motocicleta para ir até as fábricas de telha e os fornos onde fazem os tijolos.

— Não se preocupe.

— Claro que me preocupo.

Os árabes estavam colocando as cadeiras de metal da banca de jornal enquanto o francês gritava com eles de novo. Ficamos observando-os uns instantes, mas aquilo não interessava a nenhum dos dois; continuávamos pensando em nossas coisas.

— Não vai me contar por que foi embora de repente com esse homem, sem avisar a ninguém?

— Foi contra minha vontade. No fim, acabei me casando com ele, também à força.

Fiz uma pausa, outra gaivota gritou. Já que havia começado, tirei coragem das entranhas e acrescentei:

— Era um dos vigias da Bastos. Ele me obrigou a ir com ele em troca de não nos denunciar pelo roubo dos cigarros.

A expressão dele foi de assombro. Depois se transformou em incredulidade. Depois, em consternação.

# CAPÍTULO 44

Era uma manhã linda na linda Orã, perto do mar, sob os pinheiros do parque. Sem o calor excessivo do verão nem o ingrato siroco. Uma manhã temperada na qual a vida seguia tranquila, como quase sempre, como para quase todo mundo. Mas não para nós.

— Por que não nos contou? — insistiu Rafael. — Por que não mandou um recado, um aviso a Catherine ou a mim?

— Foi melhor assim — murmurei.

Ele soltou uma risada amarga e, com o dorso da mão, limpou o rosto. Talvez fosse uma folha que caíra das árvores que cobriam o banco. Ou talvez uma lágrima.

— Melhor assim, Cecilia, como?

Ele me pegou pelos pulsos, forte, como se pretendesse me manter para sempre a seu lado, para que eu nunca mais escapasse.

— Você era a ilusão que me fazia sair da cama todas as manhãs; você era o que dava sentido ao trabalho atroz, à pobreza, à saudade do que eu tinha deixado para trás, minha família, minha cidade, minha casa. Eu dormia com você na cabeça todas as noites e acordava com sua imagem todos os dias, e meus primos sabiam, por isso faziam aquelas brincadeiras e paqueravam você quando passava pela obra; na frente deles eu fingia que não ligava tanto para você, mas, na verdade, cada vez que a via a caminho da fábrica de cigarros com seu passo garboso e sua trança às costas e seu almoço amarrado com aquele lenço, minha alma se acendia. Você estava presente em meu coração sempre, sempre.

Para não deixar dúvidas, ele pousou sua mão curtida do lado esquerdo de seu peito. Ainda restavam nela resquícios da dureza daquele passado, unhas quebradas para sempre, calos nos dedos que nunca mais sumiriam, cicatrizes no dorso.

— Jamais me atrevi a cortejá-la ou a lhe propor nada sério, no início, porque não tinha nada para lhe oferecer. Nada de nada. Eu não passava de um mísero peão andrajoso que ganhava uma miséria; nem a convidar a tomar uma *horchata* ou uma simples limonada eu podia. Até que começaram a me pagar um pouco mais e reuni coragem e a convidei a ir ao baile do cassino Bastrana. E depois... Depois houve o resto.

Primeiro se ouviram as vozes e depois apareceram por um lado do jardim. Um grupo de estudantes do Lycée Lamoricière, que ficava ali perto. Seis ou sete jovens que saíam da aula de matemática ou de geografia ou do que fosse que estudassem naqueles cursos; o que sabia eu, que já tinha vinte e cinco anos e havia acabado de aprender a ler com livros para crianças pequenas? Passaram diante de nós despreocupados, leves, discutindo de brincadeira em francês, aos gritos, filhos de famílias respeitáveis, jovens com um futuro promissor que acabariam sendo advogados ou farmacêuticos ou contadores; gente de bem que lavaria a roupa suja em casa, a portas fechadas, discretamente. Não como nós, que havíamos sido um mísero pedreiro e uma humilde tabaqueira sem ter onde cair mortos. E então, crescidos e reencontrados no meio de um jardim público, recompúnhamos as peças que o destino quebrara.

— É ele quem precisa do dinheiro? Seu marido? Foi ele quem a obrigou a vir buscá-lo?

— Não me pergunte mais, Rafael. É melhor não perguntar.

— Como assim não perguntar? Deus do céu, Cecilia, você aparece de repente depois de anos e espera que eu não pergunte nada?

— Por favor — insisti.

Ele bufou, sem convicção.

— Conte você, ande — propus em troca.

— Contar o quê?

— Algo de sua vida. Como se chama sua namorada, por exemplo.

Ele hesitou um instante, até dizer em voz baixa:

— Émilie.

— Francesa?

— Pai italiano, mãe de Valencia.

— O que ela faz?

— Trabalha em uma *pâtisserie* na place des Victoires.

Eu a imaginei com a pele cheirando a brioche quente. Nos anos vindouros, certamente ela se esforçaria para adoçar a vida de seu marido, teria um casamento harmonioso como *pain au chocolat*, tão diferente do meu.

— Em que igreja vão se casar?

Ele suspirou outra vez, depois disse:

— Na *chapelle* Saint-Eugène.

— E ela já tem tudo pronto?

Eu não sabia dos preparativos das noivas por experiência própria, Lagarde me levara ao altar arrastada. Mas recordava o afã das companheiras da Bastos cada vez que uma delas ia se casar: falavam do dote, quase sempre bem humilde naquele mundo de operárias e trabalhadoras. Do penteado que alguma vizinha fazia com habilidade, do vestido de noiva feito em casa ou emprestado, do convite frugal e doméstico. As grandes, médias e pequenas ilusões, enfim, das boas meninas antes de dar esse passo.

Ele disse que sim, depois enumerou uma lista sem o menor entusiasmo.

— O vestido, as flores, um fotógrafo para fazer nosso retrato…

— Vão fazer festa em algum lugar?

Ele assentiu de novo, com a mesma indiferença.

— No andar de cima da *pâtisserie*. A dona vai emprestar o local, tem muito carinho por ela.

Seria um casamento modesto, o matrimônio de uma vendedora com um peão convertido em proprietário, tão entusiasmado quanto endividado, de um terço de um pequeno negócio. Mesmo assim, não pude evitar uma pontada de inveja.

— E depois, onde vão morar?

— Cecilia, pare…

— Diga, ande.

— Ali, no *quartier* Saint-Eugène. Alugamos uma casa perto da família dela.

De repente, fez-se uma lacuna na rapidez de minhas perguntas e suas respostas. Até que eu fiz a última:

— Você a ama, Rafael?

Ele engoliu em seco e, como da vez anterior, notei o pomo de adão subir e descer em seu pescoço. Não me lembrava de como era bonito seu pescoço, com aquelas veias e aqueles tendões marcados sob a pele morena. A tentação de abraçá-lo voltou de novo, mas me contive mais uma vez.

— Ela é boa, atenciosa comigo, cuida de mim.

Então, eu soube que ele estava pensando o mesmo que eu: que pena o tempo perdido, que pena nós dois, o que poderia ter sido, que se perdeu antes mesmo de começar. Mas o mundo jamais gira para trás, de modo que era melhor deixar para lá e evitar a dor de ambos.

Eu me levantei e ele fez o mesmo, até ficarmos um de frente para o outro no meio daquele pequeno jardim perto do velho castelo espanhol, perto da escola dos jovens aplicados e da rampa que descia para aquele porto pelo qual nós dois, ele e eu, cada um em seu momento, depois de atravessar o mar partindo da outra margem, havíamos chegado à Argélia francesa. À medida que a manhã avançava, mais gente ia chegando pelos caminhos centrais: árabes e cristãos, mães envoltas em almalafas com crianças penduradas às costas, mulheres com roupas europeias empurrando carrinhos de bebê, idosos, entregadores, ociosos, mais estudantes.

Ignorando-os, eu ia me despedir de Rafael quando me encontrei, de repente, apertada contra seu peito, dentro de seu abraço. Não me opus. Não quis. Com o rosto em seu ombro e meu corpo colado ao seu, só fui capaz de murmurar:

— Você vai se casar no domingo, não se esqueça...

Ele escondeu o rosto em meu cabelo, sua voz em meu ouvido.

— Mas ainda amo você, Cecilia.

## CAPÍTULO 45

Com o dinheiro guardado no sutiã, voltei ao território de meus primeiros dias em Orã, quando chegara de Sidi Bel Abbès arrastando uma mala que pegara sem permissão de ninguém. Onde umas prostitutas se apiedaram de mim e, aproveitando meu desconcerto, rapinaram seu conteúdo: deixaram-me apenas os retratos de um casal de franceses sérios como sepulcros que acabaram ficando na pensão de dona Magdalena quando Lagarde me arrancara dali. No fundo de uma gaveta, junto com minha liberdade e meu primeiro batom.

Tinha a sensação de que havia se passado uma vida desde então, mas tudo continuava igual naquela zona baixa do La Marina, na periferia do porto velho: a mesma fauna humana com seu vozerio, as ruas cheias de lixo, as cadeiras sob os toldos meio rasgados dos cafés, o cheiro de salitre, alcatrão e peixe frito.

Tudo isso me era indiferente, eu só tinha um objetivo. De modo que me concentrei, localizei o edifício onde aquelas mulheres haviam me acolhido e entrei. No patamar do primeiro andar cruzei com um bêbado dormindo no chão, no segundo encontrei a porta que procurava. Quando fui bater, percebi que estava só encostada.

— *Bonjour* — disse enquanto a empurrava.

Ninguém respondeu.

— *Bonjour* — repeti erguendo a voz, já com uma perna dentro.

Nada também.

— *Bonjour!* — gritei.

Agora sim. Ouvi uma voz do fundo do corredor e recordei que a cozinha era por ali.

— É você, Micaela?

Sem responder, comecei a percorrer o corredor escuro. No início, cheirava a umidade e a lugar fechado; conforme avançava, fazendo meus passos ecoarem nas lajotas soltas do chão, foi chegando ao meu nariz o cheiro de acetona.

— Trouxe o que pedi da farmácia?

Cheguei ao vão que uma porta inexistente deveria ocupar e as recordações voltaram a mim. Entre aquelas mesmas paredes, anos atrás as putas haviam me convidado a almoçar com elas.

— Por que demorou tanto, menina? Você saiu há duas horas, eu lhe avisei que…

Havia duas mulheres, e nenhuma delas fazia nada daquilo que normalmente fazem as mulheres quando estão na cozinha: não cozinhavam, não comiam, não lavavam louça. Uma estava sentada em uma cadeira com um pé levantado e outro dentro de uma bacia cheia de água; a outra, ajoelhada diante dela, cortava as unhas da primeira com um aparelho estranho.

— Não sou a Micaela.

Ambas viraram a cabeça para mim, desprevenidas. A princípio, não reconheci nenhuma das duas. Uma era mais jovem, outra menos; estavam desarrumadas, com *bigoudis* e grampos distribuídos pelo cabelo sem muita simetria. Cobriam o corpo apenas com uns roupões floridos meio abertos e, assim como eu recordava de suas companheiras, ainda tinham o rosto manchado dos restos da maquiagem da noite anterior.

Antes que me perguntassem que diabos estava fazendo ali dentro, fiz eu minha pergunta:

— Margot está por aqui? Gregoria?

Não, nenhuma delas estava mais por ali.

— Eu vim da Espanha há pouco tempo, quando a guerra começou — disse a mais jovem, que se chamava Toña. — E essas que você falou já não estavam por aqui.

— E eu, na época que você está dizendo, ainda não andava por esta área; ficava na Porte de Santon, perto dos quartéis — esclareceu a outra, Lina.

— Mas é que nesta casa e nestas ruas há sempre muito movimento; daqui a três ou quatro meses pode ser que você venha e não nos encontre também. Umas vão para um lado, outras para o outro, ou um sujeito apaixonado as leva, ou embarcam em um mercante para alegrar a travessia dos marinheiros...

— Ou algum porco lhes passa uma doença e acaba com o negócio.

— Ou arrumam um namorado babão e as filhas da mãe acabam se casando.

Isso quem disse foi Toña, e concluiu com um tapa na coxa carnuda e branca que escapava pelo roupão. Então, as duas soltaram uma gargalhada: grosseira, descomunal, idêntica às de suas predecessoras, deixando ver, assim como nas outras, a gengiva roxa e os dentes cheios de buracos pretos. Até um dentre de ouro, como Margot, uma delas tinha.

A que estava tendo as unhas cortadas teve um ataque de tosse por causa da gargalhada; acabou se levantando e indo até a pia cheia de pratos sujos. Deu uma catarrada em cima deles e depois passou a manga pela boca. Sua amiga se levantou do chão e se sentou em uma cadeira vazia. Ninguém me convidou a fazer o mesmo.

— Mas diga uma coisa, para que quer saber delas?

— Porque certeza que não anda pensando em se dedicar a nosso ofício — acrescentou a outra —, com essa pinta de beata, com essa saia e essa blusa mais antigas que andar para a frente.

— Cale a boca, Toña. Deixe a criatura falar.

Então falei, de uma vez só, sem respirar, diante daquelas duas desconhecidas, com desespero, incapaz de sair dali sem uma solução, por mais temerária que fosse. Quando acabei, elas se olharam, e enquanto pensavam no que iam responder, uma coçou o sovaco, a outra estalou a língua. Depois, disseram praticamente juntas:

— Você precisa falar com Dionisi. A mão daquele corso filho da puta nunca treme.

Imaginei a figura e assenti. O tal Dionisi me serviria, disso eu tinha certeza.

— Quanto você tem para pagar para ele? E para nós, que vamos querer uma gorjeta, pelo menos.

Tirei o dinheiro do sutiã e, enquanto contava as notas em cima da mesa encardida da cozinha, senti uma ponta de remorso. Eu não sabia a que Rafael tivera que renunciar para me dar aquele dinheiro. Apesar de ter subido um degrau na escala social desde que eu me afastara dele, ele claramente também não tinha sobrando. Talvez sua namorada tivesse que prescindir das flores do altar, ou ele tivesse que pagar o alfaiate italiano em sete parcelas. Mas havia sido cumpridor, íntegro, sem que eu pedisse. E isso o honrava e o enobrecia, e me fazia sentir como uma mesquinha. Mas, para salvar minha pele, eu não tinha alternativa.

— Será que isto basta?

Elas franziram a boca, baixando os cantos. Uma tinha restos de batom seco e rachado. A outra, o rastro de uma grande pinta feita com lápis preto. Nenhuma das duas parecia muito convencida.

— Logo saberemos — anunciou Toña, levantando-se.

Ao fazê-lo, o roupão se abriu e saiu dele um peito enorme cheio de veias azuis. Sem se preocupar com isso, foi até a janela, abriu-a de par em par e soltou um berro que provavelmente foi ouvido pelo bairro inteiro.

Dionisi não tardou a aparecer. Era um quarentão largo e feio, com o nariz deformado e as calças dobradas à altura das panturrilhas, camiseta sem mangas e uma medalhinha de prata no pescoço, enroscada entre pelos enrolados onde se misturavam os pretos com os grisalhos. Tinha cara de tonto, mexia os olhos com uma espécie de espasmo constante que provocava repugnância e medo.

Repeti duas vezes o que ele teria que fazer; eu tinha o plano milimetrado dentro de minha cabeça, e ele me escutou sentado conosco na cozinha, sem parar com aquelas piscadas estranhas enquanto coçava a virilha. Mas eu não estava convencida de que ele havia entendido.

— Entendeu tudo direitinho, Dionisi? — perguntou Lina, para confirmar, em um francês desastroso mesclado com retalhos de espanhol e movimentos eloquentes das mãos. — Lembre-se bem. Você vai esperar o imbecil escondido no jardim da casa do Gambetta, e quando o vir pegar a chave, abrir e entrar, vai entrar rápido atrás dele. Uma vez dentro, vai dizer que a mulher dele não vai voltar, depois vai lhe dar uns tabefes para que ele não esqueça e vai dizer que ele tem que pegar o trem nessa mesma noite.

Nesse ponto, Toña assumiu e cuidou do resto:

— Se por acaso ele decidir não obedecer, pegue a navalha e coloque-a no pescoço dele, assim de atravessado, para ele morrer de medo. Depois, você tira as chaves dele e o joga na rua a pontapés. Mande-o dormir na estação e pegar o primeiro trem da manhã para a *ferma* do pai. E reforce que se ele aparecer de novo em Orã, da próxima vez vai cortá-lo ao meio; assim, de cima para baixo, como matavam os porcos em minha cidade antes da guerra. Ficou claro, rapaz?

## CAPÍTULO 46

Foi assim que Lagarde saiu da minha vida. Eu mesma fui testemunha: para me assegurar, eu o esperei perto da estação. Fiquei duas horas sentada no meio-fio perto da guarita dos gendarmes, confiando, talvez ingenuamente, que assim, perto das autoridades com seus uniformes e seus bigodões, nenhum daqueles indivíduos mal-intencionados que andavam por ali me incomodaria. Àquela hora já não havia mais trens chegando ou saindo, mas a vida canalha nunca parava totalmente.

Vi-o chegar pouco antes da meia-noite, encolhido, esquivo, acovardado, com o passo rápido e o pouco cabelo que lhe restava todo emaranhado, como palha, apertando um lado do pescoço com um lenço: talvez o corso desmiolado houvesse pesado a mão na ameaça. Quando a luz da entrada o iluminou, tive a sensação de que tinha uma mancha redonda e escura entre as pernas. Saber que ele havia mijado nas calças me fez conter uma triste gargalhada. Mas pena não senti. Nem um pingo.

Ao voltar, encontrei a casa revirada: duas cadeiras tombadas, uma garrafa quebrada, a mesa da sala de jantar fora do lugar e a lamparina caída no chão. Peguei-a e a acendi. Imaginei que a bravata do tal Dionisi devia ter sido violenta; talvez eu houvesse me arriscado demais confiando em um sujeito como aquele. Mas também não me preocupei. Em absoluto.

Havia sido um dia muito longo, mas eu não notava o cansaço, pelo contrário. Sentia uma estranha leveza ferver no sangue, como se meus ossos quase não pesassem. Movida por essa sensação estranha que me fazia caminhar como se flutuasse a três palmos do chão, em plena madrugada decidi esvaziar o armário dele e arrancar os lençóis da cama, as mantas que fediam a ele, a colcha. Depois, esvaziei a prateleira onde ele deixava suas coisas de barbear, sua loção, seu pente e a tesoura com que ele me obrigava a cortar os pelos nojentos que saíam dos buracos de seu nariz e de suas orelhas. Em duas viagens, joguei tudo em meu pobre jardim lateral, formando uma pilha com a ajuda de pontapés. Acendi um fósforo e com ele pus fogo em um exemplar do *L'Écho d'Oran*; naquela noite eu não tinha ânimo para leituras. Coloquei a pequena tocha entre as roupas e os utensílios; o fogo demorou um pouco a pegar. Ao ver as chamas se erguendo airosas para o céu escuro, tive a certeza de que estava começando uma vida nova.

Na manhã seguinte, em vez de me esforçar como sempre para que tudo estivesse na ordem e do jeito exato que Lagarde exigia, eu mesma me sentei à mesa da sala de jantar para tomar o café da manhã sem pressa; pela primeira vez não comecei o dia com as sobras dele, comendo em pé ao lado do degrau da cozinha. E ali, diante do café e do pão com manteiga, pensei nos dois possíveis passos seguintes. Um era continuar dedicando o dia a me desfazer de tudo que me recordasse sua presença. Outro, livrar-me de sua horrível memória tirando-o de dentro de mim.

Com o último gole, decidi que faria o segundo.

*

O bonde me deixou de novo perto do Tambor San José, mas dessa vez não precisei procurar a empresa dos Guerrero; dessa vez, fui direto. Encontrei outra vez a persiana levantada, novamente percorri o depósito escuro, avancei entre as pilhas de material de construção até chegar à porta entreaberta do escritório. Assomei a cabeça, calada ainda. E lá estava ele; sentado atrás da mesa, sério, concentrado em uma folha de papel. Devia ser uma nota fiscal ou um pedido de pisos ou sacos de gesso. Ou talvez não estivesse lendo nada e, apesar de segurar a folha na mão, sua mente andasse por outros lugares, pensando talvez em seu casamento, tão perto, na casa que dividiria com sua Émilie, nos filhos que teriam, nos pais que não o veriam se casar por estarem longe, na pátria em guerra. Ou estava pensando no buraco que havia feito nas humildes contas da empresa para me entregar o dinheiro que eu, sem lhe contar, havia acabado de investir em um louco de meia-pataca.

Quando bati na porta com os nós dos dedos, ele ergueu a cabeça e seu semblante mudou de repente. Como se houvesse sido aceso por um interruptor daqueles que ativam a luz elétrica, Rafael se iluminou ao me ver.

— Fecho? — perguntei.

Ele se levantou.

— Feche.

Como dois desesperados, nós nos beijamos, nos lambemos, nos tocamos, nos mordemos. Suas mãos calosas me percorreram com anseio, minhas mãos ávidas devolveram suas carícias. Com a boca em minha boca, com sua força e meu agarrar, com vontade, com um desejo arrebatado, com fúria às vezes, nós nos amamos durante horas que nenhum dos dois quis contar; pele com pele, encostados na parede, no chão rústico. Pelo ontem que não havia sido e pelo amanhã que também não seria, meu corpo e o dele não paravam de se enroscar no presente, ausentes do mundo. Seus braços, meus seios, minhas nádegas, seu pescoço, suas costas e sua virilidade, minha umidade ao recebê-lo com um grito. E as risadas, sua risada, minha risada esquecida, aquela que brotou de repente em minha garganta, aquela risada perdida fazia tanto tempo.

Assim voou a manhã, alheios ao casamento e à empresa dele, ao trem que atravessava os campos da costa para o interior e devolvia Lagarde à fazenda da qual quem dera ele nunca houvesse saído. Focados ambos no momento com toda a alma, eu decidida a fulminar a amargura dos anos anteriores, os dois deslumbrados pela profundidade e pela ternura daquele encontro efêmero. Sem perceber, nós nos rebelávamos contra o absurdo que nos haviam imposto, ingenuamente empenhados em compensar os anos de juventude que nos haviam roubado, indiferentes ao que o porvir houvesse de reservar a cada um.

Era mais de meio-dia quando nos vestimos sem remorsos, plenos, saciados, voltando a nos tocar quando ele colocou uma perna na calça, quando eu abotoei a blusa. Ele me pegou outra vez pela cintura, tornou a mergulhar no vão entre meu ombro e meu pescoço. E dali perguntou:

— Está com fome?

Poderíamos ter comprado um pedaço de *calentica* e uns figos-da-índia em qualquer barraca, ou entrar como dois foragidos no fundo de qualquer restaurante modesto. Mas quando saímos, sua motocicleta estava estacionada na porta do depósito. Ele a olhou, olhou para mim, ergueu uma sobrancelha. E eu disse: vamos. Que diferença fazia? Já havíamos ultrapassado todos os limites; se ele não se importava com o risco de que nos vissem, eu muito menos.

Eu jamais havia subido em uma máquina como aquela, rápida, barulhenta e ao mesmo tempo fascinante. Saímos de Orã pela *corniche* em direção a Mazalquivir, passamos pelo forte La Mona e pela ponta do Montecristo, e quando vimos o velho edifício de madeira dos Baños de la Reina ao lado do qual naquela noite distante deixamos os cigarros provenientes de Argel, eu me apertei ainda mais contra seu tronco e notei que ele assentia, subindo e descendo o queixo sem deixar de olhar para a frente. Com o vento agitando nossos cabelos e o rugido do motor em nossos ouvidos, percorremos a estrada empoeirada entre a montanha e o mar, sem um destino preciso.

Em alguma curva, em algum momento, temi que fôssemos derrapar e despencar pelos penhascos, acabar com a cabeça arrebentada no fundo, na margem, entre as pedras, com os miolos para fora, bicados pelas gaivotas, e o corpo partido em mil pedaços. E com uma frieza estranha, pensei que não teria me importado. Se era para dar um fim obrigatório à nossa passagem pelo mundo, naquele dia, colada a Rafael e ao Mediterrâneo, depois da manhã que havíamos passado juntos, eu teria me dado por satisfeita.

Mas não, não morremos, continuamos avançando pela costa e atravessamos a cidadezinha de Aïn El Turk, e depois deixamos para trás o cabo Falcón com seu farol, e acabamos comendo sardinhas assadas em um humilde quiosque levantado com tábuas de madeira na praia Los Andaluzes. E rimos de novo, e nos beijamos, e nenhum dos dois disse ao outro o que pensava: quem dera pudéssemos repetir esse dia cem, mil, um milhão de vezes.

Mas não, isso também não aconteceu. Junto com o peixe e os goles de cerveja gelada, cada um engoliu a certeza de que nossa história acabava ali. Não lhe perguntei como se sentia por ter sido infiel à jovem doceira tão poucos dias antes do casamento; culpado e traidor, sem dúvida. Ele também não tornou a se referir a meu marido e eu não lhe contei que havia acabado de me livrar dele graças a seu dinheiro. Naquele dia, fomos enganosamente livres um para o outro. Dois infelizes roçando a felicidade com a ponta dos dedos pela primeira vez em nossa mísera vida.

*

Quando voltamos a Orã, ele quis me levar à minha casa, mas não deixei. Preferi ficar na place d'Armes, mesclada com outros viajantes na parada do bonde. Era um anoitecer temperado, a praça fervia de gente, sons, placas luminosas dos comércios e as luzes dos postes que haviam acabado de ser acesas.

— Eu ainda lhe devo uma parte do negócio da Bastos — disse ele quando eu já ia subir.

Cobri sua boca com dois dedos.

— Você não me deve nada.

Beijei-o pela última vez, um beijo rápido e leve que não tinha nada a ver com os da manhã.

Depois, sussurrei em seu ouvido:

— Seja feliz, Rafael. E não me procure.

# Segunda parte

# CAPÍTULO 47

O sabão. Como não me havia ocorrido antes? O sabão. *Le savon*. Foi isso que acabou dando uma guinada em minha vida, orientando-me em uma direção natural e, ao mesmo tempo, totalmente imprevista.

Comecei a desconfiar dias antes e, naquela mesma tarde de outono, enquanto abastecia as prateleiras, confirmei: nas semanas anteriores, quase não havíamos vendido sabão. Aquele monte que eu mesma havia colocado continuava ali, empilhado: de um lado, os blocos quadrados nus, como grandes dados com suas letras marcadas; de outro, as barras com suas embalagens e suas etiquetas. O resto das mercadorias continuava saindo da *épicerie* com a mesma frequência de sempre. O movimento da clientela quase nunca parava naquela mercearia da rue Dumas, onde eu trabalhava então e onde não se vendia quase nada fino e sofisticado como nas lojas do centro, porque os moradores da região eram famílias operárias de economia parca e pouco requinte, e o que vendíamos diariamente eram, acima de tudo, as coisas comuns: açúcar e macarrão, latas de cavalinha, pacotes de café, semolina a granel. Mas o sabão não mais. *Le savon* não se mexia. E eu pensei: que estranho...

Olhei para madame Martin de soslaio. Lá estava a dona, com seu corpo inclinado sobre o balcão de mármore, alheia à minha descoberta, fechando meticulosa as contas do dia e mordendo o lápis. Então, olhei para o marido dela, *monsieur* Martin, que recolhia os cestos de leguminosas da porta, pondo para dentro o grão-de-bico e a vagem antes de baixar a persiana metálica. Voltei-me para ver a hora no relógio que, desde a abertura da mercearia, havia mais de trinta anos, estava pendurado no mesmo gancho. Faltavam dez para as seis. Nisso meus patrões – o casal de proprietários – eram rigorosos: fechavam às seis em ponto e até o dia seguinte. Nisso os Martin eram tão precisos quanto os franceses metropolitanos, apesar de terem ambos uma difusa origem mista de espanhol, maltês e italiano que quase nunca mencionavam. Sentiam-se franceses até os ossos. Cidadãos *de la République Française* sem nenhum outro rótulo.

Eles me contrataram quando se deram conta de que a idade ameaçava cobrar seu preço. Não tinham mais agilidade para alcançar as estantes mais altas ou descer a escada íngreme do porão, força para manter a ordem e a limpeza e encarar tudo que fosse necessário fazer diariamente. Então eu cuidava de tudo isso. E foi assim que percebi que os sabões quase não estavam vendendo. E sem comentar nada com eles, comecei a matutar, mais por pura curiosidade que pelo bem dos negócios. Eles me pagavam pouco e não eram gentis, nem comigo nem com os clientes. Bem mãos de vaca, eu diria; a fadiga alheia não lhes importava nem um pouco, vendiam fiado só se não tivessem opção e restringiam em tudo que fosse possível. De modo que, se alguma coisa estava vendendo menos que o habitual por alguma razão que ignorávamos, não seria eu quem os avisaria.

— *À demain*, madame. *À demain, monsieur*.

Era o fim do dia de trabalho; eles subiam para sua residência, no andar de cima, comiam frugalmente, ouviam um pouco de rádio e iam dormir com as galinhas. Mas eu ainda tinha muita coisa para fazer.

Eu ainda morava no *quartier* Gambetta, mas do outro lado do bairro, porque não tinha intenção de ficar na casa em que havia vivido com Lagarde nem podia me permitir pagar sozinha o aluguel, de modo que me mudei para uma casa térrea com um pequeno quintal na rue Charcot. Da outra casa só sentia falta dos pés de tomate da lateral e das flores que cresciam meio selvagens. E ao me deitar, da palmeira que via pela janela, recortada contra o céu escuro. O resto havia tirado da cabeça.

Haviam se passado sete meses desde que eu vira meu marido chegar à estação de trem com o cabelo revirado, cara de pavor e uma mancha vergonhosa de urina na calça, ao redor da braguilha. Exatamente como eu imaginava desde o início, nunca mais ele deu sinal de vida; eu o conhecia bem e sabia que cantava de galo comigo, mas era covarde com os outros. Eu tinha certeza de que ele jamais esqueceria o susto que o corso amigo das putas lhe dera com sua navalha e sua cara de louco. Além disso, Lagarde era mesquinho, egoísta, e entre mim e sua integridade física, eu não tinha dúvida de que a última estaria sempre na frente.

Durante aqueles meses, além de sua ausência libertadora, haviam acontecido outras coisas. Acabara a guerra na Espanha, com a vitória de uns e a amarga derrota de outros, e os últimos barcos lotados de republicanos zarparam das costas do sudeste da península, e durante semanas, para desgosto dos Martin, a clientela que entrava e saía da mercearia não falava de outra coisa além de *Ronwyn*, *African Trader*, *Stanbrook*, nomes dos navios que chegavam ao porto de Orã abarrotados. Conhecidos e desconhecidos, compatriotas principalmente, tentaram ajudá-los e foram ao porto com roupas e mantas, alimentos, remédios, guloseimas para as crianças. Eu comentei com os donos da *épicerie* que talvez pudéssemos mandar alguma coisa: umas latas de leite condensado, uns chocolates. Franzindo o cenho, eles me mandaram parar de falar bobagens, que aquela gente havia arranjado problemas porque queria, que eu fechasse a boca e tirasse o pó das prateleiras do fundo.

De qualquer maneira, ninguém tinha muito para dar; aos problemas alheios se sobrepuseram os próprios e a vida prosseguiu e umas coisas sucederam outras e começou uma nova guerra na Europa. E a França, e com ela a Argélia francesa, de repente estava dentro da contenda e, embora no início não tenha havido muita agitação, muitos ainda tinham na lembrança o terror e a dor da outra Grande Guerra, e o ânimo dos oraneses naquele outono de 1939 não estava para festa.

E eu continuava pensando no sabão. O mistério do sabão e por que diabos havíamos parado de vendê-lo.

Deixei *l'épicerie* fechada e me dirigi à praça Fontanelle. Diferentemente da noite em que fugira de Lagarde, dessa vez não bati na porta com os punhos nem toquei a campainha nem nada. Dessa vez, eu tinha uma chave que, com duas voltas, me permitiu entrar.

— *Bonsoir*, madame!

Na verdade, não era preciso gritar: ela estava em sua poltrona, na sala contígua à entrada, o mesmo aposento onde me acolhera toda vez que eu precisara dela; quando lhe pedira que me ensinasse a ler, quando fora em busca de refúgio em minhas horas mais sombrias. Como nos dias anteriores, estava sentada perto da janela, sem poder se levantar porque um entregador a atropelara com seu veículo de três rodas e ela quebrara a perna esquerda. Desde que isso acontecera, duas semanas antes, eu passava lá todas as tardes para ajudá-la. Para cuidar da casa e ficar de manhã eu contratara uma mulher árabe, mas eu cuidava do jantar e a ajudava na hora de se deitar. Um pequeno gesto de gratidão por seu apoio.

Estávamos falando de uma coisa ou outra, nada de especial, enquanto eu ia e vinha entre a sala e a cozinha esquentando, buscando, levando. Até que depositei a bandeja com o jantar em seu colo. Era desconfortável comer assim, sem mesa, com uma perna engessada na horizontal apoiada em um banquinho. Mas ela não reclamava. Apesar de seu corpo frágil e seus ossos quebradiços, a professora era durona.

— Então, madame, como foi o teatro hoje?

Com um gesto, indiquei a janela com as cortinas ainda abertas que dava para a praça. Diariamente fazíamos essa brincadeira: comentar sobre o que ela via acontecer na praça, como se fosse uma comédia ou uma tragédia e ela uma espectadora de honra em seu camarote. Fora ideia minha, depois do acidente. Discretíssima como ela era, recusara no início:

— Com meus livros e meu rádio já tenho o suficiente — dissera com firmeza.

Ela não podia imaginar passar as horas com suas velhas cortinas puídas de veludo vermelho da França totalmente abertas para a luz e o movimento constante da praça Fontanelle. Oito ruas desembocavam nela, as pessoas a atravessavam o tempo todo, havia vários cafés com seus terraços, um *bureau de tabac*, um salão de cabeleireira, uma barbearia, *la Poste d'Alger*, uma farmácia. Era cercada por fileiras de laranjeiras e um pesponto de bancos onde jovens e velhos se sentavam; no centro, tinha um coreto, onde uma banda militar tocava alguns domingos, e ao qual de vez em quando subia um pobre louco para gritar suas arengas. Em resumo, aquela praça exalava vida. E, apesar de ela ser uma mulher reservada e retraída, inclusive antipática para muitos, eu tinha certeza de que lhe faria bem não perder o contato com o mundo.

Contra sua vontade, eu lhe pedira um dia de teste. E ela acabara me dando razão. Suas horas de imobilidade, tantas e tão morosas, ficavam mais divertidas com as cortinas abertas. E todas as tardes, quando eu chegava, ela comentava um caso ou incidente comigo.

— O que vi hoje foi muito estranho. *Très étrange*.

— Conte-me — pedi enquanto ajeitava seu guardanapo.

— Já comentei sobre as novas espanholas, não foi?

Sim, ela havia comentado superficialmente, como parte do cenário. Compatriotas minhas, supunha ela. Pela roupa, a aparência e as expressões, pareciam recém-chegadas a Orã; ambas intuíamos que deviam ser daquelas que haviam chegado ao fim da guerra civil nos barcos de que eu tanto havia ouvido falar na mercearia.

— Estão sempre por aqui, às vezes com umas bolsas grandes, às vezes empurrando um carrinho. Não vão a nenhum lugar específico, ficam andando de um lado para o outro, de um lado para o outro um monte de vezes. E param outras mulheres, dizem alguma coisa, às vezes elas negam com a cabeça e seguem seu caminho, às vezes aceitam, e embora sejam discretas e se afastem para as esquinas, tenho a impressão de que entregam alguma coisa às mulheres e elas lhes dão dinheiro.

— Ou seja, estão vendendo alguma coisa.

— É o que parece. Mas discretamente, você sabe que os vendedores ambulantes são proibidos.

— Mas a senhora não sabe do que se trata.

— Objetos pequenos embrulhados em jornal, é tudo que sei.

— Muito pequenos?

Juntando as duas mãos, com quatro dedos ossudos, deformados pela artrite, ela formou um quadrado.

— Assim, mais ou menos.

Franzi o cenho, curiosa de repente. Mulheres que compravam e vendiam no meio da rua, um pequeno comércio clandestino de algo embrulhado em papel. Minha curiosidade aumentou, continuei perguntando.

— E o que aconteceu com essas mulheres hoje?

— Foi agora há pouco. A polícia as levou.

# CAPÍTULO 48

Estavam saindo da delegacia bem quando eu atravessava a praça para ir atrás delas; fora madame Le Clerc quem propusera:

— Elas estavam aterrorizadas. Talvez precisem de alguém que fale *l'espagnol*, sua língua.

Eu estava pronta para dizer não: não as conhecia em absoluto, nunca na vida as havia visto, não sabia qual era aquele estranho comércio delas; e quem era eu para interceder por elas? Mas a professora ficara me olhando por trás de seus óculos dourados, séria, à espera de minha resposta, como se eu fosse uma aluna tonta que não recordava a lição. E como um clarão, em tropel, de repente surgiram em minha memória todas as mulheres que nos momentos mais difíceis de minha vida me estenderam a mão sem ter por quê, sem me conhecer. A viúva de San Antón que me dera o casaco e as alpargatas de seu falecido marido quando me vira descalça; Encarna, que ao me ver sozinha e desorientada, insistira para eu subir na carroça que nos levara a Sidi Bel Abbès; as lavadeiras; as que me ajudaram a parir e criar Marie; as putas do porto. E ela, madame Le Clerc, a última.

— *D'accord* — murmurara eu. — Vou ver se posso ajudá-las.

Sua intuição de velha sábia se confirmou assim que as vi descerem os degraus amedrontadas, desvalidas: uma enxugando as lágrimas com a manga do casaco, a outra com o braço nos ombros da primeira, também incapaz de conter a expressão de desolação. Imaginei que já não poderia fazer nada por elas, já estavam fora, para que precisariam de mim? Mas, por via das dúvidas, eu me aproximei.

— *¿Están ustedes bien?*

Meia hora mais tarde continuávamos conversando em meu quarto enquanto elas tomavam a sopa quente que eu lhes servira, feita às pressas no fogareiro com cubos de caldo concentrado que eu mesma surrupiava da mercearia e um pouco de macarrão que eu havia acrescentado; não era mais que água com sal e um pouco de sabor artificial, mas para elas, a julgar pela rapidez com que a liquidaram, era como se eu lhes houvesse servido um manjar dos deuses.

— Nós fazíamos assim na Espanha, durante a guerra — disse a mais velha.

Chamava-se Casilda, devia ter quarenta e poucos anos, cara de ter sido uma mulher bonitona e carnuda. Mas agora, maltratada, restava pouco daquilo.

— Com banha, soda cáustica e água, às vezes com cinzas.

Enquanto matavam a fome, elas me contavam como fabricavam o sabão; era mais ou menos a mesma receita que usávamos na lavanderia de Sidi Bel Abbès. Só que lá não havia problema porque era para consumo próprio. Mas aquelas mulheres pretendiam comercializá-lo, e por isso a polícia havia acabado de apreender tudo e ameaçá-las com uma boa multa se as pegasse de novo. Bem, foi o que elas entenderam, porque nenhuma das duas falava francês.

Por fim estava claro. Aquela era a razão de as vendas terem caído na *épicerie*: aquelas duas mulheres e, como elas, muitas outras em dezenas de lugares de Orã estavam fazendo sabão caseiro para vender ilegalmente nas ruas. Sabão grosseiro, econômico, sem marca nem embalagem, muitas vezes com tamanho e forma irregulares, partido em pedaços. E naquele nosso bairro de gente trabalhadora que não era exatamente a avenue Loubet, as pessoas se estapeavam para comprar barato.

— E a banha, onde a conseguem?

— Vamos buscar em um matadouro na periferia.

Quem respondeu foi Petra, mais nova, mais magra, feinha, mas doce, a mais acanhada das duas. A que estava chorando ao sair da delegacia toda assustada. A partir daí, foram se alternando nas respostas.

— E a soda cáustica?

— Compramos do marido de uma vizinha.

— E depois, onde fabricam o sabão?

— Na casa onde estamos alojadas, no fundo de um curral, em uma cuba partida ao meio com uma fogueira embaixo. Depois, colocamos nas formas e as levamos para o quarto para esfriar.

— E as colocamos debaixo das camas para curar. Depois cortamos, escondemos os pedaços pelo corpo e saímos para vender.

— Às vezes são encomendas, mas quase sempre temos que tentar vender.

— Mas os donos da casa onde estamos alojadas já haviam nos avisado que um dia iam nos pegar e íamos nos meter em uma bela confusão. Eles não gostam dessas coisas, são muito franceses, apesar de serem de família espanhola. Só querem cumprir a lei e não arranjar problemas. Se souberem do que aconteceu hoje, vão nos expulsar.

— E agora, como…

A pergunta ficou pairando no ar: e agora, o que vamos fazer, do que vamos viver?

Tive pena delas quando foram embora, a caminho da casa no *quartier* vizinho, Carteaux, onde estavam sendo acolhidas, quase por misericórdia, por uns parentes de uns conhecidos, graças a um contato do qual só Deus sabia. Na verdade, elas também não eram parentes, nem amigas, nem conterrâneas; haviam apenas chegado no mesmo navio que partira do porto de Alicante ao fim da guerra, o *Stanbrook*, um carvoeiro inglês do qual tantas vezes eu ouvira falar na mercearia meses antes.

Rapidamente as autoridades tiraram do navio as mulheres, as crianças e os velhos, segundo elas me contaram entre as colheradas de sopa. Revistaram todos para verificar se não carregavam armas, depois os conduziram a uma espécie de albergue de estudantes perto do mar, fora da cidade. Lá eles tomaram banho, foram desinfectados e vacinados, receberam um colchão de crina de cavalo e três refeições diárias, e ali elas ficaram com o resto, até que alguém, graças a uma rede de contatos imprevistos, aceitou alojá-las em um quarto coletivo pelo qual pagavam alguns francos, que não eram muitos, mas uma fonte de gasto e preocupação constante mesmo assim.

Nenhuma delas tinha filhos. Os dois de Casilda tinham morrido na batalha do Ebro; não tinham nem vinte anos, senhora, murmurara ela com uma tristeza estremecedora, foram levados na Leva del Biberón, nunca tornei a vê-los. A única filha de Petra morrera pequenininha, como minha Marie; a diarreia a consumiu, meu anjinho, dissera quase sem voz. E seu lábio inferior tremera, mas ela respirara fundo pelo nariz, reunira coragem e segurara o choro.

De minha porta eu as vi se afastando com passo exausto e ombros caídos, carregando neles uma desolação infinita por não saber, a partir de então, se poderiam continuar se arriscando. Em vez do sabão que havia sido confiscado, cada uma levava na mão, embrulhada em uma folha do *L'Écho d'Oran*, meia baguete com uma omelete fresquinha. Foi tudo que eu pude lhes oferecer, bem pouco, mas me agradeceram como se fosse um jantar grandioso como aqueles que as pessoas diziam serem servidos na *brasserie* Guillaume Tell do centro.

Estavam na Argélia francesa como refugiadas políticas, registradas e controladas, e isso era algo que mantinham gravado a fogo no pensamento. Não podiam trabalhar por conta própria nem por conta alheia, muito menos dedicar-se à venda ambulante e clandestina de produtos que elas mesmas fabricavam. Uma coisa eram sorvetes, água potável, *calenticas*, frutas ou peixes anunciados por uns e outros pelas ruas. Outra muito diferente eram as manufaturas. E entre estas estava o sabão, que, como quase tudo que se consumia naquela terra, provinha majoritariamente da França. *Savon* de Marseille, de Nantes. E, se não provinha da França, era necessária uma autorização que muito poucos obtinham. Sem ela, não havia sabão e dane-se.

Segundo me contaram, elas estavam esperando que os maridos conseguissem sair do campo de refugiados aonde as autoridades os haviam levado, direto do navio, praticamente à força; o objetivo deles, quando conseguissem sair, era o México. Esse era o propósito de muitos republicanos daqueles que chegaram no *Stanbrook*, e antes no *Ronwyn* e no *African Trader*, e antes em outro monte de navios grandes e pequenos que zarparam desesperadamente de toda a costa sudeste da Espanha para atracar nos cais de Orã quando a guerra se deu por perdida. Não em território francês, e sim no México, no Chile ou em algum canto da América hispânica, grande parte daquela gente havia depositado suas esperanças. Mas para sair, precisavam de documentos, permissões, vistos. E por isso, a última coisa que aquelas mulheres queriam eram conflitos com as autoridades.

# CAPÍTULO 49

Fiquei pensando naquilo a manhã toda. Desde que me levantei, enquanto me asseava, enquanto caminhava para *l'épicerie*, enquanto punha o avental e depois ajudava *monsieur* Martin a levar para a porta os cestos de leguminosas, que pesavam como mortos, enquanto obedecia às ordens de madame Martin para que limpasse com mais cuidado o vidro de uma vitrine. A ideia não me saiu da cabeça nem quando tive que atender ao pinga-pinga incessante de clientes.

Uma das últimas a entrar antes do meio-dia foi a Estranha. Não sabíamos seu nome, e eu comecei a chamá-la assim por seu estado sempre andrajoso; meus patrões acabaram aderindo, pronunciando o erre do apelido com seu forte sotaque francês. Era uma mulher argelina, nem jovem nem velha, estranha, descalça, maltrapilha, os dentes meio podres, o olhar meio perdido; em nada parecida com as discretas árabes de quem eu costumava comprar frutas. A Estranha aparecia na mercearia de vez em quando, muitas vezes com uma criança cheia de ranho, às vezes sozinha. Comprava pouco porque podia pagar pouco, muitas vezes levava apenas duas notas muito amassadas ou um punhado de moedas na mão suada. Não morava no bairro, eram muito poucos os árabes que residiam por ali; aparecia e desaparecia de vez em quando, cada vez mais encardida. Eu não sabia se seu problema era uma deficiência mental de nascença ou de outro tipo. Em resumo, a Estranha era uma pobre infeliz. Uma desvalida.

Costumava deixar o dinheiro em cima do balcão e nunca pedia nada: aceitava o que achássemos por bem lhe dar e ia embora. Eu tentava ser generosa, cortar um pouco mais de queijo, dar-lhe seis ovos em vez de quatro; às vezes, disfarçadamente, escondida, enfiava uma lata de sardinha ou umas balas no meio da roupa do menino que ela carregava. Mas para isso, para que os donos não percebessem, precisava haver mais gente para ser atendida na mercearia, mais confusão, mais vozes e movimento. E no fim daquela manhã, quando ela entrou, não era o caso. As mães de família já estavam cada uma em sua cozinha fazia tempo preparando o almoço; as que compravam mais tarde porque trabalhavam ainda não haviam chegado, e só estava o velho carpinteiro, Serrano, já indo embora com seu pacote de café e as bolachas de toda semana.

— *Bonjour*, madame.

Quando a cumprimentei, vi de soslaio madame Martin revirar os olhos com cara de irritada e murmurar algo incompreensível. A Estranha não me respondeu, certamente nem se deu conta; ninguém chamava uma mulher como aquela de madame. Dessa vez, estava com uma menina de cabelo feito palha, desalinhada como ela mesma, com olhos bem redondos e crostas ao redor da boca. A mulher a segurava com uma mão e com a outra, aberta, mostrou-me uns centavos. Pensei depressa no que poderia lhe dar por aquilo. Pouco. Quase nada. Talvez um pedaço pequeno de bacalhau, ou melhor, duas bananas, ou talvez... Estava me decidindo quando madame Martin saiu de trás do balcão e pegou bruscamente a mulher pelo braço e a menina pelo ombro.

— *Sortez d'ici immédiatement*. Andem, já para a rua. Não queremos mendigos aqui.

Em questão de segundos as duas estavam fora. Hesitei, ameacei ir atrás delas. Ao perceber, a dona apontou o dedo para mim, altiva:

— Se você atender a essa mulher mais uma vez, Cecilia, está despedida.

Fiquei olhando para a patroa uns instantes, enquanto ela continuava resmungando para si mesma e sacudindo suas mãos de dedos grossos no avental, como se quisesse se livrar da sujeira das pobres infelizes que havia acabado de expulsar. Obediente, eu me contive e não saí para lhes dar alguma coisa, nem uma mísera esmola; do jeito que minha vida estava, eu não podia perder o emprego. Mas na reação de minha patroa, tão desdenhosa, tão pouco humana, encontrei uma resposta para minhas ruminações. Se até então havia hesitado, a partir daquele momento me convenci.

Depois de fechar a mercearia, fui ajudar madame Le Clerc, como todo fim de tarde. Ela me perguntou se no dia anterior eu havia encontrado as mulheres que a polícia levara, e eu respondi com evasivas enquanto lhe servia o jantar. Preferi não confessar quanto havia pensado nelas ao longo do dia inteiro.

Já era noite quando me dirigi a passo rápido ao *quartier* Carteaux. Ainda se via gente nas ruas: os que voltavam do trabalho, os que entravam e saíam dos estabelecimentos ainda abertos. Pelo bulevar Froment Coste, um árabe com um enorme turbante amarelo, em cima de uma carroça, dava seus últimos gritos antes de desaparecer até o dia seguinte com sua mercadoria – algo tão elementar quanto necessário naquela Orã onde a água das torneiras ainda era salobre.

— *Marchand d'eau! Marchand d'eau!* Água potável! Água potável!

Atravessei a larga avenida que separava os dois *quartiers* e adentrei aquele bairro vizinho desconhecido para mim até então, europeu como o Gambetta, mas mais humilde ainda, mais longe do mar e do centro moderno, sem nenhuma personalidade própria nem a menor graça. Uma área que, apesar de não ser miserável, eu imaginava que fosse habitada apenas por aqueles que não podiam se permitir outro lugar. Gente trabalhadora que misturava atropeladamente o francês com o espanhol ou o valenciano ou a língua com que haviam emigrado ou se exilado, gente que se amontoava em casas que cheiravam a suor e a ensopado com pouca substância, onde conviviam velhos, crianças, desarraigo, ignorância, penúrias e traças; dizia-se, inclusive, que chegara a haver um surto de peste, algo que o escritor Albert Camus mais tarde retrataria em um de seus romances.

Elas me haviam dito que a casa ficava na rue des Pyrénées, mas eu não sabia onde era. Percorri uma rua que, como descobri depois, se chamava Sevilla; perguntei e me indicaram; como era uma área quadriculada, relativamente nova dentro de sua modéstia, e não emaranhada como La Marina, encontrei depressa. *Allez*, disse a mim mesma. Vamos lá.

Era uma construção atarracada, cinza, de dois andares. No de baixo, no nível da rua, viam-se as persianas fechadas de uma espécie de depósito, sem nenhuma placa. Imaginei que a família que as acolhia morasse em cima. Ergui a cabeça; no andar superior, vi sacadas e dois cômodos iluminados. Decidi tentar. Dei sorte e as encontrei.

— Tem certeza, dona Cecilia?

— Absoluta.

— A senhora não vai se encrencar por nossa causa?

Elas falavam aos sussurros, alternando as perguntas entre uma e outra, sentadas cada uma na beira de seu colchão e eu na única cadeira que havia no quarto. Com a porta bem fechada, para não incomodar a família que as acolhia. E para que aquela gente não soubesse o que estávamos fazendo.

Eu achava engraçado que me chamassem de senhora, com respeito, quase com admiração. Logo a mim, que havia chegado àquela terra em condições ainda piores que as delas, que sofrera desventuras de todos os tamanhos, que cometera atos vergonhosos e estava a ponto de me envolver em uma nova aventura que beirava a delinquência.

Mas era melhor que elas me vissem como superior e me tratassem com deferência porque falava francês, tinha um trabalho digno, andava por Orã com desenvoltura e conhecia gente. Confiar em mim gerava segurança nelas, e isso era bom. Melhor mesmo que ignorassem que minha aparente solidez tinha pouco de verdadeira.

— Faremos tudo com sensatez, com cabeça. Vamos tentar não arranjar problemas. Prometo.

Continuamos conversando; eu lhes contei o que havia pensado e elas concordaram sem palavras, só com gestos, muito sérias, sem suspeitar de que meus medos eram quase idênticos aos delas.

Naquela noite, nós três dormimos inquietas. Inquietas, mas cheias de esperança.

# CAPÍTULO 50

Estivemos à beira do abismo durante alguns meses.

Meu quarto e cozinha alugado se transformou em depósito, meu quintal passou a ser uma espécie de fábrica. Elas ainda eram as operárias e iam para lá logo cedo para fazer sabão de uma maneira cada vez mais depurada, mais séria. Aqui e ali, por meio de vários canais, fui conseguindo o material necessário para melhorar o produto, como formas e recipientes, facas grandes para cortar os blocos, uma caldeira usada de bom tamanho. Minha intuição estava certa quando propus àquelas duas desconhecidas que montássemos juntas um negócio clandestino: eram mulheres boas, habilidosas e capazes, laboriosas, discretas, com o ânimo equilibrado apesar das atrocidades que a vida e a guerra as haviam feito enfrentar.

A certa altura, quando já quase haviam perdido a conta de quanto tempo fazia que não sabiam nada a respeito dos maridos, receberam notícias de um deles, uma carta do esposo de Petra, a mais nova; sobre o de Casilda não chegou nada, porque ele era analfabeto, e além disso, havia sido levado a um campo de concentração mais ao sul ainda, pelo visto. Mas nos dois campos os homens trabalhavam na construção dos trilhos do trem transaariano. Quando perguntei a madame Le Clerc onde ficava isso, ela levou as mãos à cabeça, espantada.

Pouco mais dizia a carta, uma página simples redigida com poucas frases e muito retraimento, como se, em vez de se dirigir à sua mulher, falasse com um coronel ou um bispo. Talvez o homem não soubesse escrever de outro jeito. Ou talvez intencionalmente se mostrasse precavido e, para não angustiar sua mulher ou não incomodar as autoridades francesas, preferisse ocultar as calamidades, o desgaste e os abusos pelos quais passavam naqueles campos sinistros.

Ele não sabia quando os deixariam sair, não sabia de nada, tudo era incerteza; homens afastados do mundo, explorados como animais por um governo que não era o deles, vivendo em condições sub-humanas, expostos a um trabalho brutal, a um calor infernal durante o dia e um frio terrível à noite. Alguns não suportaram física nem mentalmente e por ali ficaram, enterrados. Houve até quem se arrependesse de não ter ficado na Espanha, por piores que fossem as represálias do pós-guerra.

— Vamos, andem. Precisamos continuar trabalhando para quando seus maridos voltarem.

Eu tentava animá-las, e elas me agradeciam e voltavam ao sabão e ao esforço diário para que cada vez tivessem mais qualidade, melhor corte, mais pureza.

Nisto consistia nosso negócio: em trabalho somado à criatividade e à audácia nascidos da necessidade. Quando faltava alguma coisa, inventávamos. Quando alguma coisa não dava certo, mudávamos usando a intuição. No início, por exemplo, usávamos salsinha macerada e até páprica para tingir a substância, mas depois tive a ideia de ir ao Village Nègre, o bairro dos árabes, em busca de tinturas e corantes em pó. Encontrei-os naquelas lojas inebriantes, onde vendiam especiarias, óleos e unguentos. A partir de então, nossos sabões passaram a ser verdes, azuis, amarelos, cor-de-rosa. Lisos, sem marca, sem nenhuma letra nem símbolo, para que passassem despercebidos. Para que, caso um dia a coisa se complicasse, não pudessem seguir nosso rastro. E aqueles nossos sabões caseiros, baratos, furtivos, mas dignos, começaram a entrar nas casas de cada vez mais famílias do bairro.

Eu continuava na *épicerie*, suportando os Martin, e de lá organizava as vendas. Nas primeiras semanas, aproveitei os momentos de mais movimento, quando os donos estavam atrapalhados, para disfarçadamente dar amostras grátis às clientes de mais confiança, mulheres de origem espanhola quase sempre, algumas hebreias também, algumas italianas. Pelas compras tão minguadas que faziam, eu sabia que todas elas andavam sempre com o dinheiro contado, ansiosas para economizar alguns francos sempre que tivessem oportunidade. Elas adoraram, naturalmente; perguntaram-me como conseguir mais e decidi vendê-los fora da mercearia. Às vezes eu ia à casa delas e às vezes combinava de encontrá-las em uma esquina ou outra, atrás do edifício do correio, na esquina da *boulangerie*, no fundo dos becos. A questão era fugir dos olhos da polícia e das suspeitas dos cidadãos bisbilhoteiros.

E assim, como uma espécie de teia de aranha, fui pouco a pouco criando uma rede de mulheres que, por sua vez, assumiram a incumbência de abastecer suas vizinhas, e chegamos a vender várias centenas de quilos de sabão diariamente e começamos a ganhar um bom dinheiro. Às vezes, ao contar as notas, nós três éramos tomadas por uma mescla de espanto, riso e nervosismo diante do lucro que aquele negócio estava gerando para nós.

— E se nos pegarem um dia? — perguntava Petrita, sempre a mais retraída.

Então, eu mudava de assunto e punha um bule no fogo para fazer café, e continuávamos fazendo contas e planos com a esperança de produzir mais e melhor, como se aquilo não fosse parar nunca.

Mas parou, claro. Mudou, pelo menos. E o início dessa mudança chegou quase meio ano depois de começarmos o negócio, numa terça-feira de manhã, enquanto eu estava na *épicerie* vendendo um pedaço de manteiga para uma cliente. Para minha surpresa, na hora em que deveriam estar cortando as barras de sabão curadas ao longo da noite, Casilda e Petra apareceram na mercearia. Era a primeira vez que iam lá, a primeira vez que me viam atrás do balcão com um coque bem firme no cabelo e um avental branco, em um universo diferente do de nossa fábrica minúscula e improvisada.

Olharam para mim constrangidas, sem saber o que dizer. Fui eu que quebrei o gelo:

— *Bonjour, mes amis* — cumprimentei em tom alegre.

Estava fingindo, claro. Aquela visita imprevista não me provocava a menor alegria, ao contrário. Algo devia ter acontecido. E a julgar pela cara das duas, devia ser algo sério.

Pedi permissão a madame Martin para sair um instante; sem esperar sua resposta, embrulhei rapidamente a manteiga e a entreguei à cliente; e chupando o dedo que havia ficado melado, chamei as duas para saírem dali comigo.

Tratava-se do marido de Petra, ela havia recebido um telegrama. Por fim chegaria a Orã, por fim se reencontrariam depois de tanta amargura.

— E por que não estão contentes, Petra? Por que essas caras de enterro?

Fazia tempo que nos tratávamos informalmente; havia confiança entre nós.

— Ele vai trazer um companheiro do campo que está doente. E não sabemos o que fazer com ele, não temos onde enfiá-lo.

## CAPÍTULO 51

Chegou esquelético, com um tornozelo destruído coberto por uma bandagem imunda, as mãos arrebentadas, os lábios cheios de rachaduras. Dois homens o tiraram do carro, ele mal se aguentava em pé. Vestia uma camisa suja, aberta sobre o peito embaixo de um casaco em farrapos; uma simples corda meio desfiada, a modo de cinto, impedia que suas calças caíssem. Apesar de sua aparência miserável, notei que o tratavam com consideração, com certa deferência. Chamava-se Ricardo Salazar e, em vez de ser internado em um sanatório, ficou em minha casa.

Antes que aparecessem com ele aquela noite, Casilda e Petra me deram umas pinceladas da situação; pinceladas poucas e imprecisas, porque elas também não sabiam muito. Graças a uma conjuntura casual, ou uma fuga, ou uma mudança de ordenamento ou o que fosse, um pequeno grupo de refugiados conseguira abandonar o campo de Colomb-Béchar, onde eram mantidos. Lá, no deserto, grande parte dos exilados espanhóis que haviam chegado nos últimos barcos que saíram da Espanha depois do fim da guerra estava recluída à força. Repudiados por suas ideias políticas e desprovidos de permissão para qualquer outra função, trabalhavam em condições brutais sob as ordens de militares franceses.

Entre o grupo recém-chegado encontrava-se o marido de Petrita; o de Casilda havia sido transferido meses antes a outro campo, em Kénadsa, acreditavam, e não tinham mais notícia dele. Mas, por pura humanidade, voltara com outro companheiro, Salazar, apesar de sua péssima condição devido a um acidente nas pedreiras. Ao chegar a Orã, meio que cada um contava com uma porta na qual bater: de um paisano ou parente, camarada, conhecido, qualquer contato. Exceto ele, completamente alheio àquele mundo.

— Mas eu não tenho espaço — protestei.

Mas elas sabiam que não era totalmente verdade.

— Pensamos que ele poderia ficar no fundo do depósito, ainda há espaço na parte coberta. Se organizarmos bem a mercadoria, podemos colocar uma cama.

— Como vou cuidar de um homem doente que eu não conheço? Já tenho trabalho demais...

Isso era verdade. Durante o dia eu trabalhava na *épicerie* para manter um salário fixo, e, ao mesmo tempo, isso me servia de fachada para coordenar as vendas de sabão. Também fazia o contato diário com as mulheres que faziam parte de nossa pequena rede de distribuidoras e organizava as entregas pelos bairros; para isso, ultimamente eu contava com a ajuda de Hamid, um árabe de quinze anos que, em troca de alguns francos, colaborava com a força de seus braços, um par de pernas velozes e uma carroça. Eu fazia tudo isso e me mantinha alerta permanentemente, com os olhos bem abertos, atenta para não levantar suspeitas: a última coisa que queríamos eram problemas com as autoridades, menos ainda naqueles dias de ânimos hostis devido à guerra.

Duas vezes por semana eu passava para ver madame Le Clerc, cada vez mais ensimesmada e frágil. E à noite, antes de cair exausta na cama, ainda tinha que fazer as contas; à luz de um lampião, eu ia anotando tudo em um caderno grande, tal como diariamente via madame Martin fazer na mercearia. Assim, à minha maneira, eu mantinha um registro minucioso das quantidades que fabricávamos, o que saía e o que restava, o recebido, o fiado, tudo: colunas cheias de números e anotações a lápis, adições e subtrações, matemática elementar que eu havia aprendido sozinha de tanto observar, intuir e queimar os miolos. E depois que fechava o caderno, as ideias ficavam pairando, ideias que não paravam de surgir em minha cabeça. Muitas vezes a madrugada chegava e eu continuava pensando em como melhorar nosso negócio.

Mas minhas companheiras insistiram, quase suplicaram. Certamente eram incitadas pelos homens com quem Salazar havia compartilhado calamidades.

— Você não terá que fazer nada, Cecilia, só deixá-lo ali. Nós cuidaremos de tudo de que ele precise; ficará longe de seu quarto, você nem precisará vê-lo.

— Ele só precisa de um teto até melhorar e encontrar outro lugar.

— Será por pouco tempo.

— Duas ou três semanas, no máximo.

Acabei cedendo, e ao longo dos dias me dei conta de meu erro: não, aquilo não seria tão fácil como elas haviam prometido. Durante as horas que eu passava na *épicerie*, não sabia o que acontecia por lá, mas quando voltava, no início da noite, pessoas começavam a bater na porta. Eram homens sempre, homens que com educação me pediam licença para entrar um pouco e ver como estava o hóspede. Homens que muitas vezes levavam consigo a fadiga no rosto e o desalento no corpo; como poderia lhes negar que entrassem em minha casa? Não costumavam ser visitas isoladas, às vezes sucediam-se três, quatro, cinco ou seis em uma mesma noite, homens que chegavam com as mãos vazias e o estômago cheio de teias de aranha depois de terem passado o dia procurando emprego por toda a cidade ou de fazer qualquer coisa para ganhar uns francos: recolher carvão, lavar copos nos fundos de um bar miserável ou carregar o que lhes pedissem. Diante de seu desalento, por pura compaixão, eu não tinha escolha a não ser lhes oferecer café, uma caixa de biscoitos Olibet, às vezes uns maços de cigarro ou uma garrafa de anisete se pelo caminho, ao voltar, eu houvesse passado por uma loja de bebidas aberta.

De meu quarto, longe do fundo do depósito, onde o colocamos, eu não os via; mas suas vozes chegavam até mim e, às vezes, sem perceber, eu ficava seguindo o fio das conversas, lembranças do campo de concentração, recordações e reflexões sobre a guerra espanhola perdida e a guerra europeia presente, desassossego diante do porvir incerto. Ainda bem que o anisete do fim da noite temperava um pouco a alma daqueles homens, e antes de irem embora, muitas vezes o tom mudava: surgiam algumas piadas ou brotava o anseio otimista do desejado regresso à Espanha ou do exílio na América; ou, inclusive, um deles acabava cantarolando uma copla, um canto popular da terra que ficara para trás ou uma toada dessas que tocavam na rádio Andorra.

Transcorreram mais semanas que as previstas, com um movimento que parecia não acabar porque, além de tudo, não encontravam outro lugar onde colocar Salazar: ninguém queria confusão nem complicações com aqueles perdedores que haviam desembarcado naquela margem africana sem serem convidados e que, aos olhos das autoridades francesas, eram praticamente delinquentes. A guerra na Europa ainda não avançava; estavam em uma espécie de indolência: *drôle de guerre*, guerra de brincadeira, foi como acabaram chamando esse tempo. Mesmo assim, na Argélia francesa o medo do futuro era vivido com o mesmo desassossego que na metrópole. Montes de homens, jovens principalmente, haviam sido mobilizados e por todo lado eram vistos uniformizados; estavam começando a faltar alguns produtos e nas ruas de Orã não se via a vitalidade de antes.

Assim andavam as coisas quando fiquei sabendo que o imóvel vizinho à minha casa, separado por uma simples parede, ficaria vazio. Os inquilinos anteriores iam se mudar e o proprietário era o mesmo. Imaginando que aquela situação poderia se prolongar, fui falar com *monsieur* Azoulay na loja dele, no bairro judeu, para lhe contar uma mentira maior que a grande sinagoga do bulevar Joffre que ficava quase ali em frente.

— Uns compatriotas meus gostariam de ficar com a casa para trabalhar e guardar suas mercadorias.

Meu senhorio judeu era proprietário de uma bela loja de tecidos na rue de la Révolution; tinha cinco ou seis vendedores que quase não davam conta de uma clientela numerosa, vendendo apressados cortes de algodão e feltro, lã, linho. *Monsieur* Azoulay não era como a dona da casa onde eu havia morado com Lagarde. Madame Behar, à falta do que fazer, costumava aparecer pessoalmente para cobrar o aluguel; mas meu atual locador não tinha tempo para andar pela periferia de Orã para cobrar aluguéis humildes. Eu tinha que levar o dinheiro à sua loja todos os meses, especialmente naqueles tempos em que a população judia local andava transtornada devido ao tratamento que os seus estavam recebendo na Europa.

A decisão de Azoulay de nunca ir ao Gambetta pessoalmente sempre fora um transtorno para mim. Mas naquele momento, ao contrário, foi uma vantagem. E com um aprumo descarado, parada do outro lado do balcão de seu comércio, eu lhe apresentei minha proposta:

— Eu mesma posso me encarregar de lhe trazer o dinheiro do aluguel do imóvel todos os meses, quando vier pagar o meu.

Não mencionei nossa crescente fábrica de sabão. Afinal de contas, para ele eu era funcionária de uma honrada mercearia de um bairro da periferia, uma formal cumpridora de minhas obrigações; melhor deixá-lo com essa certeza. Como aquele bom homem poderia imaginar os conluios e cambalachos que eu fazia?

Minha ideia, como contei às minhas sócias, consistia em transferir nossa fábrica ao amplo local anexo, junto com Salazar, para eu poder recuperar minha vida, minha casa inteira e minhas noites de silêncio e sossego. E nós três pagaríamos juntas o novo lugar, com os ganhos conjuntos de nossas vendas. Concordaram, evidentemente; para elas, ainda imersas na incerteza, eu continuava sendo a guia, o farol que as iluminava; não intuíam meus temores e minhas fraquezas.

Foi assim que reconquistei meu espaço, e foi assim que a pequena fábrica e Ricardo Salazar se tornaram meus vizinhos. E só então, quando ele abandonou meu teto, comecei realmente a conhecê-lo.

# CAPÍTULO 52

Foi ele quem deu o primeiro passo uma tarde no fim do inverno. Estava anoitecendo e eu voltava para casa depois de organizar uma entrega na rue de la Bastille, aquela rua estreita e abarrotada perto do Consulado da Espanha, com suas barraquinhas sob os toldos, vendedores gritando, montes de almas dispostas a comprar barato. Nossa rede de vendedoras e clientes já começava a se expandir até ali, praticamente no centro. Àquela hora, Casilda e Petra já haviam ido para casa depois do dia de trabalho, deixando o fogo desligado e o sabão do dia nas formas. Por Orã inteira se repetiam movimentos similares: comércios, escritórios, fábricas e oficinas fechavam, as pessoas voltavam para casa, e ao calor dos fogões começavam os jantares enquanto se ouviam no rádio notícias sobre a inquietante calma da guerra contra os alemães.

Ricardo Salazar abriu sua porta quando passei, como se estivesse me esperando.

— Tenho algo para a senhora, desculpe incomodar.

Nunca o havia visto em pé à minha frente até aquele momento; nunca tão cara a cara. Ao ouvir suas palavras, devo ter feito uma expressão de estranheza.

— Não me olhe assim, não se trata de nada comprometedor, prometo.

Ele havia se recuperado bastante, mas ainda lhe faltavam carnes; tinha a testa e as maçãs do rosto muito acentuadas e a pele ressecada pelo sol e o ar seco; apoiava-se em uma muleta. Estava com uma calça grande demais para ele e uma blusa de lã de gola alta; imaginei que a roupa não fosse dele, que minhas sócias ou os homens que costumavam visitá-lo – embora, com ele em melhor estado, já fossem menos – as houvessem levado. Notei que estava barbeado, penteado; havia se dado ao trabalho para me causar uma boa impressão.

— Tome — disse, e me estendeu um pacote.

Estava embrulhado em papel pardo, desse que normalmente se usava para embrulhar qualquer coisa. Mas as dobras eram limpas, uniformes, como se fosse o embrulho de uma daquelas delicadezas que as vendedoras de unhas compridas faziam com papel brilhante nas perfumarias chiques da rue d'Arzew. Mas, em vez do laço brilhante com que essas funcionárias costumavam arrematar o embrulho, aquele estava amarrado com um simples barbante; mas terminado em um laço, isso sim.

— É só um agrado — insistiu ele ao ver que eu não reagia. — Uma bobagem que fiz hoje; a senhora merece muito mais por sua atenção, mas já sabe que...

Deu de ombros, a modo de desculpas, e seus ossos marcaram a blusa de lã. Então, estendi a mão para pegar o que ele me oferecia, já sem duvidar de suas intenções.

Continuávamos na calçada sob a luz tênue de um poste, em frente à porta dele, a uns passos da minha. O vento soprou com mais força e levantou um remoinho. Passou um veículo de três rodas, uma pessoa de bicicleta com a gola do casaco erguida, outra carregando um cesto de lenha.

— Não vou atrapalhá-la mais, abra em sua casa.

Murmurei um simples *merci* e dei meia-volta.

— Se lhe servir — disse ele às minhas costas, elevando a voz —, posso lhe fazer tantos quantos precisar.

Não virei o rosto enquanto enfiava a chave na fechadura, mas intuí que ele não havia entrado ainda; continuava esperando que eu desaparecesse.

Eram três aros metálicos, largos, feitos de latão simples lixado com capricho: o menor encaixava no médio, e esses dois, por sua vez, no maior. Tentando descobrir que diabos era aquilo, segurei os aros com as pontas dos dedos e os aproximei do lampião. Então entendi. Eram formas para fazer sabão redondo, algo sobre o que minhas companheiras e eu havíamos conversado algumas vezes; mas pela falta de material ou de decisão, ou de tempo mesmo, jamais havíamos dado esse pequeno passo. Então, aquele estranho, talvez porque nos ouvira falar, estava se oferecendo para ajudar. E seu empenho, embora fosse imensamente modesto, demonstrava atenção, iniciativa e desejo de ser útil.

Com eles na mão, voltei à rua, retracei os passos que havia dado cinco minutos antes, bati na porta.

— Vamos tentar com este — disse, escolhendo o aro de tamanho intermediário. — Por enquanto, precisaremos de quarenta. Para quando consegue fazer?

— Arranje-me vinte latas de conserva vazias e depois de amanhã estarão prontos.

Perfeito, eu disse; arranjar as latas seria fácil. Imaginei que ele não fosse querer me cobrar, mas perguntei mesmo assim.

— Nada. Isso só paga uma parte de minha dívida para com a senhora, por sua hospitalidade.

— Foram minhas companheiras que insistiram, você sabe.

— Mas a senhora poderia ter recusado.

Ele falava sereno, sem mudar o tom de voz nem engolir partes das palavras como fazia muita gente.

— O senhor chegou só pele e osso, como eu poderia recusar?

Ele sorriu com um quê amargo, percebi entre as sombras. Já havia escurecido totalmente, quase não se via movimento na rua. O ar que provinha do mar continuava soprando, desagradável, e sacudiu meu cabelo. Com os braços cruzados, apertei o casaco contra o peito. Não havia mais o que dizer: os obrigados já estavam ditos, a encomenda, feita. Melhor que eu me recolhesse.

— Vou deixá-lo descansar, boa noite.

— Boa noite, Cecilia.

Era também a primeira vez que ele dizia meu nome. E, apesar de não ser meu nome verdadeiro, eu já o sentia como próprio. E, por alguma razão sem sentido, talvez porque estivesse cansada ao fim do longo dia, ou porque sua voz tinha um toque de ternura, ao ouvi-lo algo mudou dentro de mim.

— Já jantou?

— Eu ia esquentar um ensopado que suas companheiras me trouxeram esta manhã.

Neguei com a cabeça e indiquei minha casa com um gesto.

— Ande, entre.

## CAPÍTULO 53

Ele saboreou com gosto os pedaços de frango na brasa e a *fritá*, essa mistura de tomate, pimentão vermelho e cebola fritos em azeite de oliva que se comia em quase todas as casas por ali. Foi beliscando a baguete até não deixar nem os farelos e disse várias vezes que fazia anos que não comia um pão tão branco. Mas não comia desesperado e com a boca aberta, como quase todo mundo que eu conhecia; primeiro mastigava, depois engolia e depois falava, metódico, organizado. E, entre uma garfada e outra, perguntava sobre mim, sobre Orã, sobre aquele mundo. Tinha curiosidade de saber como vivíamos, como era pertencer a uma maioria de origem espanhola em uma cidade que funcionava com engrenagens francesas. Ao responder, talvez pela primeira vez eu tenha tido consciência de que minha alma, àquela altura, já era puramente oranesa.

Também lhe ofereci queijo e ele aceitou, uma fatia do brie adocicado que vendíamos na mercearia. Por causa da guerra, quase não chegava mais mercadoria da França, cada vez recebíamos menos produtos, mas ainda tínhamos estoque. Para ele, tinha sabor de glória, e o comemos inteiro acompanhado de uma garrafa pequena do vinho que vendíamos na *épicerie*; o produtor era de Mascara, fazia-o em seus próprios vinhedos em sua própria vinícola. Continuava soprando o vento na rua, com uma fúria que fazia tremerem os vidros. Dentro, as brasas do fogareiro nos mantinham em uma espécie de refúgio morno.

— Nunca pensou em voltar para a Espanha, Cecilia?

Olhei para ele desconcertada. Que pergunta absurda era aquela? Aonde eu poderia voltar? A El Puntarrón, a qualquer umas das cidadezinhas próximas, àquela pátria da qual ele e seus companheiros haviam fugido, para que apontassem para mim por ter matado um homem, sendo que, pelo que eu ouvia, os rancores continuavam grandes e não se passava um dia sem fuzilamentos? Era verdade que meu caso não tinha nada a ver com política; mas, mesmo assim, não havia nada para mim naquela outra margem, menos ainda com as coisas como estavam. Melhor não arriscar. Até as lembranças daqueles que haviam sido os meus foram se diluindo.

Eu não lhe contei nada disso, naturalmente. Fiz apenas um gesto negativo com a cabeça e comecei a recolher os pratos.

— Bem, não vou mais atrapalhar — disse, disposto a ir embora.

Tentou se levantar, mas se desequilibrou. Ainda não tinha força no tornozelo que havia fraturado quebrando pedra no campo de trabalhos forçados. Um metro cúbico por dia era a obrigação por homem, como ele mesmo acabara de me dizer: isso levava oito, nove, dez horas debaixo de um sol criminoso ou açoitados pelo siroco. Sujos, famintos e morrendo de sede, cercados por milhares de moscas, dormindo em barracões capengas ou em simples tendas de pano, expostos à sarna, aos piolhos e ao frio congelante das noites do deserto, vigiados por cães ferozes e soldados senegaleses armados até os dentes, expostos às humilhações e aos castigos arbitrários dos militares franceses. Essa havia sido a vida de Ricardo Salazar e seus companheiros desde que desembarcaram do *Stanbrook* na Argélia.

Naqueles campos infames, como ele me contou também, conviviam operários e catedráticos, músicos, mecânicos, funcionários públicos, aviadores e marinheiros, advogados, contadores. Alguns haviam lutado ativamente na guerra espanhola, mas a maioria jamais pisara no front. Uns eram socialistas, outros anarquistas, alguns comunistas e a maioria republicanos moderados sem afiliação específica. Mas a classe social, a preferência política ou o grau de envolvimento durante a guerra davam no mesmo naquele norte da África: todos eram tratados igualmente, como simples animais. A maioria, infelizmente, continuava dentro daqueles infernos ansiando fugir; ele e seu grupo haviam conseguido sair por puro milagre.

Quando o vi cambalear na tentativa de ficar em pé, larguei os pratos na pia e, com passos rápidos, fui segurá-lo para que não perdesse o equilíbrio e acabasse no chão. E ao bater meu corpo no dele, ao pegar seu braço e tocar suas costas com minhas mãos, nós dois sentimos o mesmo: uma proximidade, uma sensação de contato humano do qual ambos carecíamos já fazia muito tempo.

— Vou fazer café, não vá ainda — murmurei ao me afastar.

Ele se sentou de novo enquanto eu estava diante do fogo mexendo com o bule, os grãos moídos, o coador e a água quente; enquanto ele acendia um cigarro e eu escutava às minhas costas suas tragadas profundas. Tive a impressão de que ele não afastou o olhar de mim nem um só instante.

— Cuidado para não se queimar — avisei depois de uns minutos, enquanto servia as xícaras com o café fervendo.

Ele acendeu outro cigarro.

— Importa-se de me dar um?

Eu não fumava desde que saíra da Bastos; Lagarde não gostava que eu fumasse e eu acabara perdendo o hábito. Mas naquela noite, tão diferente de todas as minhas noites, tive vontade de novo.

— Imagine! — disse ele, deslizando o pacote sobre a superfície. — Eu não sabia que... Desculpe.

Tirou um fósforo da caixa que estava em cima da mesa, riscou-o e se inclinou com o braço estendido. E quando me aproximei da chama, seus dedos roçaram os meus e de novo sentimos aquele calor que não saía do fósforo, que brotava de dentro de nós.

Fumamos em silêncio, frente a frente, cada um sentado a seu lado da mesa. Olhando-nos apenas. Entre a fumaça e os goles de café, eu contemplava seu rosto magro, a mandíbula ossuda que saía da gola alta da blusa, sua testa ampla e marcada pelas primeiras rugas da maturidade, seus olhos fundos nas cavidades, serenos, curiosos. Com eles, ele observava meu rosto, meu pescoço e o pouco de pele que os botões da blusa deixavam ver acima do peito, minha boca ao cuspir uma fibra de tabaco, meu cabelo escuro preso na nuca, com as mechas que antes o vento havia soltado.

Ambos, sem dizer nada, avaliávamos se o passo que estávamos prestes a dar seria um mero prazer fugaz sem consequências ou uma insensatez enorme, talvez fonte de futuros contratempos. Mas não chegamos a nenhuma conclusão, nem era necessário: para os dois, naquele momento, o racional não importava.

Ele apagou seu cigarro enquanto eu dava as últimas tragadas no meu, depois o imitei, levantei e estendi a mão.

# CAPÍTULO 54

Ricardo e eu nos acostumamos um ao outro, ao corpo e ao cheiro um do outro, a dormir abraçados todas as noites em minha cama. Mas quando amanhecia, tudo mudava. Assim que a primeira luz do dia entrava, ele se levantava, dava-me um beijo, vestia-se depressa e ia embora.

Não precisava sair à rua para chegar à casa vizinha. Quando nossos encontros se tornaram um costume, decidimos abrir um buraco no muro que separava os dois quintais. Sem permissão do dono, dando um pretexto falso e piedoso às minhas companheiras, para que não suspeitassem de nosso vínculo:

— Assim, podemos passar as coisas de um lado a outro e esconder tudo depressa se alguém nos denunciar.

Elas acharam correto, claro. Jamais me questionariam.

E assim entrei na primavera de 1940, amarrada a um homem com um amor tão apaixonado e tão correspondido quanto clandestino; um amor que nós dois intuíamos transitório, embora ambos evitássemos dizê-lo abertamente. Um amor que eu adoraria expor aos quatro ventos, apesar de seus pedidos de prudência. Ele tinha suas razões, eu as conhecia e as respeitava. Contudo, quanto eu teria gostado que não tivéssemos que nos limitar às noites furtivas, que pudéssemos passear como qualquer casal pelas avenidas e os bulevares, que fôssemos ao cinema, que víssemos o mar da *promenade* de Létang, ele com o braço sobre meus ombros e eu o abraçando pela cintura, que tomássemos um aperitivo em qualquer bar num domingo na hora do almoço. Mas não, melhor não. Melhor sermos discretos, que os dias continuassem passando como se Ricardo Salazar e eu não fôssemos amantes, apenas simples vizinhos.

De qualquer maneira, de poucos entretenimentos poderíamos desfrutar se fôssemos livres para mostrar nossa verdadeira relação: o medo que tínhamos dos alemães era cada vez mais ameaçador, começávamos a ouvir falar de uma possível rendição da França. E, devido a essa desesperança, o ânimo dos oraneses andava baixo demais. Quase não havia espetáculos, bailes, festas; todos estavam atentos às notícias, intranquilos, assustados diante do previsível avanço nazista na Europa.

À medida que passavam as semanas, aumentava também a escassez de produtos que antes eram tão acessíveis: café, roupa pronta, quase tudo que saía das fábricas e oficinas da metrópole. E entre eles o sabão, evidentemente. Os carregamentos de *le véritable savon* de Marseille ou de Nantes quase já não entravam pelo porto, muito menos o sabonete embrulhado e perfumado das casas parisienses. Em consequência, em nossa pequena fábrica saboeira, *notre petite savonnerie*, a produção não parava de aumentar. Éramos requisitados por todo lado, mas sempre por baixo dos panos.

Decidi comprar mais caldeiras, negociei com novos fornecedores não só de banha, mas também de azeite de oliva para refinar o produto. Compramos também mais formas e placas para curar as peças, novas máquinas com lâminas para cortá-las mais rápido em pedaços uniformes. E paralelamente, pegamos mais gente: mais dois jovens árabes além de Hamid para as entregas e mais quatro mulheres; oito mãos a mais, porque não dávamos conta. Tanto que acabamos derrubando o muro inteiro para ter um espaço único e amplo. Depois eu me acertaria com *monsieur* Azoulay se ele chegasse a saber.

Apesar da ilegalidade, por fim estávamos bem: *l'épicerie* havia nos servido como trampolim, e nos bairros eu já tinha uma grande rede de contatos, bem estabelecida, que não nos abandonaria. Ao contrário, precisavam de nós cada vez mais. E a polícia, mergulhada em problemas infinitamente mais graves, não sabia de nada, ou preferia fazer vista grossa.

Ricardo também ajudava de vez em quando com qualquer tarefa; por mais simples ou estranha que fosse, ele andava por ali. Mas era difícil vinculá-lo à fabricação, porque passava o dia fora. Desde o final do inverno, quando mais ou menos acabara de se recuperar, dava aulas particulares a filhos de outros exilados, crianças que não haviam podido estudar no sistema francês por desconhecerem a língua ou pela situação instável dos pais: ilegais sem nenhuma permissão, sempre na corda bamba, mudando-se constantemente e sempre vistos com desconfiança por serem vermelhos e talvez conflitivos, revolucionários ameaçadores, causadores de problemas em potencial. Durante as manhãs, ele lecionava para um grupo de dez ou doze crianças na estreita sala de jantar de um apartamento que três famílias dividiam no bairro Saint-Pierre. Dava aulas de matemática, geografia e até alfabetizava os menores.

Ele não era professor, e sim projetista; em Madri, trabalhava em uma grande empresa de maquinaria industrial. Estava acostumado ao desenho técnico, aos projetos e medições mais que a escutar vozes infantis recitando a tabuada ou a corrigir simples ditados. Mas ganhava alguma coisa e gostava das crianças, além de se sentir útil. E com isso, também aliviava outros pesares e outras ausências que eu sabia que ardiam em seu coração, embora quase nunca os mencionasse.

No fim daquelas longas tardes, quando voltávamos exaustos e cada um entrava por sua porta, nossos reencontros eram um alívio para a fadiga do corpo e uma alegria para compensar as sombras cotidianas. Preparávamos o jantar juntos em minha cozinha; comíamos cavalinha à escabeche ou lingueirão e amêijoas do mar ali perto, e tomates das hortas vizinhas, e bebíamos vinho e fumávamos enquanto eu traduzia para ele as notícias do *Oran Républicain* e, de quebra, lhe ensinava palavras soltas em francês e ríamos de sua péssima pronúncia. E depois nos amávamos e depois ele continuava me acariciando com suas mãos ásperas de quebrar pedra que já nada tinham a ver com as do fino projetista técnico que havia sido, e sussurrava quanto me amava, quanto eu o fascinava, e fumávamos de novo antes de adormecer, com uma pontinha de culpa por nos sentirmos tão plenos naqueles tempos tão tristes de desassossego e abatimento coletivo.

Mas as garras do destino nos espreitavam. A primeira chegou em meados de maio. Por fim, a guerra mostrara os dentes com a batalha da França; as tropas alemãs já estavam empurrando as francesas para o mar ao norte do país. Diziam que o governo, desmoralizado, preparava a evacuação de Paris e queimava seus arquivos.

Na manhã seguinte àquela noite em que traduzira essas notícias em voz alta para Ricardo, ao chegar ao trabalho encontrei *l'épicerie* fechada. Chamei com insistência e olhei pelo vidro, dei murros na persiana, mas nenhum dos Martin foi abrir. Estranhando, optei por perguntar na *boulangerie* ao lado se alguém sabia de alguma coisa, depois perguntei ao sapateiro da frente, a madame Saldani, que era nossa cliente mais madrugadora e acabava de chegar com sua cesta; e perguntei a alguns vizinhos também.

— Viu *monsieur* Martin?

— *Avez-vous vu* madame Martin?

— Viu algum dos Martin esta manhã?

Nada. Nada de nada. Provavelmente, a última que os vira havia sido eu mesma, quando fora embora na tarde anterior e eles iam fechar a loja e subir para casa.

Formou-se uma rodinha de curiosos em frente ao estabelecimento. Um jovem entregador, magro como um pau de virar tripa, foi quem finalmente escalou até o segundo andar, segurando-se em um cano, quebrou o vidro de uma janela e conseguiu abri-la. Entrou, e o resto ficou esperando no meio da rua, olhando para cima e prendendo a respiração. Segundos mais tarde, sua cabeça assomou.

— *La dame est morte!* — gritou. — A senhora está morta!

Saíram exclamações de estupor da boca de todos os presentes; as mulheres fizeram o sinal da cruz e os homens que estavam de boné ou boina ou chapéu os tiraram e baixaram a cabeça em sinal de respeito.

— E *monsieur* Martin? — gritei lá de baixo, em meio ao silêncio.

— *Sous le choc*. Em choque. Sentado aos pés da cama, aturdido.

Outro rapaz saiu correndo em busca de um serralheiro e o resto ficou ali, plantado em frente à *l'épicerie*. Depois dos instantes de cortesia mortuária, as frases começaram a pular de boca em boca como perdigotos.

— Ultimamente ela andava mais calada.

— Um dia desses, disse que estava com dor de cabeça.

— Outro dia, fez uma conta errada.

— Fazia tempo que não ia ao *coiffeur* e não tingia o cabelo.

Até que madame Arango, uma das vizinhas mais velhas, deu seu ditame:

— A culpa é dos malditos nazistas. Os alemães de novo; foi por causa do filho.

## CAPÍTULO 55

Nós a lavamos, amortalhamos e a velamos durante a tarde e a noite toda. O bairro inteiro foi ao enterro no dia seguinte: vizinhos, clientes, conhecidos, fornecedores; ninguém da família, porque não tinham. Os de mais idade recordavam quando o casal abrira a mercearia, várias décadas antes, quando o bairro Gambetta estava começando a se formar na periferia de Orã e quase não havia comércio por ali. Haviam chegado sozinhos e sozinhos sempre viveram, quase sem sair daquele imóvel de dois andares que ocuparam desde o início. Nunca iam ao cinema, ou dar uma volta na praça, ou se sentar para escutar a banda de música. Só à missa aos domingos de manhã.

Mas eu sabia que a velha vizinha tinha razão quando mencionara a existência de um filho que ninguém nunca conhecera por ali. Um filho morto, mais especificamente. Eles nunca falaram dele comigo, mas eu sabia de sua existência porque guardavam seu retrato na segunda gaveta atrás do balcão: um rapaz de olhos bem redondos, de uniforme militar, uma boina grande para ele, com os lábios apertados em uma expressão voluntariosamente séria. Às vezes, quando madame Martin precisava de alguma coisa dessa gaveta, uma tesoura, um rolo de barbante ou o que fosse, ao abri-la pegava a fotografia um instante, apertava-a contra seu peito opulento, dava-lhe um beijo e a guardava de novo.

Por entrar e sair da gaveta tantas vezes, por tantos anos, o retrato já estava com os cantos gastos, mas o olhar do rapaz continuava intacto: o olhar de um jovem orgulhoso, mas aterrorizado, disposto a lutar contra a Alemanha pela glória *de la France* na Primeira Guerra Mundial. Como Angelito, filho da dona da pensão no La Escalera onde eu havia morado, que ficara incapacitado para sempre, coitadinho. Ou como os filhos de minha companheira Casilda, que perderam a vida em outra guerra, a de nossa Espanha, quando eram pouco mais que dois adolescentes. Como tantos filhos mobilizados e tantas mães sofrendo naquela nova guerra contra a Alemanha que nos maltratava, um conflito que havia afundado a proprietária da mercearia em um desassossego e em recordações tão terríveis que, somados à sua idade, sua corpulência e Deus sabia que outras deteriorações, haviam feito seu coração parar enquanto dormia, sem se dar conta.

Acompanhei *monsieur* Martin na volta do cemitério. Ele andava encolhido, com um terno escuro que de repente parecia estar grande e uma faixa de luto na manga, colocada por alguma vizinha.

— Quer que eu suba com o senhor e lhe prepare alguma coisa para comer?

Ele não disse sim, mas, ao entrar, deixou a porta aberta e eu o segui em silêncio, degrau por degrau, atrás de sua subida pesada de pernas curtas. Apesar de trabalhar com o casal havia tanto tempo, até aqueles dias eu nunca havia posto o pé naquela casa tão arrumada e impecavelmente limpa, com uma salinha de jantar com quatro cadeiras, o dormitório com um crucifixo na parede, o rádio que escutavam à noite e um relógio cuco pendurado entre as duas sacadas de cortinas fechadas. Pairava no ar, ainda, o cheiro de flores murchas e velas apagadas; cheiro de morte.

Ajudei-o a tirar o paletó e afrouxar a gravata, depois o obriguei a se sentar. Sem perguntar, fui para a cozinha, esquentei o que encontrei e em cinco minutos voltei com umas postas de pescada ao molho que madame Martin devia ter feito na noite anterior à sua morte. Coloquei tudo diante dele com os talheres e o guardanapo e lhe servi um copo de vinho bem cheio.

— Coma, *monsieur*.

Não obedeceu; continuou olhando para a frente, para a parede, para o relógio parado, uma cabaninha de madeira com telhado coberto de neve falsa, incongruente com nossa terra africana, seu sol implacável e o pó que o siroco levantava.

— Desde ontem o senhor não come nada.

— Sente-se, Cecilia.

— Não, *monsieur* Martin, o senhor é quem tem que...

— Sente-se, por favor. Quero lhe dizer uma coisa.

Ele indicou a cadeira à sua direita e eu me sentei; como poderia contrariar o triste viúvo? Ele empurrou o prato para a frente com as pontas dos dedos, em um gesto claro de que não tinha a intenção de comer. Tampouco tomou o vinho.

— Vou embora para Río Salado — anunciou depois de alguns instantes. — Vou passar meus últimos anos recluso em um asilo de freiras do Sacré-Coeur.

Quis perguntar, protestar, mas ele me impediu e prosseguiu sem nem tomar fôlego, como se já houvesse pensado bem em tudo aquilo.

— Foi lá que nos conhecemos, lá que nos casamos, lá adoeceram e enterramos nossas duas primeiras filhas e lá nasceu e cresceu saudável nosso Alain, o único que sobreviveu, o filho que a guerra tirou de nós. E para lá minha mulher e eu pretendíamos ir quando nos aposentássemos, em dois ou três anos; já estava tudo arranjado. Orã é uma cidade para trabalhar, para prosperar ou para fugir do passado, mas não é um lugar para os velhos viverem; isso também estava bem claro para nós. O que eu não imaginava era que acabaria... — Sua voz tremeu, ele engoliu em seco, conseguiu se recompor. — Que acabaria voltando sozinho.

— Mas, *monsieur*...

Ele ergueu a mão para que eu me calasse e o deixasse prosseguir, já com o tom mais firme.

— E havíamos decidido lhe propor uma coisa, Cecilia, sem imaginar que seria tão cedo.

Eles nunca haviam demonstrado afeto por mim, jamais foram cordiais. Eram formais; pagavam-me exatamente o combinado, no dia certo, e jamais me exigiam nada que excedesse minhas obrigações. Mas nunca tiveram um gesto de atenção ou delicadeza para comigo, nunca se interessaram por meu passado ou presente, muito menos por meu futuro. Em uma atitude que eu sempre interpretara como falta de confiança, jamais me deram uma chave da mercearia, para o caso de alguma emergência, como acabou acontecendo. Por isso, sentada naquela sala de jantar com a única metade do casal que ainda vivia, o anúncio de uma proposta para mim me deixou de olhos arregalados.

— Você aceitaria ficar com a mercearia, *chérie*? Cobro barato o imóvel, e a mercadoria, a metade do preço.

# CAPÍTULO 56

Ao chegar, encontrei madame Le Clerc como sempre nos últimos tempos: ao lado do rádio, com um grande mapa aberto em cima da mesa e cercada por jornais locais e franceses também abertos. A guerra a atormentava também; e não era pelo que pudesse acontecer com os seus em sua cidade, Cenon, perto de Bordeaux. Lá ela só tinha umas sobrinhas que mal conhecia, filhas de sua irmã mais nova. Era a própria ideia da guerra o que a transtornava, a incredulidade diante da ameaça de que se repetissem os horrores que sua pátria sofrera na guerra de 1914. E então, aposentada, envelhecida e solitária, sua angústia se tornara obsessiva e ela passava os dias e as noites revivendo fantasmas.

Notei que estava menos arrumada, sem o capricho de sempre, de chinelo, com uma mancha de molho na camisa e o cabelo descuidado; como se sua aparência sempre tão polida já não lhe importasse em absoluto. Antes que eu abrisse a boca, ela começou a falar, acelerada, de Reynaud, Pétain, De Gaulle, Hitler; da queda da Bélgica, de Luxemburgo e dos Países Baixos, das unidades do Exército alemão que já se dirigiam a Paris sem que ninguém ousasse detê-los.

Não lhe faltava razão. Além das notícias que chegavam pelos jornais ou pelas ondas de rádio, em Orã também se vivia aquela sensação de ameaça sinistra. As sirenes tocavam de noite e de dia, sem causa específica; havia alto-falantes pelas ruas repetindo advertências à população sobre possíveis bombardeios que, felizmente, ainda não haviam chegado. Em qualquer esquina, diante dos edifícios mais visíveis ou mais altos, havia soldados armados com metralhadoras. O ambiente era triste, derrotista, funesto, como funesto era o ânimo de minha antiga professora.

Ela continuava falando, enredando-se em uma catarata de conjunturas e lugares que eu desconhecia, ou que me eram levemente familiares por traduzir as notícias a Ricardo no quintal, à noite, depois de nossos jantares, mais atenta a suas carícias que a situar aqueles lugares na geografia da França.

Eu a deixei desabafar, até que foi se acalmando. Então, preparei um chá para nós duas como ela gostava, bem forte, sem açúcar e com umas gotas de leite. E enquanto o tomávamos, sentadas nas velhas poltronas de sempre, eu lhe contei a proposta de *monsieur* Martin de que eu ficasse com a mercearia. Por trás das lentes de seus óculos ela me olhou com seus olhos azuis: notei-os mais nebulosos, menos pungentes.

— Tem certeza, Cecilia?

— Não, não tenho certeza. Por isso vim lhe contar, para que me aconselhe.

— E seu homem, *monsieur* Salazar, Ricardo? O que ele pensa disso?

— Ainda não lhe contei.

— Por que razão?

— Porque esse negócio não pode ser dos dois, a senhora sabe — respondi. — Teria que ser só meu.

— Todo seu também não. Não esqueça que continua casada com outro homem.

Como eu poderia esquecer que ainda estava amarrada a um traste? Mas nunca mais tivera notícias dele desde a noite em que o corso maluco lhe dera um susto com sua navalha e ele entrara no trem com uma mancha de urina nas calças e a difusa intenção de revitalizar a *ferma* do pai. Desde então, para o mundo eu era Cecilia Lagarde, de um estado civil indefinido, talvez viúva, talvez separada, talvez abandonada por um marido irresponsável como tantas outras mulheres: nenhuma das opções era rara naquela terra. Ninguém me pedia explicações e eu tampouco as dava. Ricardo, porém, sabia, assim como eu conhecia sua situação. Mas, agarrados a nosso presente, preferíamos ignorar o passado de ambos.

— E de acordo com as leis da *République Française* — acrescentou minha professora —, se a senhora ficar com esse negócio, ele pertencerá também a seu esposo, sabe disso?

— *Oui*, madame. Mas tenho confiança de que ele jamais voltará.

Ela soltou uma gargalhada áspera, apenas um ronco do fundo da garganta.

— Isso nunca se sabe, *ma chère amie*; não confie nisso. Veja esta maldita guerra, por exemplo. Houve milhões de mortos há pouco mais de vinte anos, ainda não esquecemos a dor e as consequências, e aqui estamos outra vez, matando uns aos outros de novo como hienas.

Não era um bom dia para pedir a madame Le Clerc que me ajudasse a decidir; suas preocupações tinham outro foco; entre goles de chá, ela acompanhava a fuga em massa dos habitantes das cidades do norte que enchiam as trilhas e as estradas em direção ao sul da França, longe das bombas, dos tanques. Diante de tamanhas tragédias, minha pequena iniciativa era uma simples migalha. De modo que, depois de levar a bandeja com as xícaras vazias para a cozinha e lavá-las, preferi ir embora.

*L'épicerie* continuava fechada em sinal de luto, minhas companheiras continuavam fabricando sabão e sabonetes, Ricardo devia estar ensinando a seus alunos os rios e as cordilheiras da península Ibérica, para o caso de que um dia a sorte desse as caras e eles conseguissem voltar para a Espanha, onde estavam suas famílias. Era a primeira vez em muito tempo que eu tinha um dia inteiro sem urgências nem obrigações; um dia luminoso e sem trabalho. Longe de tomá-lo como um dia de descanso, a inquietude continuava ricocheteando freneticamente em minha cabeça.

Depois de sair da casa de madame Le Clerc, fiquei ruminando a oferta de *monsieur* Martin, ainda sem saber se era uma insensatez ou uma oportunidade digna de não ser desperdiçada. E, depois de passar a manhã inteira pensando, decidi que sim, que iria aceitar; mas antes, teria que pensar em como fazer para não me prejudicar. E, em busca de uma ajuda que ninguém mais poderia me oferecer, decidi ultrapassar os limites que eu mesma me havia imposto tempos antes e procurar o único homem que sabia que não me deixaria na mão.

Uma lista telefônica e três chamadas foram suficientes para saber onde poderia encontrá-lo. O lugar onde me disseram que ele estava era relativamente perto, de modo que, sem pensar duas vezes, eu me dirigi às *falaises*, os penhascos perto da Cueva del Agua onde alguns pescadores haviam construído chalés de madeira e de cujas rochas, no verão, os rapazes se jogavam no mar com saltos temerários. Ali perto, naquela mesma praia, mas mais para baixo, havia existido também um campo de refugiados espanhóis, onde ficavam amontoados na areia como gado, escoltados, como nos demais campos, por soldados armados com metralhadoras. Mas então, a guerra de meus compatriotas estava distante e todas as atenções estavam centradas na atual, em uma contenda que ainda transcorria em território europeu, mas que também estava sendo preparada na Argélia francesa.

Quando deixei para trás a velha bateria, vi a atividade que precisava encontrar, ao lado de uma vinícola abandonada. Trabalhadores, carros, furgões, barulho de maquinaria e pilhas de materiais, homens em movimento onde antes só havia abandono e muros meio caídos. Continuei caminhando, até que um jovem soldado me impediu o acesso.

— *Vous ne pouvez pas entrer, madame.* É proibido entrar, dê meia-volta.

Sem lhe dar ouvidos, procurei-o em meio à confusão do outro lado da cerca.

— Não pode ficar aqui — insistiu ele. — Por favor, retire-se.

Mas não, eu não me retirei, porque, naquele momento, entre os homens que se movimentavam dentro do perímetro protegido, reconheci suas costas.

# CAPÍTULO 57

Estava dando instruções com aprumo e gestos precisos, enquanto alguns operários descarregavam sacos de cimento de uma grande caminhonete e os jogavam sobre os ombros; uma caminhonete que não era o traste velho que eu havia conhecido, e sim outra, mais moderna. Mas na lateral se via o mesmo sobrenome: GUERRERO.

No meio daquela movimentação, ele me ouviu gritar seu nome e se voltou de súbito, com uma expressão de estranheza, que se transformou em outra bem diferente quando me reconheceu. Durou apenas uns instantes, e logo ele a corrigiu para que os homens a seu redor – militares, peões, operários árabes e cristãos – não notassem seu fascínio. Mas eu notei: o simples fato de tornar a me ver havia iluminado o rosto de Rafael como quando eu aparecera em seu escritório perto do Tambor San José; como quando me via pelas ruas do bairro La Marina a caminho da fábrica de cigarros. De repente, parecia ter feito uma súbita pirueta no calendário para voltar, por poucos instantes, ao rapaz que havia sido quando eu não passava de uma jovem tabaqueira.

Deu umas últimas ordens a seu pessoal ao mesmo tempo que apontava para um grande buraco no terreno com o braço estendido. E sem mais, deixando um sargento que fora procurá-lo falando sozinho, afastou-se do trabalho e saiu a meu encontro.

Estava diferente, todos estávamos. Ao vê-lo caminhar abrindo espaço entre o alvoroço da obra, pareceu-me mais maduro, mais feito, vestindo uma jaqueta leve; ele, que antes andava sempre em mangas de camisa. O tempo, talvez também o casamento e o movimentado negócio em que parecia ter se transformado sua modesta empresa familiar: tudo havia exercido influência para que o tímido pedreiro recém-chegado que eu conhecera ficasse para trás e se transformasse em um homem seguro de si que se aproximava com passo ágil, até estar à minha frente. Hesitou uns dois segundos, sem saber se me estendia a mão em uma saudação formal ou se me estreitava no abraço que certamente seu corpo pedia. Eu resolvi a incerteza começando a andar para que nos afastássemos, até que nos distanciamos do bulício.

Prevendo as ofensivas da aviação alemã, estavam sendo construídos, por Orã inteira, muitos refúgios subterrâneos para proteger a cidade. E os Guerrero e seus materiais de construção, como ele me contou, participavam da maioria dessas obras, trabalhando dia e noite, fornecendo cimento, pedras, argamassa, o que fosse necessário. O trabalho era incessante, e isso se notava em suas olheiras, no cansaço no rosto e na velocidade quase ansiosa com que fumava um cigarro atrás do outro.

— Como vê, Cecilia, a vida é engraçada: nas misérias da guerra nós encontramos benefício.

Jogou a bituca ao chão; estávamos apoiados em uma muretinha, à sombra de uma acácia. Não eram tempos para que nos perdêssemos de motocicleta pela *corniche* nem para que nos sentássemos em uma barraquinha de praia para comer *sardines grillées*, como havíamos feito da última vez; muito menos para voltar ao amor apaixonado e fugaz daquela manhã de anos antes. Cada um tinha suas preocupações e suas urgências, sua gente a quem voltar, seu próprio mundo.

— E você, como está?

A pergunta era simples, mas nós dois sabíamos que abarcava muitas outras.

— Igual a você, tirando vantagem da desgraça alheia.

Ele franziu o cenho, sem entender, e eu não pude evitar compará-lo com Ricardo, tão diferentes e ao mesmo tempo ambos tão próximos a mim, cada um à sua maneira. O refugiado que eu amava era mais velho que ele, mais alto, mais magro, mais estilizado e anguloso, tinha cabelo mais liso e mais claro, traços mais delicados. Rafael, por sua vez, era mais forte, mais moreno, quase como um cigano, tinha o rosto e o torso mais firmes e, ao mesmo tempo, em sua atitude, era talvez mais transparente.

Com um eu dividia a vida em porções: os jantares no quintal, a cama, o corpo, a companhia. Com o outro, a memória do que poderia ter perdurado, mas que acabara em um mero clarão, como os rojões das noites de São João que estouravam cheios de luz e desapareciam em segundos.

— Agora trabalho com sabão.

Ele conhecia a atividade, como todo mundo. Provavelmente também sabia de outros compatriotas espanhóis, exilados quase sempre, que com mais ou menos sorte andavam metidos nas mesmas atividades clandestinas que nós.

— E acabaram de me oferecer algo que serviria para formalizar o negócio.

Então, eu lhe contei sobre a oferta de *monsieur* Martin, depressa, em frases breves para não o prender muito, para que pudesse voltar ao trabalho o quanto antes. E resumi também o que tentara falar com madame Le Clerc, mas não conseguira, e que não queria compartilhar com Ricardo antes de decidir: minha intenção de ficar com a *épicerie* para mudar de atividade e transformá-la em um estabelecimento dedicado ao sabão, autorizado, sério.

— Se precisa de dinheiro, eu posso...

Neguei com a cabeça. Eu já havia feito os cálculos: com o que ganhava e economizava desde que tínhamos começado as vendas em grande quantidade, eu poderia dar a entrada e pedir o resto emprestado ao Banque d'Algérie; *monsieur* Martin havia se oferecido como avalista. E o Gambetta não era nem de longe a avenue Loubet, com seus imóveis maravilhosos; o preço que ele me havia proposto para sua propriedade era mais que razoável, coerente com a modéstia do bairro.

— Não é esse o problema. São outros.

Ele me olhou dando uma tragada profunda no enésimo cigarro; eu o tirei de seus dedos e dei outra.

— O primeiro é que não tenho permissão legal para a fabricação e a venda — disse enquanto soltava a fumaça. — E o segundo, e mais triste ainda, é que continuo presa a um marido, o vigia da Bastos de quem você me ajudou a me livrar.

Ele franziu as sobrancelhas sem entender, intrigado.

— Usei o dinheiro que você me deu para pagar um velhaco para assustá-lo. Para me livrar dele.

Naquela época, eu não dera explicações a Rafael, e achava que lhe devia isso. E sabia que podia continuar confiando nele para o que fosse.

— Por isso a empresa não pode ficar em meu nome. Porque, se um dia ele resolver voltar, vai exigir sua parte e...

— Guerrero! Guerrero!

Os gritos chegaram de repente do limite do perímetro do qual havíamos nos afastado; ambos viramos a cabeça ao ouvi-los.

— Precisa voltar, *monsieur* Guerrero! Estão precisando do senhor!

Era um trabalhador árabe, um peão com um turbante andrajoso na cabeça. Tinha um recado do contramestre, precisavam que Rafael voltasse ao trabalho.

Em vez de ir, ele gritou para o homem:

— Um minuto!

Voltou-se para mim, então, tentando concentrar um monte de ideias no breve tempo disponível.

— Ouça, Cecilia. As coisas estão muito bagunçadas, e isso é ruim, sofrido; mas, ao mesmo tempo, gera oportunidades imprevistas: você com o sabão, eu com os refúgios, um monte de gente aproveitando oportunidades onde antes não existiam. E nesse tumulto, há gente que atua à margem do oficial. Conheço algumas pessoas, tivemos que recorrer a elas para conseguir entrar nesse tipo de obra. É gente com recursos quase beirando o clandestino; conseguir uma licença para legalizar seu negócio e documentação falsa para você voltar a ser solteira é moleza para eles.

— *Monsieur* Guerrero!

Viramos a cabeça: o trabalhador continuava ali, não parecia disposto a sair se não levasse Rafael consigo. Em resposta, ele ergueu o braço e abriu a palma da mão com brio, pedindo-lhe uns instantes de paciência.

— Quer que eu cuide disso? — perguntou depressa.

Sim, claro que sim. Sem a menor dúvida. Não me importava que o trâmite fosse sujo, desde que resolvesse meu problema.

— Está bem. Diga-me como encontrar você quando eu tiver notícias. Você me pediu que não a procurasse e eu obedeci. Não sei onde mora.

— Épicerie Martin, no Gambetta.

Levou um dedo à testa, querendo dizer que guardava a informação na memória.

— Além disso — acrescentou, já dando uns passos para trás, pronto para voltar —, ainda lhe devo parte do dinheiro de Catherine.

— Você não me deve nada, Rafael.

Estava se afastando, mas se deteve, e, como se não fosse capaz de se controlar, aproximou-se de novo, pegou minha mão, levou-a aos lábios e pousou um beijo nela. Sem a soltar, falou atropeladamente:

— Sim, devo. Eu lhe devo muito, Cecilia. Tenho uma boa mulher, dois filhos saudáveis e outro a caminho; tenho uma empresa que não para de crescer e daqui a pouco não vou mais dar conta. Mas você continua em minhas lembranças, em meu pensamento, em meu coração. Todos os dias, sempre.

Só então soltou minha mão e saiu correndo.

# CAPÍTULO 58

Tudo se mexeu rápido, tudo se mexia rápido naqueles tempos opacos. Em questão de dias, alguém passou um envelope por baixo da porta da *épicerie*. De papel comum, sem remetente. Dentro, havia uma carteira de identidade em nome de Cecilia Belmonte, meu suposto nome de solteira, e uma autorização oficial impecável, com os carimbos e as formalidades *pour la fabrication, la distribution et la vente de savon* em todas as suas formas e variações. Como diabos Rafael havia conseguido aquilo, e sob quais condições, eu não sabia.

Com Ricardo fui só mais ou menos clara. Mesmo assim, para comemorar a licença legal, jantamos os lagostins que eu havia comprado vivos de um pescador por alguns francos, grandes, cheios de ovas. Ele os fez na brasa em uma churrasqueira que, com suas habilidades, havia montado no quintal, abertos ao meio a golpe de faca e temperados só com sal grosso, e acompanhados de uma garrafa de champanhe que eu resgatara cheia de teias de aranha do porão da *épicerie*, uma vez que havia começado a desmontar o lugar. E enquanto erguíamos castelos que ambos, no fundo, intuíamos serem feitos apenas de quimeras, curtimos a noite como se o futuro realmente se mostrasse otimista, e não incerto e difuso.

Eu lhe contei por cima como havia sido o processo para conseguir as licenças, omitindo alguns detalhes e alterando outros. Não era minha intenção enganar o homem que amava com toda a minha alma, mas sabia que continuávamos sendo um mais um, não um casal sólido nem um ser único, e por isso também sabia que precisava velar pelo que era meu e me proteger. E Ricardo acreditou ou fingiu acreditar.

Também conversei com minhas companheiras e elas concordaram com tudo que propus tentando ser o mais justa possível. Expliquei como seria estabelecido o negócio a partir de então, o que seria meu, o que seria delas, como se distribuiriam as funções, as responsabilidades, o trabalho. O lucro de nosso empenho estava sendo um imenso alívio para elas e, pouco a pouco, cada uma à sua maneira, iam se assentando naquele universo estranho em que vivíamos.

Petra havia se acomodado melhor. Seu marido conseguira emprego em uma carpintaria e ambos já tinham visto de residência, e haviam se mudado para uma casa mais espaçosa. Casilda, porém, continuava esperando que Simón conseguisse sair do campo de trabalhos forçados e, enquanto isso, ficava no mesmo quarto de sempre, voluntariamente vivendo em condições quase miseráveis, sem gastar com nada, sem se permitir nada, nem um vestido nem um simples sorvete ou um par de sapatos novos, economizando quase com avareza cada franco, cada centavo, à espera daquele marido cujo regresso ainda não se vislumbrava.

Com todas essas peças no lugar, chegou a hora de acertar as pendências com *monsieur* Martin. Estávamos na *épicerie* fazendo o inventário para calcular quanto eu teria que lhe pagar pela mercadoria que ia me vender. Era muito menos do que costumava haver em outros tempos, estávamos desabastecidos de muitas coisas que antes chegavam da metrópole: não havia mais salsichão, nem presunto de Bayona, nem manteiga, quase nada de queijo. Mas havia ainda um monte de latas de sardinha, sacos de sêmola para cuscuz, vassouras de esparto e garrafas de água sanitária, e algumas garrafas de azeite também. Minha intenção era vender tudo rápido e barato para me livrar daquilo e deixar o lugar pronto o quanto antes.

— Pensei uma coisa, Cecilia — disse o proprietário enquanto esvaziava uma gaveta com caixas de cacau em pó.

Falou sem olhar para mim, sem parar de tirar as embalagens de Banania para apoiá-las no balcão e contá-las. Ao ouvi-lo, fiquei imóvel no alto da escada portátil, com uma lata de leite condensado em cada mão, à espera do que ele fosse dizer.

— Não é necessário que peça um empréstimo no Banque d'Algérie.

Quase perdi o equilíbrio e me espatifei no chão. Precipitada, devolvi as latas à estante e desci os degraus. Enquanto isso, ele começou a contar os pacotes: *un, deux, trois, quatre, cinq, six, sept*...

— O que quer dizer com isso, *monsieur* Martin?

Ele ergueu a mão para que eu não o interrompesse e continuou o que estava fazendo, sem perder a conta.

— ... *quatorze, quinze, seize, dix-sept*. Dezessete pacotes de cacau, anote.

Não, eu não anotei nada. A única coisa que fiz foi ficar parada na frente dele com os braços cruzados, para ver se esclarecia.

— É que confio na senhora — disse então, e por fim levantou a vista e me olhou com seus olhos cansados de viúvo triste, olhos de um homem idoso, tomado pelo desalento. — Pode me pagar a prazo durante os próximos três anos, mês a mês ou como melhor lhe aprouver. Sem bancos no meio, pessoalmente. E se eu morrer antes, a senhora se compromete a deixar o dinheiro para as freiras da casa de repouso de Río Salado. E se não o fizer, o problema será seu e de sua consciência.

Indiferente a meu desconcerto, ele começou a contar as latas de graxa de lustrar sapatos, enquanto acrescentava com sarcasmo amargo:

— Afinal de contas, Paris já caiu; a única coisa pior que pode acontecer é o fim do mundo. E para isso ninguém precisa de dinheiro.

Mas *monsieur* Martin estava enganado: as coisas poderiam ficar ainda piores, e para confirmar isso, tivemos que esperar bem pouco. Poucas semanas depois, diante do estupor do mundo, a França se rendeu à Alemanha e acabou assinando um armistício vergonhoso. Em apenas um mês e meio, o poderio militar alemão havia conseguido se impor firmemente, e, diante da derrubada do Exército francês, o último governo da Terceira República resistente a claudicar, com Reynaud no comando, apresentou sua renúncia e entregou o poder aos militares liderados pelo marechal Pétain, o glorioso herói da outra Grande Guerra.

A partir de então, por desígnio de Hitler, o mapa metropolitano se dividiu em duas metades. O norte – com Paris inclusa – e a costa atlântica ficaram ocupados pelo Exército alemão e submetidos a seu domínio. No resto do território abaixo do La Loire implantou-se o regime de Vichy, colaboracionista do nazismo, com o velho Pétain à frente como uma espécie de marionete. Acabamos sob o poder desse novo estado de alma fascista e mão de ferro, porque o Terceiro Reich decidiu que ali ficariam a Argélia francesa e o resto das posses de ultramar: um prêmio de consolação depois da derrota desonrosa.

Houve, porém, uma corajosa voz de repúdio que se levantou contra a humilhação e o abatimento: a do general De Gaulle, que havia fugido para Londres, quando poucos dias depois e por meio de um apaixonado discurso na BBC promulgou o nascimento da França Livre. Perdemos uma batalha, disse, mas não perdemos a guerra. Seus objetivos: manter um governo no exílio e resistir ao nazismo com unhas e dentes, e continuar combatendo a Alemanha em uma aliança com os britânicos.

Quem poderia dizer aos oraneses e demais argelinos de origem europeia que aquele militar alto e admirável, aquele homem digno, que com sua audácia, seu patriotismo e sua coragem comovera tantos, acabaria sendo, duas décadas depois, o presidente que nos forçaria ao êxodo?

# CAPÍTULO 59

As amarguras se mesclaram com as ilusões ao longo das semanas seguintes. Por um lado, *la débâcle* continuava gerando uma imensa consternação e se mantinha presente em todas as casas e todas as esquinas, em todas as conversas e pensamentos. E por outro, havia minha nova loja, já livre dos comestíveis e demais mercadorias; eu havia oferecido tudo bem barato às mulheres do bairro e elas quase se estapearam para comprar. Em dois dias a loja ficou quase vazia, e a partir daí, Hamid e seus rapazes levaram para lá, a toda pressa, os carregamentos do sabão que já estava pronto. Com eles enchemos as estantes, as prateleiras e as vitrines, organizados por tipo, tamanho e qualidade, utilidade e preço. Os de banha separados dos de azeite de oliva, os sabonetes dos sabões, os coloridos dos naturais. E no penúltimo dia daquele junho atribulado de 1940, abrimos a loja, já legalizada, para a clientela. A realidade era dura, mas as pessoas precisavam continuar lavando roupa e esfregando o piso, asseando-se ao se levantar ou ao voltar do trabalho e dar banho nas crianças, mesmo que fosse em uma bacia de zinco aos sábados de manhã.

Foi Ricardo quem insistiu para eu dar um nome ao produto e à loja. Conversei com Petra e Casilda e ambas me disseram que eu fizesse o que quisesse; nenhuma delas tinha mais interesse ou ambição que continuar recebendo sua parte do dinheiro. Pensando em um monte de alternativas naquelas noites curtas e quentes de início de verão, enquanto todo mundo ao redor continuava abalado pelo infortúnio da França, acabamos escolhendo um nome simples, mas eloquente: Savon de l'Oranie. Assim nasceu a marca, sem imaginar quanto teria que dar de si nos anos vindouros.

Eu e *monsieur* Martin assinamos o documento de compra e venda do imóvel diante de um tabelião do Square Cayla; tentei não deixar transparecer o nervosismo que dominava meu corpo ao mostrar minha identidade fraudulenta e ilegalmente recuperada sem o sobrenome de Lagarde: dois crimes em um. Mas o digno tabelião público, com cabelos e roupas impecáveis e francês até a alma – um daqueles *patos*, como costumávamos chamar as pessoas da metrópole –, andava meio transtornado pelos acontecimentos, como todo mundo. E talvez nem sequer soubesse bem a qual Estado estava servindo no desempenho de suas funções. De modo que, felizmente para mim, não se deu ao trabalho de olhar meus documentos falsos.

Terminados nossos trâmites, ajudei o viúvo a fazer a mala. Ele só quis levar um pouco de roupa, o retrato tão manuseado do filho tombado em combate e o crucifixo de cima da cama. Eu, de minha parte, não tinha intenção de me instalar na casa de cima que ele havia compartilhado com a esposa; preferia usar aqueles cômodos para o que fosse bom para o negócio e continuar em minha casa, ao lado da fábrica de sabão. Ao lado de Ricardo.

O resto ofereci às vizinhas, e, em menos de uma hora, a casa ficou nua. Não foi o afã de rapina que as levou a se apossarem dos móveis, utensílios e acessórios, e sim a simples necessidade. Não ficou nem um garfo. E para ficar com o relógio cuco duas mulheres quase chegaram às vias de fato. Porque as coisas estavam feias, bem feias. O impacto do regime de Vichy na Argélia começava a deixar muita gente transtornada. E entre essa muita gente transtornada pela nova realidade estavam os refugiados espanhóis, desolados e confusos diante do triângulo então formado por Franco, Pétain e Hitler, sem conseguir prever as consequências que aquela sintonia tão sinistra teria para eles.

Apesar de estar consumido pelo desassossego como todos, Ricardo tentava fazer com que nossa vida fluísse mais ou menos como sempre e se esforçava para me fazer rir com seu humor afiado quando me via desanimada, e continuava grelhando garoupas e lulas na churrasqueira do quintal, e fazia amor comigo à noite com a janela aberta para o céu de verão. E naquele limbo, eu me deixava amar, obrigando-me a não pensar que aquela estabilidade presa com alfinetes se aproximava da beira do abismo.

Por meio de Casilda eu soube que as condições, já atrozes por si mesmas, também recrudesciam nos acampamentos, onde ainda se amontoavam muitos exilados espanhóis. A eles iam se somando comunistas e anarquistas europeus; nos últimos tempos, milhares de judeus também. Alguém, de alguma forma, conseguira fazer uma mensagem chegar à minha companheira, e assim ela soubera que o marido e outros republicanos seriam transferidos para Ain El-Ourak, outro campo bem perto da fronteira com o Marrocos, para trabalhar em outro trecho das obras do trem transaariano. Ouvíamos dizer que os alemães pretendiam estender essa via férrea entre Níger e o Mediterrâneo o quanto antes, para chegar e estripar as minas daquela região, ricas em minerais. O que nem Casilda nem ninguém imaginava era que, naquela transferência, acidentalmente, Simón escaparia.

Ele apareceu em Orã de repente, assim como tantos outros desde que haviam sido levados; quase ninguém era capaz de prever quando teria a oportunidade de uma libertação ou uma fuga. Maltrapilho também, com a pele abrasada pelo sol, esfomeado, quase sem cabelo, quase sem dentes: assim chegou Simón Otero. Mas isso não era o pior, longe disso. Casilda estava totalmente disposta a cuidar dele e protegê-lo até que se recuperasse; além disso, tinha dinheiro guardado, aquele que economizava centavo a centavo desde que as vendas de sabão haviam crescido. Com o que ela não contava era que sua obstinada economia pouco a ajudaria a recompor a relação e investir no futuro. As atrocidades dos campos, as humilhações e carências, a fome e as febres haviam mudado por completo o caráter daquele marido anarquista que, ao que parecia, sempre havia sido uma pessoa turbulenta. Enfim, aquilo havia transtornado sua cabeça até transformá-lo em um perturbado. Um louco.

Ela passou a faltar ao trabalho. E quando aparecia, começamos a notar os estragos no corpo e na alma, hematomas e marcas dos arroubos dele, pesares e silêncios. Mas, por uma obstinada lealdade ao marido ou talvez simplesmente por medo, jamais saiu uma queixa da boca de Casilda. Em pouco tempo eles se mudaram duas, três, quatro vezes; acabaram brigando com todo mundo, ninguém os queria por perto. O último lugar onde moraram foi uma espécie de pombal no alto de um edifício próximo ao hipódromo, sozinhos, longe dos lugares onde costumavam viver os republicanos espanhóis, sem ninguém conhecido por perto.

Ele não fazia nada, não se deu ao trabalho de procurar emprego. Mas alguns dias ficava nos rondando, às vezes na fábrica do quintal e às vezes na loja, sempre onde ela não estivesse. Da rua, gritava, xingava, praguejava; uma vez, tentou entrar e tive que pedir a Hamid que não permitisse. Até que, certa tarde, quando eu estava sozinha na loja que antes havia sido *l'épicerie*, ele entrou.

Não cumprimentou, não disse nada, só passou os olhos desvairados pelas paredes e estantes. Usava apenas uma simples camiseta de baixo, branca, suja, sob a qual se via um torso esquelético e peludo. Suas calças estavam presas com suspensórios, um no lugar e o outro solto.

— Já vou fechar, Simón — disse eu, aparentando uma segurança que não sentia. — Casilda já foi embora faz tempo.

Como se não tivesse me ouvido, ele pegou um cubo de sabão de uma estante, levou-o ao nariz e inspirou com afinco, como um animal. Então, levou-o à boca, e eu ia gritar para que não fizesse isso, mas me contive: seria melhor não o contrariar. Ele o mordeu, mastigou, saboreou e, com cara de nojo, acabou cuspindo.

— É melhor o senhor ir embora — insisti. — Não faça sua mulher ficar esperando, ela vai se preocupar se não o encontrar.

Eu continuava atrás do balcão, estava fechando o caixa do dia. Nervosa, não sabia o que fazer, se continuava onde estava ou se saía e o enfrentava.

Enquanto isso, ele continuava me ignorando, como se não me ouvisse. Seu movimento seguinte foi estender o braço, levá-lo até uma estante e, com um impulso brusco, jogar todos os sabonetes no chão; fez o mesmo com quatro ou cinco dúzias, que acabaram esparramadas sobre o piso frio.

— Simón, eu lhe peço, por que não vai...

Sem me deixar acabar, ele pegou uma das facas de lâmina comprida que usávamos para cortar as barras e que estava na estante ao lado. Ergueu-a e a apontou para mim. Depois, resmungou em nossa língua comum:

— Ladra.

Não respondi, só engoli em seco. Agora, sim, ele parecia estar bem consciente da minha presença. Com passos lentos e a faca na mão, foi se dirigindo ao balcão até parar em frente a mim, até que ficamos separados somente por aquela superfície de madeira velha, gasta e cheia de defeitos sobre a qual eu diariamente atendia aos clientes. De repente, ele deu um tapa violento na madeira com a mão livre; dei um pulo para trás.

— Sua ladra vadia.

Tentei disfarçar meu pânico enquanto pensava em como escapar daquele louco. Mas estava encurralada, não tinha saída.

— Você roubou o negócio da minha mulher, tirou tudo de nós.

Apontando para mim de novo com a faca, estufou o peito sem deixar de me olhar com os olhos perdidos. Diante daquela acusação insensata, eu poderia ter me enredado em explicações, ou talvez ter lhe dado razão, pois era um louco, ou me desmanchado em falsas súplicas de perdão e clemência, quem sabe assim parava de me ameaçar. Mas não fiz nada disso. Havia acabado de perceber uma coisa e não queria que ele notasse.

— Você é uma vadia que vive como amante de um sujeito casado. A puta de um republicaninho burguês que tem uma mulher na América. Mulher e filhos, enquanto aqui trepa com você.

Apesar da situação assustadora, tive uma vontade imensa de gritar que eu já sabia, que não precisava que um imbecil como ele me recordasse. Eu sabia desde o início. Tudo, de cabo a rabo, a história completa: o casamento de Ricardo na igreja de San Francisco el Grande, antes da chegada da República, com uma mulher de pele clara e olhos claros que se chamava Luisa e que ele conhecia desde a infância; uma mulher totalmente diferente de mim, carinhosa, doce, entregue, tímida. Juntos haviam tido um filho que tinha o nome dele e uma filha que tinha o nome dela; nenhum deles havia chegado aos dez anos ainda. Sabia também que haviam morado em um apartamento com quatro sacadas na rua Gaztambide e que ele tinha um sogro de ideias progressistas, com certa influência e muitos medos, que decidira levar a família inteira para o México assim que a guerra começara. Supostamente, Ricardo os seguiria em breve; mas por diversas razões, não o havia feito.

— E ele vai deixar você e voltar para a família. É o que você merece, sua vadia.

Isso eu também sabia. Ele me amava muito mais do que jamais amara sua mulher, mas, mesmo assim, a culpa por não estar com eles o corroía, embora se esforçasse para esconder esse desassossego atrás de seu bom humor e seu arrebatamento por mim, suas habilidades de aprendiz de cozinheiro comandando a churrasqueira e suas carícias. O marido de Casilda, apesar de seus impropérios e desvarios, nisso tinha razão: chegada a hora, Ricardo me abandonaria.

Mas não era hora de lhe dar ou tirar a razão: Simón estava com a faca erguida e minha urgência apontava para outro lugar. Enquanto ele cuspia insultos e misturava fantasias de sua cabeça com verdades e as usava como punhos, eu arrastava os dedos embaixo do balcão, às cegas, até abrir a segunda gaveta. Era onde madame Martin costumava guardar o retrato de seu filho morto. E embora a recordação do soldado não estivesse mais lá, estava o resto das coisas de sempre. Entre elas, uma tesoura enorme.

A partir do momento que consegui pegá-la, foi tudo tão rápido que mal ficou registrada em minha memória a lembrança dos movimentos: em questão de segundos eu estava com a ponta da tesoura em seu pescoço. Com ela cortávamos barbante e cordões diariamente, abríamos pacotes e estripávamos os sacos de juta. E se ele não soltasse a faca, eu estava pronta para me defender cravando a tesoura em sua jugular ou onde fosse necessário.

Não foi preciso chegar tão longe, porque, de repente, uma vizinha do bairro que estava sempre com pressa apareceu de última hora.

— Cecilia, você não teria aí um…

Sua frase foi interrompida pelo som do metal ao bater no chão quando ele deixou cair a faca; só então eu afastei a ponta da tesoura. Depois, com um empurrão, ele afastou a cliente do vão da porta e saiu a passos largos. Foi a última vez que o vi vivo.

# CAPÍTULO 60

As acusações daquele pobre louco, apesar de se referirem a realidades que eu já conhecia, deixaram em mim um sabor amargo. Mas não comentei com Ricardo, não fazia sentido. Ele também andava com o coração apertado aqueles dias, assim como tantos refugiados, como tanta gente. Ao longo daquelas semanas não tivemos apenas que enfrentar a adversidade de passar a depender de um regime francês simpático ao nazismo; além disso, em outra virada igualmente adversa, as hostilidades espanholas também pareciam ter atravessado o mar e levado para Orã, da outra margem do Mediterrâneo, os tristes enfrentamentos de nossa guerra.

A queda da França e sua situação de debilidade haviam reavivado um velho sonho em Franco e nos seus: recuperar Orã e todo o Oranesado para os espanhóis. Comentava-se que haviam feito o mesmo com o Tânger internacional e se apropriado dele militarmente. E, com a intenção de nos somar também às suas posses africanas, aparentemente estavam bolando um plano de reconquista para nos arrancar da administração francesa. Operación Cisneros foi o codinome dessa ambição, pelo fato de esse velho cardeal ter sido o primeiro precursor da tomada da cidade, séculos antes.

Como o Exército espanhol não estava para fanfarrices, empreendeu-se um movimento com campanhas de imprensa e a ativa e insidiosa intervenção da Falange. Alegavam-se direitos históricos devido às etapas anteriores nas quais Orã pertencera à Coroa espanhola. Reivindicava-se a numerosa população de nossa origem, que sempre houvera e continuava havendo, superior à de sangue puramente francês. Inclusive acusava-se a França de nos tratar como cidadãos de terceira classe, abusar de nossa mão de obra e ter naturalizado compulsoriamente milhares e milhares de compatriotas para aumentar a população.

Em meio àqueles rumores que misturavam algo de realidade com não poucos desvarios, chegamos a ouvir falar até de um possível plebiscito para que pudéssemos decidir se queríamos ficar com a França de Vichy ou nos vincular à Espanha de Franco.

— Orã é nossa pelo espírito, pela língua, pelo sangue, pela economia, pelo trabalho.

Ricardo leu essa frase para mim em uma daquelas noites do verão inclemente: estava escrita em um jornal espanhol que chegava com regularidade a Orã e passava de mão em mão. Depois bufou, dobrou o jornal de qualquer jeito e o jogou ao chão com desprezo.

— Não estou com vontade de jantar — disse então.

Eu também não estava, e em cima da mesa ficaram as batatas cozidas com vagem que haviam sobrado do dia anterior; nenhum dos dois andava com ânimo para cozinhar delicadezas naqueles dias. Fumamos em silêncio, não comemos nem a melancia cortada para a sobremesa. Estava calor no quintal, muito calor. E havia moscas, muitas moscas, e subia do mar uma umidade pegajosa e grossa que ficava colada à pele como se fosse melado. E para nos fazer mergulhar ainda mais no desassossego, pairava uma sombra turva e próxima sobre Ricardo e os demais exilados: os compatriotas que haviam ganhado a guerra.

Valentões, os falangistas assentados em l'Oranie ficavam distribuindo propaganda e berrando slogans, colando nas paredes públicas cartazes com slogans e provocando distúrbios nas ruas. Especialmente em Orã, mas também em Sidi Bel Abbès, a pequena cidade da qual eu guardava tão más recordações, e em muitas outras localidades do departamento com presença espanhola abundante: Aïn Témouchent, Béni Saf, Perrégaux, Mostaganem, até Río Salado, aonde *monsieur* Martin havia se mudado para se recluir prematuramente em uma casa de repouso. Conforme se dizia, os falangistas contavam com o apoio do cônsul, das freiras e dos sacerdotes, dentre os quais o mandachuva era o padre José Manresa, e de uma parte dos espanhóis ricos da cidade e dos arredores. Aquela agitação descarada e subversiva, além de irritar as autoridades francesas, amargurava os refugiados espanhóis. Entre eles Ricardo, meu Ricardo, muito amargurado.

Com a chegada do verão, ele havia suspendido as aulas das crianças, e sem essa atividade tinha muito tempo livre para outros pensamentos. Estava quase sempre com o jornal nas mãos, ou fazendo seus desenhos e criando formas para minha fábrica, ou lendo algum daqueles tão manuseados romances em espanhol que passavam de uns a outros. Mas às vezes, por longos momentos, também se deitava no chão em busca do frescor, sobre uma simples esteira de esparto sobre o piso frio, e fechava os olhos; mas não dormia, e eu notava a angústia que o encurralava.

A partir daqueles dias ocorreram mais coisas que mudariam Orã e a nós para sempre; eventos macabros sucedidos em cadeia, um atrás do outro.

A primeira má notícia chegou a nós pelo marido de Petra, minha companheira. Não havia amanhecido quando ele começou a socar minha porta. Ainda estávamos na cama, dormindo, nus, mas sem nos abraçar; o calor e o desânimo nos mantinham separados, a uma distância breve, mas real, que até então nos era desconhecida. Fui abrir com o cabelo revirado, jogando um roupão por cima do corpo e o amarrando na cintura depressa, alarmada, descalça. Só quando abri, o recém-chegado baixou os punhos e parou de bater.

— Casilda e Simón — anunciou, nervoso, com uma expressão de espanto. — Estão mortos.

Saiu uma espécie de lamento surdo da minha garganta. Senti minhas pernas bambas, notei as mãos de Ricardo – havia se levantado também – em minhas costas, segurando-me pelos ombros. Em voz baixa, mas firme, disse apenas:

— Vamos.

Vestimos a primeira coisa que encontramos e entramos correndo no carro que havia levado o marido de minha sócia até lá; nunca recordei quem estava ao volante. As ruas estavam praticamente vazias àquela hora, só cruzávamos com leiteiros, vendedores de água potável e alguns veículos com soldados que voltavam a seus quartéis depois das rondas noturnas. Com as primeiras luzes, chegamos a uma rua no fim do bairro Delmonte. A polícia e uma roda de vizinhos alterados, arrancados da cama pelo horror, já estavam ali. Quando o carro freou, pulei precipitada e, dando empurrões e cotoveladas, consegui abrir caminho entre as pessoas. Até vê-los.

Os dois corpos estavam caídos no chão, destroncados como bonecos de pano. Ela de barriga para cima, as pernas abertas e a camisola indecentemente acima da virilha, o cabelo escuro espalhado pela calçada misturado com o sangue que brotava de sua cabeça. Estava com os olhos abertos, aterrorizados, e uma espécie de careta macabra nos lábios. Ele estava de bruços, de cueca e camiseta sem mangas; era a mesma que usava no dia que me ameaçara na loja.

Haviam caído do telhado onde ficava o pombal em que moravam; ninguém vira como, só um vizinho que estava fazendo a barba antes de ir trabalhar ouvira pela janela aberta o som dos corpos impactando o chão. Olhara, estremecera, dera o alarme. Ninguém sabia como havia acontecido, se fora intencional ou um acidente. Se ele a jogara e pulara depois, ou o contrário, ou se pularam juntos, em desespero, para acabar com o inferno que suportavam desde que ele havia saído do campo de concentração onde perdera o juízo para sempre.

Um policial se aproximou dizendo para que eu me retirasse. Puxei meu braço e me soltei dele.

— Me deixe em paz.

Eu me ajoelhei ao lado de Casilda e fechei seus olhos, em um último adeus à minha companheira tão desafortunada. Espatifada no chão naquela rua dilapidada do subúrbio de Orã, longe de sua terra e dos seus: assim acabou a vida de uma boa mulher, vítima de um homem transtornado que não teve a força necessária para sobreviver à tirania dos campos ou que talvez, simplesmente, não tenha sido capaz de aceitar o fracasso de seus ideais.

Nós os enterramos debaixo de um sol inclemente no cemitério civil. Sem reza, nem cruzes, nem padre, nem flores; sem verter uma lágrima. Petra não conseguiu ir, continuava aterrorizada, muito abalada. Eu mesma cuidei de tudo, com Ricardo ao meu lado. Também recolhi os pertences deles, mas, diferentemente de quando eu cuidara das coisas do casal Martin, Casilda e Simón não tinham quase nada. No mísero quarto que ocuparam naqueles últimos dias, onde ainda havia merda seca de pombos, só havia uma cama, duas sacolas com utensílios e uma mala rasgada. Ao chegar, encontrei a porta aberta; algum aproveitador havia se antecipado. Do dinheiro do sabão que Casilda guardara como uma formiguinha, não encontrei nem um só franco.

# CAPÍTULO 61

Três dias depois, Petra e o marido nos comunicaram que iam voltar à Espanha. Jogaram a toalha, não aguentavam mais a crueza do desterro, não queriam acabar a vida como Casilda e Simón, atormentados, com a cabeça transtornada, sozinhos como cães. Sabiam que o regime franquista os trataria sem contemplações, mas estavam dispostos a enfrentar isso. A morte de nossa sócia, fosse suicídio ou crime, havia corroído suas forças. Na cidade levantina à qual voltariam, tinham família, uma horta que talvez pudessem recuperar mais adiante com a colheita de pêssegos, levariam de Orã suas economias, eram jovens e não descartavam a possibilidade de ter outros filhos.

Assim como outros refugiados já haviam feito, voltariam em uma daquelas avionetas que haviam sido militares, mas que, meio prejudicadas, haviam passado a servir para o transporte diário de civis de Orã até o aeródromo de Los Alcázares, em um breve voo sobre o Mediterrâneo. Acertei as contas com Petra; além de sua parte no negócio, eu lhe dei um bom dinheiro a mais, poderia lhes fazer falta. Despedimo-nos com um abraço e um aperto no coração; nunca mais tive notícias deles.

Ainda estava tentando me acostumar à ideia de que havia ficado sem companheiras quando, em outra daquelas manhãs, de novo acordamos com o coração na garganta. O rugir de aviões em voo raso e o som violento das sirenes nos despertou. Eram aviadores ingleses com a mensagem de que se a frota francesa fundeada no porto de Mers-el-Kébir – ou Mazalquivir, como dizíamos nós, espanhóis – não se entregasse naquela mesma tarde, eles a bombardeariam sem nenhuma consideração.

Antes da rendição, Churchill havia avisado ao governo francês que só aceitaria a nova situação se os navios da Marinha francesa fossem dirigidos para portos britânicos, para evitar que caíssem em poder dos alemães. Mas não lhe deram ouvidos e ficaram em seus próprios portos, porque as cláusulas do armistício, segundo eles, diziam que aqueles navios jamais poderiam se colocar a serviço dos países do Eixo. Mesmo assim, os britânicos não confiavam, e houve conversas, negociações, um tenso cabo de guerra que não deu em nada. Londres, com firmeza implacável, pôs em ação a Operação Catapulta, com uma data específica como limite para que os franceses atendessem às suas exigências. E o calendário em minha cozinha indicava que esse dia havia chegado. Quarta-feira, 3 de julho.

Às seis da manhã chegou o primeiro destróier britânico à baía de Mazalquivir; o resto da esquadra chegou antes das nove. A base naval ficava quase colada a Orã, do outro lado do monte de Santa Cruz. O pânico se espalhou pela cidade, o rádio e os alto-falantes não paravam de emitir sinais constantes de alarme mandando que nos dirigíssemos aos refúgios. As ruas ficaram praticamente vazias, o comércio e os escritórios fechados.

Alguns cidadãos foram obedientes e correram para aqueles buracos públicos e coletivos de cuja construção Rafael e sua empresa haviam participado; outros foram para esconderijos privados que haviam escavado por conta própria em seus jardins e hortas. Mas os oraneses, em geral, não eram gente dada à quietude e à falta de luz, e a maioria da cidade preferiu fugir para o interior, aos campos, montanhas e aldeias, longe das praias que sempre lotavam durante o verão. De ônibus e carros particulares, furgões de entrega, trens e carroças puxadas por cavalos e burros. Ou a pé.

— O que quer fazer? — perguntou-me Ricardo enquanto tomávamos café da manhã sentados à mesma mesa de nossa primeira noite, um em frente ao outro, ambos nervosos.

— Ficar.

— Tem certeza?

Só precisei fechar os olhos para confirmar que sim enquanto tomava o último gole de café que, na realidade, não era café, e sim uma bebida feita à base de malte torrado; do café de sempre, o de grão, fazia meses que não sentíamos nem o cheiro. Não fomos os únicos a decidir não sair dali. Mas isso só soubemos depois.

Ao longo da manhã, foram retomadas as negociações entre os oficiais responsáveis. Os britânicos deram um ultimato com uma série de saídas alternativas para os navios franceses atracados em Mazalquivir: unir-se à frota britânica para continuar a luta, zarpar para as Antilhas ou os Estados Unidos ou ser afundados por eles mesmos no próprio porto. Caso não aceitassem nenhuma dessas opções, atacariam horas mais tarde.

Na verdade, a Marinha inglesa ansiava que alguma das propostas fosse aceita para não ter que chegar ao pior dos extremos: aqueles mesmos franceses, aqueles mesmos almirantes, oficiais, suboficiais ou simplesmente marinheiros haviam sido seus aliados, seus irmãos de armas até muito pouco tempo antes. Não eram o inimigo a abater, não eram os malditos alemães. Mas a resposta francesa foi contundente: não aceitariam nenhuma das ofertas, estavam dispostos a enfrentar o ataque com honra.

E o ataque chegou, claro que chegou. Depois de horas de tensão e incerteza, pouco antes das seis da tarde os canhões da Royal Navy abriram fogo. O massacre estava em andamento, sem misericórdia, sem consideração. O combate foi tão brutal quanto rápido, mas, para nós, pareceu eterno. Com descargas monstruosas, em quinze minutos deu-se por concluída uma feroz operação na qual os franceses, pela posição de seus barcos, mal puderam se defender.

Nós as ouvimos e as sentimos no corpo dentro de minha casa: as paredes tremeram, os copos e os pratos tilintavam nas prateleiras, uma lamparina tombou e caiu no chão. Sentados bem juntinhos, afundei a cabeça entre os joelhos enquanto Ricardo me abraçava pelas costas. Assim ficamos, apertados um contra o outro durante aqueles terríveis quinze minutos.

Quando acabou, ergui o rosto, chocada, e olhei o relógio; eram seis e cinco. Depois de um momento de silêncio, sem falar nem levantar, quase sem respirar de tão abalados que estávamos, pelas janelas começamos a ouvir as sirenes, os choros e gritos de espanto das pessoas saindo às ruas, os impropérios contra os ingleses. Filhos da puta. Traidores.

No breve tempo que durou o ataque, alguns navios foram gravemente danificados, um explodiu e afundou, outros ficaram encalhados em águas pouco profundas. Onze navios destruídos foi o resultado, e La Royale, La Marine Nationale, a quarta potência marítima do mundo, foi massacrada. Foram mais de mil mortos, o lindo mar da bela baía ficou nojento de sangue, fumaça preta e estilhaços, pernas e braços, cabeças e troncos torrados. Nos hospitais e sanatórios de Orã os feridos se amontoavam, até os escoteiros ajudaram a recolher pedaços humanos pela praia. França e Argélia sentiram uma raiva imensa e um profundo pesar. Até os próprios britânicos ficaram abalados pelo insensato massacre.

Para os franceses, seria a batalha naval com mais baixas de toda a guerra.

Para Ricardo e para mim, o início do fim de nossa história.

Alarmado pelas notícias que chegavam até o México, de alguma forma o sogro de Ricardo conseguiu acelerar os trâmites para arranjar uma licença e uma passagem de navio. Começaram a chegar à minha porta homens que eu não conhecia: àquela altura, a cautela para que nossa convivência não fosse pública havia ficado para trás fazia tempo. Portavam mensagens, instruções. E ele as recebia e queria me contar o que diziam, como as coisas avançavam, mas eu me recusava a escutá-lo.

Ele partiu no início de agosto. Foi sozinho para a estação, com seu corpo magro e a mesma mala com que chegara no *Stanbrook*, para pegar um trem que o levaria a Oujda, na fronteira com o Marrocos, e seguir o rumo daqueles que haviam empreendido antes esse mesmo caminho. Dali, outro trem o levaria até Casablanca e depois um barco até Veracruz e depois à Cidade do México. Aos braços de uma boa esposa que perdoaria sua infidelidade sem nunca a mencionar; às paellas dominicais de sua sogra e às caretas de seus filhos, a viver um exílio triste como todos os exílios, mas relativamente confortável. Como se o nosso, em vez de ser um amor profundo, houvesse sido um simples deslize naqueles tempos estranhos nos quais tudo andava alterado pelas guerras.

Naquela mesma tarde, abandonei a casa que havíamos compartilhado; não quis continuar sob o mesmo teto, na mesma cama, no mesmo quintal. Levei uma bolsa grande com roupas e me instalei no apartamento vazio em cima da loja, no antigo lar dos Martin, onde só restavam pó e manchas nas paredes.

Encolhida no chão, incapaz de prender o choro, consegui dormir apenas meia hora naquela noite amarga.

# CAPÍTULO 62

No curso dos dois anos seguintes, algumas coisas se mantiveram e outras mudaram drasticamente. A guerra, por exemplo, se manteve, e se manteve também o regime de Vichy sobre metade da França e sobre a Argélia francesa, com suas políticas rapinantes complacentes com os nazistas. Mas em minha vida, pelo contrário, quase nada ficou como antes: houve traslados e mudanças de casa, contingências inesperadas, presenças que me abalaram e muitas modificações.

As primeiras chegaram de maneira imprevista no final de uma manhã de trabalho, quando eu já ia fechar a loja para subir para comer; o intervalo do almoço no comércio de Orã continuava sendo sacrossanto. Era a hora em que as pessoas se sentavam à mesa e os clientes, as chamadas e os pedidos eram totalmente suspensos. As duas jovens vendedoras que eu havia contratado meses antes, quando me vira sobrecarregada, haviam ido para casa e só voltariam na hora de abrir à tarde. Eu estava acabando de organizar umas prateleiras quando ouvi alguém bater na porta de vidro.

Ao erguer o olhar, senti um frio na barriga.

— *Monsieur Azoulay, quelle surprise de vous voir ici.*

De fato, ver meu locador em minha loja era uma surpresa. E não das gratas.

— Anteontem, deixei o dinheiro do mês com um dos seus funcionários. Houve algum problema?

Sem responder, a passos lentos, ele entrou observando o local com olhos curiosos. Era idoso, mas não acabado; apenas um homem cuja idade se notava no cabelo ralo e grisalho e nas rugas da pele, na maneira como curvava as costas para a frente. Usava um terno escuro, camisa branca sem gravata. Austero. Digno. Mas, nos últimos tempos, parecia ter envelhecido dez anos.

— Então a senhora se dedica ao comércio de sabão, madame Lagarde. — Com um tom neutro, no qual intuí um toque de sarcasmo, acrescentou: — *Quelle agréable nouveauté*. Que grata novidade.

Para ele, eu continuava usando meu sobrenome de casada. Para o negócio, o de solteira. E para o resto das coisas, aquele que me interessasse; essa duplicidade não me gerava o menor transtorno, e a administração andava tão atarantada naqueles tempos de conflitos sérios que os cambalachos de uma vendedora do Gambetta eram o menor de seus problemas.

— *Oui, monsieur* — respondi sem dar mais explicações, tentando entender por que diabos aquele homem estava ali.

Até então, como havíamos combinado, todos os meses eu levava o dinheiro dos aluguéis à sua loja de tecidos no bairro judeu: o dinheiro correspondente aos dois pequenos imóveis onde estava instalada a fábrica de sabão, agora com sete empregados e já sem lugar para continuar crescendo. Uma vez ou outra eu pensara em lhe confessar o que fazíamos ali e lhe perguntar se não teria outro imóvel vizinho disponível, para que pudéssemos expandir. Mas, por um ou outro motivo, jamais lhe expliquei o uso real que dava às suas propriedades. Em tese, uma continuava sendo minha casa, e a outra, a de uns compatriotas inexistentes. E preferi deixar assim, mesmo já não morando lá desde a partida de Ricardo.

— E ao que parece — acrescentou — as coisas estão indo bem.

— Não posso reclamar.

Ele deu mais alguns passos, observando os tipos de mercadoria, as estantes cheias e os cestos no chão lotados de sabões e sabonetes até em cima. De soda cáustica, de azeite de oliva, coloridos, sem cor, com fragrância, sem fragrância. Uma grande diferença em relação a outros estabelecimentos de produtos cotidianos nos quais, desde o início da guerra, continuava faltando quase de tudo.

— Desculpe a indiscrição, madame Lagarde; permita-me uma pergunta.

Ergui as sobrancelhas, como quem diz pergunte o que quiser, enquanto me esforçava para que ele não notasse quão pouco gostava de sua presença.

— Este negócio é realmente seu?

— *Oui, monsieur*.

— Inteiramente seu?

— *Oui, monsieur*.

— E *la petite usine*, a pequena fábrica instalada em minhas propriedades também?

Engoli em seco.

— *Oui, monsieur*.

Admiti sem mentiras nem rodeios: não fazia sentido negar as evidências. Ele era um comerciante sério, herdeiro de gerações de judeus que viviam desde longos séculos em Orã dedicando-se aos negócios. E eu não era mais que uma intrusa descarada que não tivera escolha a não ser recorrer a tramoias e argúcias para abrir meu caminho.

— E a senhora tem autorização legal, madame Lagarde? Licenças oficiais para o exercício dessas atividades?

— *Oui, monsieur* — disse eu outra vez.

As afirmações saíam de minha boca de forma quase automática.

— Em seu nome?

— *Oui, monsieur*.

— E seu esposo?

Passaram-se alguns segundos até que eu conseguisse pensar na resposta menos comprometedora.

— É ausente.

Até aquele momento, ele havia permanecido no centro da loja; começou a se aproximar de mim.

— Totalmente?

— *Oui, monsieur*. Totalmente.

— Filhos? A senhora tem filhos?

Aí eu poderia ter me estendido para escapar por outros caminhos e me livrar de suas perguntas comprometedoras. Poderia ter lhe contado de Marie, a menininha que fora sepultada pelo barro. Mas não falei dela, assim como não mencionei o filho de Ricardo que perdi depois de sua partida: o filho que ele jamais soube que havia deixado dentro de mim e que esteve em minhas entranhas por apenas três meses.

Eu tinha perdido o bebê no início daquele outono, escorrera entre minhas pernas uma madrugada, quando eu intuía que estava ali, mas ainda não tinha a confirmação; desmanchara-se em grumos densos e úmidos que me fizeram afundar em uma imensa dor. Teria sido lindo parir aquela criança, mesmo que seu pai fosse ausente e mesmo que nunca fosse conhecê-lo. Talvez tivesse o cabelo castanho-claro dele, o temperamento sereno, suas mãos habilidosas. Talvez houvesse herdado também aquilo que o fizera partir, isso que ele chamava de senso de responsabilidade e que eu ainda não era capaz de nomear. Mesmo que houvesse chegado naqueles tempos hostis em que vivíamos, teria sido um bebê muito querido por mim, sua mãe: um consolo, uma esperança, a recordação de um grande amor que se fora para o outro lado de um oceano. Mas aquela vidinha malograra, e algumas noites sua lembrança continuava me arranhando.

Contudo, respondi simplesmente:

— Não, *monsieur*. Não tenho filhos.

— Bem, *alors*. Nesse caso, quero lhe fazer uma proposta. Poderia me passar esse banquinho que tem aí dentro? Desculpe, é que a longa caminhada me cansou. Os judeus não têm mais permissão para usar o bonde, sabia? Nem sequer podemos nos sentar nos bancos das praças públicas para descansar um pouco à sombra quando vamos a pé de um lugar a outro.

# CAPÍTULO 63

Dei-lhe o banquinho de madeira e ele se sentou, agradecido. Também lhe ofereci um copo de água da garrafa que sempre mantinha cheia em uma prateleira, ele aceitou e o bebeu em três goles.

— Não quero atrapalhar mais que o necessário — disse, segurando o copo vazio. — Vou apenas lançar uma ideia e depois irei embora e a senhora ficará pensando. E amanhã, se não se importar, voltarei e a senhora me dará uma resposta.

Fiquei atrás do balcão, disposta a escutá-lo bem atenta. Não tinha a menor ideia de aonde ele pretendia chegar, mas lhe devia ao menos isso.

— Madame Lagarde, imagino que esteja a par da situação ingrata em que meu povo se encontra, tanto na Europa como na Argélia francesa.

Eu sabia; como não saberia? A clientela falava de mil coisas diariamente, e desde que começara a guerra, quase todas eram lamentáveis, muitas sinistras. Uma delas era o tratamento despótico dos oficiais pró-Vichy para com certas comunidades: os árabes, os espanhóis refugiados, e os judeus, principalmente.

— Pétain, aquele traidor, em seu afã de colaborar com os alemães, instaurou uma legislação atroz contra nós. Deixaram sem efeito o decreto Crémieux, que há setenta anos concede aos judeus argelinos a nacionalidade francesa. Agora, nenhum de nós pode trabalhar no serviço público: carteiros, militares, gente que trabalhava nos escritórios, professores, todos na rua. E estão levando os mais pobres àqueles campos tenebrosos. E creio que a senhora saiba bem o que isso significa.

Essas últimas palavras confirmaram aquilo de que eu já suspeitava. Sua aparição justo no momento em que a loja estava vazia talvez não tivesse sido casual. Sua suposta surpresa ao ver o que eu fazia talvez também não fosse verdadeira. *Monsieur* Azoulay certamente sabia de mim e de minha vida bem mais do que havia aparentado de início. O motivo de sua atitude eu ignorava, mas, com toda a certeza, estava me sondando. Mas não o interrompi; preferia que continuasse.

— O marido de minha filha mais velha, que é advogado e tinha seu escritório particular na place des Victoires, não pode mais exercer oficialmente a profissão. O da mais nova, que era gerente de uma clínica particular, também não. Meus cinco netos, alunos brilhantes, não podem mais estudar, foram obrigados a abandonar *l'école* e *le lycée* e...

Sua voz tremeu, então. Sem poder conter sua angústia, apoiou os cotovelos nos joelhos, baixou a cabeça e a escondeu nas mãos, apertando a testa e as têmporas com os dedos.

Aproveitei para encher outro copo de água para ele; um simples pretexto para deixá-lo uns instantes a sós com seu abatimento. Quando lhe ofereci o copo de novo, ele já havia recuperado a compostura.

— Desculpe — murmurou enquanto pegava o copo.

— *Monsieur* Azoulay — eu me atrevi a dizer —, o senhor não sabe quanto lamento.

Ele ergueu a mão enquanto bebia.

— Não se incomode em se compadecer, não é necessário — disse depois de mais uns goles. — O pior, madame, ainda está por vir. Na França já começaram as deportações para a Alemanha. Homens e mulheres, idosos, crianças...

No último gole, seu pomo de adão dançou em sua garganta.

— Enfim... Enfim, perdão, vou focar no que me trouxe até a senhora; desse outro assunto poderíamos falar durante horas... Veja, as leis antissemitas estão endurecendo aqui também, na Argélia, e o passo seguinte será nos despojar de nosso patrimônio, de nossas propriedades e negócios.

— Ouvi alguma coisa sobre isso — murmurei.

— Entre nosso povo, alguns, a menor parte, são muito ricos, muito prósperos; a senhora deve conhecer alguns sobrenomes: os proprietários dos armazéns Darmon, por exemplo. Outros, porém, a maior parte, têm bem pouco; não deve ter visto muitos milionários na rue d'Auschwitz, não é?

Ele sorriu com um débil toque de amargura e eu o imitei, por cortesia. Tinha razão, nada cheirava a dinheiro naquela rua comprida e sempre abarrotada, com seus humildes vendedores e seus modestos compradores e as mercadorias baratas em suas barracas: panos de prato, frigideiras e cadarços, potes de latão.

— E há também gente como minha família, simples comerciantes que não passam necessidade, com uma ou outra propriedade e um negócio fundado por meu avô, no qual eu mesmo venho trabalhando a vida toda; a senhora o conhece…

Conhecia de sobra, fazia vários anos que ia lá no fim de cada mês, sem falhar um. Era uma loja grande e meio desorganizada em uma esquina da rue de la Révolution, com duas entradas e duas vitrines. Dentro, montes e montes de rolos de tecidos, montes de clientes, mulheres, principalmente, e um bom número de vendedores. Não se tratava de um estabelecimento distinto como muitos dos franceses do centro, mas era bem maior que meu pequeno negócio de sabões.

— Mas o que quer de mim, *monsieur* Azoulay? — perguntei, sem poder me conter. — Não entendo de tecidos, nem tenho nada a ver com…

Sério, enérgico, ele negou com a cabeça.

— Com meu comércio não posso fazer nada mais que cumprir as novas normativas e me resignar a fechá-lo, madame. Mantê-lo aberto, mesmo clandestinamente, seria um erro; não posso arriscar. Mas com outras coisas eu me atrevo a lhe pedir que me ajude. E em troca, a senhora também se beneficiaria.

— Explique, por favor, se não se importa.

— Veja… eu tenho também dinheiro vivo. Uma quantidade, digamos, nada desprezível. E antes que o tirem de mim, gostaria que me permitisse investir em seu negócio.

# CAPÍTULO 64

Quanta falta eu sentia de Ricardo, de sua serenidade, de nossas conversas todas as noites! Conversar com ele teria me ajudado a analisar a situação por todos os ângulos, e assim, teria sido mais fácil decidir se aquela estranha oferta de Azoulay era conveniente para mim ou se era uma imensa insensatez, fruto do desespero de um homem encurralado pelo medo. Mas eu não tivera mais notícias de Ricardo desde que ele partira para o México no verão anterior; ele cumpriu o que combinamos e jamais me escreveu uma simples linha. E, ao longo de meus dias, embora muitas vezes fosse difícil, eu tentava manter sua lembrança o mais longe possível do pensamento; que sentido tinha continuar desejando o perdido? Só que, às vezes, a vida punha armadilhas em meu caminho e eu morria de saudade dele...

Dada sua ausência, em outras circunstâncias eu teria consultado madame Le Clerc, meu mais sólido apoio em outros momentos árduos. Mas contar com ela já era impossível também. Eu costumava ir vê-la duas vezes por semana, e por isso sabia que estava perdendo a lucidez a passos largos. Esquecia as coisas mais simples: como abotoar a blusa, como pôr os óculos, seu nome, meu nome, inclusive a guerra que tanto a transtornara no início. Supostamente, sentava-se para ler concentrada, mas não avançava a página; pretendia escutar rádio e ficava horas ouvindo interferências. Uns meses antes, eu mesma havia contratado uma pessoa para cuidar dela – Amina, uma jovem árabe que suportava com paciência suas extravagâncias e a tratava com enorme delicadeza.

Descartados meu amante passageiro e minha professora com a cabeça nas nuvens, só me restava uma pessoa a quem recorrer em busca de conselho. Rafael. Rafael Guerrero, a única pessoa em Orã na qual eu tinha plena confiança e que, além disso, também estava a par do funcionamento dos negócios locais e de como a maldita guerra os estava afetando.

Desde aquela manhã em frente à construção dos refúgios eu não tivera mais notícias dele, mas tornara a recordá-lo centenas de vezes: como amigo, como amante, como o namorado que nunca chegara a ser e o marido que talvez houvesse sido. Mas preferia deixar as coisas em seu lugar, não me intrometer para evitar perturbar minha vida e a dele. Eu sabia que o depósito não ficava mais perto do Tambor San José, mas não lembrava o número de telefone nem o endereço exato; de modo que, para encontrá-lo, voltei à lista telefônica. Ninguém atendeu quando liguei insistentemente para o número que dizia ali ser de sua empresa. Nem no segundo dia. Nem no terceiro. Então, decidi ir pessoalmente, talvez tivesse mais sorte.

Vesti a melhor roupa que tinha, um sóbrio terninho vermelho, e fiz um coque discreto; estava indo falar de negócios com Rafael, não para lhe recordar o que poderíamos ter construído juntos se o maldito Lagarde não houvesse se metido no meio. Demorei de propósito para chegar às dez e meia, nem muito tarde, nem muito cedo. Para minha decepção, contudo, assim como minhas chamadas telefônicas ficaram sem resposta, ali também não encontrei ninguém, apenas uma grande persiana metálica fechada.

Era um estabelecimento localizado em uma travessa do bulevar Sébastopol: numa localização melhor, maior, sem dúvida, de altura considerável e com o nome escrito em um letreiro de aparência profissional, não umas simples letras pintadas na parede como antes. Mas não se via nem sombra de vida ali, nada. Olhei para a direita e a esquerda, talvez em algum comércio ou serviço perto pudessem me dar alguma indicação. Vi uma tabacaria e, uns metros além, uma farmácia; pensei que certamente em algum desses lugares poderiam…

Não cheguei a decidir, porque naquele instante, às minhas costas, ouvi um grito:

— *Vous cherchez quelque chose, madame?*

A voz saía do edifício da frente; um edifício de fachada mais bonita que os do Gambetta, mas sem excessos. Em uma sacada do segundo andar, vi a mulher que havia acabado de me fazer a pergunta. Relativamente jovem, cabelo cacheado castanho-claro. Olhava para baixo, para mim, com as duas mãos apoiadas no parapeito de ferro.

Hesitei um instante; na verdade, não sabia o que dizer.

— Estou vendo que o depósito está fechado e...

— *Vous cherchez quelqu'un en particulier?* — gritou de novo.

Primeiro havia perguntado se eu estava procurando algo, depois se procurava alguém. Hesitei de novo. Enquanto isso, ela não saiu do lugar.

— Rafael Guerrero — disse eu por fim, também erguendo a voz para que ela me ouvisse.

Uma distância considerável nos separava; ela em cima e eu embaixo, ela em sua sacada e eu plantada na calçada em frente. Mas tive a impressão de que sua expressão mudou. Não disse mais nada, mas continuou me olhando.

— Muito obrigada de qualquer maneira — disse eu a modo de despedida.

Supus que não tivesse mais nada a acrescentar. Talvez não o conhecesse e nem fizesse ideia da razão de o depósito estar fechado. Provavelmente era só uma vizinha de boa vontade, talvez também meio indiscreta.

Afastei o olhar da sacada, pronta para ir embora, quando a ouvi mais uma vez:

— Espere um momento!

Esse último grito ainda ecoava em meus ouvidos quando ela desapareceu de repente da sacada deixando as portas abertas. Aguardei, desconcertada, até que ela saiu do prédio e atravessou a rua para chegar até mim. Sua respiração estava agitada, como se houvesse descido correndo.

— Por favor, pode me dizer para que quer falar com Rafael Guerrero?

Era mais baixa que eu, mais achatada de corpo; usava um vestido discreto de estampa azul-marinho; notei que tinha olhos mansos, aquosos. Uma boa mãe de família, sem dúvida, sempre atenta para que tudo estivesse em ordem quando os seus voltassem. As camas feitas, o chão limpo, a comida pronta, a mesa posta.

Não respondi; não ia dar explicações àquela desconhecida até que esclarecesse por que as pedia. E ela intuiu isso, de modo que não teve escolha a não ser acrescentar:

— Rafael é meu marido.

Notei que seu lábio inferior tremia; um pouco, muito pouco, mas o suficiente para eu perceber, involuntariamente, que ela sentia um desassossego infinito.

Muitas vezes eu havia tido a curiosidade de saber como seria a mulher com quem ele se casara mesmo preferindo ficar comigo. E lá estava ela, diante de mim; lá estava a mulher que fora uma jovem empregada de uma confeitaria, convertida em madame Guerrero porque eu havia sumido do mapa.

— Foi mobilizado há meses, está na França. Agora Salvador, meu cunhado, cuida do negócio, mas esta semana está com uma obra em um quartel militar, por isso está fechado.

Sua voz era fina, insegura. Ou talvez essa fragilidade fosse provocada pelo fato de estar falando comigo. Eu não soube o que dizer, faltaram-me as palavras. A ela, não.

— Imagino que a senhora seja Cecilia — disse com uma careta amarga. — Faça o favor de voltar por onde veio. Deixe-nos em paz e não volte mais.

## CAPÍTULO 65

Na falta de conselhos, no fim foi somente minha intuição que me levou a dar aquele passo. Assim eu disse a Azoulay quando ele voltou à minha loja na hora do almoço em busca de uma resposta.

— A única coisa que lhe peço é que deixe todas as condições por escrito, com a data e sua assinatura.

— Isso me parece correto. O que a senhora disser.

— Não tem validade oficial, mas para mim serve.

Sobre o balcão, em uma simples folha do caderno no qual eu fazia minhas contas, com umas frases a lápis, ficou fechado o acordo. A data encabeçava o escrito: 14 de setembro de 1941, um ano depois da partida de Ricardo, dois anos depois do início da guerra. Ainda éramos incapazes de imaginar quando e como acabaria.

Aprendi muito com o velho Eliah Azoulay a partir daquele dia, muitas coisas em todos os sentidos e direções; algumas morais, outras sobre o mundo e a maioria sobre o bom manejo de um negócio. Durante o ano seguinte, com seu dinheiro e sua perspicácia nas sombras, e com meu trabalho e minha iniciativa à luz, demos um enorme impulso à empresa. E enquanto as miseráveis leis da França simpáticas aos nazistas continuavam estrangulando os judeus, nós abandonamos os humildes quintais do Gambetta e montamos uma fábrica nova em *le plateau* Saint-Michel, em outra propriedade dele, posta fraudulentamente em meu nome para evitar que a confiscassem.

Tratava-se de um local muito mais amplo e confortável, entre os fundos de uma borracharia e a lateral de um depósito de refrigerante. Com mais caldeiras, com uma distribuição mais organizada das funções e com mais pessoal: começamos com dezessete mulheres entre espanholas refugiadas e judias oranesas, e com o passar dos meses, fomos aumentando. Apesar de provirem de mundos tão diferentes e de não falarem a mesma língua, conseguiram se entender desde o início e trabalhar diariamente em um ambiente agradável, com enorme eficiência, todas com longos aventais e lenços brancos na cabeça para que não caísse nem um fio de cabelo sobre o sabão. Umas eram responsáveis pela cocção, outras pelas formas e pela cura, outras pelo corte e pela embalagem. Além disso, ainda contávamos com Hamid, o rapaz árabe que eu contratara tempos antes para nos ajudar com seu carrinho de mão e que se transformara em um jovem sério e responsável que chefiava mais cinco entregadores. Enquanto no mundo se matava com ódio, a Savon de l'Oranie empreendia uma nova etapa.

A loja do Gambetta continuava aberta para atender aos vizinhos de sempre e aos bairros daquela região. Mas, com a nova fábrica, queríamos nos estender ao centro. No início, continuei morando lá, no andar de cima; pagava a *monsieur* Martin, mês a mês, as parcelas que ainda lhe devia pelo imóvel, exatamente como havíamos combinado. Sem os móveis pesados e escuros do casal e com seu lugar ocupado pelos que um carpinteiro havia feito para mim com uma simples placa de pinho, transformei aquela casa rançosa em um lar razoavelmente confortável. Mas ir e vir várias vezes por dia entre o Gambetta e a nova fábrica era um transtorno, uma perda de tempo. E de paciência.

Para resolver isso, meu sócio interveio de novo:

— Mude-se.

Eu havia acabado de entrar no escritório, precipitada, acalorada, reclamando pela enésima vez dos atrasos do bonde. Não havíamos colocado o escritório na parte da frente da fábrica, como seria o normal, e sim nos fundos, para evitar que *monsieur* Azoulay fosse visto da rua. Colocamos ali uma única mesa de trabalho, bem grande; a minha, porque supostamente só eu trabalhava ali, como proprietária oficial da empresa. Mas ele ia sempre, quase diariamente, entrando discretamente por uma porta meio escondida que abrimos em uma ruazinha lateral por onde só circulavam gatos. E lá dentro conversávamos, discutíamos e tomávamos decisões e, sentados cada um a uma ponta da longa mesa, ele cuidava dos números com seu capricho de velho comerciante e eu tentava ter ideias para fazer produtos melhores e conquistar mais clientes.

Nós nos dávamos bem, estranhamente bem para dois seres tão diferentes. A cristã espanhola sem fé e o judeu que, como ele me contara, descendia de maiorquinos pelo lado materno. A empresária novata e o experiente negociante, a mulher na casa dos trinta com estado civil falso e o avô com cinco netos.

— Para onde pretende que eu me mude? — perguntei enquanto ligava o ventilador, sem lhe dar muita atenção.

— Para mais perto.

Então, olhei para ele e vi que não estava falando por falar. Havia levantado os olhos e me contemplava com sua velha caneta-tinteiro de prata na mão, erguida, a meio caminho entre seu caderno e o tinteiro.

— O senhor sabe que tenho minha casa no Gambetta, ainda a estou pagando.

— Pois alugue-a.

Não era uma ordem, e sim uma sugestão. Depois, acrescentou:

— Sei de uma pessoa que pode lhe oferecer um apartamento não só mais perto e mais centralizado, como também muito mais distinto.

Soltei um bufo sarcástico.

— Não preciso de distinção.

— Isso é o que pensa agora, porque não está pensando no futuro. O fato de morar em um lugar relativamente representativo pode ser bom para os negócios, quando chegar a hora.

— Não vejo como.

— Esta maldita guerra terá que acabar um dia. E quando as coisas voltarem ao normal, comigo ou sem mim, estará pronta para avançar, instalada na linha de largada.

A conversa morreu aí, não dei mais atenção: tinha que cuidar de uns pedidos, de um problema com a dobradora das embalagens de papelão e de mais mil coisas que requeriam minha atenção imediata. Mas no dia seguinte aconteceu a mesma coisa, e em vez da meia hora de viagem habitual, levei uma hora e quinze para chegar, espremida em um bonde que levava o dobro de sua capacidade, cheio de gente feia, gritando, suada. E dois dias depois, em vez de uma hora e quinze, demorei uma hora e meia. E no seguinte, assim que entrei pela porta do escritório, parei diante de meu sócio.

— Mostre-me o apartamento, vou fazer o que sugeriu.

Naquele mesmo dia, na hora do almoço, entrei pela primeira vez no lugar que seria minha nova residência, um apartamento amplo de pé-direito alto, piso de lindos ladrilhos e seis sacadas. Em uma esquina perto do square Garbé, bem perto do Palais de Justice e da catedral nova, em uma região infinitamente mais elegante que meu bairro de trabalhadores.

— Mas isto aqui não é para mim, isto não...

Minha voz ecoou no espaço quase vazio; havia alguns móveis ali, mas haviam levado as cortinas, os tapetes, a decoração.

— Deixe de protesto, Cecilia — disse ele, firme.

Àquela altura, ele já me chamava pelo nome; eu mesma lhe havia pedido isso, recusava-me a continuar ouvindo o sobrenome Lagarde.

— Se ficar com ele, fará um favor ao proprietário; é um grande amigo que está passando pelo mesmo que todos nós. Antes, um alto funcionário do Barclays Bank vivia aqui com a família; como eram ingleses, foram embora no início da guerra. E agora, se continuar vazio, o dono teme que seja confiscado.

— Mas eu tenho que pagar um aluguel justo por isto aqui, não quero ocupar o que não é meu e me aproveitar de...

— Repito o mesmo que eu disse: pagará aqui o que conseguir pelo aluguel de sua casa atual. E quando todo esse absurdo acabar, conversaremos.

Foi assim que, em tempos obscuros para o mundo, comecei a viver com mais tranquilidade que nunca. E logo me acostumei ao que de início me parecera um luxo exagerado: luz natural e elétrica em todos os cômodos, um grande banheiro com piso de mármore, uma vista magnífica para a praça.

Muitas vezes, vi desfilarem por ela os milicianos do SOL, Service d'Ordre Légionnaire, tão fascistas e radicais quanto os próprios nazistas, defensores ferrenhos do colaboracionismo com a Alemanha. Portavam bandeiras francesas de orlas douradas e retratos gigantes de Laval e Pétain; frenéticos, cantavam louvando a glória do marechal e berravam contra judeus, comunistas e maçons. Quando passavam, muitas janelas das sacadas dos edifícios se fechavam em sinal de repúdio, mas muitas outras se mantinham abertas de par em par, e as pessoas assomavam e os aplaudiam e ovacionavam, e havia homens de gravata que faziam gestos de firme apoio e rapazes que os contemplavam com admiração, e mulheres de bom porte com penteados de *coiffures élégantes* que aplaudiam e lindas meninas com *rouge brillant* nos lábios que lançavam elogios e beijos.

Mas, à margem de minha mudança, as coisas continuavam tristemente complicadas. Segundo Azoulay, corria o rumor de que a prefeitura havia recebido um monte de caixas procedentes da França cheias de estrelas amarelas de pano — estrelas de Davi – para marcar os judeus em público. Em Orã, na Argélia toda, na Europa inteira, por todos os lados havia medo, sofrimento, desassossego, carência. Uns porque eram perseguidos, outros porque tinham parentes lutando em alguma frente de batalha, como Rafael, como tantos maridos e filhos de tantas mulheres. Outros porque mal tinham o necessário para subsistir naqueles tempos de racionamento de açúcar e manteiga, carvão, gasolina, café e até cigarro. O mercado clandestino funcionava em todas as esquinas, cometiam-se desmandos e abusos constantes, o moral do povo estava baixo demais.

Em meio àquelas águas turvas, como um pequeno milagre, continuávamos trabalhando com entusiasmo, fazendo e vendendo sabões e sabonetes comuns para pessoas comuns. E assim transcorreu aquele ano. Até que, em uma manhã do início de novembro de 1942, tudo começou a mudar.

# CAPÍTULO 66

Acordamos com tiros de canhão antes do amanhecer e Orã inteira saiu da cama aterrorizada, pensando que estava acontecendo outro massacre como o de Mazalquivir, ou até pior. Logo os canhões se calaram por completo e ninguém sabia o que fazer. Esperar era a única opção. E rezar, os que soubessem.

Já estava clareando quando ouvimos os aviões, muitos, voando baixo. As janelas e as sacadas de todas as casas continuavam fechadas, as luzes apagadas temendo um possível bombardeio. Minutos depois, ouvimos o som das sirenes e alguns correram aterrorizados para os refúgios subterrâneos, enquanto a maioria ficava em casa, angustiada, mantendo o medo e o silêncio. Houve também alguns insensatos que saíram às ruas sem destino certo, e os mais temerários subiram nos telhados para tentar descobrir de quem provinha a ameaça.

De uma das sacadas de meu grande apartamento de poucos móveis, ainda de camisola, olhei para a praça quase deserta. Vi somente um entregador de jornais, um rapazinho árabe, encolhido debaixo de uma palmeira, com a cabecinha refugiada entre os braços; vi duas mulheres correndo paralelamente ao muro do Palais de Justice, erguendo as almalafas brancas com as mãos para que o pano não se enroscasse em suas pernas.

Àquela hora, tão cedo, ainda não sabíamos que se tratava da Operação Tocha. As tropas americanas, com o apoio das britânicas, haviam começado a desembarcar naquela madrugada nas praias próximas a Orã. Teríamos dois dias angustiantes pela frente, durante os quais a população civil inteira prenderia a respiração enquanto ouvia as explosões. Sem compreender a envergadura daquilo, o comércio, os escritórios e as escolas permaneceram fechados, à espera de um desenlace. Enquanto isso, os militares americanos prosseguiam com sua campanha com o objetivo de entrar na cidade por diversos pontos, enquanto as tropas francesas se defendiam com unhas e dentes. Até que foram vencidas.

Em 10 de novembro, graças àquela formidável operação militar, as tropas da França de Vichy destacadas em Orã, já derrotadas, viraram a casaca para lutar ao lado da Grã-Bretanha e dos Estados Unidos. Simultaneamente, ocorreu o mesmo com os desembarques em Casablanca e Argel, os outros alvos da manobra; terminava com êxito a grande invasão anglo-norte-americana dos portos franceses das costas africanas, uma guinada fundamental para o devir da guerra.

A partir de então, com as forças somadas à causa da França Livre de De Gaulle, o regime de Pétain deixaria de exercer seu poder sobre a Argélia. Quando a notícia se tornou pública, e apesar de as autoridades pedirem prudência e serenidade, quase ninguém lhes deu ouvidos. Jovens e crianças saíram às ruas de Orã gritando frenéticos, gargalhando. Muitos daqueles que tinham carros, motocicletas, caminhonetes, saíram com seus veículos para dar voltas sem rumo, buzinando. De La Marina a Delmonte, de Carteaux a Eckmühl, milhares de mulheres saíram às portas, janelas e sacadas e aplaudiram arrebatadas; muitas derramavam lágrimas.

Mas nem todo mundo recebeu essa mudança de rumo com a mesma alegria, evidentemente. As numerosas famílias colaboracionistas que antes saudavam eufóricas à passagem dos retratos de Laval e Pétain permaneceram trancadas em suas residências. Inclusive, alguns valentões do SOL ousaram enfrentar aqueles libertadores imprevistos de pistola em punho. Por sorte, de pouco serviu.

A cidade se transformou em uma festa, mais ainda quando começaram a surgir pelas ruas os tanques e jipes cheios de soldados americanos, exaustos, mas triunfantes, com as grandes bandeiras de listras e estrelas que haviam portado ao desembarcar, ondulando pelas avenidas e bulevares sob o sol do outono africano.

Assim começava uma nova etapa para Orã, para todos nós. A partir de então, nós nos acostumamos a viver com a presença constante de quase trinta mil jovens militares que, de repente, animaram as ruas e encheram bares, cinemas, cafés, *brasseries* e, segundo diziam, também os bordéis. Eram vistos por toda parte; as meninas casadouras os observavam animadas, porque normalmente eles tinham bom porte e eram simpáticos e generosos, e os jovens e crianças de qualquer religião não saíam de perto deles, com a intenção de lhes vender o que fosse ou de conseguir o que fosse: podiam trocar clementinas por chiclete ou figos por cigarros, conseguiam com eles garrafas de uísque para revender depois, ou carne em lata e leite em pó para suprir a escassez de suas próprias casas.

E, inesperadamente, aqueles milhares de rapazes que chegaram da América do Norte com seus uniformes novinhos, sem saber, também deram um enorme impulso à nossa empresa. Porque aqueles uniformes, com o passar dos dias, acabavam cheios de pó, suor, sujeira, gordura. E precisavam ser lavados. E embora houvesse máquinas de lavar portáteis em seus acampamentos, segundo se dizia, para eles era bem mais fácil mandar que qualquer dona de casa com necessidade de dinheiro lhes lavasse a roupa: um apoio maternal postiço em troca de alguns francos, ou dólares, ou o que tivessem à mão, porque para as mulheres dos bairros populares qualquer coisa servia. Estavam acostumadas a lavar diariamente a sujeira com as mãos nos tanques de seus quintais e lajes, a enxaguar e estender nos arames ao sol, e suar ao passar as roupas de sua prole. Se com essa tarefa ainda pudessem ganhar alguma coisa, que bênção. Mesmo que isso representasse uma sobrecarga de trabalho e tivessem que negociar o preço com os soldados por meio de sinais, porque de outra maneira era impossível que se entendessem. Mesmo que tivessem que comprar mais sabão todas as semanas.

Foi assim que a Savon de l'Oranie deu um novo salto, dessa vez muito maior. Tivemos que contratar mais funcionários para a fábrica e estabelecemos turnos; encomendamos novas caldeiras e formas, acrescentamos fornecedores aos que já tínhamos. Os pedidos e entregas se multiplicaram, e meu trabalho, sempre intenso, não acabava nunca. As noites se juntavam com os dias, eu dormia pouco, comia pouco, às vezes esquecia até que dia da semana era.

Para os judeus da Argélia os americanos também representaram um alívio imenso. Depois que nos livraram do regime de Vichy, foram revogadas as proibições e os maus-tratos contra eles, e a maioria recuperou sua vida de sempre como cidadãos franceses de pleno direito. Meu sócio, porém, optou por não me abandonar. Abriu sua loja de tecidos, sim, mas a deixou a cargo de seus funcionários de confiança e ficou ao meu lado. Eram dias maravilhosos, estávamos progredindo.

— E quanto a meu apartamento? — disse eu em um de nossos poucos momentos de sossego. — Agora que o medo de seu amigo de que fosse tomado dele desapareceu, diga-lhe por favor que atualize o preço.

Assim, consegui que reajustasse o aluguel, mas foi sem excessos; afinal de contas, continuávamos em guerra e o resultado ainda era incerto. E, embora continuasse sobrando espaço em minha linda casa, pelo simples fato de estar perto da fábrica e de me permitir tomar banho em uma grande banheira todas as noites ao voltar do trabalho, valia a pena. O dinheiro para pagá-lo havia deixado de ser um problema naquele tempo de bonança inesperada.

Até que, no meio de um daqueles dias de intenso movimento na fábrica, recebemos uma ligação diferente das de sempre.

Uma das funcionárias me deu o recado:

— Precisam que a senhora vá à clínica militar americana, madame.

Eu estava no depósito com Hamid, organizando as entregas que teriam que sair naquela mesma tarde. Franzi o cenho com estranheza enquanto deixava uns recibos na estante.

— Tem certeza?

— Foi o que eu entendi, porque a moça falava estranho. Mas ela insistiu para que a senhora fosse com urgência.

Estranhei o recado. Para que diabos queriam falar comigo se era sabido que os americanos praticamente não negociavam com os comércios e serviços locais? Tudo chegava para eles naqueles seus navios gigantescos: comida e bebida, remédios, cigarros. Estranhei o fato de que estivessem interessados em nossos sabões. *Très étrange*. Muito estranho.

# CAPÍTULO 67

Fui recebida por uma enfermeira militar loura, grande, uniformizada. Em um francês de sotaque péssimo, indicou que eu me sentasse em uma salinha de espera e voltou a seus papéis. Os americanos haviam montado um grande hospital de campanha perto de Arzew, a leste de Orã, mas eu não sabia que dentro da cidade também tinham aquela clínica, pequena e com porta para a rua. Foi Hamid quem me explicou onde ficava.

Obedeci e me sentei em um banco encostado na parede, cercada por cartazes em inglês que naturalmente não entendi. Estava olhando um deles enquanto me perguntava para que diabos me haviam feito ir até ali quando uma porta se abriu à minha esquerda.

— Madame Lagarde?

Com um jaleco aberto sobre o uniforme militar, um homem segurava a maçaneta. Bronzeado de sol, cabelo claro bem curto.

— Entre, por favor.

Levantei-me precipitadamente e me dirigi a ele.

— Estamos com uma pessoa que a senhora conhece.

Estava sentada, com as mãos caídas sobre o colo. Do coque impecável e cinzento de outros tempos escapavam várias mechas. Mais encurvada que nunca, com o casaco de tricô torto e, em vez de sapatos, as pantufas de ficar em casa. Parecia cansada e pequena, vulnerável.

Corri até ela.

— Madame Le Clerc, mas o quê, mas, mas…

Ao ver que ela não reagia, eu me agachei a seu lado. Peguei sua mão sem parar de lhe fazer perguntas, incapaz de controlar meu choque, tentando fazê-la me notar, ao menos olhar para mim.

— *D'où venez-vous?* De onde veio? O que está fazendo aqui, como…

Ela continuava alheia, não me reconhecia. Não, pior: não notava minha presença a seu lado enquanto eu falava e, ao mesmo tempo, tentava segurar as lágrimas. Fiquei abalada por vê-la assim, tão perdida, tão diferente da mulher magnífica que havia sido, tão estranha dentro daquela estranha clínica médica que ostentava em uma das paredes a bandeira de faixas e estrelas. A culpa chacoalhou meu corpo: eu deveria ter ficado mais atenta a ela.

Até que senti uma mão em meu ombro e a voz de um homem com sotaque estrangeiro.

— Não se esforce, madame. Melhor ainda, acalme-se.

Voltei-me para o militar, levantei-me e o encarei.

— O que ela está fazendo aqui? Como chegou? Quem a trouxe? O que vocês...

As perguntas saíam atropeladas de minha boca, em catarata. Ele pegou uma cadeira e a arrastou para perto de mim.

— Sente-se, acalme-se — insistiu, calmo, mas firme.

— Pare de mandar que eu me acalme! Como ela veio parar aqui?

Minha reação acre não pareceu incomodá-lo; ele simplesmente deu dois passos para trás, esquecendo a cadeira que me oferecia, apoiou-se em um móvel branco cheio de material clínico e cruzou os braços sobre o uniforme e o jaleco aberto.

— Nossos rapazes a encontraram perambulando, perdida, lamento não saber o lugar exato. Estavam patrulhando e quase a atropelaram. Ofereceram levá-la para casa, mas ela não sabia dizer onde morava e ninguém por ali parecia conhecê-la. Por isso, decidiram trazê-la para cá, e quando nossa enfermeira foi examiná-la para ver se estava bem, encontrou isto.

Do bolso superior de seu jaleco o médico tirou um pedaço de cartolina suja. Estendeu-o para mim, e, ao lê-lo, engoli em seco para evitar de novo que as lágrimas escapassem.

A linda caligrafia de madame Le Clerc, devido às brumas de sua mente, havia se transformado em uma cadeia de letras deformadas, hesitantes, quase ilegíveis. Mesmo assim, em algum momento, ela devia ter tido lucidez suficiente para saber que sua mente estava se apagando e se antecipara às mais ingratas consequências. Por precaução, havia guardado instruções escritas a lápis nos bolsos de sua roupa.

*Si vous me trouvez, contactez madame Lagarde*

*Savon de l'Oranie*

*Oran, Algérie*

O médico me distraiu de meu desconcerto de novo.

— É sua mãe?

Sem erguer os olhos das letras entorpecidas, neguei com a cabeça.

— Mas a senhora ficará responsável por ela?

Ainda sem levantar os olhos, disse que sim, sem palavras de novo, tentando compreender como minha professora havia chegado àquele estado de deterioração e como eu, descuidada, não havia sido mais atenta.

— Tomei a liberdade de examiná-la — prosseguiu ele. — Seu estado físico é bom. Os sinais vitais...

— Obrigada — disse por fim, forçando-me a reagir. — Muito obrigada. Ela vai comigo, desculpe o transtorno.

Peguei-a pelo braço com suavidade para fazê-la se levantar; ela não opôs resistência. Passei o braço por seus ombros; sempre havíamos tido a mesma estatura, mas ali, eu parecia uma cabeça mais alta.

— *Rentrons à la maison, madame Le Clerc* — sussurrei. — Vamos para casa.

Tive a impressão de que ela mexeu ligeiramente o queixo. Com pequenos passos, dirigimo-nos à porta.

— Obrigada, doutor. Desculpe o incômodo.

Na rua, o sol do meio-dia a deslumbrou e ela ergueu uma mão trêmula para se proteger. Vivia na Argélia havia quase meio século e seus olhos azuis ainda não haviam se acostumado àquele brilho pungente.

— Vocês têm como ir?

Era de novo a voz do médico; já estávamos na calçada e ele falava em voz alta dos degraus da entrada, com seu francês correto de sotaque estranho. Não tive tempo de lhe responder que não, que a única coisa que eu queria era tirá-la daquela clínica, que ainda não havia pensado em como levá-la.

— Esperem um segundo, eu tenho mesmo que sair — disse enquanto tirava o jaleco. — Eu as levo aonde disserem.

# CAPÍTULO 68

Na porta da casa de madame Le Clerc havia umas quinze mulheres falando sem pausa, no estilo oranês popular: aos gritos, mesclando línguas, francês com valenciano, espanhol com uma ou outra palavra em árabe e em italiano. E soltando um *ay*, *ay*, *ay* atrás do outro. Pararam de repente ao ouvir a buzina do jipe que tentava abrir caminho. Calaram-se todas ao mesmo tempo e ficaram olhando como se houvéssemos acabado de cair do céu. Até que perceberam que madame Le Clerc estava sentada no banco de trás e eu a acompanhava.

Voltaram os gritos, dessa vez entusiasmados pela alegria de saber que a professora estava viva, inteira, saudável. Amina, a jovem árabe que eu havia contratado para cuidar dela, passara horas a procurando, angustiada. A madame escapara enquanto ela estendia roupa no quintal, e, ao notar sua ausência, havia corrido para a rua avisando as vizinhas. Ao nos ver, correu para nós, incapaz de esconder o alívio, gritando em seu árabe incompreensível.

Demoramos alguns minutos para conseguir entrar na casa; as mulheres não paravam de me perguntar o que havia acontecido, onde madame Le Clerc havia se metido. E entre uma pergunta e outra, acotovelavam-se e flertavam com o médico sem a mínima vergonha.

— Madame Le Clerc, que taxista americano bonito a senhora arranjou!

Se ela estivesse em seu juízo perfeito, não teria permitido nada daquilo; era geniosa, nenhuma vizinha teria ousado brincar com a professora, sempre tão correta, tão aprumada, tão francesa. E o médico, no meio daquela algaravia, também não captou a malícia.

— *Merci, docteur* — repeti. — O senhor foi muito gentil.

— Faça com que ela beba muita água.

— *D'accord* — respondi, mal o ouvindo.

— E se precisar de qualquer coisa…

— *Oui, oui.*

— Já sabe onde me encontrar.

Ali ficou, na rua, subindo de novo no jipe, cercado por um mulherio que não se intimidava diante da estrangeirice e das estrelas no uniforme. Antes de fechar a porta, ouvi uma mulher lhe perguntar se ele tinha alguma bala para seus filhos. Outra, se podia levá-la até a ponte do Gambetta. Outra, se não queria levar sua filha para dançar no clube dos oficiais.

Foi difícil convencer Amina a não se sentir culpada por aquele incidente. Era puxado cuidar da casa e vigiar os desvarios da madame, era compreensível que um dia acontecesse o que acabou acontecendo. Em seu francês truncado, ela me prometeu quinze vezes redobrar sua atenção, e eu não tive escolha a não ser acreditar que isso seria suficiente, porque não havia outra solução: madame Le Clerc não tinha família e, com seu caráter meio arisco, nunca havia feito amizades de confiança. Suas antigas companheiras da *école* do bairro de Miramar já deviam estar mais que aposentadas, ou teriam voltado para suas cidades de origem, ou muitas deviam estar no cemitério. Enfim, não havia ninguém que pudesse nos dar uma mão.

Voltei para a fábrica naquela tarde com a preocupação na cabeça e, antes de voltar para casa, à noite, apesar do longo dia, passei de novo para vê-la.

— Ela não quis jantar — disse Amina, desesperada.

Na manhã seguinte, recusou-se a se lavar. Na seguinte, não quis se vestir. Na seguinte, negou-se a se levantar da cama. Cinco dias depois de sua fuga, não tive mais opção que jogar a toalha e admitir que Amina e eu não podíamos cuidar dela sozinhas. A pobre jovem não aguentava mais e eu tinha a fábrica a todo vapor, que não podia abandonar. Precisava tomar uma decisão, e só me ocorreu uma via. Tomada pelo desassossego, fiz uma consulta por telefone e, quando consegui uma resposta afirmativa, fiquei no escritório pensando em como encarar o passo seguinte.

Saí distraída da fábrica naquela tarde, tentando decidir se seria melhor contratar um táxi ou pedir o favor a algum vizinho, pagando a gasolina a preço de ouro em pó.

— *Bonsoir*, madame.

Ao me cumprimentar, ele levou a mão ao quepe militar, e eu não soube como responder. Estava encostado no mesmo veículo no qual nos conduzira na semana anterior.

— Estava passando por aqui e parei para perguntar como está sua professora.

Talvez pelo esgotamento do final do dia, deixei escapar uma expressão de desânimo. Quem dera eu tivesse uma resposta otimista... Mas não era o caso, longe disso.

— Mal, doutor — reconheci. — Cada vez pior.

— Permite que eu a convide a beber alguma coisa e a senhora me conta?

Fiquei olhando para ele uns instantes, com seu uniforme imaculado, seu cabelo bem curto, seu porte não marcial demais e seu rosto agradável. Era atraente, e não se viam nele traços ou modos de militar aguerrido; devia ser um médico que a guerra arrancara de seus afazeres comuns. Um homem com uma profissão e uma vida organizada, como Ricardo. E, assim como este, também devia ter uma esposa e filhos do outro lado do oceano.

— Não, obrigada.

— Me deixaria ao menos acompanhá-la até sua casa?

Era evidente que ele não havia ido até minha fábrica por coincidência, e que eu não lhe era indiferente. Entre clientes e fornecedores, eu tratava com homens diariamente e sabia reconhecer quando um deles mostrava um interesse por mim que excedia o mero comércio de sabões. Sabia diferenciar, inclusive, seus diferentes tipos: os babões, os impertinentes, os ousados, os discretos. E sabia, evidentemente, como me livrar deles. Só que, daquela vez, faltaram-me forças.

Ele abriu a portinha para me ajudar a subir e, ao longo do breve trajeto, eu lhe expliquei minha ideia: levar madame Le Clerc para Río

Salado e colocá-la aos cuidados das freiras do Sacré-Coeur, na mesma instituição onde estava *monsieur* Martin desde a morte de sua esposa. Fora a ele, meu antigo patrão, que eu perguntara se a aceitariam, e ele mesmo cuidara dos trâmites. Também deixara claro que eu teria que a levar até lá, por minha conta.

— É o que estou fazendo agora, tentando ver como levá-la de modo que a viagem não a afete.

Ele freou bruscamente na esquina da rue de Mostaganem para deixar que uns pedestres atravessassem, e eu me segurei com força na barra de apoio.

— A que distância de Orã fica Río Salado?

Eu jamais havia pisado naquele lugar, mas sabia, porque *monsieur* Martin havia comentado antes de partir.

— A umas duas horas de estrada, creio.

— Poderiam esperar até sábado?

A noite havia caído cedo e as ruas do centro de Orã fervilhavam de gente caminhando sob as luzes acesas dos postes, carros e buzinas, música que saía dos bares e cafés, letreiros e vitrines iluminados para os afortunados que pudessem se conceder algum capricho. A presença de militares americanos havia permitido momentaneamente a esperança de que tudo fosse melhorar, mas talvez isso não passasse de ilusão. A guerra, enquanto isso, prosseguia em outras frentes.

— Pare, por favor. É ali, naquela esquina.

Ele freou diante de meu prédio, mas a linda fachada não lhe chamou a atenção. Com as mãos ainda no volante, ele se voltou para mim.

— Posso pegá-la às nove? Terei o dia inteiro livre e...

Eu o contemplei sob a luz da rua enquanto falava, com o rum-rum de seu veículo militar ainda em marcha.

— Diga-me uma coisa, doutor — interrompi.

— Por que não me chama de Alan?

— Alan ou doutor, dá no mesmo. Diga-me, está interessado no bem-estar de sua paciente inesperada ou em mim?

Ele soltou uma gargalhada limpa e sonora.

— Não podem ser as duas coisas?

# CAPÍTULO 69

Deixar madame Le Clerc foi ao mesmo tempo uma imensa dor e um alívio. Eu sabia que ela seria bem cuidada, sem risco de escapar daquele edifício de paredes brancas, entre imagens de virgens santíssimas, idosos de frágil presente e pouco futuro, freirinhas francesas bem asseadas e meninas árabes que limpavam o chão de joelhos. *Monsieur* Martin também me garantira que ficaria de olho nela e me avisaria de qualquer contratempo. Apesar das garantias, e embora a professora não tenha se dado conta de nada, fui embora com o coração dolorido.

Quando tomamos o caminho de volta de Río Salado a Orã, com o médico ao volante e sem ela no banco de trás, sua ausência se fez tão crua que, apesar das tentativas dele de puxar seis ou sete assuntos diferentes, eu só respondia com as palavras estritamente necessárias e voltava ao silêncio.

Anoitecia quando entramos na cidade por bairros de casas baixas e pouca iluminação, muito diferentes dos prósperos do centro. Para minha surpresa, embora soubesse onde eu morava, ele tomou um caminho diferente.

— Não é por aqui — avisei. — Temos que ir até o final deste bulevar e depois...

Ele não me deu ouvidos. Com outra virada imprevista, desviou ainda mais o rumo.

— Temos que voltar — insisti —, pegar a avenue...

Ele não parecia disposto a seguir minhas indicações e deixou isso claro com outra guinada do volante.

— Ouça, doutor... — protestei irada, tensa.

— Não havíamos combinado nos chamar de Alan e Cecilia?

Não me interessava como eu o chamava e como ele me chamasse. A única coisa que eu queria era que me levasse à minha casa.

— Faça o favor de parar agora mesmo!

Ele parou no fim daquela mesma rua, diante de um lugar desconhecido por mim: uma linda *villa* de paredes brancas com uma palmeira de cada lado da entrada. Chez Jacques, li em uma placa, sob a luz de uma luminária de ferro fundido.

— Só lhe peço que jante comigo, quero lhe dizer uma coisa — falou, voltando-se para mim, sereno. Sereno e sensato. — E depois, se não lhe interessar o que vai ouvir, prometo deixá-la em paz. Para sempre.

Eu ia protestar de novo, mas o bom senso me avisou que talvez não valesse a pena. Ele me havia feito um grande favor me ajudando com o traslado de madame Le Clerc; mostrar minha gratidão não custava tanto.

Entramos, fomos acomodados em um lindo jardim com uma buganvília frondosa cobrindo as paredes, no centro de um casarão convertido em uma espécie de clube. Tocava uma música agradável, ele pediu um uísque com gelo e eu disse que não queria nada; ele insistiu e acabei aceitando uma taça de vinho. Ele pediu um corte de carne grosso, eu disse que não estava com fome. Ele insistiu de novo e acabei aceitando um *poisson grillé* com legumes. Enquanto isso, um pianista tocava, melodioso, e as mesas com outros casais e grupos de amigos ajudavam a criar um ambiente cordial, ameno, sem bulício.

— Imagino que você nunca tenha estado aqui.

Nem ali nem em nenhum lugar parecido. Eu praticamente não tinha vida social, dedicava-me de corpo e alma à fábrica e, no fim de cada dia, ficava em meu apartamento, exausta. Assim um dia depois do outro, depois do outro, depois do outro. E os homens que passaram por minha vida em outros momentos, Rafael, Lagarde, Ricardo, por razões muito diferentes, jamais me levaram a jantar em lugar nenhum.

Sem dar explicações, limitei-me a dizer:

— Nunca.

— Imagino que tenha sido aberto por algum empresário local bem esperto depois de farejar os dólares.

Ele tinha razão; a maioria dos homens ao nosso redor parecia americana, mas também não faltava um ou outro francês de bom porte.

As mulheres, por sua vez, falavam só francês e estavam bem-arrumadas, com cabelo de salão, vestidos estampados. Eu não conhecia nenhuma delas, mas todas me eram remotamente familiares em seu jeito de falar, de rir, de fumar, de se sentar. Oranesas de origem europeia em suas diversas variantes.

Um garçom se aproximou, serviu-nos outra vez. Quando se afastou, o tom de voz de Alan foi diferente.

— Cecilia, quero ser claro com você.

O piano, ou talvez o vinho, ou ele e seu temperamento agradável, me haviam feito relaxar.

— Diga.

Tomou um gole de uísque; enquanto isso, fiquei observando seu rosto largo e afável, sua segurança sem fissuras aparentes.

— Gosto muito de você — disse depois de engolir, com os olhos focados no líquido dourado que restava no copo. — Não, veja, eu não… — corrigiu, e por fim ergueu o olhar. — Perdão, é mais que isso, não sei como dizer. Você me fascina. Você me fascina desde que a vi pela primeira vez na clínica, tão firme e tão linda, tão segura de si e, ao mesmo tempo, tão humana e tão calorosa.

Estendeu uma mão sobre a toalha de mesa, uma mão que saía da manga de um paletó de linho claro; aquele dia foi o primeiro em que o vi sem uniforme. Aproximou seus dedos dos meus e eu não evitei o contato.

— Nada me agradaria mais que continuar conhecendo você. Antes, contudo, tenho que pôr as cartas na mesa.

Eu sabia o que ia dizer, mas não o interrompi, deixei que se abrisse.

— Tenho responsabilidades para com meu exército, você sabe. E partirei quando me ordenarem, quando a guerra acabar ou mudar de rumo, só Deus sabe como as coisas vão avançar. A única coisa certa é que, quando eu partir, quando for embora, será para não voltar, porque há quem me espere em outro lugar, no lugar de sempre. Mas, enquanto estiver em Orã, e embora isso atente contra o que até agora eu julgava serem meus mais sólidos princípios, quero que saiba que estou encantado por você, Cecilia. Seduzido como um idiota.

Ele ergueu o copo, uma espécie de brinde a mim. À luz das velas, seus olhos brilhavam esverdeados e agudos sob as sobrancelhas grossas. Pareciam francos, olhos de um homem íntegro que, ao amparo de tempos convulsos, me propunha algo inadequado, mas sincero.

E eu sabia que o melhor seria dizer não, cortar o mal pela raiz antes que fosse tarde demais, antes de me envolver demais. Mas não pude. Nem mesmo a amarga lembrança da partida de Ricardo e a dor que havia sentido evitaram que eu me aproximasse de novo da beira do mesmo precipício.

Ainda estávamos com os dedos entrelaçados; apertei os seus.

— Tente me conquistar. E depois, veremos…

Nesse momento, o pianista começou a tocar uma peça agitada, música americana que nos últimos tempos se ouvia por todo lado. A maioria dos casais se dirigiu à pequena pista de dança; nós ficamos ali, sentados frente a frente perto da buganvília exuberante, incapazes de prever aonde nos levaria aquilo que, até o momento, eram apenas palavras.

Ali ficamos, dispostos a nos conhecer, a nos amar, mesmo sabendo que depois chegaria o desconsolo. Insensatos e irresponsáveis, apesar de sermos dois adultos vividos, alheios ao bom senso naquele mundo estranho.

# CAPÍTULO 70

E assim, de repente, aconteceu o imprevisto: já não havia dois únicos pontos de apoio em meu dia a dia, fábrica e casa, casa e fábrica; essa linha de ida e volta rotineira se transformou em um triângulo, no qual Alan Myers ocupava um dos vértices. Cordial, atraente, às vezes de uniforme e às vezes à paisana, com uma naturalidade inesperada, o médico militar foi se instalando em minha vida para enchê-la de luz e companhia.

Não estabelecemos uma convivência fixa como a que eu havia mantido com Ricardo, com pautas cotidianas, voltados diariamente para o interior de meu quintal e meu dormitório, alheios ao mundo. Com Alan foi o contrário; um transcorrer do tempo totalmente diferente, sem padrão, sem rotina, variando segundo os apetites ou as exigências do trabalho de cada um, alternando saídas e viagens, tardes de cinema, madrugadas em minha cama, enquanto os meses se sucediam frenéticos.

A partir do primeiro jantar no Chez Jacques, isso sim, preferimos nos afastar dos lugares de encontro comuns dos americanos, por pudor e para fugir de um ambiente ao qual ele nunca estivera acostumado em sua vida anterior. No fundo, apesar de sua presente função militar, ele mantinha a alma de médico de um grande hospital de Bridgeport, Connecticut, cidade da qual eu nunca lhe pedi que falasse, na qual viviam sua mulher e seus três filhos ansiando por seu regresso, seus pais orgulhosos, seus amigos de sempre, presenças cuja lembrança talvez ocupasse outros momentos, mas que comigo jamais mencionava.

Ele gostava de seu trabalho na pequena clínica que os seus haviam montado na cidade, fora do grande hospital de campanha que instalaram em Arzew. E gostava de mim. E talvez, pela soma das duas coisas, gostava da Argélia. Gostava de dirigir, e eu, depois dos longos dias trancada na fábrica, também adorava aquelas saídas no jipe sem capota nas manhãs temperadas de fim de inverno, ele com um chapéu de palha que comprara em uma barraca, eu com um lenço cobrindo o cabelo e os óculos de sol que antes haviam sido dele. Às vezes, seguíamos pela beira do mar para um lado ou outro, para as praias do poente, Andaluces, Kristel, *cap* Blanc ou *cap* Falcon, ou para as dunas. Outras vezes, optávamos pelo levante e subíamos até o farol de *cap* Carbon, ou cabo Carbón, como diziam os velhos espanhóis, e percorríamos sua *corniche* íngreme e estreita entre pinheiros, curvas e vistas que davam vertigem, e eu gritava para que tomasse cuidado e cobria os olhos para não ver o abismo, e ele gargalhava e debochava de meus medos.

Nos dias em que o vento soprava com força na costa, costumávamos ir terra adentro pelo Oranesado, deixando-nos levar pelo capricho das estradas que cruzavam nosso caminho, consultando seu mapa do Exército só quando não havia mais remédio. Em uma ocasião, fomos surpreendidos por uma tempestade e acabamos dormindo em uma mísera pensão em uma aldeia próxima a Perrégaux; em Tlemcen, ficamos encantados com o pequeno Hôtel Transatlantic e decidimos ficar. Uma vez, o motor pifou e tivemos que voltar de ônibus de linha cheio de gente do campo – agricultores cristãos que iam fazer trâmites na Maison du Colon na capital, camponeses árabes que iam vender galinhas e cestas de ovos.

Foi em uma dessas saídas sem destino em certa manhã clara do início da primavera de 1943 que, em um cruzamento, encontramos três placas.

— Escolha — disse ele.

Era uma brincadeira constante entre nós: quem escolhesse um destino intuitivamente era responsável por como seria o resto do dia; se casualmente um de nós encontrasse um bom lugar para comer, por mais modesto que fosse, marcava um ponto. Se o lugar acabasse sendo inóspito, a estrada tivesse mais buracos que o normal ou um rebanho de ovelhas muito lento cruzasse nosso caminho, contava como ponto negativo.

Aquele dia era minha vez, de modo que li as duas primeiras placas e não me disseram nada: não tinha a mínima ideia de quão atraentes podiam ser aquelas localidades. Porém, reconheci o terceiro nome e, de repente, senti como se uma mão de ferro me apertasse a boca do estômago. A flecha apontava para a esquerda e um número 17 indicava a distância em quilômetros. Saint-Denis-du-Sig. Lá estava a cidade à qual, anos antes, meu marido me arrastara para enterrar seu pai em um tórrido dia de verão. A mesma cidade em cuja proximidade se encontrava a *ferma* à qual ele decidira voltar – um regresso que eu mesma precipitara com a ajuda de um corso encrenqueiro.

Havia pensado em Lagarde muitas vezes ao longo dos anos, como não? Sempre sem o menor apreço e sempre sem me arrepender de ter provocado sua partida indigna, todo mijado, amedrontado como um coelho. O passar do tempo fora apagando os perfis de nossa convivência, mas algumas recordações sórdidas, contra minha vontade, insistiam em continuar agarradas à minha memória: sua opressão asfixiante e minha amargura, a dor depois de suas surras, o nojo que seu corpo de manteiga me provocava. Eu tinha, inclusive, uma pequena cicatriz no canto da boca por causa do tabefe que me dera ao descobrir que eu havia aprendido a ler por iniciativa própria.

Continuávamos no cruzamento, com o motor ligado. Alan insistiu, alheio a meus pensamentos.

— Qual dos três vai escolher?

— Saint-Denis-du-Sig.

— Tem certeza?

Engoli em seco.

— Absoluta.

Avançamos, cruzamos uma grande represa, depois o *oued*, e começamos a adentrar a periferia da cidadezinha totalmente plana, com ruas formando um quadriculado, como todas as que haviam crescido sob a administração colonial francesa. Até que pegamos o largo bulevar central, margeado por fícus e falsas pimenteiras, com seus cafés e seus comércios, sua igreja e sua prefeitura com a grande bandeira azul, branca e vermelha ondulando ao fundo de um jardim imaculado. Pelas calçadas caminhavam europeus vestidos de linho e algodão, e árabes com seus turbantes e albornozes. Pelas ruas circulavam alguns carros, uma ou outra carroça, algumas bicicletas. O sol e o ar eram africanos; a ordem e a harmonia, ao gosto da metrópole.

Até que, de repente, peguei o braço de Alan e dei um grito:

— Pare!

Desconcertado, ele não entendeu nada e apenas reduziu a velocidade.

— Onde, que foi, como…

— Pare! Ali, à direita!

Ele obedeceu e ficamos estacionados a poucos metros do lugar que havia acabado de chamar minha atenção, arrastando-me a outros tempos. Lá estava o açougue da irmã e do cunhado de Lagarde, meus ex-cunhados, meus padrinhos de casamento. Boucherie Charcuterie Girard, li na placa, sob um toldo de listras brancas e vermelhas. Era o sobrenome dele, e certeza que naquela cidade pequena não havia dois comércios com o mesmo nome.

— Espere-me aqui.

— Cecilia, mas o quê…

Deixei Alan ali, desconcertado, enquanto eu, sem razão nem objetivo, por puro impulso, me dirigia ao interior do estabelecimento.

— *Bonjour*, madame. Já vamos lhe atender.

Foi o cunhado que me cumprimentou de trás do balcão, sem reparar em mim, enquanto atendia a outra cliente, a única àquela hora próxima do meio-dia; talvez houvesse pedido uns pedaços de cordeiro para o cuscuz, umas salsichas ou umas chuletas. Atrás dele, curvada para a frente, sua esposa trinchava um frango com uma faca enorme.

Precisei de apenas uns segundos para confirmar que estavam igualmente insignificantes e bem mais velhos. Ele havia perdido quase todo o cabelo e dava a impressão de ter encolhido. Ela, porém, estava mais larga, com o cabelo totalmente grisalho. Em silêncio, cada um se concentrava em seu próprio trabalho.

Até que ele embrulhou a mercadoria e a entregou à cliente, cobrou e se despediu.

— *Au revoir*, madame Ferrer. Adeus, até semana que vem.

Então, enquanto limpava as mãos em seu enorme avental, foi me atender. Ela, enquanto isso, continuava trinchando o frango a facadas.

— *Dites-moi*, madame, o que deseja?

Não respondi. Apenas o olhei nos olhos enquanto recordava, com raiva súbita, que jamais havia recebido nem uma migalha de compaixão deles, jamais me estenderam a mão. Mesmo sabendo como meu marido me tratava, preferiram ignorar, fazer vista grossa e manter a atenção em suas coisas, em sua vida apagada, naquela merda de açougue onde esquartejavam animais que talvez houvessem tido em vida mais decência e sentimentos que eles mesmos.

Mas, assim como os Girard, eu também havia mudado: não era mais a jovem submissa sem voz nem vontade, a imigrante espanhola de quem eles mesmos haviam sido padrinhos de casamento, mesmo sabendo que aquilo não era um casal equilibrado, e sim o capricho abusivo de um homem maduro sobre uma infeliz sem apoio nem recursos.

Eu não andava mais desgrenhada e pobremente vestida como então, já não tinha o medo à flor da pele e os olhos fugidios. Os anos e meus esforços, além de um pouco de ajuda da sorte, haviam me transformado em uma mulher segura de mim, respeitável, competente, rica inclusive, linda e magnética – tudo isso nas palavras que o homem que me esperava na rua sempre repetia ao fazer amor comigo. A última vez que eu vira aquele casal, usava um vestido preto amorfo que Lagarde me obrigara a vestir em sinal de luto; mas ali, naquele momento, usava uma saia de linho azul e uma linda blusa de popeline branco. Quando nos despedimos aquele dia no cemitério, meu coque havia se transformado em um emaranhado devido ao tabefe que meu marido me havia dado sem que eles se alterassem; naquela manhã, porém, meu cabelo estava limpo, brilhante, preso em um *chignon* baixo ao redor do qual eu havia amarrado um lenço de seda. Certamente, minha aparência era outra. Contudo, algo da alma daquela menina que eu havia sido ainda vivia dentro de mim.

O espanto se estampou no rosto do açougueiro ao me reconhecer, enquanto continuava esfregando as mãos, cada vez mais lentas, sobre a barriga. Só foi capaz de balbuciar:

— *Que faites-vous ici*, Cecilia? O que está fazendo aqui?

Ao ouvi-lo, ainda sem me ver, sem ao menos se voltar, a mulher paralisou sua tarefa. De repente, não mais se ouviam os golpes abruptos contra os finos ossos do frango sobre o bloco maciço de madeira.

O som seguinte foi o tilintar da lâmina metálica da faca ao cair de sua mão e bater nas lajotas do piso.

Dez minutos depois, saí de lá.

— Algo interessante? — perguntou Alan quando entrei no jipe, com seu tom jovial de sempre. — Filé mignon para o jantar?

Levei alguns instantes para serenar minha cabeça e resumir da forma mais simples o que eu havia acabado de ouvir daqueles dois miseráveis.

— Sou proprietária de uma grande fazenda — murmurei por fim.

Ele baixou os óculos de sol com a ponta de um dedo e me olhou, confuso. Eu acrescentei:

— E viúva, oficialmente.

# CAPÍTULO 71

A execução de Mussolini, o suicídio de Hitler, a rendição definitiva da Alemanha. Esses acontecimentos marcaram o fim de um caos e encheram o mundo de júbilo. Mas o reverso daquela satisfação coletiva, contudo, também representou uma realidade mais acre para Orã e para mim. A vitória dos aliados implicava o regresso dos militares e o desmantelamento de suas instalações. Os americanos iam embora levando consigo seus dólares, sua música, suas latas de carne e todas as dádivas que haviam aliviado a carência de tantas famílias.

Em paralelo aos sinais de desmobilização mais evidentes, ao longo daqueles dias centenas de corações também se partiram. Os romances entre jovens soldados e jovens oranesas haviam sido abundantes e, diante da partida das tropas, viam-se pelas ruas casais de rosto triste e meninas melancólicas encolhidas dentro das jaquetas militares que eles lhes deixavam de recordação. Alguns mais passionais chegaram, inclusive, a contrair matrimônios precipitados no registro civil e trocar juras de fidelidade com o propósito sincero de empreender um futuro juntos, de elas se mudarem para os Estados Unidos, de formarem família. Nunca soubemos quantas daquelas cândidas uniões sobreviveram à euforia do momento.

Para Alan e para mim, essa opção nunca foi uma possibilidade. Nem ele era um jovem de vinte anos livre de compromissos nem eu uma jovem romântica com a cabeça cheia de passarinhos. Ambos estávamos na casa dos trinta, tínhamos obrigações, responsabilidades e a plena certeza de que nosso vínculo, desde o início, era transitório, sem esperanças de alternativas ou milagres. Uma relação sincera com alma fugaz, sempre alerta para quando chegasse o adeus fulminante.

Contudo, saber que ele partiria foi tão amargo para mim que, para que a separação fosse mais suportável, decidi evitar a despedida. E, embora houvesse me preparado para o desenlace e posto o vestido de algodão branco de que ele tanto gostava, apesar de ter prometido a mim mesma permanecer serena, acabaram me faltando forças. A tarde que deveria ter sido a última, o momento que havíamos combinado para o adeus, os últimos beijos e as promessas de sempre recordar um ao outro... naquela tarde, eu preferi não aparecer.

Não vi a cena, mas depois a imaginei muitas vezes: sua chegada à praça, ao meu prédio. A freada do jipe, sua subida impetuosa pela escada até o segundo andar – ele jamais usava o elevador. Ele tocando a campainha com impaciência, várias vezes seguidas, como fazia sempre. Seu desconcerto ao ver que eu não abria, os golpes arrebatados com o punho na madeira. Sua estranheza, sua confusão. O entendimento, por fim.

Talvez, já lá embaixo, tenha erguido o olhar para minhas sacadas para ver se eu estava ali, resguardada atrás das cortinas. Talvez tenha dado umas voltas pela cidade e voltado várias vezes. Mas não, não pôde me encontrar, porque aquele apartamento continuava vazio. As luzes apagadas, o rádio desligado, as taças no aparador, nenhum movimento. E por isso, eu também não pude guardar em minha memória a última imagem do homem que preenchera minha vida naqueles tempos estranhos, o companheiro imprevisto a quem nada me unia, nem a língua, nem a pátria, nem o passado, nem o presente. E o futuro, muito menos.

Abrigada na penumbra do Cine Balzac, sozinha, contemplando na tela dois filmes em sessão contínua sem prestar a menor atenção, cercada por espectadores que riam ou choravam ou suspiravam pelo charme de Cary Grant ou os quadris de Rita Hayworth, esperei durante horas até ter certeza de que ele havia voltado ao grande hospital de Arzew para passar sua última noite africana ao lado de seus companheiros para celebrar a vitória e a despedida. Todos se abraçariam com camaradagem sincera, contariam casos e piadas, e ele simularia um júbilo enganoso enquanto se perguntaria repetidamente por que eu havia desaparecido, por que não quisera vê-lo.

Mas sua inquietude, de qualquer maneira, desapareceria pela manhã, quando embarcasse em seu enorme navio militar junto com milhares de compatriotas para voltar à sua realidade de sempre. E sua vida cotidiana começaria de novo, ele marcado pela guerra e por mim, sem dúvida, mas acolhido pelos seus, admirado como um herói enquanto tentaria se acostumar de novo a viver em uma casa com jardim, aos gritos, travessuras e demandas de seus filhos, ao corpo de uma mulher diferente de mim. Enfim, disposto a seguir em frente.

E enquanto ele e tantos outros voltavam a seus lares e o mundo começava a se recompor, o trabalho foi meu refúgio. Graças a isso, a me dedicar à fábrica dia e noite, com os cinco sentidos, consegui mais ou menos superar a dor que Alan havia deixado dentro de mim, jurando a mim mesma que jamais voltaria a olhar para a cara de um homem que não fosse capaz de me oferecer algo mais que ausência. E ao lado de Azoulay, meu sócio, foquei em definir como abordaríamos aquela nova etapa: planos para um porvir de paz e harmonia, como ilusoriamente pensamos.

Como prever que, no decorrer de poucos anos, Orã e toda a Argélia francesa seriam tomadas por ódio, terror e sangue, e que aquele promissor amanhã nunca chegaria?

## CAPÍTULO 72

— Não acha que precisamos de mais gente?

Fiz a pergunta enquanto ele se debruçava sobre seu eterno livro de contabilidade e eu cheirava umas amostras da última variedade de sabonete que estávamos testando, com um aromático óleo de louro que eu mesma comprara em um bazar da Village Nègre. Era a isso que eu me dedicava naquela época: a pensar em como a Savon de l'Oranie poderia melhorar sem crescer só em quantidade, e sim aceitando novos desafios.

O sabão comum, esse que as pessoas usavam tanto para lavar o chão e a roupa como para arrancar a sujeira das crianças e o suor dos adultos, esse sabão de uso corriqueiro já estava mais que consolidado. E apesar de as mulheres dos bairros e das cidades terem deixado de lavar uniformes desde que os americanos partiram, dois anos antes, a maré de sorte econômica do pós-guerra movimentava outras indústrias, que também se tornaram sólidos clientes nossos. A primeira lavanderia industrial de Orã, por exemplo, estabelecida por outra família do exílio espanhol, os Méndez, de quem acabei me tornando grande amiga. Ou as crescentes instalações da destilaria dos Galiana, outros amigos dos últimos tempos que iam aumentando sua produção a grandes passos depois de acrescentar o vermute, durante a guerra, para suprir a falta de Martini ou Cinzano, provenientes da Itália.

— Acha pouco o tanto de funcionários que temos? — protestou Azoulay. — Mais de trinta mulheres na fabricação, um monte de rapazes na entrega...

— Eu me refiro a alguém que possa nos ajudar a continuar crescendo em outras direções.

Ele balançou a cabeça da esquerda para a direita com resignação. Aquelas minhas ilusões de diversificar o produto não convenciam meu sócio judeu. Ele preferia que mantivéssemos a mesma linha, focados nas vendas dos mesmos sabões básicos de sempre em outras regiões, alcançando outras aldeias e cidades do Oranesado; poderíamos, inclusive, chegar até Argel, a capital, em algum momento. Sem sair do comum, com foco, sem perder tempo com fantasias, esse era seu único objetivo. Por isso, respondeu com certa impaciência:

— Cecilia, você é quem sabe como prefere desperdiçar seu dinheiro.

Havíamos chegado a esse acordo depois de longas discussões: se eu decidisse me aventurar em algo novo, seria sozinha, por minha conta, em uma espécie de oficina paralela que pretendia montar em uma lateral da fábrica que ainda não tinha uso. E ele, mais que ninguém, sabia que eu podia me permitir isso, porque tivera participação na mudança imprevista que minhas finanças haviam sofrido nos últimos tempos. Eu o procurara em busca de conselho quando soubera da morte de Lagarde e ele me propusera que deixasse o assunto nas mãos de seu genro advogado. Graças à perícia deste, tudo que os açougueiros pretendiam me roubar acabou em minhas mãos.

Louis Zermati, marido de uma das filhas de meu sócio, conseguiu fazer com que eles me devolvessem o que me cabia como viúva oficial de Jacques Lagarde e, portanto, sua única herdeira – tudo que devia ser meu, legal e moralmente, como repetiu várias vezes para eu me convencer disso sem remorsos. Em relação àquele documento falso que eu havia conseguido por meio de Rafael para passar como solteira quando, anos antes, havia comprado *l'épicerie* dos Martin, ele me aconselhou a deixá-lo dentro de uma gaveta e nunca mais mencioná-lo. Ou, melhor ainda, que o rasgasse em pedaços e o jogasse no lixo. Não fiz isso, não sei por quê, e ficou no fundo de uma pasta.

Por meio das pesquisas do hábil letrado judeu a quem acabei ligada tanto por gratidão como por afeto, eu também soube como haviam transcorrido os últimos tempos do homem que havia sido meu marido: sozinho no campo, amargurado, empenhado em revitalizar uma *ferma* que exigia um esforço titânico para o qual ele não tinha caráter, nem arrojo, nem conhecimento. Até que a vida lhe escapara das mãos um dia, da forma mais patética. Quando descobriu como isso havia acontecido, o advogado me perguntou com tato:

— Quer saber dos detalhes ou melhor não?

— Pode contar.

— Ele se matou sozinho, sem querer.

Uma máquina que não sabia usar, uns metros de arame farpado que se enroscaram em seu tronco, seu rosto e sua garganta, um tropeço ou uma inépcia. O caso foi que morreu acidentalmente, esvaído em sangue de uma maneira absurda, sem ter cumprido seu plano de devolver a prosperidade à *ferma* de seus ancestrais. E, diante de minha ausência, a irmã e o cunhado decidiram não me procurar, não me comunicar o falecimento e, assim, apresentar-se como os únicos herdeiros legítimos. E para sua grande sorte, havia quem aguardasse com ansiedade aquele momento: um próspero colono dos arredores interessado em comprar as terras de Lagarde para expandir seus campos de cereais. Descobrimos ainda que a *ferma* tinha muito mais hectares do que eu imaginara ver em minha primeira e única visita, quando estivera diante do corpo do pai e quase vomitara em cima dele.

Novamente graças a Louis Zermati a trapaça de meus ávidos cunhados foi impedida e, em uma rápida sucessão de trâmites novos, herdei a propriedade e a vendi quase simultaneamente. Tudo acontecia depressa naqueles tempos, havia o interesse de reativar a economia, esquecer os maus momentos da guerra e avançar olhando para a frente.

Havíamos acabado de assinar os documentos no cartório de Saint-Denis-du-Sig. O novo proprietário, talvez impressionado com minha frieza, tentava ser gentil.

— Quando desejar, madame, pode passar para pegar os pertences do falecido.

Sem me incomodar de olhar para ele, enquanto me dirigia à porta que meu advogado segurava aberta para mim, eu disse apenas:

— Por favor, ponha fogo em tudo.

## CAPÍTULO 73

Apesar do desinteresse de Azoulay, continuei empenhada em meu propósito de contratar alguém. Mas estava difícil, não encontrava ninguém capaz como eu queria. Vários candidatos passaram pelo escritório, mas nenhum me convenceu: aquele que não tinha falta de arrojo ou energia tinha sobra de desvarios ou exigências. Passaram-se vários meses até que a solução apareceu da maneira mais imprevista.

Foi numa tarde de outubro, ao sair da fábrica. O sol começava a se pôr, deixando no ar aquela luz tão linda que Orã sempre tinha no início do outono. A temperatura era agradável, nada parecida com o tórrido verão que havíamos acabado de sofrer. As ruas estavam animadas e as vitrines, acesas. Dava vontade de passear, aproveitar as últimas horas do dia e não ficar trancado em casa. Ao longo do bulevar Séguin, as pessoas entravam e saíam dos estabelecimentos: *brasseries*, cafés e lojas, a loja de calçados Bata, a *librairie* Fouque, que recebia as últimas novidades de Paris, a grande Pharmacie du Soleil, que anunciava remédios contra todos os males.

Eu cruzava com tudo aquilo enquanto caminhava; estava quase terminando o percurso e pegando o caminho de volta quando vi as amplas portas de ferro e vidro das Galeries de France abertas, convidativas sob a luz quente e os toldos que dia e noite adornavam a fachada, balançando ao ar temperado que subia do mar àquela hora. Durante a guerra, aquela loja de departamentos maravilhosa ficara quase desabastecida. Porém, suas janelas, estantes e vitrines novamente mostravam uma relativa abundância que recordava outros tempos.

Entrei sem a intenção de comprar nada, só por entrar, por pura inércia. O interior era imponente, com seu teto de vitrais e sua galeria e suas escadas monumentais e seus elevadores de ferro fundido que subiam e desciam incansáveis levando os afortunados que pudessem se permitir aquelas roupas e calçados finos, malas de couro ou pratos de porcelana. Por todos os lados havia anúncios com promessas de alta qualidade e preço vantajoso para famílias felizes ou donas de casa distintas, mas essas propagandas não me chamaram a atenção em absoluto; ofuscaram-se em minha cabeça no instante em que fixei o olhar em um cartaz com lindas letras que indicava à esquerda, a um dos departamentos. PARFUMERIE. PRODUITS DE BEAUTÉ. ARTICLES DE TOILETTE. SAVONS. Perfumaria. Produtos de beleza. Artigos de higiene. Sabonetes. Eu me dirigi para lá como se uma força estranha me puxasse.

Encontrei-os sobre um balcão de mármore preto, iluminados por luminárias de bronze. Organizados em pequenas pilhas, ordenados em linhas perfeitas que variavam em cor, tamanho ou tipo de embalagem; surgiu diante de meus olhos uma coleção de sabonetes que não se via em Orã havia anos. Alguns provinham da França, onde a produção estava sendo reativada com enorme esforço, os genuínos de Marselha e os autênticos de Nantes, inclusive outros perfumados de marcas que eu não conhecia, parisienses, segundo diziam os rótulos, muito mais caros. Outros eram americanos, maiores: Ivory e Camay, como dizia uma plaquinha. Provinham dos Estados Unidos, que, por não terem sofrido a guerra em seu próprio território, haviam se recuperado rapidamente e cujas indústrias estavam a todo vapor. Onde Alan devia continuar em seu hospital e em sua linda casa de madeira branca, talvez pensando em mim de vez em quando.

Incapaz de me conter, fui levando os sabonetes um a um ao nariz para sentir o cheiro, com anseio, enquanto minha cabeça ia rapidamente apreciando, avaliando, anotando coisas mentalmente, coisas que talvez pudessem se transformar em soluções. Decidi comprar um de cada tipo para examiná-los com mais calma. Com um monte nas mãos, olhei ao redor em busca de uma vendedora que pudesse cobrar.

Uns metros além, uma funcionária se despedia de uma cliente que saía. Dei um passo na direção dela, dei outro, então a ouvi dizer:

— *Au revoir*, madame Fabre; espero que aproveite suas compras.

Parei de chofre. Aquela voz… aquela voz eu conhecia. Haviam se passado quantos anos? Doze, catorze, quinze? Mas a voz era a mesma e a distingui imediatamente, embora a pessoa continuasse de costas. Em vez do vestido cinza grosseiro e do avental remendado de outros tempos, ela usava o mesmo uniforme de todas as outras vendedoras das Galeries de France, discreto, limpo, azul-claro. Em vez de prender o coque à nuca com grampos de arame meio enferrujados, como costumávamos fazer naquela época, tinha um *chignon* preso com uma linda fivela de prata.

Ela se voltou em minha direção, surpreendeu-se ao encontrar a nova cliente tão perto.

— Posso ajudá-la, madame?

Ficamos frente a frente, incapazes de pronunciar uma palavra, nem um cumprimento ou uma demonstração de espanto enquanto nossa mente voltava, súbita, ao passado. À fábrica da Bastos e àqueles dias eternos enrolando cigarros e charutos nos galpões barulhentos, entre centenas de operárias e guardas repugnantes. À noite do roubo dos cigarros.

— Quanto tempo, Catherine — disse eu por fim.

Nesse momento, sem que eu me desse conta, talvez pela comoção que me provocou vê-la, minhas mãos se afrouxaram e os sabonetes que havia escolhido instantes antes caíram no chão e rolaram em várias direções.

Alheias ao incidente, continuamos nos olhando.

Para interromper nosso desconcerto, um homem se aproximou com passos precipitados. Rechonchudo, de bigode fino, cabelo preto com uma risca retilínea, tingido. Falava com impertinência, dirigindo-se a ela:

— Quer, por favor, prestar atenção e recolher imediatamente tudo isso que caiu das mãos da cliente?

Só então reagimos e voltamos ao presente, à seção de perfumaria daquela loja suntuosa e ao gerente que tratava sua subalterna com arrogância e desprezo.

— Madame, desculpe os maus modos de nossa funcionária — disse com tom untuoso, dirigindo-se a mim.

Catherine se agachou; eu a imitei. E nesse momento em que ambas dobramos os joelhos, meu rosto e o dela se aproximaram até sua boca estar perto de minha orelha.

— Espere-me na esquina da banca de jornal — sussurrou rápida. — Saio em meia hora.

# CAPÍTULO 74

Esperei inquieta enquanto o proprietário recolhia em montinhos os exemplares dos jornais e revistas que não havia vendido ao longo do dia, enquanto terminava de anoitecer e as luzes daquele cruzamento de avenidas, sempre tão movimentado e buliçoso, se acendiam. As pessoas iam e vinham, passavam carros, motocicletas, o bonde barulhento e lotado. A cada poucos minutos se ouvia o som metálico de alguma persiana sendo baixada. As lojas, os escritórios, as agências, tudo estava fechando, mas o movimento não parava.

Eu não era dada a demonstrações efusivas, mas, ao vê-la chegar, levantei-me do banco em que a esperava e, quando ela parou em frente a mim, não resisti e a estreitei em um abraço. Quando a soltei, ela se deixou cair no banco, exausta, enquanto me perguntava:

— Como foi demorar tanto para aparecer, Cecilia?

Então, ela tirou um maço de cigarro do bolso do casaco de tricô; havia trocado de roupa antes de sair das Galeries de France; já não vestia o uniforme, e sim roupas normais. Ofereceu-me um, aceitei. Não era Bastos, como antigamente, e sim Philip Morris: mais uma sequela deixada pela passagem dos americanos. Riscou um fósforo e com ele acendemos os dois cigarros; ambas demos uma tragada profunda.

— Então você se tornou uma grande empresária. *Mon Dieu*, Cecilia...

Eu tinha um monte de perguntas: o que andara fazendo, se recuperara seus filhos, se ajeitara as coisas com o marido, por onde andara todo aquele tempo. Mas só consegui dizer:

— E como você sabe de mim?

Antes de responder, ela soltou a fumaça pelo canto da boca enquanto me contemplava com seus olhos desparelhos.

— Por Rafael. Eu o vi há quase um ano, antes do Natal. Ele foi à loja comprar um presente para a esposa; quase não o reconheci, tão diferente. Disse que tinha estado na guerra, que...

Eu sabia, como também sabia que voltara inteiro e continuava com seu depósito de material de construção, que crescera em várias direções. Meses antes eu havia encontrado seu primo na place de la Poste, perguntara discretamente por ele, mas não mandara saudações nem passara nunca mais pela rua do depósito, nem tornara a procurá-lo. O alerta da mulher dele havia sido bem claro; melhor que eu ficasse longe.

— Ele também me contou, por cima, o que aconteceu com aquele porco, Lagarde, e que essa foi a razão de você não ter voltado. E nós a procuramos tanto...

Mas eu não queria falar de mim nem do buraco negro do qual havia conseguido sair, e sim dela. De modo que, em vez de lhe dar explicações, repliquei com outras perguntas:

— E você, o que fez depois daquilo? Voltou para Argel ou ficou aqui?

— Fui embora depois de um tempo, com minha parte do dinheiro e metade do seu. Acho que Rafael lhe contou isso também; que, no fim, dividimos sua parte entre nós dois.

— Isso não tem importância agora.

— Tem, claro que tem — disse ela, firme. — Eu ainda lhe devo. Mas como eu ia imaginar que depois de tantos anos você acabaria voltando, transformada em... em...

— Não tem importância — repeti, interrompendo-a. — Conte-me mais de você. Foi embora, e o que aconteceu depois?

Ela deu uma última tragada no cigarro, jogou a bituca no chão e pisou nela com a ponta do sapato. Um sapato normal, escuro, digno. Não era de couro fino e modelo da moda como o que vendiam em seu estabelecimento, mas também não as míseras alpargatas de esparto que usávamos antes.

— Para resumir, meu marido continuou me ameaçando, não me deixava ver meus filhos. Mas a Divina Providência por fim decidiu me dar uma trégua e o levou. Ele se afogou em uma noite de tempestade, ou o mataram, jogaram no mar e foi comido pelos peixes, ou chegou a nado até a costa espanhola e arranjou uma namorada; sei lá eu. A questão é que, depois de uma daquelas travessias que fez com um companheiro em um falucho levando uma carga de cigarros de contrabando de Argel até a costa de Almería, não voltaram. E, em sua ausência, pude me aproximar um pouco de meus filhos; mas sua família tentou me impedir o máximo possível, caso ele voltasse, porque ninguém nunca soube o que aconteceu com eles, se estavam vivos ou mortos. E lá fiquei eu, sem saber se era viúva ou se continuava casada, com sua família que não me deixava em paz, com a mãe dele chorando dia e noite e rezando novenas a Notre-Dame d'Afrique, e com os irmãos me olhando sem parar, às vezes com ódio e às vezes com desejo.

Ela contava rápido, sem emoção, mas eu imaginava os dissabores e sofrimentos que havia por trás de cada frase aparentemente fria. Então, ela mudou o tom, ficou mais leve. E para ressaltar, deu-me uma palmadinha na coxa.

— Então, para que todo mundo me deixasse em paz, sabe o que eu fiz? Arranjei um namorado policial que trabalhava na aduana. Um francês muito sério, Marcel, solteirão, fortão, para meter medo naqueles desgraçados com seus negócios e artifícios. E quando, por fim, fui legalmente dada por viúva, me casei com ele. E quando a guerra acabou, eu o convenci a pedir transferência para podermos sair de Argel e vir para Orã com meus filhos, longe de toda aquela gente.

Que mulher, Catherine. Que prática e lúcida os golpes da vida a haviam tornado. Não precisei lhe perguntar se amava o marido, era evidente que não. Procurava nele apenas a proteção que lhe faltara a vida inteira. Como se lesse meu pensamento, ela prosseguiu:

— Mas ele me adora, sabe? Graças a Marcel tenho esse emprego e não passo o dia inteiro na cozinha ou limpando a casa dos outros. E ele é bom com meus filhos. É firme com eles, mas os ama. Por enquanto, estão indo bem nos estudos, e olha que o mais novo, Antoine, é bem rebelde. Vamos ver se não se desencaminham.

— E você?

— Eu o quê?

— O que pretende fazer? — insisti.

— Com quê?

— Com o resto de sua vida. Pretende continuar nas Galeries de France?

— *Bien sûr*. Evidentemente.

— Até se aposentar? Até que seus filhos lhe deem netos? Aguentando aquele seu chefe imbecil de cabelo tingido? Suportando os caprichos das madames francesas?

Ela franziu o cenho e respondeu, furiosa.

— Escute aqui, você…

Mas não a deixei terminar.

— Venha comigo, Catherine.

Ela me olhou fixamente com seus olhos estranhos. Havia amadurecido, havia perdido o frescor e a firmeza da pele, mas aqueles olhos continuavam os mesmos.

— Aonde?

— À fábrica, para me ajudar.

— É sério? Você está…

— Eu lhe ofereço um salário maior do que o que eles lhe pagam — falei, indicando a loja de departamentos com o queixo. — O que você pedir.

Uma gargalhada seca brotou de sua garganta. Continuávamos sentadas no mesmo banco na calçada, concentradas uma na outra, alheias à animação da rua, aos pedestres e carros, ao movimento estrondoso dos bondes e aos motores das motocicletas.

— Você sabe quanto me custou chegar até aqui, Cecilia? É um trabalho sacrificado, acabo todos os dias com os pés inchados e a cabeça explodindo, tenho que suportar…

Ela parou um instante e ergueu os braços, em um gesto que pretendia abarcar uma imensidão. Então, prosseguiu:

— Tenho que aguentar muita coisa, ter paciência de santa, mas é um trabalho sério. Respeitável. Admirável, inclusive, visto de onde eu venho. Você está me pedindo que eu largue tudo, e isso é uma loucura.

Não nos víamos fazia anos, mas, naquele reencontro inesperado, continuávamos falando como no passado, misturando francês com espanhol, usando palavras castiças e gesticulando como faziam as mulheres do baixo mundo do qual ambas havíamos saído. Como se eu não fosse proprietária de uma próspera empresa e ela não fizesse parte do quadro de funcionários do estabelecimento comercial mais seleto de Orã. Como as míseras tabaqueiras que um dia havíamos sido.

Depois de sua negativa firme, foi minha vez.

— Ouça bem, Catherine. E se eu lhe oferecer uma participação nos negócios?

## CAPÍTULO 75

Demos o sangue. Houve hesitações, noites em claro e centenas de testes que às vezes deram certo e às vezes ficaram em meras tentativas. Mas, no fim, conseguimos o que eu tinha na cabeça: a Savon de l'Oranie lançou linhas de melhor qualidade e, em paralelo, ampliamos as instalações, procuramos assessoria de especialistas e não demoramos a multiplicar os clientes, os fornecedores, os amigos da casa. E apesar de suas diferenças iniciais, Catherine e meu sócio acabaram se entendendo.

No início, não foram um com a cara do outro; surgiam constantes tensões entre eles que eu tinha que manejar com tato. Ambos tinham personalidade forte, eram sagazes e teimosos, mas escaldados, haviam passado por muita coisa na vida. Mas com tato, passo a passo, consegui que um valorizasse as virtudes do outro: a cabeça sóbria dele para as contas e a contribuição dela com tudo que havia aprendido nas Galeries de France sobre perfumes, essências e atendimento ao cliente; seu empenho obstinado e seu afiado instinto de sobrevivência.

Também consegui convencer Azoulay a aceitar participar do novo ramo do negócio com uma parte minoritária. E para cumprir com minha palavra, Catherine também teve sua parte. Vinte, vinte e sessenta, a coisa ficou assim. Vinte por cento para Azoulay, vinte por cento para Catherine e sessenta por cento para mim. Mais o salário dela, em compensação pelo que deixara de ganhar na loja de departamentos.

Minha antiga companheira e eu nos entendíamos sem fissuras, mesmo sendo tão diferentes. Não nos tornamos amigas íntimas de repente, jamais fomos juntas a um salão de chá ou passar o dia na praia, caminhar pelos bulevares e ver vitrines. Embora o negócio andasse de vento em popa e pudéssemos nos permitir isso, não éramos esse tipo de mulher. Simplesmente trabalhávamos, ombro a ombro. Trabalhávamos como animais e estávamos sempre dispostas a escutar uma à outra. Mas muitas vezes respondíamos uma à outra com a sinceridade mais crua. Sem panos quentes.

Por isso, quando lhe apresentei a ideia que andava ruminando fazia semanas, sua réplica foi um grito de espanto:

— Você está louca, Cecilia?

— De jeito nenhum. A proposta é sensata. Temos o produto, temos os melhores preços. E temos vontade de continuar crescendo.

Era uma segunda-feira de manhã, estávamos preparando um mostruário com os novos sabonetes. Naquela tarde, um fotógrafo faria as imagens para o catálogo que depois iria para a gráfica. Pela primeira vez, cada sabonete era envolto em uma fina camada de papel de seda cuja cor variava segundo a essência: limão, jasmim, flor de algodão, alecrim... Um jovem pintor havia feito um lindo desenho para os rótulos e, em vez de caixas de papelão áspero, encomendamos outras que pareciam um estojo.

— Você não sabe o que é suportar a clientela. Você não sabe como é extenuante atender a trinta, quarenta, cinquenta madames e *mademoiselles* por dia com seus caprichos absurdos, perguntando e consultando e enrolando para, no fim, não levar nada, ou para que escolham exatamente o contrário daquilo que você, com a maior boa vontade, passou meia hora lhes oferecendo.

Claro que eu sabia; eu também havia sido vendedora na *épicerie* dos Martin no Gambetta, que depois transformara em minha própria loja e que ainda mantinha aberta, com duas funcionárias. Só que lá, naquela época, a clientela não tinha caprichos; era movida pela mera necessidade, não tinha escolha a não ser comprar grão-de-bico, arroz ou semolina em cones de papel-jornal. Mas isso já não importava, era hora de seguirmos outro caminho.

— Nós não precisamos ficar atrás do balcão — insisti —, podemos contratar vendedoras. Você se encarregaria de treiná-las e supervisioná-las. E eu, do resto.

— Para que acabem nos roubando, como nós fizemos — disse ela com sarcasmo. — Lá nas Galeries de France mandaram mais de uma embora por esconder no bolso o que não devia. E, além disso, onde você pretende…

Ela continuava gesticulando, falando alto, quando a interrompi:

— Vi um lugar. Nas arcadas.

Uma gargalhada de incredulidade saiu de sua garganta. Embaixo das elegantes arcadas da rue d'Arzew, que desde o final da guerra se chamava rue du Général Leclerc, mas todo mundo a chamava como antes, encontravam-se muitas das melhores lojas de Orã. Começavam na rue de l'Artillerie e terminavam na place des Victoires. Abriam para a rua por uma das laterais, seus pés-direitos altos protegiam os pedestres do sol, do vento e, às vezes, da chuva. O preço dos aluguéis, dada a situação, era elevado. *Très élevé*. Elevadíssimo.

— *Tu es complètement folle* — murmurou. — *Majareta*. Completamente louca. Ficaríamos ao lado de outras perfumarias clássicas. Além disso, ninguém conhece nossas novas linhas de sabões e sabonetes ainda. E as pessoas comuns que usam o Savon de l'Oranie para lavar o chão e a roupa, essas clientes que já são fiéis, pisam pouco nas arcadas.

— Minha ideia é abrir um lugar especial, que chame a atenção, com muita luz, muita cor, grandes vitrines…

Diante de meu arroubo de ambição, ela continuava dizendo não com os lábios apertados, mexendo a cabeça de um lado para o outro. Como não parecia disposta a se deixar convencer com argumentos razoáveis, optei por outro caminho.

— Quando você me propôs que roubássemos os cigarros que vinham de Argel lá na Bastos, aquilo lhe pareceu sensato?

Seu movimento parou de repente.

— O que uma coisa tem a ver com a outra? — perguntou, séria.

— Muito.

— Nada.

— Muito — repeti. — Trata-se de arriscar outra vez, de sair na frente e ser audaz.

— Pois veja só como deu certo para você daquela vez. Acabou casada com um imbecil que a tratou como a um trapo.

— Porque, na época, éramos umas pobres infelizes à mercê do que a maldita vida pusesse diante de nós. Mas agora, nós é que estamos no comando.

# CAPÍTULO 76

Inauguramos a loja das arcadas na primavera de 1950, abrindo nosso caminho em uma década que imaginamos que seria calma e venturosa, mas que acabou sendo o inferno.

Apesar do nervosismo e das incertezas, foi um sucesso desde o início. A loja era luminosa e colorida, como eu havia imaginado, com duas grandes vitrines dos dois lados da porta, espelhos nas paredes para multiplicar a amplitude e um balcão bem comprido atrás do qual quatro funcionárias sorridentes de uniforme cor-de-rosa berrante atendiam à clientela. Nas pontas do balcão colocamos duas caixas registradoras novíssimas. Atrás, prateleiras e mais prateleiras cheias de sabonetes organizados pela cor da embalagem, que, por sua vez, dependia da essência. Todas as unidades pelo mesmo preço.

— Não concordo, Cecilia. Desculpe, mas não concordo.

Durante os meses anteriores, dezenas de vezes eu tivera que ouvir essa frase da boca de meu sócio: depois de convencer Catherine, tivera que roer outro osso duro: Azoulay, comerciante das antigas e totalmente reticente às modernidades.

— Eu acho que com essa sua excentricidade vamos perder dinheiro — repetia, insistente.

Mas não, não perdemos. Ao contrário. Quando ele viu os números de vendas das primeiras semanas, deu um tapa na testa e reconheceu:

— Eu lhe devo minhas mais profundas desculpas, querida, por minha falta de confiança.

A ideia de preços idênticos eu havia copiado da Prisunic, a grande loja de departamentos de cinco andares que fascinava as crianças porque tinha escadas rolantes, e as mães pelos preços quase sempre iguais e normalmente acessíveis; daí o nome da loja, "*pris-unic*". Ficava bem em frente ao Bon Marché, outra loja de departamentos enorme, na esquina da Printemps, também grande e do mesmo tipo.

Nisso Catherine tivera razão quando apresentara suas reservas: a concorrência na Orã daqueles tempos era brava. Superadas a amargura e a escassez da guerra e superados os esforços de recuperação depois, as pessoas tinham vontade de se conceder algum capricho, pequenos luxos, cada uma em função de seu bolso. Se não tinham para jantar na *brasserie* Guillaume Tell, comiam *kemias* nos balcões abarrotados dos bares: anchovas, tremoço, *escargot*, o que saísse das cozinhas. Se não podiam ir ao cassino de Canastel, organizavam festas nos pátios. E quando o dinheiro não dava para um lenço de seda pura estampada ou um perfume de Guerlain, optavam por nossos sabonetes.

Caprichos acessíveis para a maioria dos orçamentos: esse era nosso objetivo. E acertamos em cheio. Para que as jovens e as menos jovens, e os namorados, filhos ou maridos que quisessem lhes dar um presente voltassem para casa com a sensação de ter se permitido um luxo acessível, um sabonete especial, perfumado, embrulhado com um ar de distinção remotamente parisiense, apesar de que a maioria da clientela, assim como eu mesma e Catherine, nunca na vida havia posto o pé em Paris. Vendíamos sabonetes, mas também toques de suposta distinção, aspirações ao alcance da mão.

— Mas não podemos baixar a guarda com o produto de sempre, Cecilia.

Meu sensato sócio me recordava isso com insistência, e eu respondia claro que não, não se preocupe. Não estava mentindo, esse era um interesse real. O sabão simples que fazíamos desde o início continuava vendendo por todo lado e era nossa grande fonte de receita. Só que, naquele momento, com a nova loja recém-inaugurada, meus esforços haviam se concentrado nela.

— Temos que repor…

— Avise Hamid para entregar mais…

— Estamos ficando sem…

— Estão esgotando…

Ficamos muito populares, os sabões e eu. Anunciamos nas rádios e nas revistas locais, o *L'Écho d'Oran* fez uma entrevista de meia página comigo. Aos sábados, formavam-se filas de moças à porta da loja.

De outros povoados e cidades do Oranesado muitos comércios pequenos ligavam todas as semanas para perguntar se podiam vender nossos produtos. E na trilha daquela fama repentina, começaram a ocorrer coisas imprevistas, algumas animadoras e outras mais estranhas. No final do ano, recebemos o prêmio de melhor vitrine. Um clube de damas elegantes me convidou a tomar chá em uma maravilhosa residência da avenue Loubet, uma rua que tanto me fascinara sempre. A princípio, pensei em agradecer a atenção e dizer não, obrigada, mas tanto Azoulay como Catherine me convenceram: aqueles vínculos com a burguesia local eram interessantes para nós; mas, para aquela tarde, tive que comprar um terninho *prêt-à-porter* e arrumar o cabelo.

Uns meses depois, a Chambre de Commerce me propôs que passássemos a ser membros e eu aceitei, depois de consultar de novo Azoulay e Catherine, sem ter a menor ideia de se pertencer a essa comunidade de senhores sérios nos serviria para alguma coisa. De fato, depois que nos afiliamos, durante bastante tempo eu não soube deles. De vez em quando chegava uma correspondência ou um folheto informativo, ou uma propaganda de algo que não me interessava, ou simplesmente nada, silêncio. Até que, no início de abril do ano seguinte, depois de um pouco mais de um ano de loja e vendas soberbas, ao passar por lá no fim da tarde, como fazia todos os dias, uma das vendedoras me entregou um envelope.

— Está em seu nome, madame.

— *Merci*, Claudette — agradeci, guardando-o na bolsa sem nem olhar, focando no importante. Como havia sido o dia, os estojos chegaram a tempo, algo especial, algum incidente?

Abri o envelope ao chegar à minha casa, enquanto tirava os sapatos. Ao ler o cartão que continha, não pude evitar uma cara de desconcerto. A Chambre de Commerce tinha a honra de convidar madame Lagarde a seu jantar de gala anual no grande salão de sua sede. No dia seguinte, perguntei a Catherine e Azoulay se um dos dois me acompanharia, e ambos negaram categoricamente.

— Então também não vou.

Quase voaram em meu pescoço para me obrigar.

# CAPÍTULO 77

Cheguei sozinha ao bulevar Galliéni, caminhando. A julgar pelo enxame de automóveis que encontrei à porta, fui uma das poucas convidadas a fazer isso. A maioria dos casais que se aglomeravam na entrada certamente também poderia ter ido a pé, mas descer de um carro com carroceria brilhante era uma marca de distinção que quase ninguém parecia disposto a ignorar naquela noite.

O magnífico edifício de esquina, com sua grande cúpula, a escada acarpetada pela qual subimos até o salão, a altura dos tetos cheios de molduras – aquele esplendor era novo para mim, mas a vida, os anos, o arrojo conseguido à força de cair e levantar haviam me proporcionado aprumo suficiente para não me deixar intimidar pela suntuosidade e pela opulência. Para ser convidada àquele jantar eu não havia tido de mentir nem desbancar ninguém nem fingir ser quem não era; estava ali simplesmente pelo fruto de meu trabalho. De modo que, movida pela segurança que me dava saber tudo que havia conseguido por mim mesma, dirigi meus passos com desenvoltura em direção à minha mesa. Uma mesa para doze comensais à qual seis, exatamente a metade, já estavam sentados.

— *Bonsoir, mesdames et messieurs.*

Todos retribuíram minha saudação com cortesia. Uma das mulheres fez uma expressão de surpresa e, disfarçadamente, murmurou umas palavras no ouvido de seu marido; imaginei que havia me reconhecido e dissera a ele essa é a mulher dos sabões, ou algo parecido. Sem me dar por aludida, ocupei meu lugar, entre uma cadeira vazia e um sessentão que se apresentou como dono da concessionária de motocicletas Motobécane.

Ao redor, retumbando entre os lustres e as paredes forradas de seda, os convidados continuavam chegando e lançando cumprimentos efusivos, principalmente em francês, mas de vez em quando se ouvia um esporádico *¡amigo mío!* ou um sonoro *¡cuánto tiempo!* em claro espanhol. Eram vozes de homem, a maioria, quase todos acompanhados de suas esposas. Elas, por sua vez, embora fossem personagens secundárias, pareciam igualmente dispostas a desfrutar a noite e, para isso, haviam colocado suas melhores roupas, casacos e estolas de pele, apesar da noite temperada de abril; e as joias de praxe distribuídas por orelhas, dedos, pescoços, pulsos, e a obrigatória passagem pelo *salon de coiffure*. Eu mesma havia comprado um vestido azul intenso, de ombros de fora, e pensara naquela mesma tarde em ir ao salão; no fim, não tive tempo e fui com meu coque baixo de sempre. Como não tinha joias, também não as coloquei.

Dos cinco convidados que faltavam, dois casais chegaram quase ao mesmo tempo, apressados. Os primeiros, largos e meio estridentes, justificaram-se em uníssono com movimentos exagerados explicando que vinham de Béni Saf, enquanto meu vizinho, o das motocicletas, se inclinava para mim para esclarecer, sem a menor discrição, que apesar da aparência tosca, eles possuíam um negócio bem-sucedido de conservas que vendia até no Marrocos espanhol e na Espanha de Franco. Os outros, um casal de franceses de pura cepa donos de três relojoarias, não se incomodaram em se justificar e passaram a noite sem se olhar, ignorando por completo um ao outro. No resto do salão, praticamente todo mundo foi se acomodando, o barulho de pés de cadeiras deslizando sobre o mármore foi cessando e só circulavam os garçons vestidos para a ocasião como se fossem militares. Em nossa mesa continuava um lugar vazio. Um apenas.

Entre as centenas de afiliados presentes naquela noite, alguns eram empresários de peso, donos de negócios de volume, grandes agricultores proprietários de plantações de cereal, oliveiras ou cítricos, grandes vinicultores como Sénéclauze, porque era o campo, na realidade, que continuava gerando as receitas mais substanciosas no Oranesado. Havia também industriais, donos de empresas médias e pequenas dedicadas a mil coisas, desde peças de automóveis até destilarias ou gráficas. E havia também muitos presentes que eram meros comerciantes desses que levantavam a persiana de ferro diariamente: donos de lojas de ferragens, de joalherias ou de livrarias ou de utilidades domésticas ou instrumentos musicais ou o que fosse. Pelos sobrenomes que captei, soube que a maioria era composta de franceses e espanhóis naturalizados, um ou outro italiano de origem, alguns judeus prósperos, quase nenhum árabe.

Enquanto um garçom enchia minha taça de champanhe, me perguntei quantos daqueles indivíduos que conversavam despreocupados enquanto desdobravam seus guardanapos e os colocavam sobre as pernas haviam, anos antes, simpatizado com os nazistas; e quantos, ao contrário, haviam se comportado com dignidade e decência. A balança estava em equilíbrio; mas não era hora de ficar remexendo o passado, disso todos sabiam, e sim de olhar para o futuro: para a recomposição econômica da Europa, da França e, por extensão, da Argélia, nossa Argélia, a luminosa Argélia francesa.

Por ela, pela prosperidade de seus campos, a bonança de seu comércio e o auge de sua indústria erguemos as taças depois do discurso de boas-vindas pronunciado pelo presidente. Jamais, nem nos mais sinistros pesadelos, nem nos delírios mais turvos da loucura, teríamos podido imaginar que restasse apenas uma década de vida aos negócios aos quais diariamente dedicávamos nossos esforços e desvelos. Onze anos e alguns meses, na melhor das hipóteses.

Naquele momento do brinde, enquanto os convidados explodiam em um *santé* coletivo, foi quando seu olhar cruzou com o meu. E algo, um não sei quê, se agitou dentro de mim. Três mesas além, longe, mas perto, estava Rafael, meu jovem pedreiro do passado, sentado com outro grupo de pessoas. De gravata e um bom terno escuro, o cabelo cheio domado à base de pomada. Com sua esposa ao lado, a mesma que anos antes me reconhecera de uma sacada e descera correndo para me dizer, no meio da rua, que esquecesse seu marido. Mas ela não se havia dado conta de que eu estava ali, e enquanto o olhar de seu marido e o meu se chocavam no ar, ela acariciava o colar de pérolas distraída, totalmente ignorante das sensações que, atento a mim, preso a mim, passavam pelo coração e pela cabeça de Rafael naquele momento.

O trabalho sem trégua, a guerra, a família que havia construído com a ex-doceira que ali ria com timidez da brincadeira de um comensal próximo sem deixar de roçar as pérolas de seu decote, haviam transformado Rafael no homem seguro de si, atraente em seu caminho para a maturidade, que ocupava um lugar preferencial entre os empresários da cidade.

Eu teria adorado que houvéssemos nos aproximado com naturalidade, que houvéssemos escapado, talvez, para um terraço para conversar esquecendo toda aquela gente. Mas não nos afastamos nem um palmo de nossos lugares, limitamo-nos a nos olhar, alheios ao bulício do salão, incapazes de nos separar. Nenhum dos dois pensou em forçar uma expressão, sorrir fugazmente ou levantar a taça a modo de saudação, uma vez que o brinde formal havia terminado e os garçons começavam a servir o consomê. Simplesmente, por alguns instantes, ficamos concentrados um no outro, o outro no um.

Até que, de repente, alguém bloqueou o espaço aberto entre nós. De forma involuntária, inconsciente do que fazia, um corpo masculino ocupou o lugar que ainda estava livre na ponta de minha mesa. E com essa presença imprevista, acabou meu breve reencontro com Rafael, mudo e de longe. A partir desse instante, cada um retornou a sua realidade mais imediata, ambos incapazes de antecipar que o homem que havia se interposto entre nós mudaria por completo minha vida.

— Por favor, desculpem o atraso.

O convidado tardio distribuiu cumprimentos entre os comensais mais próximos. Perto dos cinquenta, calculei por cima. Cabelo entre castanho e grisalho penteado para trás com esmero, testa limpa, rosto fino e aparência doce e gentil. Repetiu suas desculpas e eu julguei ouvir algo sobre um atraso do paquebote de Marselha enquanto ele ajeitava o nó da gravata. Apesar de seu atraso e de suas desculpas, não parecia abalado. Pelo contrário: estava relaxado, seguro de si enquanto fazia um gesto ao garçom para que lhe servisse vinho branco.

Só então, quando ele se acomodou e encheram sua taça com o vinho que ele pedira e lhe serviram o consomê que não pedira, mas correram para buscar; só então ele dirigiu um olhar aos convidados que estavam, como eu, do outro lado da mesa.

E nesse instante, ao me ver, sem me conhecer ainda, ele franziu as sobrancelhas em um gesto de estranho deslumbramento.

# CAPÍTULO 78

Jean-Pierre Aubert e eu nos casamos nove meses depois de nos conhecermos, em uma sóbria cerimônia civil no Hôtel de Ville, na place d'Armes, que alojava a administração da cidade. Era janeiro de 1952; onze anos de idade e muitas outras coisas nos separavam. A natureza de nossos casamentos anteriores, por exemplo: o meu com Lagarde, que fora triste como um enterro na modesta igreja do Gambetta, contra o seu, respeitável e cheio de gente, na *cathédrale* Sainte-Marie-Majeure de Marselha. Eram também desiguais os universos dos quais ambos provínhamos: o dele, burguês, entre Orã e o sul da França, e o meu, tortuoso, como o de quase todos os imigrantes. E era também díspar a maneira como nos colocávamos diante da vida, ele com seu arrojo e sua vivacidade contra minha prudência e meus silêncios.

Mas superamos todos esses contrastes sem tensão; pelo contrário, somaram-se, não se subtraíram, e nos tornaram um casal compenetrado que odiava as separações que o trabalho dele como agente comercial entre França e Argélia nos impunha a cada duas semanas. Um casal, enfim, que desfrutava como se o mundo começasse com o amanhecer do primeiro dia de cada reencontro.

Sem parar de acariciar meu pescoço ou meu cabelo, sem me soltar quando me abraçava pela cintura, muitas vezes ele recordava como havia se sentido seduzido por mim aquela noite na Chambre de Commerce e não podia parar de me olhar da outra ponta da mesa durante aquele tedioso jantar de colonos, comerciantes e empresários. Perguntara-se imediatamente quem era aquela mulher vestida de azul, linda e séria, tão diferente do resto das damas cheias de joias que enchiam o salão. Segundo ele, mal tocara no *turbot poché* que nos serviram, voltando por completo sua atenção para mim. Ao terminar, ele se aproximara com o pretexto de me oferecer uma proposta profissional, mas, no fundo, era eu, por mim mesma, a única coisa que lhe interessava.

— Madame, acaso lhe interessaria distribuir seus sabonetes por toda a França?

Ele costumava soltar uma gargalhada ao recordar que eu não lhe dera muita atenção, como se a pergunta que aquele desconhecido me dirigia enquanto descia a escada para a saída da Chambre de Commerce fosse um puro desvario depois de um jantar regado a champanhe e vinhos abundantes. E, de certo modo, assim fora: eu mal lhe dera atenção, apesar de ser um homem atraente, mas não pela razão que ele supunha, e sim por outra que nunca lhe contei. Por Rafael. Por estar atento a ele na distância, por contemplar com curiosidade um tanto malsã como ele punha a estola de pele sobre os ombros de sua esposa com um gesto esforçadamente atencioso enquanto ela, abraçando sua bolsa comprada para a ocasião e com cara de quem estava sendo torturada pelos sapatos novos, tentava sair dali o quanto antes. Para voltar para casa, para seu território confortável de filhos, refeições e sacadas abertas para a rua de sempre. Também para afastar seu marido de minha presença, da qual se dera conta em algum momento da noite.

— Na manhã seguinte, fui até sua fábrica e você continuou me ignorando — repetia Jean-Pierre ao contar nossa história a quem quisesse ouvir. — Uma caldeira que havia parado de funcionar lhe era infinitamente mais preocupante que seu futuro marido.

Então, ele soltava outra gargalhada e voltava a me acariciar antes de continuar:

— Tive que fazer três visitas até conseguir convencê-la a almoçar comigo no Le Cintra, insistindo que se tratava apenas de um almoço de trabalho.

Como eu poderia imaginar que aquele francês persuasivo e sedutor, sempre vestido com elegância informal, de dedos e membros longos e riso fácil, bom conhecedor do mundo e de seus enredos, acabaria sendo não só o representante da Savon de l'Oranie na metrópole, como também meu segundo marido? O companheiro que aplacou minha sobriedade e me fez gargalhar e me adorou e me idolatrou e me fez sentir única, como se eu merecesse estar no alto do santuário do monte de Santa Cruz, em vez de caminhando rente ao chão como todos os seres humanos.

Foi assim, e aquele almoço que se estendeu durante horas, sentados um em frente ao outro perto da janela de uma das clássicas *brasseries* de Orã, acabou sendo o primeiro de tantos almoços, tantos jantares e cafés da manhã compartilhados, tanta vida enlaçada como chegaria a ser com o passar do tempo, até que a crueldade mais sanguinária o tirou de mim.

Por iniciativa de Jean-Pierre, a partir de então muitas coisas mudaram em meu dia a dia. Relaxei um pouco no trabalho: sem me descuidar, contive aquela obsessão que tinha até então de fazê-lo crescer, de vigiar cada detalhe, por mínimo que fosse, e estar a par de tudo que acontecia por ali a cada momento, ser a primeira a chegar e a última a sair, inclusive indo trabalhar alguns domingos. Foi difícil deixar que ele me convencesse, mas também acabei o acompanhando em algumas viagens a trabalho. Fomos juntos a Argel e a Marselha várias vezes, a Paris em nosso primeiro aniversário de casamento, a Melilla na tentativa de levar nossos sabonetes a território espanhol. E foi ideia dele nos mudarmos para o novo bulevar Front-de-Mer, para um moderno imóvel recém-construído naqueles últimos anos de bonança ilusória.

No início, ele deixou seu pequeno apartamento e se instalou em minha casa, aquela que eu ainda alugava do amigo de meu sócio.

— Mas isto pertence a seu passado, *ma belle* — repetia ele sempre. — Por que não recomeçamos e criamos um lar juntos?

Meu passado. Seu passado. Por vergonha, para nos agradar mutuamente ou por sensata cautela, ambos escondemos algumas coisas, outras alteramos ou recompusemos a fim de encaixá-las melhor no presente que compartilhávamos. Jamais lhe contei, por exemplo, do homem que me estuprara em El Puntarrón, nem de Marie e das lavadeiras de Sidi Bel Abbès, ou do cortiço do Culebra ou da *maison* do engenheiro. Também não lhe contei a verdadeira razão de ter me casado com Lagarde nem o mal que ele me havia feito; aos olhos de

Jean-Pierre, meu primeiro casamento fora uma simples união infeliz. Um erro como tantos. Como o dele, sem ir mais longe.

Mas de Ricardo e de Alan ele soube, sim: por respeito a eles e ao que nos unira um dia, nunca escondi que eles existiram; mas a sensação com que ele preferiu ficar foi algo assim como dois meros romances sem muita importância, um com um exilado abatido pela derrota, outro com um simpático americano. Como se não houvessem sido mais que ilusões momentâneas, dois galãs parecidos com os dos filmes de Hollywood que víamos muitas tardes na tela do l'Idéal na place des Victoires, nosso cinema favorito: personagens irreais que se desvaneciam tão logo as luzes se acendiam.

Rafael, porém, talvez por sua evidente proximidade, nunca mencionei.

Escondi meu descaramento, minhas fraturas e fraquezas, e lhe contei minha história sob a perspectiva mais simples: a da jovem que abandonara sua pátria miserável, lutara e seguira em frente até prosperar e se tornar uma afortunada empresária. E essa versão pareceu lhe servir. *Ma petite espagnole. Ma petite survivante*, costumava dizer com irônica ternura. Jamais suspeitou que aquilo fosse apenas um resumo distorcido e parcial de minha vida.

# CAPÍTULO 79

— Quem quer viver em Orã e não ver o mar todas as manhãs?

Essa foi outra das razões que me convenceram a comprar aquele grande apartamento ao qual nos mudamos um ano e pouco depois de nos casarmos: o desejo de Jean-Pierre de viver em frente ao mar, aquele mar que ao mesmo tempo nos unia e nos separava de minha Espanha quase esquecida e de sua Marselha sempre presente.

De modo que, apesar de minha reticência inicial, acabei concordando, como com quase tudo que ele me propôs ao longo de nosso casamento. Ele não exercia uma autoridade firme sobre mim, não era exigente nem ciumento. Jamais teve um gesto déspota como os de Lagarde nem propôs um amor com restrições como haviam feito Ricardo e Alan, cientes de que acabariam partindo. Mesmo assim, sem se impor nem oprimir, todas as ideias de Jean-Pierre, todos os seus planos, todos os seus projetos, todos, mais cedo ou mais tarde, de uma maneira ou de outra, acabaram se cumprindo.

A maioria afetava nossa vida cotidiana, desde as saídas, jantares, clubes ou encontros até os alimentos que enchiam o grande refrigerador americano Frigidaire que ele decidira comprar para me fazer uma surpresa. Ou tinham a ver com as viagens e espetáculos a que assistíamos, ou as roupas abundantes e na moda que o tempo todo ele me dava de presente, tão diferentes de minha sobriedade de sempre.

Todos aqueles gastos, acumulados sem grande estrépito, mas a um ritmo constante, acabaram gerando suspeitas em meu entorno.

— Não me agrada adverti-la, Cecilia…

— Desculpe, do que está falando? — perguntei, distraída.

Eu continuava tratando meu sócio com o mesmo respeito de sempre, mas aquele dia estava com pressa: naquela mesma tarde partiríamos para Constantina, eu queria voltar cedo para casa, ainda tinha que acabar de fazer as malas.

— Sobre a compra de sua casa.

Eu estava de costas, recolhendo umas amostras do sabonete com aroma de jasmim que pretendíamos lançar depois do verão; parei de repente.

— O que quer dizer? — perguntei de novo, voltando-me, dessa vez sem me distrair, séria, bem atenta.

— Que a considero um gasto excessivo. E desculpe por falar com tanta franqueza.

— Eu tenho dinheiro para isso, não?

Ele sabia, evidentemente. Estava a par de meus ganhos quase mais detalhadamente que eu mesma.

— Por ora, sim. Mas se continuar gastando nesse ritmo, logo deixará de ter.

Intuí aonde ele queria chegar e tentei suavizar o tema.

— Houve muitas mudanças nos últimos tempos, você sabe...

Assim como havia acontecido com Catherine, Jean-Pierre e Azoulay a princípio não se gostaram. O primeiro mantinha a aversão que muitos franceses das duas margens sempre haviam demonstrado pelos judeus. E a desenvoltura e o caráter *bon vivant* de meu marido desconcertavam meu sócio. Só que, dessa vez, não me esforcei para conciliá-los como havia feito antes. Simplesmente tentava fazer com que se cruzassem o mínimo possível.

Mas, acostumado como estava Azoulay à minha dedicação de corpo e alma aos negócios, não lhe agradava em absoluto meu relaxamento dos últimos tempos. E eu não descuidava do trabalho de jeito nenhum. A questão era que meu tempo passara a ser dividido de outra forma.

— Sei dessas mudanças desde que você se casou, Cecilia. Contudo, sai muito dinheiro, e embora continue entrando, há flancos descobertos. Do valor que investimos para a distribuição na metrópole, por exemplo, ainda não vimos nem um franco de retorno.

— É um projeto que leva tempo, eu já lhe disse. Nosso produto é novo lá, tem que competir com os sabonetes de Marselha, de toda a Provença. E com novas modas, novos gostos.

Enquanto eu ficava repetindo toda essa informação com a qual Jean-Pierre, por sua vez, me convencia para justificar que nossas vendas ainda não houvessem arrancado na França, meu sócio sacudia a cabeça para cima e para baixo. Mas seu gesto não demonstrava segurança, e sim saturação. Como se dissesse: Sim, sim, já conheço essa história que você está contando, não se esforce...

Mesmo assim, eu acreditava em Jean-Pierre. Ou queria acreditar. Ou precisava acreditar. Era um homem vivido, o ofício de gerir vendas e compras, de conquistar clientes, estava em seu sangue: crescera com ele, aprendera com seu pai e seu sogro, fazia isso havia décadas. Ao me falar de seu passado, assim como eu, ele também exibira um jogo de luzes e sombras que, a princípio, não me importara em absoluto, mas que depois dera sentido a muitas coisas. Nascido em Marselha, criado por temporadas em Orã, filho de um agente comercial e uma dama da boa sociedade marselhesa que nunca se acostumara a este lado empoeirado do Mediterrâneo e que assim que pudera embarcara de volta para o sul da França com seus dois filhos: Jean-Pierre, que crescera e superara a Primeira Grande Guerra, e um segundo que fora levado pela coqueluche.

Com sua primeira mulher, Évelyne, ele se casara obrigado por uma gravidez imprevista depois que ela voltara de um internato de freiras dominicanas. Conheciam-se desde sempre, ela era filha de um casal de amigos dos pais dele, também sócios em um dos negócios que o patriarca empreendera ao abandonar Orã, farto de viver na margem africana longe da família. Mas na Argélia deixara amigos, contatos, conhecidos e opções mercantis para trazer e levar, promover e distribuir produtos de todo tipo, por comissão, entre as duas costas: desde frutas até bebidas alcoólicas, eletrodomésticos, artigos de moda ou representações de firmas comerciais. E Jean-Pierre, que não era um bom estudante, contrariara o desejo da família de que se tornasse advogado e, depois de alguns vaivéns, acabara se integrando aos negócios do pai, os mesmos que compartilhava com seu sogro, aliás.

Em tese, suas atividades comerciais continuavam indo razoavelmente bem, apesar da crise que assolara a França nos anos 1930 e da atroz Segunda Grande Guerra, mas Jean-Pierre nunca me dera detalhes de como haviam superado aqueles tempos adversos. Com o fim da guerra, contudo, a sorte lhes dera as costas. Em pouco mais de um ano os infortúnios se encadearam um atrás do outro. Primeiro morrera sua mãe, de um derrame cerebral; deitara-se como em qualquer outra noite, depois de fazer suas orações, e não mais se levantara da cama. O pai se fora meses depois, de causas que nunca ficaram claras; uma perfuração no estômago, supuseram os médicos. E ainda não haviam acabado as missas que Évelyne encomendara por seus adorados sogros quando um câncer voraz corroera seu útero.

Um após o outro, Jean-Pierre os fora enterrando, acolhido pela família de sua mulher, com a dignidade e o pesar pertinentes. E, devido a seu trabalho de idas e voltas constantes, embora o adorasse, concordara que seu filho fosse viver com seus sogros para que cuidassem dele durante suas ausências. Sim, Jean-Pierre tinha um filho: a criança que forçara um casamento precipitado e desventurado, nascida seis meses depois de trocarem um inapetente *oui, je le veux* em La Major, diante de mais de uma centena de convidados. Fabien foi chamado: um lindo menino louro de olhos redondos e azuis, viva imagem da mãe, de cujo crescimento Jean-Pierre guardava um monte de fotografias em um álbum com capa de couro na gaveta de sua mesa de cabeceira. Fabien com cinco meses envolto em rendas, com dezoito meses sentado sobre uma manta em um piquenique campestre à sombra de um grande pinheiro, com três anos em um triciclo, com cinco em um balanço, com sete em um pônei. Com nove anos, de cara feia. Com onze, mostrando a língua ao fotógrafo.

Quando me casei com seu pai, ele tinha treze anos.

Quando mataram Jean-Pierre, dezessete.

E a partir de então, aquele filho que jamais me aceitara, Fabien Aubert, meu enteado, se tornaria meu mais terrível pesadelo.

## CAPÍTULO 80

Nós o enterramos em Marselha, do outro lado do mar, na costa sul da França. Assim quis o filho, e eu, em minha margem argelina e meu desconsolo, preferi não recusar. Quem cuidou das formalidades para o traslado do cadáver foram Catherine e Louis Zermati, o advogado judeu genro de meu sócio, o mesmo que me ajudara a tramitar a herança de meu primeiro marido e que, devido a essas voltas sinistras da vida, estava de novo ao meu lado para repatriar o corpo do segundo. Ambos também decidiram me acompanhar, e juntos atravessamos o Mediterrâneo no *Sidi Mabrouk*: Jean-Pierre em seu caixão e nós três em nossos camarotes durante as poucas horas de sono ou no convés do barco quando o desvelo nos acossava, fumando em silêncio.

Eu havia estado com ele em Marselha algumas vezes e, embora nunca houvesse admitido abertamente, não gostava de sua cidade. Talvez houvesse sido bonita no passado, com seu orgulho de porto do Império e o Forte de Saint-Jean, o Palais de Longchamp e suas Cinq Avenues. Mas os nazistas se haviam ensanhado com ela, dinamitado bairros inteiros, e, apesar dos esforços em andamento para reconstruí-la, as marcas da guerra continuavam presentes. Se bem que, pensando bem, talvez não fosse sua aparência o que me desagradava; talvez só me incomodasse saber que Jean-Pierre tivera outra vida ali longe de mim, com outra mulher, em outros tempos.

Desembarcamos em uma terça-feira de começo de dezembro sem rastros de sol, uma manhã feia e úmida. Ao nosso redor tudo era cinza: o carro que nos esperava no cais, as fachadas dos edifícios que contemplávamos pela janela, a cara dos sogros e do filho entre ambos, esperando por nós à porta do cemitério. Fabien tinha uma cabeça a mais de altura que seus avós, havia dado uma esticada desde a última vez que eu o vira, havia quase dois anos, quando passara as férias de Natal em

Orã conosco. Era magro, de cabelo castanho-claro, com uma franja comprida cobrindo a testa, o queixo cheio de espinhas juvenis e uma gravata preta com um nó bem apertado, da qual certamente desejava se ver livre. No porte lembrava muito Jean-Pierre; no rosto, quase nada.

Era mais parecido com a mãe, a filha morta daquele casal polido que custodiava o jovem com um zelo possessivo. Ele, calvo, macilento e com aparência doentia, solto dentro de um casaco longo e escuro, como se seu esqueleto houvesse diminuído. Ela era *une petite dame* de cabelo elegantemente grisalho, envolta em astracã, com grossas pérolas no pescoço e chapéu e véu de luto em contraste com minha cabeça descoberta. Embora ambos me conhecessem de outras ocasiões, não se incomodaram em disfarçar certa altivez diante de minha condição de segunda esposa de seu falecido genro e francesa de baixa categoria: uma oranesa adotiva, uma espanhola morena. Uma bruta meio africana que havia ocupado o lugar de sua Évelyne.

Aqueles dias de Natal que passamos juntos e que, por sorte, nunca se repetiram não haviam deixado boas impressões nem em Fabien nem em mim. A presença do menino fora desagradável, muito incômoda, mas eu tentara disfarçar e me voltara ao trabalho com o pretexto de que precisavam de mim na fábrica e na loja. Mas sua antipatia fora constante, deixando claro que eu estava sobrando em sua vida tanto quanto ele na minha. A única diferença era que, enquanto eu fingia e engolia o sapo, ele não se incomodava de disfarçar o desprezo. E naquele momento, diante do ataúde de seu pai, em seu próprio território e cercado pelos avós, ele optara por me ignorar e repetir a desfeita sem rodeios.

Foi um enterro sóbrio, com caras sérias, mas ninguém chegou a desabar, nem o menino nem os avós, nem sequer eu mesma, apesar de minha dor profunda. De luto, rígidos como paus de vassoura, ouvimos o sacerdote enquanto começava a cair uma garoa fraca que transformou a terra em barro e sujou nossos sapatos. Embaixo de guarda-chuvas, cumprimos o rito e esperamos que colocassem o caixão no panteão da família: os marselheses de um lado, os oraneses do outro, o órfão entrincheirado entre seus avós e eu acolhida por meus amigos.

E assim demos nosso último adeus ao homem que eu tanto amara, sem mais cerimônia.

Na verdade, aquele casal de idosos marselheses não me importava em absoluto, mas eu teria agradecido por uma demonstração de condolências, um gesto de pêsames remotamente sincero. E eu, em reciprocidade, talvez houvesse me aberto e lhes contado como tudo havia acontecido; imaginava que lhes interessaria saber sobre o trágico fim do pai daquele jovem que protegiam com um empenho exagerado, quase ansioso. Mas não pude lhes dizer nada. Nem as razões pelas quais Jean-Pierre se aventurara por aquelas estradas, nem meu desassossego ao não saber dele durante seis dias, nem como fora encontrado por camponeses quando iam a cavalo de uma *ferma* a outra, degolado entre os arbustos, sem rastro de seu carro, nu e com o corpo cheio de mordidas de escorpião.

Eram maus tempos, tanto para nós enquanto casal como para a Argélia de então. Tempos acres, de dor e desencontros. Os primeiros atentados aconteceram em 1954, e, desde então, nem o Front de Libération Nationale havia interrompido sua campanha para tornar o país independente da França, nem a França havia parado de reagir com contundência àqueles afãs. Em um gotejamento que primeiro foi esporádico e pouco a pouco cada vez mais frequente, os ataques dos rebeldes árabes começaram a surgir tanto nos campos como nas cidades, diante de um quartel militar, uma parada de ônibus, à porta de um órgão público ou de um comércio. Em uma escalada cada vez mais violenta, qualquer um podia acabar sendo a vítima no momento mais imprevisto: podiam ser três soldados ou o dono de uma oficina de bicicletas, um taxista judeu, um fruteiro árabe ou duas meninas voltando da escola. Reciprocamente, o Exército francês respondia virulento, com suas próprias estratégias. Argélia era França, parte essencial da República, e o simples fato de pensar na separação de ambas não era mais que um absurdo.

Assim entramos em uma época sinistra, mas ninguém ainda era capaz de suspeitar do desenlace. Simplesmente começamos a nos acostumar a conviver com essa hostilidade enquanto nos esforçávamos para manter a rotina de sempre. Afinal de contas, a vida tinha que continuar; mas o medo e o desconcerto haviam se tornado as sensações cotidianas.

Paralelamente ao clima adverso que nos cercava, entre Jean-Pierre e eu, apesar de ainda nos amarmos, a convivência também foi ficando áspera. Já não curtíamos os longos jantares na varanda de nosso lindo apartamento como antes, conversando sem parar enquanto contemplávamos as luzes dos barcos que entravam e saíam do porto. Aos domingos, quase nunca voltávamos para a cama depois do café da manhã, nem dançávamos na sala ao ritmo dos discos de Charles Aznavour que ele adorava, nem com o *Quizás, quizás, quizás* de que eu tanto gostava desde que havíamos visto Antonio Machín no Théâtre de Verdure durante nosso primeiro verão casados.

O que nos distanciava era sempre a mesma coisa: eu havia voltado a trabalhar como uma mula e ele, apesar de seus planos promissores de expandir as vendas da Savon de l'Oranie, continuava não fechando contratos. Todos os seus projetos ambiciosos, todo o seu ir e vir, suas viagens constantes pela França, suas longas conversas telefônicas com amigos daqui e dali e com suas dezenas de supostos contatos magníficos não passavam de fumaça. De repente, depois de um regresso, ele me falava de um pedido formidável que estava prestes a fechar com uma rede parisiense de grandes lojas de departamentos, mas passavam-se os dias e não se assinava nada. De repente, depois de outra viagem de duas ou três semanas à metrópole, ele falava de umas perfumarias de Nantes, ou de uns hotéis de Nice, ou de um intermediário sabia Deus de onde que supostamente havia ficado fascinado com nossos produtos. Mas o tempo passava. E, no fim, nada também.

Assim se passaram muitos meses, dois anos, ele olhando o porvir com uma fé inquebrantável em si mesmo e eu cada vez mais descrente e desencantada. E a isso se haviam que somar os avisos diários de Azoulay, até que, farta de suas cautelas, obriguei meu sócio a parar de me atazanar.

Só havia uma solução: que Jean-Pierre esquecesse as capitais da metrópole e focasse de uma vez por toda nos departamentos da Argélia, em nossa gente. Em apresentar nossas gamas e especialidades em Argel e Constantina, em Bône, Tlemcen, Orléansville, Mostaganem, Mascara... Havia dezenas de povoados onde já tínhamos alguns clientes, mas onde ainda poderíamos expandir mais. O que eu lhe pedia, enfim, eram menos ambição e menos sonhos portentosos e mais opções perto de nós, para fazermos dinheiro com os pés no chão.

Tanto, tanto insisti e tanto a corda se retesou entre nós que, no fim, consegui dobrá-lo, e ele, mesmo contrariado, acabou concordando. Meus prognósticos não tardaram a se cumprir e ele começou a fechar alguns contratos, não grandiosos como aqueles a que aspirava, mas médios, constantes e expressivos, mais que decentes. E isso nos reconciliou um pouco, apaziguou a tensão e nos aproximou de novo, e voltamos a curtir um ao outro, a ir ao teatro, ao cinema, a Les Arènes para ver Luis Miguel Dominguín toreando – porque ele adorava touros –, aos espetáculos de Édith Piaf ou Line Renaud e aos de Lola Flores e Carmen Sevilla, aos quais ia só para me agradar.

Até que, uma segunda-feira de manhã, quando faltava uma semana para fazermos quatro anos e cinco meses de casados, ele se levantou, tomou um banho e vestiu uma roupa fresca para ir a Perrégaux no Citroën DS que havíamos comprado dois anos antes. Levava sua pequena mala de couro vermelha, vários catálogos e mostruários de sabões e sabonetes e minhas insistentes advertências para que tivesse muito cuidado. Despedimo-nos com um beijo em frente ao prédio, na calçada de nosso bulevar Front-de-Mer; demorei muito a esquecer a sensação de minha mão em sua nuca ainda molhada, seu braço ao rodear minha cintura pelas costas.

Ficou de voltar na quarta-feira, mas nunca voltou. Naquela mesma tarde, a uma hora imprecisa, aconteceu o que aconteceu e seu nome se somou à tétrica lista de mortos pelas mãos da FLN. E dentro de mim, por incentivar meu marido a empreender aquela viagem desventurada, ficou uma amargura que eu tardaria muito a digerir, se é que realmente desapareceu por completo.

Por nenhuma razão específica, talvez só para tirar os tormentos de dentro de mim, teria sido bom compartilhar aquilo com seus sogros quando terminou o enterro em Marselha. Mas não foi possível, não me deram opção. Ao sair do cemitério e chegar aos carros, os idosos se limitaram a me estender a mão, a dela coberta por uma luva suave de couro preto e a dele fria e úmida como uma sépia. Dos lábios esbranquiçados dos dois saíram simples murmúrios em voz tão baixa que não pude entender: podiam estar dizendo algo compassivo e afetuoso ou se despedindo de mim com um até nunca, senhora; retorne para sua Orã e não volte mais aqui. Sem mais, deram-me as costas, apoiaram-se um ao outro e saíram andando com passo cansado. E lá fiquei eu, parada, muda, com minhas justificativas e minha *mea culpa* atravessados como um catarro denso no meio da garganta.

Louis Zermati foi atrás deles; pretendia trocar umas palavras com *monsieur* Faure, em meu nome, sobre como proceder com o testamento que afetava tanto a mim como a seu neto. Catherine passou o braço por meus ombros para que eu também me dirigisse ao veículo que nos esperava com o motor ligado, e foi nesse instante que eu por fim reagi e me dei conta de que talvez devesse ter um gesto para com Fabien, dar-lhe um beijo no rosto ou qualquer outra demonstração de afeto.

Mas de novo não foi possível, porque o filho de meu marido também não estava mais a meu alcance. Sem se despedir, ele havia se jogado no banco de trás do carro da família, com a cabeça baixa e a franja nos olhos. Completamente indiferente a mim, sem nem sequer me olhar.

# CAPÍTULO 81

— Você não está falando sério, está?

Foi a primeira coisa que me ocorreu, uma frase absurda, porque eu sabia de sobra que Azoulay era bem pouco dado a brincadeiras. Mesmo assim, ele respondeu:

— *Absolument sérieux*, Cecilia. Absolutamente. — Para realçar suas palavras, deu uma palmadinha no livro de contabilidade. — Aqui está tudo registrado: as saídas de liquidez, as transferências, os gastos sem justificativa, as compras a prazo e o que nunca...

Ergui a mão para que se calasse, não queria mais ouvir. Em um gesto deferente, ele fechou a boca, mas ficou pairando no escritório o que ele havia acabado de anunciar; algo acerca do qual, até então, eu tinha apenas um conhecimento parcial simplesmente porque havia preferido fazer vista grossa, não saber: que Jean-Pierre havia gastado dinheiro da empresa a mancheias, era o que meu sócio acabava de me dizer. Que havia posto nossas finanças em uma situação comprometedora. Muito comprometedora.

Havia se passado quase um mês desde seu enterro em Marselha e aquele era o dia em que meu sócio decidira pegar o touro pelos chifres e me pôr a par de minha situação financeira. Ele sabia que eu ainda estava desolada, mas também sabia que precisava reagir, abandonar a devastação e assumir os negócios de novo.

— E não preciso lhe lembrar, Cecilia, de que a loja das arcadas também não está tão bem como no início.

Infelizmente, isso também era verdade. Aquela afluência incontrolável de clientes, mulheres principalmente, nos últimos tempos andava diminuindo. As pessoas ainda entravam e compravam, mas já sem o arroubo de antes. Uma vez que os distúrbios e ataques da FLN estavam recrudescendo, todo mundo estava mais contido: evitavam-se as aglomerações, os encontros populosos em plena rua, a exposição pública excessiva. Tentávamos minimizar, de uma forma ou outra, os riscos de sermos alvo fácil de uma bomba escondida em uma lixeira ou de uma rajada de metralhadora lançada de dentro de um carro em um cruzamento qualquer.

— Não sei se você sabe — acrescentou Azoulay — que alguns empresários estão começando a tirar seus capitais da Argélia. Nós também teríamos de pensar nisso se as coisas não tivessem mudado.

Eu poderia ter tentado interceder por Jean-Pierre, defender sua memória e justificar suas ações. Contudo, as justificativas não saíram de minha boca, talvez porque, de repente, tive consciência de que, na realidade, não tinha nenhuma sólida e me faltavam forças para tirá-las da manga. Pior ainda: eu também estava brava com ele por conta de sua irresponsabilidade e cabeça de vento. E indignada comigo mesma por ter permitido que seus caprichos de *bon vivant* chegassem a tal extremo, por não o deter a tempo. E essas sensações tão amargas, somadas à minha dor e a meu próprio sentimento de culpa por tê-lo convencido a ir a territórios perigosos, machucavam minha alma.

— Como você acha que isso vai acabar?

O tom de minha pergunta foi apagado, como apagado estava meu ânimo depois do que meu sócio me havia comunicado, e apagada também estava minha vontade de sair da cama todos os dias. Mas eu precisava mudar de assunto, guardar em minha cabeça o que havia acabado de ouvir sobre os esbanjamentos de meu marido com as contas da empresa para avaliar tudo mais tarde, sozinha, em casa. Naquela que havia sido nossa casa e que se transformara em uma grande casca vazia, uma linda casca com metros de espaço excessivo, decorada com os móveis tão lindos quanto ridículos que ele insistira em comprar, equipada com aqueles malditos eletrodomésticos modernos de que eu jamais havia precisado.

Ali, no nono andar de um dos imóveis mais caros de Orã, sentada ao lado do aparador estilo Segundo Império que sempre me parecera absurdamente opulento, ou em frente ao televisor Thomson que eu nunca mais ligara, ou talvez na cozinha, arrulhada pelo barulho do motor do prodigioso exaustor automático; ali eu refletiria sobre tudo isso mais tarde. Aquele não era o momento.

Além disso, pensei, restava a esperança de que talvez tudo fosse compensado na abertura do testamento. Louis Zermati estava cuidando disso, mas os trâmites estavam demorando devido à saúde frágil de *monsieur* Faure, avô de Fabien e seu tutor legal até que o rapaz completasse dezoito anos. Jean-Pierre nunca me falou detalhadamente de seu patrimônio em Marselha; inclusive, as vezes que fomos para lá ficamos em um hotel. Mas muitas vezes ele falava do grande apartamento que havia herdado de seus pais na rue Beauvau e da *villa* em frente ao mar onde costumavam passar os verões, do lar que compartilhara com sua primeira mulher e dos vários negócios empreendidos com sócios e amigos, homens experientes e negociantes de primeira linha. Eu não sabia se de tudo aquilo ele conservava muito ou pouco, mas desejava com todas as minhas forças que fosse o suficiente para equilibrar seu desatino com as contas da fábrica.

A resposta de Azoulay interrompeu meus pensamentos e me puxou de novo ao presente, ao nosso escritório nos fundos da fábrica. Mais de uma década atrás, no final da guerra, havíamos pensado em mudá-lo de lugar, levá-lo para a frente e fazer dele um espaço mais representativo. Mas aparecer importava bem pouco tanto a meu sócio como a mim, de modo que, apesar de Jean-Pierre sempre insistir que o esforço valeria a pena, acrescentamos apenas um escritório para meu marido e optamos por continuar em nosso cantinho.

— Eu gostaria de poder ser otimista — respondeu ele, sombrio —, mas fui testemunha de tantas atrocidades e tantos absurdos...

Desde o assassinato de Jean-Pierre, eu me havia feito uma pergunta muitas vezes; e foi a primeira vez que me atrevi a fazê-la em voz alta.

— Azoulay, você acha que eles vão atingir o objetivo e a Argélia será independente?

— Em Paris, isso já foi repudiado categoricamente, nem sequer contemplam essa possibilidade. Mas se lembre das barbaridades das duas grandes guerras deste século: quem poderia tê-las previsto?

— E o que será de nós se isso acontecer? — perguntei, inquieta. — Para os judeus, para milhões de europeus cujas famílias estão aqui há gerações, inclusive para os que chegaram e deitaram raízes, como eu, a Argélia também é *notre pays*, nossa terra. Não podem nos obrigar a ir embora, não podem...

Em resposta, meu sócio deu de ombros, e, com esse gesto tão insignificante, de repente tive a sensação de que seu corpo minguava e o chumbo de vinte anos caía sobre suas costas. Com uma espécie de súbita lucidez, de repente entendi que, mergulhada em minha angústia profunda, eu estava deixando de notar outra realidade muito triste: a rapidez com que Azoulay envelhecia. E para que nenhum dos dois afundasse no desassossego, optei por voltar ao mais perto: as contas.

— Enfim, vamos focar. Isso sobre empresários e comerciantes mandando dinheiro para fora, foi sua gente que lhe contou?

Ele demorou alguns instantes para responder, como se precisasse avaliar a conveniência ou inconveniência de me falar sem rodeios sobre seu povo. Venceu a sinceridade, por sorte.

— Ao que parece, os mais prósperos de nossa comunidade estão começando a tomar medidas sérias.

Estava claro: se os ricos empresários judeus já estavam dando esses passos, era melhor que ficássemos atentos.

— E os *patos*?

Assim continuávamos chamando os franceses da *métropole* que, por alguma razão, viviam entre nós sem se arraigar totalmente: empresários, altos funcionários públicos, representantes de empresas, delegações e corporações, ou o que quer que fossem. Azoulay entendia esse apelido.

— Dizem que alguns deles também estão tomando precauções e se movimentando. Discretamente, claro. Devido ao que pode acontecer se a coisa recrudescer.

Anos atrás, antes de me casar com Jean-Pierre, quando o fim da guerra nos dera o otimismo e a esperança de um mundo em harmonia, quando ampliamos a fábrica e abrimos a grande loja das arcadas da rue d'Arzew, nós também poderíamos ter sido previdentes e, talvez, colocado nosso dinheiro ao resguardo dos sólidos bancos da metrópole. Mas naquele momento, sem liquidez, nosso objetivo era não afundar.

— E se eu vender meu apartamento? É uma propriedade bastante cara.

— Sei disso — disse Azoulay apenas, evitando uma resposta.

— Por isso… — insisti.

Ele tirou os óculos devagar, como se lhe incomodassem, como se o leve peso da fina armação dourada fosse uma carga excessiva. Esfregou a ponte do nariz com dois dedos, devagar. A seguir, afastou a mão do rosto manchado pela velhice, pousou-a sobre a mesa e me olhou com olhos cansados, frágeis devido aos anos e ao glaucoma.

— Nas atuais circunstâncias, minha querida, duvido que encontre algum imprudente que se arrisque a desembolsar tanto dinheiro.

# CAPÍTULO 82

Azoulay tinha razão; não encontrei quem quisesse comprar minha casa. Conversei com dois agentes imobiliários, com vizinhos do edifício e amigos proprietários de outros negócios. Em resposta, recebi a mesma frase, idêntica: não é hora para isso. Ninguém se atrevia a mexer um dedo, a situação não estava para investimentos, todos preferiam não assumir riscos. E isso considerando que, depois de muitos anos de tensão e de, no início, terem desdenhado o conflito e o tratado como meros distúrbios da ordem pública, por fim a metrópole havia mandado efetivos de apoio que pareciam estar subjugando os rebeldes. Ouvíamos dizer que usavam uma repressão igualmente sangrenta contra eles.

Nos jornais, no rádio e na televisão líamos e ouvíamos os políticos em Paris estufando o peito e proclamando que Argélia era França e jamais deixaria de ser. Afirmavam e reafirmavam com contundência que estavam dispostos a defender a todo custo a paz interna da nação e a unidade e a integridade da República, plenamente comprometidos com a proteção dos departamentos do norte da África por todos os meios possíveis. Mesmo assim, a desconfiança se mantinha entre nós.

Contudo, diante das declarações dos independentistas, insistia-se que os radicais da FLN eram minoria, que a maioria muçulmana ou era indiferente ou preferia continuar pertencendo à França. Mas a fratura estava ali, e sob o sol daquela nossa terra nada mais foi como antes. Especialmente entre aqueles que, como eu, haviam sido atingidos pelas garras terroristas.

— Preciso falar com você.

Estávamos no depósito reorganizando o estoque. Ouvi a voz de Catherine às minhas costas e, ao me voltar e ver sua cara, previ que o que pretendia me dizer não seria agradável.

— Aqui, ou prefere sair?

Com um movimento do queixo, ela indicou o exterior, a rua.

Tiramos os jalecos brancos; fazia tempo que não usávamos mais os simples aventais do início. Àquela altura, sobre a roupa da rua usávamos jalecos leves, de bom tecido e boa confecção, sinal de que havíamos progredido. Eu e ela os penduramos nos cabides de sempre e avisei Hamid e uma das funcionárias mais veteranas que íamos sair.

— Se surgir algo urgente, sabem onde nos encontrar.

Fazia anos que frequentávamos o Café Blanco; toda vez que Catherine e eu tínhamos que falar sobre algo mais ou menos privado, conversávamos fora da fábrica. Não eram grandes segredos nem tratávamos de questões muito delicadas, mas preferíamos manter essa discrição; e para isso, escolhíamos sempre a mesma mesa, longe do balcão, perto da janela. Naquele momento, entre o café da manhã e o almoço, havia pouca clientela. Três ou quatro homens soltos, nenhuma mulher; mulheres quase nunca iam ali, menos ainda mulheres sozinhas como nós. Mas para mim e minha sócia essa ausência feminina não tinha a menor importância.

Ela fez o pedido.

— *Deux anisettes*.

Não era hora de anisetes, não eram nem onze da manhã. Mas me calei e esperei que o garçom servisse os copos daquele líquido esbranquiçado, anis misturado com água e gelo, a bebida mais popular de Orã, de toda a Argélia.

Ela deu o primeiro gole; eu a imitei. Apesar de ser cedo, caiu bem aquele gole forte e adocicado; apaziguou minha angústia.

— Marcel está insistindo em mandar a mim e aos meus filhos para a cidade dele.

— A cidade dele na França?

— *Oui* — murmurou, séria.

Antes de prosseguir ou que eu perguntasse algo, ela me ofereceu o maço de Chesterfield que havia deixado em cima da mesa de mármore; nós duas continuávamos fumando cigarros americanos. Ao soltar a fumaça, acrescentou:

— É um lugar na Bretanha onde os porcos são criados como se fossem bispos.

Se o que estava me dizendo não fosse tão triste, eu teria dado uma gargalhada. Mas era. Catherine estava me dizendo que ia embora, e isso, depois da morte de Jean-Pierre, era outra desgraça para mim.

— Ele não tem sentimentos pela Argélia como eu. Não é daqui, é só um funcionário público que veio porque foi obrigado. Jamais gostou deste lugar, nós somos a única coisa que o prende aqui. Por isso, se a situação recrudescer outra vez, ele não quer tombar em serviço nesta terra, não tem nenhum interesse em defendê-la.

— Mas tudo está mais tranquilo agora; estão comentando em todos os lugares, nos jornais, nas rádios. Desde o que aconteceu com o general Massu na *casbah* de Argel...

Eu quis lhe recordar a feroz atuação dos militares na capital depois do atentado do Milk Bar; as pessoas falavam sobre isso o tempo todo: as dezenas de milhares de soldados provenientes da França, os métodos drásticos dos paraquedistas, as capturas, as prisões e até as execuções de líderes da FLN, inclusive as *ratonnades* da população civil em alguns bairros árabes. Todo mundo sabia disso. Mas Catherine não me deixou prosseguir; as ações do Exército e da resistência não lhe interessavam. Sua única intenção era justificar as razões de sua partida.

— Marcel não acredita que as coisas vão melhorar, acha que tudo pode ficar sangrento de novo, que se trata apenas de uma calma transitória e que, no fim, chegará a independência. Além disso, sempre sonhou em voltar à sua cidade quando se aposentasse. Agora, se aceitarem sua baixa, será uma espécie de aposentadoria antecipada.

— Entendo... — sussurrei, mas sem ânimo; sem forças.

— Um parente dele, proprietário de um hotel pequeno, aceitou me contratar. E ele também tem contatos para arranjar emprego para meus filhos; o que ele quer é nos tirar daqui enquanto cuida dos trâmites dele, para tentar ir também o quanto antes.

Eu conhecia pouco Marcel, o maduro marido de Catherine, um homem compacto e sério de sobrancelhas grossas feito bigodes. Só o havia visto algumas vezes; ambas preferíamos manter nossa vida pessoal separada do trabalho.

— Ele está organizando tudo, mas a mudança ainda vai levar tempo. Sabia que está cada vez mais complicado comprar baús e malas?

Não respondi, isso não me importava. Demos outra tragada nos cigarros e outro gole nos anisetes. Depois de deixar seu copo sobre a mesa, Catherine deslizou a mão pelo mármore até tocar a minha.

— Eu não queria deixá-la, Cecilia — murmurou, apertando minha mão. — Minha alma dói de pensar em abandoná-la, com tudo que está passando. Mas tenho que ir, por meus filhos. Eles já são homens, estão em idade de pensar no futuro e, neste panorama, aqui seria complicado.

— Eu entendo — sussurrei. Tentei até sorrir, para ser mais convincente; mas não saiu nenhum sorriso, só uma careta tensa. — Mas você não vai poder levar sua parte nos lucros, por ora, as coisas não estão bem.

— Eu sei — disse ela.

Eu tentei prosseguir com as explicações:

— Jean-Pierre e suas...

Minha voz tremeu.

— Não precisa justificar; eu mesma fui testemunha de tudo. Você se apaixonou e, sem querer, pôs uma venda nos olhos. Às vezes somos idiotas assim mesmo, não se castigue.

— Mas eu, eu... — gaguejei enquanto amassava a bituca no cinzeiro.

— Talvez você também devesse pensar em ir embora para a França. Ou voltar à Espanha.

Voltar à Espanha, ela havia dito. Que absurdo. A qual Espanha ela pretendia que eu voltasse? Ao barranco miserável do qual fugira depois de deixar um homem morto? Eu jamais havia confessado esse episódio a Catherine, de modo que engoli o desassossego e dei uma resposta evasiva.

— Eu vou me virar, não se preocupe. Você foi uma grande professora para todas as funcionárias, elas saberão prosseguir sozinhas. Além disso, tenho Hamid, sempre atento.

# CAPÍTULO 83

Eram quase oito da noite quando tocou a campainha. E eu, sentada na sala escura, me assustei e abri os olhos. Havia adormecido, mesmo sabendo que a maldita insônia se vingaria e me visitaria no meio da madrugada. Mas as noites me pareciam eternas, uma vez que não podia ficar mais tempo na loja ou na fábrica; a fim de proteger nossos funcionários, eu mesma havia tomado a decisão de fechar as instalações antes que escurecesse, para que todo mundo pudesse voltar cedo para casa.

Confusa, meio perdida, demorei alguns segundos a voltar à realidade. A campainha tocou de novo e por fim reagi. Levantei-me, fui tateando até acender uma luz e segui pelo corredor em direção à porta, ainda descalça. Mas não abri, nem me dei o trabalho de olhar pelo olho mágico. Só perguntei, antipática:

— Quem é?

Quando ouvi a voz masculina do outro lado, abri imediatamente. Lá estava Louis Zermati, o advogado, meu advogado, com uma maleta de couro, o cabelo cacheado revirado e cara de exausto.

— Acabei de desembarcar, foi uma travessia terrível, chegamos com horas de atraso. Se me permitir entrar, eu lhe conto tudo.

O simples fato de vê-lo me despertou por completo. Estava havia dois dias aguardando notícias dele; era a segunda vez que ele ia a Marselha para tentar tratar do testamento de Jean-Pierre. Mas por um motivo ou outro, pela saúde de *monsieur* Faure ou pela necessidade de mais trâmites e protocolos, até a data não havia conseguido concluir nada.

Levei-o até a sala, convidei-o a se sentar em uma poltrona, acendi mais luzes, ofereci-lhe café, chá, água. Ele recusou tudo, apenas perguntou:

— Posso dar uma olhada?

Estava se referindo à varanda, do outro lado da porta de vidro.

— Por favor — respondi, abrindo-a.

Ele saiu. Eu saí atrás dele.

— *C'est un spectacle impressionnant* — murmurou com as mãos no parapeito do nono andar.

Lá estava a baía e, distribuídos por ela, segundo as áreas correspondentes, os grandes navios de carga, as balsas, os barcos de pesca, os veleiros. À esquerda, o monte de Santa Cruz e, à direita, os penhascos do Gambetta. Atrás, o mar que levava a França, Espanha, Europa, e sobre ele, um céu negro imenso cheio de estrelas. Mas não era hora de admirar a beleza do grande porto de Orã, eu tinha outras urgências.

— Conte-me, Louis, por favor. Está frio aqui fora, se não se importa, vamos voltar para dentro.

Sentamo-nos frente a frente prontos a focar no assunto, mas ele demorou alguns instantes a começar, como se não se atrevesse.

— Louis, *s'il vous plaît*... — repeti.

Ele pigarreou, tentou, não conseguiu.

— Diga de uma vez o que tem para me dizer — insisti, impaciente.

— Não há nada, Cecilia.

— Como assim...? — balbuciei.

— Seu marido não deixou absolutamente nada na metrópole. Nem propriedades nem negócios ativos. Nem economias, nem ações, nem pertences de nenhum tipo. Nada de nada.

Fechei os olhos e puxei o ar pelo nariz com todas as minhas forças. Precisava de oxigênio para aceitar aquela realidade tão patética.

— De fato — prosseguiu ele —, a única coisa que há no nome dele são algumas dívidas. Contas pendentes em hotéis e restaurantes, a conta de valor considerável de um alfaiate e uma quantia que devia ao Banque Palatine já fazia tempo.

Meu Deus. Meu Deus do céu. Como eu me atreveria a olhar na cara de meu sócio, o sogro do homem que estava à minha frente? Azoulay me advertira desde o início, desde antes, inclusive, de eu comprar por um preço exorbitante o apartamento onde nos encontrávamos eu e seu genro. Se eu ansiava que Jean-Pierre houvesse deixado algo material na França era simplesmente para fechar o buraco que ele mesmo havia feito na contabilidade da fábrica; para mim mesma não queria nada. Eu provinha de baixo, podia viver em qualquer lugar, vestir qualquer coisa, prescindir do refrigerador, da estúpida enceradeira, dos três sofás estofados e do forno elétrico. Podia me desfazer das roupas que se amontoavam em meus armários, das dúzias de pares de sapatos e dos perfumes que jamais usara, das bolsas inúteis que ele me dera ao longo dos anos que vivemos juntos. Maldito Jean-Pierre, maldito mão-aberta, cheio de caprichos, perdulário, imprudente. Maldito insensato e maldita eu mesma por tê-lo amado e lhe consentido tanto.

Louis, com a voz mais firme, arrancou-me do aturdimento.

— Com essas últimas dívidas, Cecilia, não precisa se preocupar. *Monsieur* Faure, em consideração ao neto, ofereceu-se para pagá-las discretamente.

Incapaz de dizer qualquer coisa sensata, impotente e sem forças, escondi o rosto entre as mãos e, atrás dessa trincheira, soltei um uivo. Um grito sofrido, animal. Afiado como a lâmina com que cortaram a garganta dele.

# CAPÍTULO 84

Passaram-se os dias, ou semanas, ou até mesmo meses; estava tão alheia que perdi a conta. Até que um grande imprevisto surgiu diante de mim quando entrei em meu edifício, voltando da fábrica quando já começava a anoitecer, um fim de tarde qualquer. Alphonse, o porteiro, saltou de seu cubículo quando me viu chegar pelo vidro que separava o bulevar Front-de-Mer da suntuosa entrada de meu edifício.

— A senhora tem uma visita, madame — sussurrou enquanto abria a porta para mim.

Girou o pescoço e, com um indiscreto movimento do queixo, indicou algo às suas costas. Dirigi meu olhar para lá, onde havia modernas poltronas de couro cor de laranja próximas ao grande mural abstrato que enfeitava a parede.

— Fabien… — murmurei, sem me mexer.

— Ele está aqui há quase duas horas — explicou o porteiro entre dentes. — Pediu-me que abrisse seu apartamento, mas sem a permissão de madame, eu me recusei, naturalmente.

Para meu espanto e desconcerto, lá estava o filho de Jean-Pierre. Esparramado, jogado na poltrona com uma mala xadrez pequena a seus pés, o casaco largado ao lado. Sua franja comprida, mais comprida que nunca, cobria a testa e um olho. Assim que me viu, sem pressa, começou a se endireitar e se levantar. Por sua maneira de se mexer, ou por seu corpo já de homem, não mais de menino, ou sabe-se lá por quê, senti uma espécie de queimação por dentro. Queimação, dor, pesar. Cada vez se parecia mais com o pai.

— *Bonsoir*, Cecilia — disse ele, aproximando-se de mim, que continuava sem me mexer. — Esse imbecil não me deixou entrar no apartamento — acrescentou com desdém, sem se importar com o fato de o porteiro estar a apenas três ou quatro metros de distância. — Como se eu não tivesse direito...

A partir desse exato momento eu soube que nada correria bem, que aquela chegada imprevista não teria nada de bom. Mesmo assim, subimos juntos no elevador, ele falando arrebatado, com seu sotaque da metrópole, sobre o péssimo serviço do paquebote, sobre os inúteis funcionários do porto e sobre o taxista grosseiro que o havia levado até ali. Sem replicar nem perguntar que diabos estava fazendo ali, permitindo que se espraiasse com suas queixas e impropérios, mantive a boca fechada até chegarmos ao nono andar.

Então, tirei as chaves da bolsa, abri a porta e, ao mesmo tempo que ele jogava sua mala no chão sem se preocupar onde ou como caía, me ofereci para pendurar seu casaco no cabideiro. Assim que o deixou em minhas mãos, saiu andando pelo corredor com seu corpo comprido. Vendo-o de costas, ele me recordou tanto Jean-Pierre que as lágrimas de repente marejaram meus olhos e tive que fazer um esforço para contê-las.

Não foi preciso que eu lhe dissesse que se sentisse em casa; ele tomou isso por certo.

— Estou morrendo de fome! — gritou ao passar pela cozinha.

Devorou o prato que lhe servi com uma velocidade assombrosa; repetiu. Malak, a empregada árabe que seu pai e eu havíamos contratado quando nos mudamos para lá, sempre deixava algo pronto para mim. Na verdade, naquela casa na qual eu passava somente o fim tedioso das tardes e a longa insônia das noites, eu não precisava de empregada doméstica. Mas ela tinha quatro filhos e um marido peão com um mísero salário, e tê-la despedido depois que fiquei sozinha teria sido uma desgraça para sua família. De modo que ela continuava indo todas as manhãs durante algumas horas; chegava quando eu já havia saído, lavava a roupa à mão porque a lavadora automática que Jean-Pierre insistira em comprar lhe parecia um monstro temerário, limpava o que continuava limpo e deixava algo pronto para o jantar. Naquela noite, havia umas *boulettes de viande*, essas almôndegas cozidas em molho que nas casas espanholas de Orã chamavam simplesmente de *pelotas*.

Não me sentei para jantar com ele e lhe foi indiferente. Só quando coloquei diante dele umas clementinas de sobremesa, ainda em pé, de braços cruzados, foi que lhe perguntei sem rodeios:

— Por que veio, Fabien?

Ele ergueu a cabeça para mim, fingindo se surpreender. Com um sopro, tentou tirar a franja que caía sobre o lado esquerdo de seu rosto. Como não conseguiu, sacudiu a cabeça.

— Como por quê? — disse me olhando fixo, com os olhos enfim liberados das mechas de cabelo. — Para pegar o que é meu por herança.

Por pouco não soltei uma amarga gargalhada. Herança, havia dito o infeliz. Demorei alguns segundos para responder, tentando encontrar a melhor resposta para que ele não se sentisse ofendido. Fabien estava esperando, com ar desafiador.

— Meu advogado já conversou com seu avô — disse eu por fim.

Felizmente, minha voz saiu tranquila, paciente; nada a ver com o mal-estar que me queimava por dentro.

— Aqui, na Argélia, seu pai não deixou nada. — Omiti que sabia que em Marselha também não. — Se seu avô não lhe contou e você quer saber os detalhes, Louis Zermati poderá lhe...

Ele não me deixou acabar a frase.

— Eu não preciso que um judeu me explique nada.

Uma onda de fúria subiu à minha garganta. Inclinei o tronco até estar com o rosto diante do dele.

— Cuidado, Fabien. Muito cuidado.

Meu tom de advertência o deteve. Esqueceu o bondoso genro de meu sócio e decidiu atacar por outro flanco.

— Talvez você consiga enganar meu avô, ele é um idoso doente, não está com a cabeça boa e não entende nada.

— Ninguém enganou ninguém. A situação, infelizmente, é essa. Seu pai não deixou nada, nem a você nem a mim. Nem dinheiro, nem propriedades, nem...

Alterado, ele se levantou, arrastando a cadeira, e quase a derrubou com o impulso.

— Como não? E esta casa, e a fábrica de sabão, e a loja? Tudo isso era dele e você pretende ficar com tudo. Mas não pode, eu tenho direito...

— Cale a boca!

Meu grito conseguiu interromper o monte de absurdos que ele dizia. Antes de falar, enchi os pulmões de ar e o soltei com força, tentando me acalmar.

— Tudo que você mencionou é meu — disse eu, tentando me mostrar calma. — Somente meu. Eu fundei e fiz a fábrica crescer, investi na loja, comprei este apartamento...

Poupei a lembrança de meus anos de empenho, solidão e sacrifício. Meus longos dias de trabalho, os contratempos que tivera que enfrentar. Também não mencionei a insensata mão de seu pai para desperdiçar o fruto de meus esforços. Nem meu erro por tê-lo permitido.

— *Menteuse*. Mentirosa. Você é uma aproveitadora e uma mentirosa. Ele me...

Ignorei os insultos, tornei a interrompê-lo.

— Ele queria que você o admirasse e lhe disse o que achava que você gostaria de ouvir: que era um empreendedor brilhante com grandes negócios na Argélia. Um empresário próspero, um homem com uma fortuna e sorte em seus projetos.

— E não era? — perguntou ele, furioso.

Sacudi a cabeça lentamente, de um lado a outro.

— Não, Fabien. Nunca foi. — Hesitei um instante, mas decidi prosseguir. Por mais cruel que fosse a realidade, já que estávamos no meio daquela conversa desagradável, o melhor era ser sincera. — Seu pai fez, desfez, enrolou, construiu mil castelos no ar. Ao longo de sua vida se meteu nos mais variados negócios: câmaras frigoríficas, roupas de couro, pneus, agências de viagem... Mas jamais conseguiu manter nada.

— Mas, mas...

— Para deixar bem claro: toda a boa vida que ele sempre teve, todos os caprichos que se deu e deu a você, no início foram graças ao pai dele e ao sogro, ou seja, graças a seus avós. E depois, quando me conheceu, instalou-se debaixo de minhas asas e se manteve com meu dinheiro.

— Mas ele, ele, ele…

A raiva impediu que ele terminasse a frase, e eu aproveitei para acrescentar:

— Ele era um homem magnífico, Fabien. Um grande otimista, um ser carismático, atraente, com uma personalidade avassaladora e um caráter maravilhoso. Eu, assim como você, o adorava, o amava demais. Mas nos negócios ele sempre foi um desastre absoluto, um encantador de serpentes incapaz de levar qualquer coisa a bom termo. Resumindo, uma nulidade. E agora, nós dois estamos pagando as consequências.

À beira do choro, de repente transformado em um menino gigante, aturdido e furioso, ele murmurou algo que não entendi; provavelmente alguns insultos dirigidos a mim. Depois, saiu a passos largos da sala, dirigiu-se ao quarto que ocupara das outras vezes que ali estivera e bateu a porta com tanta força que retumbou por toda a casa.

# CAPÍTULO 85

Catherine e eu estávamos no depósito nos perguntando o que fazer com as centenas de sabonetes sem embalagem. A fábrica de papel com a qual trabalhávamos havia anos acabara de fechar e a notícia nos pegara desprevenidas.

— Lembra aquele ditado que as espanholas da Bastos sempre diziam?

Não, eu não lembrava. Haviam se passado tantos anos, acontecido tantas coisas... mas minha companheira tinha uma memória prodigiosa para os detalhes insignificantes.

— *A perro flaco, todo son pulgas*.

Apesar de costumarmos falar em francês diariamente, ela disse a frase em espanhol – um espanhol afrancesado, pronunciando o "rr" de *perro* como os franceses. Não pude evitar uma gargalhada amarga.

O triste era que ela tinha razão. Aquele ditado em espanhol tinha o mesmo significado que outro: desgraça pouca é bobagem. Naqueles dias em que estávamos mais vulneráveis em todos os flancos, os problemas não paravam de nos acossar. A Argélia inteira estava tensa pelas ameaças da FLN e seu feroz cabo de guerra com o Exército. O marido de Catherine, por sua vez, continuava com a ideia de transferir a família para a França. Nosso sócio, Azoulay, andava com pouco ânimo e a vista cada dia mais deteriorada, tanto que praticamente já não conseguia ler nem cuidar da contabilidade com o empenho minucioso de sempre. Para piorar, três funcionárias haviam pedido demissão nas últimas semanas e estávamos atrasando encomendas. E Fabien continuava enfiado em minha vida, o que era desesperador.

— Não sei o que fazer com ele, Catherine.

— Ponha-o na rua.

— Vontade não me falta, mas, por respeito à memória de Jean-Pierre, não posso expulsar o filho dele de nossa casa.

— De sua casa — corrigiu ela. — Não esqueça: sua casa.

Ela olhou para um lado e para outro e tirou disfarçadamente seu maço de Chesterfield do bolso do jaleco. Era proibido fumar no depósito, quase na fábrica toda. Havia muito material inflamável, substâncias químicas, papelão e papel; e, além disso, não queríamos que o cheiro impregnasse os produtos. Ambas éramos inflexíveis com isso, todos sabiam de nosso rigor e cumpriam as normas. Mas naquela manhã, Catherine quebrou a norma. E eu mesma aceitei um cigarro quando ela me ofereceu. Ela sempre fumou muito mais que eu, o dobro, talvez o triplo, mas nos últimos tempos estávamos quase empatadas. Devia ser por minha inquietude.

— Ele está aqui há quase duas semanas — disse eu ao mesmo tempo que soltava a fumaça — e acho que ainda pensa que estou escondendo alguma coisa: a verdadeira propriedade da fábrica, contas bancárias ocultas, sei lá. Ele não insiste mais, mas ainda suspeita que pretendo ficar com o que é dele e que minha intenção é enganá-lo.

— Mas Zermati falou com ele, não falou? O velho comentou isso outro dia.

O velho. Era assim que Catherine ainda se referia a Azoulay, mas mais por costume, com afeto, já sem sombra das desavenças do início. E sim, ela tinha razão. Eles haviam conversado, porque eu insistira. E Louis Zermati, apesar da postura desagradável de Fabien, atuara com equilíbrio e lhe explicara a situação nos mínimos detalhes. Contudo, o rapaz ainda não acreditava. E continuava instalado sob meu teto, com uma confiança abusiva que ele mesmo havia tomado sem que eu oferecesse.

— A pobre Malak está enlouquecendo com ele — disse eu depois de dar outra tragada disfarçadamente, para que nenhuma das trabalhadoras que apareciam por ali de vez em quando me visse. — Ela passa o dia cozinhando para ele, recolhendo o que ele vai deixando jogado por todo lado, lavando e passando sua roupa. . .

— E os avós sabem que ele está aqui? Não pediram que voltasse?

— *Monsieur* Faure, que era quem tinha autoridade sobre ele, está muito doente, terminal, nas últimas. E a mulher dele não para de ligar para o neto, mas Fabien só conta mentiras e inventa pretextos. Ou se limita a não atender ao telefone.

— E os estudos, abandonou?

Mesmo tendo uma origem baixa como a minha, Catherine sempre desejara que seus filhos estudassem e fossem longe. O mais velho, André, era técnico eletricista; o menor, Antoine, havia acabado de entrar em uma emissora de rádio. Apesar disso, a intenção do padrasto continuava sendo que fossem todos para a França.

— Prefiro não perguntar. Jean-Pierre queria que Fabien fosse advogado, o mesmo anseio que seus pais tiveram, sem resultado. Acho que ele nem sequer terminou o liceu.

Ela deu a última tragada no cigarro, apagou-o discretamente na parte baixa de uma parede e guardou a bituca no bolso do jaleco. Eu joguei a minha no chão e a esmaguei com o sapato. Ali ficou. Àquela altura, não importava.

— Obrigue-o a trabalhar, então.

Suspirei.

— Aqui na fábrica?

— Aqui nem pensar. Em outro lugar.

— Onde, Catherine?

Ele deu de ombros.

— Não sei, teríamos que pensar…

Foi o que eu fiz o resto do dia, pensar em quem poderia contratá-lo. Eu ainda tinha amigos proprietários de empresas, muitos conhecidos dedicados ao comércio. Muitos deles certamente estariam dispostos a me ajudar. Mas a questão era delicada: provavelmente o rapaz seria um fiasco; eu não tinha a menor confiança em Fabien.

Estávamos quase indo embora, naquela mesma tarde, quando a cabeça de Catherine assomou no escritório.

— Já sei quem — disse apressada enquanto desabotoava o jaleco de trabalho.

Eu também sabia. Depois de pensar durante horas, havia decidido.

— Então ligue agora mesmo. Ele nunca a deixaria na mão.

Foi o que fiz.

E Rafael não me deixou na mão.

Como sempre.

# CAPÍTULO 86

Combinamos de nos ver no dia seguinte. Eu me ofereci para ir a seu escritório e ele propôs o café do Hôtel Le Martinez; disse que tinha que passar pela prefeitura e era caminho, do outro lado da plaza de Armas. Fingi acreditar, mas intuía que, na realidade, ele preferia um encontro a sós, não diante de seus funcionários.

Eu havia estado muitas vezes com Jean-Pierre no Le Martinez, o antigo Hôtel Continental, como o recordavam os oraneses mais velhos. Ferdinand Martinez, o dono, que começara quando jovem como garçom da casa, também era um grande aficionado de touros, e em seus salões se celebravam encontros taurinos e eventos para grupos de toureiros que chegavam da Espanha e que meu marido, como tantos em Orã, não perdia quase nunca: Antonio Bienvenida, os Dominguín, Chicuelo, Antoñete... Por isso eu o acompanhara muitas vezes àquele hotel, e em outras ocasiões fora simplesmente buscá-lo. Desde sua morte, não havia voltado.

Quando cheguei, Rafael me esperava ao fundo, com *L'Écho d'Oran* aberto sobre a mesa. Sua simples presença me reconfortou, e enquanto avançava na direção dele, surgiu em meus lábios um meio-sorriso, talvez o primeiro verdadeiro desde que meu mundo ruíra. Assim que me viu, ele tirou os óculos e os deixou sobre o jornal. Levantou-se, e quando me aproximei, hesitou um instante e me estendeu a mão. Eu a peguei e a apertei e, ao mesmo tempo, inclinei-me para ele e pousei um beijo em seu rosto recém-barbeado. De repente, tive uma imensa vontade de abraçá-lo.

Lá estava o primeiro homem que eu amara na vida, o primeiro que despertara em mim a ilusão de um companheiro com quem compartilhar uma casa com vasos e gaiolas de canários, uma mesa coberta com oleado na qual servir comida quente aos nossos filhos. Naquela época, não éramos mais que dois jovens mortos de fome nos humildes bairros La Escalera e La Marina, trabalhadores deserdados, órfãos de uma mísera pátria comum, desarraigados e forasteiros dando o sangue para abrir caminho em Orã, a cidade que ambos acabaríamos assumindo como própria. Como suspeitar de que, com o passar dos anos, progrediríamos até muito mais longe do que naquela época cabia em nosso pensamento, até nos tornarmos, décadas mais tarde, cada um por sua conta, o homem e a mulher que então se reencontravam em um dos melhores hotéis de Orã? Dois notáveis empresários locais bem-vestidos, bem calçados, bem penteados que ainda sentiam um nó idêntico de melancolia na boca do estômago.

Dedicamos os primeiros minutos a nos perguntar mutuamente como estávamos e a responder mutuamente com palavras vazias: bem, bom, você sabe, vamos levando... Não nos víamos muitas vezes, mas tínhamos o contato necessário para mais ou menos saber um do devir do outro. Ele sabia de minha loja nas arcadas, de meu casamento e da trágica morte de Jean-Pierre; na época, inclusive me mandara um telegrama com suas condolências. Eu, de minha parte, sabia que sua empresa estava envolvida em grandes projetos imobiliários com vistas – talvez com insensatez – a que a cidade continuasse crescendo cada vez mais próspera e moderna.

— Seus filhos estão bem?

A mais velha, como ele me contou, havia se casado com um traumatologista e se mudado para Montpellier no ano anterior. O do meio estudava engenharia e pretendia também se mudar para a França quando terminasse os estudos. Com a mais nova, de quase vinte, tinham brigas constantes, porque queria ser comissária de bordo da Air France e sua mãe não gostava da ideia de que sua filha passasse o dia entre as nuvens.

— E sua esposa, como está? — perguntei, mas só por educação.

Interpretei em sua expressão um misto de preocupação e cansaço:

— Está lá, ainda acossada dia e noite pelas fatalidades, algumas reais e outras imaginárias.

Não perguntei mais e ele mudou de assunto.

— Como sempre, fico pouco em casa. O ritmo de trabalho está se mantendo, apesar dos *événements*; temos edifícios a terminar, não podemos deixá-los pela metade.

Sem querer, os *événements*, os eventos sangrentos com que convivíamos diariamente, haviam entrado na conversa. Como acontecia com todas as conversas constantemente.

— Ninguém pode prever o que vai acontecer — falou com aprumo. — Tomara que logo haja uma mudança de governo em Paris para que esse derramamento de sangue acabe de uma vez por todas.

De repente, ciente de que eu era viúva de um dos assassinados, ele levou a mão ao peito e murmurou:

— Desculpe, Cecilia. Seu marido… fui insensível, sinto muito.

Sacudi a cabeça, suavizando a importância daquilo. Já estava acostumada a viver com esse estigma. Sabia, de fato, que isso me definiria pelo resto da vida, mas notava que, pouco a pouco, ia me acostumando à ausência de Jean-Pierre, a estar sozinha de novo.

— Você pode me compensar fazendo-me um favor — pedi então. — Preciso que faça uma coisa pelo filho dele.

Eu lhe contei, ele entendeu, e combinamos que eu mandaria Fabien ao escritório de Rafael no dia seguinte; ele veria o que poderia fazer para mantê-lo ocupado.

E uma vez resolvida a razão que havia provocado aquele encontro matutino, em vez de irmos cada um para o seu lado cuidar da vida, nenhum dos dois ameaçou se levantar e acabamos falando sobre mil coisas diferentes, encadeando cafés e cigarros enquanto o estabelecimento ia se esvaziando dos clientes do café da manhã e os garçons punham toalhas de mesa limpas e começavam a arrumar as mesas para o almoço. E, enquanto a conversa fluía e íamos nos abrindo um ao outro com uma confiança inesperada e cativante, fui sentindo uma leveza, uma serenidade que não recordava fazia muito tempo.

A maturidade caía bem a Rafael. Estava perto dos cinquenta, mas se mantinha jovem, forte apesar dos cabelos grisalhos e dos óculos de leitura que eu havia visto em seu rosto ao chegar, com a pele bronzeada pelo sol africano por baixo da camisa branca e do paletó risca de giz.

Sensato, firme, sólido, um homem a quem se agarrar em dias de tempestade.

— Vão almoçar?

A pergunta daquele garçom idoso nos pegou de surpresa, não havíamos notado que ele havia se aproximado. Ambos respondemos ao mesmo tempo:

— *Non, merci*. Não, agradeço.

Mas também não nos mexemos. E continuamos conversando. E conversando. Até que o garçom voltou e, dessa vez, em vez de perguntar, deixou na mesa uma garrafa de vinho branco e uma travessa com ostras.

— Da parte de *monsieur* Martinez — disse, apontando com o queixo para o dono do café, que cumprimentava uns clientes que estavam saindo. — Cortesia da casa.

O sabor de sal e mar das ostras arrastou nossas lembranças àquele dia distante em que percorremos de motocicleta a *corniche* à beira dos penhascos e acabamos comendo sardinhas na brasa em uma barraca de tábuas na praia dos Andaluzes. E mais recordações voltaram entre goles de vinho gelado, e continuamos alheios às pessoas que nos cercavam, aos pratos do cardápio que eram servidos naquele meio-dia e aos funcionários que andavam com desenvoltura de uma mesa a outra. Como se, de repente, nosso mundo houvesse parado.

Até que, ao ver que os garçons estavam de novo começando a retirar as toalhas de mesa, o bom senso nos fez voltar ao presente e por fim nos levantamos, agradecemos ao proprietário e fomos para o hall, que, por sua vez, fazia as vezes de recepção do hotel, com um grande balcão de madeira escura ao fundo. Não havia clientes naquele momento, ninguém pedindo um quarto, uma informação, uma ligação telefônica; só um funcionário de uniforme verde que contemplava, entediado, o voo das moscas, de costas para um painel cheio de nichos pequenininhos e chaves penduradas.

Estávamos quase saindo outra vez para a luz do sol, para a rua buliçosa; depois das horas que passamos juntos, era o previsível. O razoável. O prudente. Mas não, não saímos, porque Rafael me olhou e, sem palavras, me fez uma pergunta. E sem palavras também, respondi: vamos. Rafael era esperado por uma mulher que nunca amara; quanto a mim, ninguém me esperava. Fora das paredes do Le Martinez nos aguardavam um presente complexo e um futuro desesperançoso. Precisávamos apenas de uma daquelas chaves para continuar momentaneamente alheios àquele exterior ingrato e retomar o que sempre esteve pendente para nós.

Foi ele que foi até o balcão, enquanto eu fingia admirar um quadro na parede, uma aquarela de montanhas nevadas que nada tinha a ver com nossa Argélia empoeirada. Logo voltou, roçou meu ombro com o seu e sussurrou em meu ouvido: vamos. Subimos a escada furtivos, em silêncio. Percorremos o longo corredor acarpetado sem trocar uma palavra, com passos ágeis, urgentes. Também não falamos quando ele abriu a porta e entramos no quarto escuro devido às cortinas fechadas, nem quando me apoiei na parede e passei os braços ao redor de seu pescoço e ele me beijou, febril, e comecei a arrancar seu paletó, a desabotoar sua camisa com urgência enquanto ele levantava minha saia com dedos ansiosos.

Lá estávamos outra vez, Rafael e eu, recuperando o que a fortuna adversa nos impedira de fazer nos distantes tempos da juventude, quando deveria ter sido. O jovem pedreiro que uma vez convidara uma menina a um baile de bairro modesto, a jovem tabaqueira que ansiava por ternura e permanência. Lá estávamos os dois, quase trinta anos depois, resgatando uma vez mais o que havíamos perdido, eu querendo fugir de minha viuvez angustiante e ele de um casamento insosso por meio de nossa boca, nossa pele, nossas mãos e umidades naquele quarto anônimo, alheios à luz da tarde e a um presente que se aproximava da beira do precipício.

Quando entrei em casa, horas depois, já noite, ouvi o som da televisão a todo volume na sala. Diferentemente dos dias anteriores, não me importei; naquele momento, não queria deixar que nada me abalasse e estragasse minha rara sensação de harmonia depois do que havia vivido com Rafael no Le Martinez. Nem mesmo aquele rapaz detestável. Nem mesmo a culpa e a sensação de traição a Jean-Pierre que tentava me arranhar.

Para minha estranheza, não encontrei Fabien jogado no sofá da sala; só um desenho animado dançando na tela. Então, fui até a cozinha, mas também não o vi ali devorando um jantar fora de hora. Por fim, fui até seu dormitório; a curiosidade me fez apertar o passo.

Ele estava sentado aos pés da cama desfeita. A seu lado, a mala aberta já com algumas roupas. Mesmo sabendo que eu havia chegado, devido ao som de meus saltos sobre o assoalho, ele não ergueu a cabeça.

— Que foi, Fabien?

Em condições normais, ele teria respondido com a acidez e a desfaçatez de sempre. Mas ficou calado, a franja no rosto, olhando para o chão.

Intuí que algo não estava bem e me sentei a seu lado.

— Que foi? — repeti em voz baixa, pousando a mão sobre seu ombro de menino grande.

— Meu avô morreu. Estou voltando para Marselha.

# CAPÍTULO 87

Fabien foi embora e Rafael entrou de novo em minha vida. Assim fluíram as coisas sem que eu pretendesse, com encontros às escondidas que foram ficando cada vez mais necessários para nós, pois nos reconfortavam e fortaleciam, apesar de nos deixarem um pesar na alma pela consciência cada qual de sua própria traição: ele a sua esposa, eu à memória ainda próxima de meu marido.

Enquanto isso, em Orã, comentava-se que as crises do governo se sucediam uma atrás da outra. A Quarta República estava ruindo, e tanto na metrópole como nas possessões africanas eram muitos, muitos mesmo, os que pediam a volta do general De Gaulle. O herói da pátria, líder da França Livre, libertador da ocupação nazista na última guerra: uma lenda, mais que um homem, o único governante em quem ingenuamente se pensava para recuperar a confiança.

Os rebeldes da FLN argelina – nisso o marido de Catherine tinha razão – não detinham sua violência sanguinária. E o Exército continuava respondendo a seu modo: heroico para muitos, de violência extrema para outros. Os nomes e façanhas de altos militares se tornaram tão conhecidos quanto os dos galãs de cinema; falava-se constantemente deles com familiaridade e admiração. O aguerrido Massu, com seu uniforme camuflado arregaçado e seu quepe de paraquedista de lado, cobrindo uma orelha. O general Salan, espanhol de origem, venerado desde que se proclamara em Argel que ele estava assumindo plenos poderes e uma massa humana o aplaudira, fervorosa, quando gritara: *Vive l'Algérie française! Et vive De Gaulle, mon général!* Em Paris, debilitados e temerosos, os políticos começaram a tremer, intuindo uma revolta militar.

Foi tão forte a insistência que, em seu retiro campestre, aos sessenta e sete anos, De Gaulle anunciou que estava disposto a assumir o poder de novo. A explosão de júbilo na Argélia foi impressionante; as sacadas de cidades e povoados se encheram de bandeiras tricolores e os carros saíram às ruas buzinando sem parar. Ao júbilo do povo europeu somaram-se milhares de árabes que eram partidários de continuar como estávamos.

Grato pelo apoio, o general não tardou a ir ao norte da África. Em uma turnê triunfal, percorreu os três departamentos e fez discursos nos edifícios oficiais ou diante de praças abarrotadas, onde foi ovacionado como se fosse um anjo caído do céu. Para demonstrar seu apoio, o povo agitou milhares de bandeiras, ergueu centenas de cartazes e cantou "A marselhesa" com ardor apaixonado. No fórum de Argel, diante de mais de meio milhão de pessoas, ele gritou sua mais célebre frase: *Algérois, algéroises, je vous ai compris*. Argelinos, argelinas, eu entendo vocês. A esperança da reconciliação por fim pairava no ar, nós nos julgamos a salvo momentaneamente. Como fomos ingênuos...

Em Orã, de braços erguidos sobre sua estatura imponente, o general proclamou à multidão que a Argélia seria parte da França para sempre. Eu não estava ali: aproveitando a confusão daquele dia, assim como aproveitávamos cada oportunidade que aparecia, Rafael foi à minha casa e vimos juntos na televisão as massas se esgoelando com gritos jubilosos. E depois, talvez contagiados por esse otimismo, fizemos amor e conversamos e tornamos a nos amar e assim nos isolamos das incertezas por algumas horas.

Mas, saindo de seus bairros de trabalhadores, muitas funcionárias minhas, com seus namorados ou maridos, ou com os filhos – as que os tinham –, foram escutar o general; agitando bandeirinhas e arrumadas como se fosse domingo, e no dia seguinte me relataram tudo com entusiasmo. Enfim, tudo parecia estar entrando nos eixos naquele verão de 1958. Depois da mais obscura incerteza, iludidos, acreditamos que a FLN estivesse praticamente derrotada e nos sentimos quase seguros, parte de uma França unida que cuidaria de nós.

Enquanto os militares prosseguiam com suas operações e atuavam com mão de ferro contra os rebeldes, usando táticas guerrilheiras tão sanguinárias quanto as deles, nós cuidávamos de nossa rotina com relativa normalidade. Ouvi dizer que havia diminuído a urgência de enviar dinheiro para os bancos da metrópole; inclusive, a partida de Catherine foi se demorando e a loja das arcadas tornou a se encher de compradoras. Pairava no ar a sensação de que talvez tudo entrasse nos eixos.

Como o otimismo moderado também se notava na fábrica, uma daquelas sextas-feiras tive de aproveitar o horário de almoço para ficar com Hamid organizando o pedido que ele mesmo havia fechado para o sábado. Não podíamos dormir sobre os louros, as vendas tinham de continuar crescendo.

Era muito fácil trabalhar com ele; resolvíamos tudo rápido, coordenados e eficientes. Estávamos juntos havia tantos anos que as palavras eram desnecessárias. Os sabonetes com aroma de limão na área da esquerda, os de louro nas prateleiras da frente, os de alecrim nas de trás, à direita… Ele sabia como fazer, quase melhor que eu mesma. As fileiras precisas, as colunas uniformes, as pilhas em um equilíbrio impecável.

Estávamos quase terminando quando me dei conta de que eram quase três da tarde e não havíamos almoçado. Na realidade, eu não me importava; desde a morte de Jean-Pierre, era como se eu tivesse um nó permanente no estômago. Comia pouco, estava puro osso, não sentia fome. Mas Hamid era diferente. O menino de cabelo feito palha e corpo de bambu que eu contratara nos primeiros tempos da loja do Gambetta para fazer as entregas com uma carroça caindo aos pedaços e um burro esfomeado havia se transformado primeiro em um jovem espigado e responsável, e depois no homem discreto e cumpridor, pai de três filhas, que naquele momento trabalhava comigo ombro a ombro repondo as últimas prateleiras. Se Catherine era meu braço direito, Hamid era o esquerdo: essencial, único.

Talvez outras funcionárias pudessem ter se encarregado de organizar aquele lote mais tarde e eu pudesse ter ido para casa horas antes, ficar sentada sozinha diante de uma omelete e umas folhas de alface que me obrigaria a mastigar e engolir sem vontade.

— O que acha de almoçarmos na *brasserie* Guillaume Tell? — propus a Hamid enquanto, no alto de uma escada, ele colocava as últimas peças no lugar correto. — Acho que a cozinha de lá não fecha, certamente haverá algo para comer.

Ele não respondeu, continuou ajeitando os sabonetes até deixá-los em montículos simétricos; eu comecei a recolher as últimas caixas do chão.

— Hamid, eu perguntei se... — comecei, erguendo o olhar, com um monte de papelão nos braços.

Ele ainda não havia respondido quando desceu os degraus da escada encostada nas prateleiras. Tinha pernas compridas e ágeis, levou poucos segundos. Esfregando as mãos na calça, parou diante de mim com uma expressão de incredulidade.

— Está falando sério, madame?

— *Bien sûr*. Evidentemente.

Ele estava na minha frente, alto, moreno de pele e de cabelo, com uma espécie de túnica azul aberta sobre a roupa – roupa à europeia, eu nunca o havia visto de djelaba. Roupa de trabalhador, calça de algodão cru, camisa arregaçada com dois botões abertos. Um empregado como outro qualquer, como tantos árabes e tantos cristãos nos milhares de negócios daquela Orã laboriosa e empreendedora que logo desmoronaria.

Ele hesitou uns instantes, depois deu de ombros. Afinal de contas, eu era a patroa. De modo que lá fomos nós, a um dos lugares aos quais muitas vezes eu ia com Jean-Pierre quando ainda tinha paladar e minha boca não tinha quase sempre gosto de bile.

Aquela *brasserie* existia desde o início do século no térreo do Hôtel Le Royal; pelo menos era o que dizia uma placa de bronze à entrada. Tratava-se de um restaurante cheio de mesas, barulhento e lotado na hora do almoço e do jantar, mas mais calmo naquele momento. A diferença, a grande diferença, era que meu marido francês estava morto, eu não podia ser vista abertamente com meu amor clandestino da juventude e, no lugar de qualquer um dos dois, estava ao meu lado um árabe na casa dos trinta.

Avancei para o interior com passo firme; o *maître d'hôtel* e os garçons me conheciam e sempre me tratavam com delicadeza. Naqueles tempos de tensão, estranharam minha companhia; talvez alguns tenham se incomodado, embora disfarçassem. Não era vedada a entrada aos árabes; de fato, alguns frequentavam assiduamente o lugar. Mas eram somente os prósperos, os esclarecidos, os mais afrancesados e burgueses, com seus ternos, embora muitas vezes também usando o fez vermelho. O que não era normal, em absoluto, era ver por ali um simples operário, menos ainda acompanhando uma viúva europeia. Menos ainda se o marido dela houvesse morrido degolado pelos irmãos dele.

— Mesa para dois, madame Aubert?

— *Oui*, Bernard. Se possível, a de sempre.

Pedi *poulet rôti* para nós dois. Chegou bem dourado, saboroso, com batatas confitadas e champignon. Quando eu ia lá com Jean-Pierre, sempre acompanhávamos o frango com uma garrafa de Borgonha. Se estivesse ali com Rafael, teríamos feito o mesmo. Mas por respeito a Hamid, pedi duas garrafas de Orangina.

Tardaram pouco a nos servir; já quase não havia clientes. Notei que ele comia com avidez e usava mal os talheres; de repente, recordei a mim mesma nos tempos de Sidi Bel Abbès, quando decidiram me civilizar na casa do engenheiro que me contratara para amamentar seu filho e fazê-lo crescer forte e bonito, enquanto eu abandonava minha filha à sua própria sorte em um cortiço imundo. Quem me instruiu a usar corretamente o garfo e a faca, e me advertiu que não devia sorver da colher e que não se deixava o guardanapo todo amassado fora aquele urubu, madame Brun, sempre disposta a me insultar, beliscar e até a me dar uns cascudos. Como a última coisa que eu queria no mundo era me parecer com ela, achei perfeito que Hamid comesse como lhe desse na telha, nem me ocorreu corrigi-lo. Pelo contrário, eu o incitava a continuar falando enquanto mastigava com voracidade, sem me importar que entre as palavras deixasse escapar uma fibra de frango ou um fio de saliva.

Como não podia ser diferente, além dos sabonetes, dos pedidos, dos problemas com funcionárias e das dificuldades dos últimos tempos, os *événements* também se sentaram à mesa.

— Ninguém sabe como isso vai acabar, madame — disse ele depois de enfiar um belo pedaço de pão na boca. — O que está claro é que, apesar de o governo francês se recusar a chamá-la assim, isto é uma verdadeira guerra.

Olhei pela janela. O movimento era incessante bulevar acima, bulevar abaixo: transeuntes, carros, bondes. Apesar de minha suposta concentração, pouco me interessava o que acontecia na rua. Só estava reunindo forças para lhe fazer uma pergunta.

— E onde você está agora, Hamid? — disse eu, voltando os olhos para ele. — Diga com sinceridade, por favor.

— Eu estou com a França, a senhora já sabe; meu posicionamento não mudou — respondeu ele firme, com a boca ainda meio cheia. — E lamento de coração o que aqueles selvagens fizeram com seu marido, isso a senhora também sabe. Mas…

Tornou a atacar o frango, não teve escolha senão parar de falar enquanto engolia. Eu, na expectativa, tentei disfarçar meu desassossego, à espera do que ouviria depois daquele "mas".

— Mas quero uma Argélia francesa justa conosco — disse quando esvaziou a boca. — Uma Argélia que não trate meu povo como lixo, e sim com respeito e direitos, com a dignidade que merecemos. Quero que minhas filhas cresçam em paz e frequentem boas escolas, mantenham sua religião, vivam sem medo e prosperem. Mas em igualdade, não marginalizadas. Não atrás dos franceses, e sim ao lado.

Tentei disfarçar o alívio que senti ao ouvir suas palavras, ao saber que Hamid, apesar de seus anseios, continuava do nosso lado. Muitas vezes ouvíamos falar que as brutais represálias do Exército contra os rebeldes estavam fazendo com que muitos árabes indecisos se voltassem para o lado dos seus. Acabei de engolir depressa, ansiosa para acrescentar que eu também queria essa Argélia que ele desejava para sua própria família. Mas, sem me deixar intervir, ele concluiu:

— Mas isso não significa que não entendo e não compartilho de algumas das razões dos patriotas. Afinal de contas, eles são minha gente.

# CAPÍTULO 88

Em muitas casas de Orã se celebrava a despedida do ano à maneira espanhola, com festa, espumante e abraços na família; alguns, inclusive, continuavam comendo as doze uvas ao som das batidas de uma concha contra uma bandeja ou uma panela. Em muitas outras casas se fazia do modo francês, comedido e discreto. E em algumas, certamente poucas, não se celebrava nada. Foi o meu caso naquela virada de 1959.

Apesar das insistências de Catherine e de alguns amigos para jantar com eles, decidi atravessar sozinha a ponte entre os dois anos. Em minha varanda, em frente às luzes do porto e envolta em uma manta de lã para me proteger do sereno, perto da meia-noite abri uma garrafa de champanhe e brindei por tudo que ficara no passado e pelos tempos incertos que nos esperavam. Pelos meus em El Puntarrón, se ainda existissem. Pela minha pequena Marie, que eu não pudera ver crescer; pela segunda criança, que nunca tive. Pelos dois amores que perdera, Ricardo e Alan, meu exilado e meu médico, que não fora capaz de manter ao meu lado. Por Jean-Pierre, meu desafortunado Jean-Pierre, meu marido insensato que eu tanto amara e que fora morto com tanta fúria, aquele que tanta amargura me deixara. Pelos amigos e pelas pessoas boas que eu perdera no caminho, por aquela nossa Argélia que não soubera fazer as coisas direito e cambaleava penosamente, sem que conseguíssemos sustentá-la.

Quando me dei conta, as lágrimas haviam coberto meu rosto. Então, ouvi o telefone tocar na mesa de canto da sala, dentro daquela casa grande na qual eu já havia me acostumado a viver sozinha. Um toque depois do outro, até ficar de novo em silêncio. Apoiada no parapeito do terraço, não me mexi, não atendi. Apenas esvaziei minha taça e continuei olhando o mar e o céu, ambos pretos, sem fissuras, incapaz de distinguir onde acabava um e começava o outro. Eu sabia que quem ligava era Rafael e preferi não ouvir sua voz. Melhor assim naquela noite. Ele com sua família, eu com minhas recordações.

Entrávamos em uma nova década cheios de incertezas. Depois da esperançosa vitória de De Gaulle, pouco tempo se passou até que a venda caísse de nossos olhos, e tivemos certeza de que nada seria como havíamos acreditado. Não, a Argélia não era parte inseparável da França, como ele mesmo gritara, eufórico, em nossas praças, e sim um problema a resolver, uma dor de cabeça. Entre os grandiosos planos do herói da pátria para devolver à França seu esplendor e transformá-la em uma potência dentro da nova ordem mundial e em um tempo em que já quase não restavam colônias, protetorados ou territórios dependentes; em seu projeto para uma França próspera, avançada, coesa e feliz era preciso polir as arestas e arrancar o desnecessário. E nele, não havia lugar para a Argélia.

Em setembro do ano que acabava, tínhamos ouvido pelo rádio e pela televisão a primeira porrada que o presidente nos dera; ele havia falado de uma possível autodeterminação. Em novembro, disse que abriria negociações com os nacionalistas árabes. As duas iniciativas geraram grande comoção entre nós: ergueram-se vozes contrárias, desenfreadas, e houve nas ruas protestos e manifestações. Os que antes haviam aclamado De Gaulle até ficarem roucos tornaram-se agora adversários furiosos, decepcionados. Acusavam o general de traidor e covarde, apelidaram-no de *la grande Zohra*. Em Orã, em bom espanhol, houve quem começasse a chamá-lo abertamente de *zorra*: vadia.

Não, não começamos o ano com o pé direito, mas seguimos em frente. Continuamos erguendo as persianas dos escritórios e comércios, enchendo as escolas, os mercados e os hospitais, arando os campos, pondo as fábricas para produzir. Mas, com o desengano, grande parte do povo via com desconfiança todas as instituições francesas exceto o Exército, e a deterioração do ânimo foi penosa. A brecha entre nós e a metrópole ia ficando cada vez mais profunda.

— E na França, o que pensam de nós?

Eu estava de novo com Rafael em um café anônimo do bairro Delmonte, diante de duas cervejas BAO e uma travessa de mexilhões.

Ele tinha uma obra ali perto, e assim nos víamos, fugidos, meio escondidos nos lugares mais incomuns, enlaçando os dedos por baixo da mesa quando não podíamos fazer outra coisa, como dois namoradinhos adolescentes ou uma dupla de delinquentes, indo para a cama precipitadamente quando a sorte dava as caras ou apenas almoçando juntos, como naquele dia. Nós dois desejávamos, ansiávamos por agir com normalidade, mas não havia alternativa. Nenhuma em absoluto. A mulher dele estava cada dia mais delicada, tinha taquicardia, alterações e os nervos à flor da pele, ou andava fortemente medicada para que não se desestabilizasse totalmente. A única coisa que faltava era que ela soubesse de minha volta à vida de seu marido.

Para piorar as coisas, naqueles dias exaltados eu havia recebido duas mensagens supostamente anônimas. *Putain*, diziam. Puta. Você está desonrando a memória de seu marido, o sangue de uma vítima que tombou pela causa francesa. Eu sabia de quem eram: de meus vizinhos do segundo andar, os Bovet, que passavam dia e noite com "A marselhesa" no toca-discos a todo volume, com as portas da sacada abertas para que se ouvisse da rua. Proprietários de um salão de festas já quase sem clientela, viviam apavorados vendo seu negócio afundar. Essa fúria contra mim me doía, claro que era desagradável; mas intimamente também os desculpava. Como náufragos, eles simplesmente davam braçadas sem tino, desesperados, em uma luta estéril para não se afogar.

Não, não era fácil continuarmos juntos. Nem sensato. Mas Rafael e eu havíamos dado esse passo e já não havia volta. Fazíamos falta um ao outro e nos recusávamos a prescindir um do outro; mas, a fim de evitar tensões, optamos por nos ver o mínimo possível em minha casa. E para resolver a necessidade de nos falarmos e nos tocarmos e de sentirmos o calor do corpo um do outro; de nos sentirmos vivos, compartilharmos desconsolos e nos consolarmos, não tivemos outra opção a não ser recorrer a encontros fugidios em lugares onde, em condições normais, jamais pisaríamos, passeios de carro a balneários desolados fora de temporada e tardes em motéis sórdidos dos quais era melhor não recordar nem o nome. Até em meu escritório chegamos a entrar uma ou outra noite como dois ladrões, quando não havia mais ninguém.

— Segundo meus filhos — respondeu ele —, quanto mais barulho fazemos aqui com o desejo de continuar sendo parte da França, mais cresce a corrente de antipatia por nós.

Soltei um suspiro cheio de frustração; ele continuou relatando o que seus filhos lhe contavam lá da outra margem.

— Acabou o tempo dos impérios e eles nos veem como uns egoístas ignorantes agarrados ao que já quase não existe no mundo. Para a maioria da *France métropolitaine*, o povo desta margem africana não é mais que uma grande manada de camponeses brutos, barulhentos, racistas, ancorados em um tempo que já acabou. E o apoio que se dá ao Exército aqui, apesar da repressão violenta que usam contra a FLN, também não faz a simpatia aumentar.

Eu entendia tudo e não entendia nada. Era tudo razão contra razão, muito desconhecimento das realidades.

— Mas quem nos vê assim? Os políticos, a imprensa ou a população? — insisti, e ao mexer as mãos, agitada, derrubei a garrafa de cerveja e Rafael a pegou no ar antes que caísse e se espatifasse.

Ele pôs a garrafa na mesa de novo e sorveu um mexilhão.

— Quase todo mundo — disse, limpando os dedos sujos de molho com seu próprio lenço, uma vez que naquele bar não havia toalhas de mesa nem guardanapos. — E especialmente os intelectuais e os esquerdistas.

Com aqueles impropérios ainda ecoando em meus ouvidos, voltei, ou melhor, voltamos a nossos afazeres assim que terminamos nosso almoço frugal.

*

— Telefone, madame! Chamada de Río Salado.

Era o meio da tarde; deixei os sabonetes defeituosos que havíamos acabado de cortar em cima de um balcão; aquela máquina não parava de dar problemas. Com passo precipitado, me dirigi ao velho aparelho preto pendurado em uma das paredes. Tampei a orelha esquerda com o dedo indicador para evitar que entrasse o barulho das máquinas e levei o fone à outra. E ao escutar as palavras de irmã Madeleine, da casa de repouso, só consegui murmurar, com um nó na garganta: *Qu'elle repose en paix*. Descanse em paz, coitadinha.

Madame Le Clerc havia morrido sem sofrer, em sua cama, com a mente perdida havia mais de uma década e o corpo consumido; não pesava nem quarenta quilos. Eu não a via desde a morte de Jean-Pierre, mas antes, durante anos, lhe fizera visitas regulares quase todos os meses, apesar de ela já não me reconhecer, nem a mim nem a ninguém. Onde antes brilhavam sua lucidez portentosa e uma mente rápida como uma lebre, acabou havendo só bruma. Mas eu insistia, levava bombons, frascos de *eau de cologne* Roger & Gallet e lenços de algodão que enfiava nos punhos de suas mangas. Eu a penteava, pintava suas unhas, contava-lhe qualquer coisa. Não pretendia que minha velha professora me compreendesse, sabia que era impossível. Só queria continuar sendo grata pela mão que me dera para sair da escuridão quando me fora tão necessária.

Alheia à minha nostalgia, a religiosa que havia acabado de me dar a notícia continuava do outro lado da linha me contando que rezariam trinta missas gregorianas na capela da casa de repouso pelo eterno descanso da alma dela. Até que algo, de repente, interrompeu suas palavras.

— O que está fazendo, *monsieur*? Solte, pelo amor de Deus! O que é que pretende?

O tom beatífico da freira subitamente se transformara em gritos. Sem saber o que estava acontecendo, permaneci à espera.

— Um momento, não desligue, madame — disse ela, alterada. — Alguém aqui está…

Esse alguém arrancou o fone da freira e não lhe permitiu concluir a frase.

— Quanta tristeza, Cecilia, quanta tristeza…

Adentrou meu ouvido a voz de *monsieur* Martin, meu velho patrão nos tempos do Gambetta. O proprietário da *épicerie* na qual primeiro trabalhei e que depois comprei e transformei na origem de meu negócio.

— Quem diria, que amargura! Tantos esforços, tantos anseios, tantas ilusões todo esse tempo...

Sua voz foi se entrecortando, até que ele não conseguiu mais articular nada coerente, apenas soluços meio abafados entre lágrimas. Mas eu sabia do que estava falando. O velho *monsieur* Martin não estava chorando pelo falecimento de madame Le Clerc, sua companheira de casa de repouso. Chorava porque sua Argélia, que o vira nascer, estava morrendo.

# CAPÍTULO 89

Catherine foi embora por fim, e para mitigar minha dor me comunicou sem antecedência, no dia anterior. Não era dada a sentimentalismos, de modo que trabalhou sem descanso até o fim da tarde, gritando ordens às funcionárias, atenta a todos os movimentos da fábrica com seus olhos desparelhos de que eu tanto sentiria falta. No último momento, escolheu três sabonetes, três apenas, para levar de recordação: louro, limão, flor de laranjeira. Depois, fumamos juntas um último cigarro no escritório do fundo.

— Não houve jeito de convencer Antoine; só André, o mais velho, vai comigo. Tomara que o irmão seja sensato e se junte a nós logo.

Antoine, o filho mais novo, havia se tornado uma dor de cabeça para ela nos últimos meses. Assim como muitos outros jovens europeus, movidos pela rebeldia diante dos *événements* e da postura de De Gaulle, havia entrado em um dos grupos subversivos que começavam a se formar, cometendo o que às vezes pareciam simples travessuras e às vezes distúrbios sérios e até agressões. O marido, Marcel, estranhamente, mal reclamava dos desmandos do rapaz. Mais parecia apoiar essa agitação à margem da lei, como muitos outros cidadãos ao sentir que a França lhes dava as costas.

— Talvez partir seja um erro — murmurou ela com amargura depois de uma tragada profunda. — Já não sabemos mais quando acertamos e quando erramos…

Calou-se, e eu também não soube o que dizer, porque também não tinha uma ideia clara do que poderia ser o melhor e o pior naqueles tempos. Para quebrar o silêncio desconfortável, ela passou os últimos minutos soltando uma catarata de conselhos e advertências desnecessários, porque eu estava a par de tudo: os fornecedores que estavam falhando, as funcionárias que não seria preciso substituir, a máquina cortadora que estava havia semanas dando problemas e não encontrávamos quem a arrumasse, aquele cliente que estava nos devendo um boleto porque havia fechado sua loja em Mostaganem sem aviso prévio.

A última instrução foi dedicada a *monsieur* Azoulay, nosso sócio.

— E fique de olho no velho de vez em quando — disse, apontando para a mesa dele.

Antes, estava sempre cheia de cadernos, livros de contabilidade e correspondência, lápis, tinteiros. Mas não mais; agora era só uma superfície limpa.

— Eu sei que as filhas cuidam dele, mas fique atenta, para caso ele precise de alguma coisa.

Então, nos despedimos sem sentimentalismo, ambas sérias, mesmo sabendo que certamente jamais nos veríamos de novo. Com duas bitucas de Chesterfield apagadas em um cinzeiro terminava nossa longa história de ilusões compartilhadas, algumas sensatas, outras temerárias. Uma amizade, quase uma irmandade com tombos, distanciamentos e retomadas; com a fuga sempre diante de duas mulheres humildes que com trabalho e ousadia conseguiram mudar as previsões bem pouco promissoras que o porvir lhes reservava.

Eu sabia que não poderia me refugiar em Rafael aquela noite, e a ideia de ficar trancada em casa ruminando a ausência de minha companheira me parecia insuportável como um pontapé na boca do estômago. De modo que optei por ir ao cinema, e recordei que havia feito o mesmo aquela vez no fim da guerra, quando preferira mergulhar na escuridão e não dizer adeus a meu amor americano. Haviam se passado quinze anos e quase todos os cinemas continuavam abertos, em um claro sinal de resistência. Escolhi o Le Century porque ficava no caminho, tanto fazia o filme. Mas ao ver a grande sala quase deserta, entendi que havia cometido um erro. Aquela plateia muito mais vazia que cheia, filas e mais filas quase sem vivalma, em vez de representar um refúgio, só serviu para redobrar meu abatimento.

★

Ainda estava me acostumando à falta de Catherine quando soube que sua partida não seria a única. O velho, como ela o chamava entre o afeto e o sarcasmo, também iria embora. Sua família tinha planos para ele e a esposa, contra a vontade de ambos: foi o que Louis Zermati me contou quando foi me ver, dois meses depois de minha amiga partir para o norte da França, para uma terra estranha onde jamais havia pisado e à qual nunca se acostumaria.

— Vamos levá-los a Lyon, Cecilia. Vamos com nossos filhos, e eles estão frágeis demais para que os deixemos sozinhos aqui. Uns conhecidos têm um *cabinet d'avocats* e me ofereceram trabalho, meu cunhado anda atrás de outro emprego. Serão contratos modestos, mas confiamos que melhorarão mais adiante. Mais vale isso que nada, do jeito que as coisas estão por aqui...

Naquela mesma noite, em um dos muitos volumes da suntuosa enciclopédia Larousse com capa de couro que Jean-Pierre comprara um dia e que jamais usamos, pesquisei onde ficava Lyon, exatamente, e assim soube de seus largos rios e seus invernos gelados. Que diabos um velho judeu quase cego e cheio de achaques, comerciante de tecidos e sabonetes, nascido e curtido entre sua gente, assim como seus antepassados e os antepassados de seus antepassados, sob o sol feroz da Argélia, ia fazer em um lugar daqueles?

Mas já não havia possibilidade de voltar atrás, e, dois dias antes de sua partida, fui à sua casa no velho *quartier juif* para me despedir; ele jamais havia se mudado. De seus imóveis, segundo comentou Louis em um sussurro prudente ao me abrir a porta, outro advogado próximo à família se encarregaria a partir de então. Depois de me cumprimentar, as filhas deixaram uma bandeja brilhante em cima da mesa. Nela, uma chaleira, duas xícaras e um prato com biscoitos de amêndoas que, no fim, nenhum de nós provou. A esposa, pequena e encolhida, foi levada da sala pelas filhas, cada uma segurando um braço, para o fundo de um longo corredor. Louis também desapareceu, discreto.

Quando nos deixaram a sós, Azoulay falou e falou com uma voz baixa que eu mal conhecia: disso e daquilo, do preço da tonelada de carvão, de uma gaivota que havia entrado pelo telhado, dos progressos de sua neta ao piano. Nem uma palavra sobre as razões que motivavam o passo definitivo que estava prestes a dar, nem uma queixa. Meu sócio era durão, bem durão, apesar de que eu intuía o esforço que aquela falsa frieza lhe custava. Devia pensar que, se não havia como voltar atrás, de que adiantava chorar diante de alguém? E eu simplesmente tratei de servir o chá que prepararam para nós. E de escutá-lo.

Até que se fartou de falar de coisas vãs, endireitou com esforço seu esqueleto abatido e, arrastando os pés, dirigiu-se a um móvel encostado em uma das paredes, uma antiga *secrétaire* que eu imaginei que devia ter herdado de seus ancestrais, a julgar pela aparência desgastada da madeira. Depois de revirar as gavetas com mãos torpes, de costas para mim, voltou-se segurando algo. Ao se aproximar, vi que esse algo era um envelope volumoso, já bem manipulado, protegido por um elástico grosso.

— Não tinha intenção de entregar isto a você ainda, preferia mantê-lo sob minha proteção — disse ele, estendendo o braço trêmulo em minha direção. — Para o caso de que se apaixonasse como uma tola por outro esbanjador e cometesse uma insensatez de novo.

Franzi o cenho, tentando decifrar suas palavras. Como não peguei o pacote, ele o agitou no ar, até que reagi, peguei-o com as duas mãos e ele voltou à sua poltrona e desabou nela.

— São alguns milhares de francos — explicou —, sessenta por cento de tudo que consegui proteger das mãos ávidas de seu marido. Eu estava reservando esse dinheiro para alguma circunstância em que realmente lhe fizesse falta. E agora, com minha partida, acho que chegou a hora.

Não repliquei, não estava entendendo nada; limitei-me a manter o envelope fechado nas mãos. A julgar pela espessura do envelope, tratava-se de uma quantia substanciosa, sendo que, segundo as contas de meu próprio sócio, nos últimos tempos ganhávamos só o suficiente para pagar os funcionários e o aluguel da loja das arcadas, e cobrir os gastos com eletricidade, às vezes com esforço.

— Esse dinheiro é seu, Cecilia — insistiu, indicando o pacote com seu polegar ossudo meio deformado pela artrose. — Sua parte. Não se preocupe, já peguei minha parte e entreguei os vinte por cento de Catherine a ela um dia antes de partir. Mas a fiz prometer que não lhe diria nada, espero que me perdoe pelo excesso de prudência.

Só então consegui entender, por fim. Então era isso. Escondido de mim, com sagacidade preventiva, Azoulay estivera guardando dinheiro da empresa para nos proteger de meu próprio marido, talvez inclusive de mim mesma e de outros possíveis amores ou afetos. Quando consegui digerir totalmente suas palavras, senti o impulso de me lançar sobre ele, agarrá-lo pelos ombros esquálidos e sacudi-lo sem consideração por sua velhice, perguntar-lhe aos gritos como havia se atrevido a agir assim, a esconder os números de mim, sendo eu a dona majoritária da empresa.

Foi difícil engolir a indignação, tive que respirar fundo várias vezes para não gritar que ele não tinha o direito de fazer o que havia feito. Mas ele, alheio a isso, fez como Catherine: ficou me dando conselhos que me entraram por um ouvido e saíram pelo outro, e enquanto ele falava de questões práticas que já pouco sentido teriam, comecei a ver seu gesto de outra forma, e pareci entendê-lo. Era um homem de outros tempos, um patriarca à moda antiga, arcaico demais para se desapegar desse afã protetor que ativara quando vira nosso negócio correr perigo. Talvez fosse assim que agisse um chefe de família entre os seus, protegendo as mulheres de sua estirpe – algo que meu próprio pai, aquele que eu havia quase esquecido, jamais havia feito. Pior ainda, certamente o meu teria preferido me oferecer a um miserável em troca de uns pedaços de queijo e uns goles de vinho. E então, suspeitei que, ao esconder esse dinheiro das mãos de Jean-Pierre, Azoulay, mais que como a uma sócia, havia me tratado como a uma filha.

Também nos despedimos sem sentimentalismos, como havia sido com Catherine.

— Fique bem em Lyon. Espero que se acomode sem problemas, que a vida lhe traga sorte.

— E você cuide-se muito, Cecilia — respondeu ele, sereno. — Seja prudente, não se arrisque. Cuide desse dinheiro. E se infelizmente vir que chegou a hora de fechar, feche e fuja. Mas deixe tudo como está, para se o destino nos trouxer de volta.

Ele insistiu em me acompanhar até a porta, mas o impedi. Obriguei-o a ficar afundado em sua poltrona, com a frente da camisa úmida pelo chá que havia derramado ao tentar levar a xícara à boca com suas mãos trêmulas.

Já anoitecia lá fora. A sala, lotada de móveis, cortinas pesadas, candelabros de bronze com sete braços e retratos de parentes mortos, caíra em uma semiescuridão. Mesmo assim, pareceu-me ver duas lágrimas caírem dos olhos doentes de Azoulay.

# CAPÍTULO 90

Segui em frente com menos funcionários, sem o apoio de meus sócios. Ficara para trás, bem para trás, a ambição de crescer, o desejo de criar sabonetes originais e captar novos clientes. Àquela altura, eu me dava por satisfeita se conseguisse me virar para pagar as contas. E, embora disfarçasse e as abraçasse e lhes dissesse quanto sentiria sua falta, cada vez que uma funcionária pedia demissão eu sentia um alívio profundo.

A maioria eram mulheres que estavam havia muitos anos comigo. Eu as contratara jovens, conhecera seus namorados quando iam buscá-las à saída da fábrica, fora a seus casamentos, aos batizados de seus filhos e aos enterros de seus pais. Para elas eu era a chefe, a patroa, a referência mais respeitável, muitas vezes fornecedora de socorro e conselhos, credora, confidente. Mas cada salário que eu deixava de pagar graças àquelas demissões voluntárias era um alívio para a empresa, e, apesar da tristeza, com cada um daqueles adeuses eu tirava um peso das costas.

Mas mesmo reduzindo esses gastos, não conseguimos deter a derrocada. O sabão bruto que nascera nos dias do Gambetta e se multiplicara nos anos de guerra, quando os americanos chegaram com seus uniformes, esse mais ou menos continuava vendendo para esfregar sujeira, gordura, até sangue. Mas a gama de sabonetes perfumados que com tanto empenho eu mesma fora criando e à qual a cada temporada acrescentava uma novidade, para esse tipo de sabão de capricho a demanda fora decrescendo, decrescendo, até cair tanto que comecei a cogitar a possibilidade de fechar a loja das arcadas.

E enquanto a Savon de l'Oranie vivia seus dias mais difíceis, fora da fábrica, em todas as esquinas, todos insistiam em falar da mesma coisa, com virulência e paixão, quase sempre aos gritos compartilhando anisetes e *kemias* nos balcões dos bares, nas mesas das famílias na hora do jantar, nos quartéis e nos escritórios. Depois do que entendemos como uma mudança traiçoeira no rumo nas políticas de De Gaulle, comentava-se que em Paris estavam fazendo uma depuração dentro do Exército, substituindo os altos comandos favoráveis à permanência da França na Argélia por outros mais leais ao presidente. E assim, as personalidades controversas foram caindo. O general Salan, o mais condecorado, foi tirado da Argélia sob o pretexto de uma promoção, mas depois foi encurralado com uma reforma fulminante. O general Massu, herói para muitos depois da batalha de Argel e brutal torturador para os contrários, acabou destituído devido a suas críticas em uma entrevista a um jornal alemão. Foram seguidos por uma cadeia de oficiais com nomes sonoros que também se viram obrigados a abandonar suas funções. Outros declararam voluntariamente sua insubordinação e passaram à resistência em favor da Argélia francesa.

Junto com os militares, prosseguiu a mobilização de uma parte crescente da população civil. Os grupos de ativistas europeus contrários à independência, aqueles que antes eram quase espontâneos, a maioria estudantes, foram ficando cada vez mais numerosos, mais radicais e combativos, menos temerosos da lei. E a maioria dos cidadãos comuns de todas as idades e classes sociais, domiciliados tanto no centro próspero de Orã como nos bairros operários da periferia, de esquerda e direita, gente de mil ofícios e profissões, versos soltos ou membros de famílias respeitáveis, mesmo que não participassem ativamente das ações violentas, incentivavam e aplaudiam aqueles que haviam agido para defender a qualquer custo o ideal de que a Argélia não se desgarrasse da metrópole.

— O que será de nós, Rafael?

Murmurei minha pergunta com a cabeça apoiada em seu peito; havíamos passado a tarde juntos em minha casa e acabamos adormecendo em um dos sofás, com o rádio ligado ao fundo; àquela altura, qualquer rastro do recato que antes tivéramos havia desaparecido. Além disso, os Bovet, a família que me insultava com cartas anônimas e torturava nossos ouvidos dia e noite com "A marselhesa", haviam partido fazia umas semanas, deixando de recordação três toalhas com as cores da bandeira francesa penduradas no parapeito da varanda. Na fachada do edifício, uma enorme pichação com as palavras L'ALGÉRIE RESTERA FRANÇAISE: a Argélia continuará sendo francesa. Era um dos slogans que se ouviam e se liam por todo lado.

Ele passava os dedos por meu cabelo devagar. Estávamos os dois vestidos, até a vontade de fazer amor ia desaparecendo. Com o pescoço dolorido pela posição, eu me levantei lentamente e girei a cabeça para relaxá-lo. Rafael também se ergueu, apoiando-se nos cotovelos, mas ficou ali, meio despenteado, com fadiga no rosto e três botões da camisa abertos. Decidi ir à cozinha pegar alguma coisa, qualquer coisa, café, bolachas, uma banana, uma garrafa de vinho; só queria aliviar a tensão.

No sofá estava meu primeiro e talvez último amor, o mais sólido. Meu apoio, meu cúmplice, meu companheiro, apesar de ter que o dividir com outra. Se meu presente era acre, o dele era pior; afinal de contas, eu não tinha que velar por ninguém além de minha empresa cada vez mais encolhida e por mim mesma. Porém, sob suas asas havia uma família ampla e complexa, dois filhos que haviam partido tempos antes e a pequena que havia acabado de ir. Não queria mais ser comissária de bordo da Air France; não queria nada, só abandonar aquela agonia com que todos nós nos levantávamos todas as manhãs. Além de sua esposa, tão frágil que mal mantinha a lucidez e vivia medicada e superprotegida por umas irmãs que a tratavam como se fosse uma boneca. A ele, sabendo de sua relação infiel comigo e apesar de viverem às suas custas, essas cunhadas ressentidas nem sequer dirigiam a palavra. Mais um monte de funcionários que, assim como as minhas, iam minguando porque começavam a faltar tijolos, azulejos, ferro fundido.

Voltei para a sala com um pacote de batatas fritas, o ofereci a Rafael e ele pegou umas quatro ou cinco. Fiz o mesmo e comemos em silêncio, ele sentado ainda e eu em pé, de costas, voltada para a varanda. Nenhum dos dois estava com fome, mastigávamos somente para triturar o desalento com os dentes.

— Como vai sua torre? — perguntei então.

Sua torre, o enorme edifício que sua empresa estava construindo havia três anos na parte leste de Orã, um projeto que implicava vários sócios. Quase tão alta quanto a Cité Perret do *quartier* Miramar, quanto a Cité Jean de la Fontaine, com seus mais de vinte andares: edifícios destinados a uma classe emergente meio europeia que, conforme fora progredindo economicamente, começara a abandonar as casas dos bairros. Ele me havia dito muitas vezes que se arrependia de ter se metido naquele projeto mastodôntico que quase com toda a certeza não teria futuro. Como pudera ter sido tão incauto e tão cego, insistia, arriscando os esforços e o capital de uma vida naquele absurdo? Mas eu sabia que quando a pessoa provinha de baixo, como ele, como eu, e chegava ao cume pelo próprio esforço, era difícil pisar no freio.

— Mal; mas estamos tentando acabá-la por todos os meios — disse enquanto limpava a boca, suja de sal. — Sem equipamentos modernos, sem elevadores funcionando. E provavelmente sem moradores.

— Mas vocês venderam quase todos os apartamentos...

— Quase todos, sim. Mas ninguém se mudou, apesar de que os proprietários dos primeiros andares já poderiam. Uns não se atrevem, outros preferem esperar, outros partiram ou estão indo.

— Pelo menos a obra fica concluída — disse eu, fingindo um otimismo que não sentia. — Caso os que continuam aqui resolvam se mudar, ou os que partiram um dia voltem.

Ofereci de novo as batatas fritas; ouvi-lo falar disso também me deixava angustiada. Mudei de assunto.

— E seus filhos em Montpellier, o que contam?

Ele bufou, quase se engasgou.

— O de sempre. Que nós continuamos despertando repúdio — disse depois de pigarrear —, que a independência tem cada vez mais apoio.

Então, ele se levantou e se aproximou. Apertou seu corpo contra o meu e rodeou minhas costas com seus braços.

— Sabe como começaram a nos chamar? — disse, acariciando minha nuca. — *Pieds-noirs*. Pés pretos.

Encaixei o rosto no vão morno entre seu ombro e sua cabeça, fechei os olhos. Ali estávamos, os namoradinhos da juventude em plena maturidade mergulhados na angústia, convertidos em um marido adúltero e uma viúva desavergonhada, ambos praticamente arruinados, um casal clandestino diante de um porvir tão sombrio quanto o daquele mundo que nos acolhera um dia, que nos dera oportunidades e que estava, assim como nosso ânimo e nossos negócios, se aproximando da beira do abismo. Tão tenebroso quanto o apelido que haviam posto em nós na metrópole. *Pieds-noirs*. Pés pretos.

— Eles também não nos querem lá, Cecilia — murmurou em meu ouvido. — Dizem que os que chegam são tratados como párias. Como se houvéssemos nos transformado em inimigos.

# CAPÍTULO 91

Fechei a loja das arcadas da rue d'Arzew em 20 de abril de 1961. Nunca esqueci a data porque foi dois dias antes do Putsch dos Generais, a tentativa frustrada de manter a Argélia francesa por parte de alguns sublevados em quem antes De Gaulle havia dado um pé na bunda. A notícia foi recebida com júbilo em Orã: as bandeiras voltaram às sacadas, os gritos e os cartazes às ruas, as buzinas dos carros soavam naquele ritmo que havia se transformado em um slogan. Pi-pi-pi pa-pá. *Al-gé-rie fran-çaise*. Pi-pi-pi pa-pá. Depois de poucos dias, a bravata murchou como um balão.

Apesar do otimismo inicial, a realidade foi outra. No começo, o golpe triunfou em Argel, a capital, mas poucas das unidades militares restantes se somaram a ele. E quando, em Paris, De Gaulle se pronunciou na televisão, condenou a revolta de uma forma tão categórica que desanimou os indecisos e conseguiu levar montes de cidadãos às ruas da metrópole para se manifestarem contra.

Em quatro ou cinco dias, as pretensões do golpe viraram fumaça. E o mesmo aconteceu com a loja que com tanta ilusão eu abrira, que me fizera ganhar dinheiro e renome, posição social, confiança em mim mesma. Hamid me ajudou a forrar o interior das vitrines com folhas de jornal; eu não queria que a desolação pudesse ser vista da rua, pelos vidros; isso me doía na alma.

— A senhora se importa se eu levar umas estantes? — perguntou ele enquanto prendíamos as páginas duplas do *L'Écho d'Oran* no vidro com fita adesiva. — Para o quarto das minhas filhas.

Eu mesma o ajudei a arrancar aquelas tábuas que, uma década antes, quando ferviam em mim o otimismo e garra, mandara pintar em tons brilhantes para depois enchê-las de sabonetes igualmente coloridos. E enquanto puxava aquelas malditas tábuas vazias com todas as minhas forças, quase com fúria para despregá-las da parede; enquanto quebrava as unhas em cada tentativa e o suor molhava minha testa, não consegui evitar que me dominasse a saudade daqueles dias luminosos, a loja lotada de clientes, as exclamações de admiração, as filas de mulheres aos sábados esperando para entrar e as caixas registradoras cheias de dinheiro.

— Cuidado, madame!

Quando ouvi o grito de Hamid, já era tarde. Cega de raiva, havia puxado uma prateleira com tanta cólera que acabei rasgando metade do braço com um prego.

*

A partir de então, passei a me dedicar apenas ao sabão comum, aquele do início. A cada manhã, rezava ao Deus em quem não acreditava e ao diabo em quem começava a acreditar para que os pedidos que saíam da fábrica não se perdessem pelo caminho, porque, apesar dos esforços de Hamid, muitas vezes eram interceptados, perdidos ou roubados. Em paralelo, nossa ardente Argélia, como se a tensão cotidiana não fosse suficiente, ganhou outro partícipe: a OAS. E assim, o que até então era uma luta sangrenta entre dois bandos se transformou em um triângulo.

Alguns já sabiam da existência clandestina dessa organização, mas outros, como eu, souberam por meio da propaganda que começou a ser vista pelas ruas e que gerou muitas conversas, às vezes entre sussurros assustados e muitas vezes com ostensivas reações de apoio. Aquelas pichações e aqueles cartazes colados em muros e fachadas, os panfletos distribuídos furtivamente ou jogados de dentro de carros em marcha, antecipavam algo que incumbia a todos nós, porque, apesar de querermos nos defender, provocaria mais tragédia sobre tragédia, mais sangue sobre o sangue que já havia sido derramado. L'Organisation de l'Armée Secrète havia acabado de se mobilizar, aglutinando muitas pequenas iniciativas radicais antes desordenadas, grupos juvenis exaltados e militares que haviam mandado à merda a hierarquia, inclusive simples ativistas de bairro e indivíduos que agiam por conta própria.

Assim, formou-se uma espécie de exército alternativo caótico que declarou abertamente sua intenção de lutar a favor da Argélia francesa de armas em punho, com todas as suas forças.

A partir de então, começou uma etapa ainda mais violenta: quando não provocavam atentados com explosivos, eram roubos ou assaltos, tiroteios nas esquinas ou cartas-bomba que muitas vezes acabavam explodindo nas mãos, nas casas ou nas empresas de inocentes. O alvo podia ser qualquer simples francês, por não se mostrar contrário à independência; qualquer família árabe, pelo simples fato de viver em um lugar específico; qualquer europeu com ideias comunistas ou qualquer suspeito de qualquer coisa. Até instituições públicas francesas, gabinetes e serviços estavam na mira do grupo.

Diziam que Raoul Salan estava no comando. Era chamado de O Mandarim, devido a seu protagonismo na Indochina, e fora um dos generais promotores do Putsch que acabara fracassando. Diziam, também, que a organização havia sido criada na Espanha sob a proteção de Serrano Suñer, cunhado de Franco; que tinha ramificações na França metropolitana e que lá, incentivados por um suposto patriotismo extremo, alguns franceses que não tinham nada a ver com a Argélia estavam se juntando ao grupo e até haviam tentado várias vezes matar De Gaulle. Diziam tantas coisas que preferi redobrar os esforços em minha fábrica para que a angústia não continuasse me corroendo.

Apesar de meu empenho, não consegui ficar de fora, porque, contra o mais insensato dos prognósticos, depois de uns meses um ativista daquela OAS que contava cada vez com mais apoio do povo e ia ficando cada vez mais agressiva acabou entrando em minha própria casa.

Como não tínhamos mais porteiro, ele conseguiu entrar no edifício e subiu sem permissão de ninguém. Eu só soube que era ele quando vi sua imagem distorcida pelo olho mágico. Ao abrir, senti uma espécie de sufoco. Com o porte menos desalinhado e a franja um pouco mais curta, vestindo uma jaqueta escura, Fabien, já na casa dos vinte anos, recordava Jean-Pierre mais do que nunca.

★

— Seu pai jamais o teria apoiado.

Estávamos discutindo fazia um tempo; ele havia acabado de me contar, com um aprumo inquietante, que fazia parte da OAS e que estava em Orã para colaborar com eles. Ambos continuávamos em pé, andando sem tino pela sala. Eu com os nervos à flor da pele. Ele, também agitado, tentava me convencer de que estava fazendo o que era certo.

— Seu pai, Fabien — insisti, aos gritos —, era um homem nobre, pacífico. Nunca teria apoiado seu envolvimento nisso que você chama de defesa, ou justiça, ou entrega à pátria.

— Desagravo também. Porque ele foi morto pela FLN, caso você tenha esquecido.

— Eu lembro perfeitamente, Fabien, lembro todos os dias, quando me levanto, quando me deito. Vivo com essa dor, não esqueço um instante sequer. Mas as ações da OAS da qual você faz parte não são só contra a FLN; são contra as instituições, contra milhares de árabes inocentes, contra os próprios franceses que pensam diferente. Seu pai jamais...

Ele deu uns passos em minha direção e me encarou com insolência.

— Tem certeza?

Não, eu não tinha. Já não podia pôr a mão no fogo por ninguém, nem mesmo por meu desaventurado marido. Eu havia visto e ouvido tantas coisas, havia sofrido tantos desenganos com conhecidos, honrados comerciantes, empresários dignos, vizinhos ou amigos que haviam optado por se envolver ativamente com a OAS que preferi me calar.

— Está com fome? — disse eu, mudando totalmente de assunto.

Malak não trabalhava mais comigo, seu marido não a deixava sair de seu bairro para ir à minha casa e eu preferia assim, para que não se expusesse.

— Há pão, queijo e frutas na cozinha — acrescentei.

Ele não respondeu, nem sequer estava me escutando. Havia se ajoelhado e aberto os fechos de sua mochila; dessa vez não era uma mala. Estava remexendo ali dentro com as duas mãos, parecia procurar algo. Ao encontrar, guardou-o depressa no bolso da jaqueta, para que eu não visse o que era.

— Vou sair — disse ao se levantar. — Não se preocupe comigo, ainda tenho as chaves que você me deu.

— Eu troquei a fechadura há alguns meses.

— Quando Malak foi embora, com medo de que ela entrasse quando você não estivesse? — perguntou, mordaz.

Ele estava tentando me provocar, mas não lhe dei corda.

— Troquei quando o porteiro pediu demissão.

Ele me olhou de cima a baixo com um misto de sarcasmo e desprezo.

— Então, você também, Cecilia?

— Eu também o quê?

— Você também, mesmo defendendo que a maioria é gente digna, morre de medo de…

Ele emudeceu de repente, não por respeito a mim nem àqueles a quem pretendia insultar. Calou-se porque aquilo que havia acabado de guardar no bolso, apressado, havia caído no chão.

Sobre o tapete, entre nossos quatro pés, jazia uma pistola.

## CAPÍTULO 92

— Olhe — falei a Rafael.

Havíamos acabado de nos encontrar no bufê do Le Colisée. Já havia um tempo que fazíamos assim: entrávamos em um cinema com a aparente intenção de ver um filme qualquer, mas passávamos a maior parte do tempo no bar, quando havia, ou simplesmente no vestíbulo.

Quando Fabien apareceu de novo sem permissão em minha vida, Rafael e eu deixamos outra vez de nos encontrar em minha casa. Então, recordei meu refúgio no Le Century naquela tarde da partida de Catherine, propus a ele fugir dos lugares públicos onde todo mundo discutia aos gritos sobre o mesmo assunto e começamos a nos encontrar naqueles espaços silenciosos e anônimos, para nos isolar. Onde antes sempre havia um monte de espectadores dispostos a se sentar em uma poltrona para rir, chorar, descobrir ladrões ou se apaixonar por uma *femme fatale*, já se via só de vez em quando um lanterninha desanimado ou uma atendente cabisbaixa, farta de não vender ingressos. O resto do tempo, só o retumbar distante e eco dos filmes nos acompanhava.

Nas antessalas daqueles cinemas à beira da falência, ora em um, ora em outro, cercados por cartazes de artistas estrangeiros que sorriam com dentes superbrancos, durante uma ou duas horas antes do toque de recolher Rafael e eu esquecíamos a desesperança. L'Escurial, L'Eldorado, Le Rex, Le Régent, qualquer um servia para nos vermos, conversarmos ou compartilharmos silêncios. A única coisa que queríamos era estar juntos.

— Olhe — repeti.

Tirei de um bolso do casaco um folheto dobrado e o estendi a ele com prudência, apesar de não haver ninguém perto de nós naquele momento. Apenas, ao fundo, um pobre diabo com a cabeça enfiada entre os braços.

— Ele tem um monte no quarto dele, quinze ou vinte caixas cheias — sussurrei enquanto Rafael desdobrava o papel.

Tratava-se de propaganda, pasquins em tinta azul e vermelha nos quais se viam impressos dois guerrilheiros armados que corriam com uma bandeira erguida. Na parte superior do desenho, três palavras. *Aux armes, citoyens*. Às armas, cidadãos. Na inferior, as três letras maiúsculas, OAS.

Fabien havia enfiado em minha casa milhares de panfletos a favor da OAS, arriscando-se a ser detido e me colocando em risco também. Todo mundo sabia que tanto as patrulhas dos CRS – membros da Compagnie Républicaine de Sécurité – como as da Garde Mobile, a implacável guarda móvel, andavam atrás dos ativistas com constante vigilância, buscas, controles, revistas. Acordoavam quarteirões inteiros e revistavam um a um os imóveis, socavam portas a qualquer hora quando tinham algum indício, entravam nas casas, nos apartamentos e nas lojas, revistavam carros e levavam os suspeitos a quartéis na periferia, cercados por torres de vigilância com metralhadoras. Falava-se de desaparecimentos e torturas para que os detidos denunciassem seus cúmplices e revelassem onde escondiam as armas. Meu enteado acabaria em um desses lugares cedo ou tarde, eu tinha certeza disso. E se não me cuidasse, talvez eu mesma também.

Mas Rafael não disse nada. Pegou um isqueiro, queimou o papel e deixou que as cinzas caíssem no chão. Depois, não ergueu o olhar.

— Que foi? — murmurei, acariciando seu braço por cima da jaqueta.

Sem responder, ele aproveitou que estava com o isqueiro na mão e acendeu um cigarro.

— É Émilie, não é? — perguntei.

Ele assentiu enquanto soltava a fumaça.

— Ela está no limite. Não dorme, não come, não se mexe, não fala. Não aguenta mais.

Se aquela tensão estava enlouquecendo todos, eu imaginava o inferno que devia ser para uma mulher tão frágil e instável como a esposa dele. Os furgões iam e vinham o dia inteiro com as sirenes ligadas, as explosões constantes nos acordavam no meio da madrugada, sucediam-se manifestações ensurdecedoras. Todo mundo vivia com o volume do rádio no máximo, passavam incessantemente pelas ruas carros cheios de gente que apertava a buzina com entusiasmo. Pi-pi-pi pa-pá. Três buzinadas longas, duas curtas e firmes, sem parar. Pi-pi-pi pa-pá. *Al-gé-rie fran-çaise*. Pi-pi-pi pa-pá. Das janelas e sacadas, à noite, as pessoas os acompanhavam com panelaços furiosos. Tum-tum-tum tan-tan. *Al-gé-rie fran-çaise*. Tum-tum-tum tan-tan. Tum-tum-tum tan-tan. Aquilo acabava com os nervos de qualquer um, que dirá de uma pessoa doente.

Rafael me havia dito dezenas de vezes que Émilie não sabia nada de nós, que quando começamos a nos encontrar de novo ela já estava mal. E eu também sabia que, apesar de ser infiel, ele tinha uma preocupação permanente para com ela. Jamais passamos uma noite inteira juntos, ele sempre voltava para casa, deitava-se ao lado dela, cuidava para que as irmãs não a perturbassem, era atencioso. Porém, nenhum dos dois podia se livrar de um acre sentimento de culpa.

— Você precisa tirá-la daqui, Rafael — disse eu em voz baixa; não era a primeira vez que lhe aconselhava isso. — Leve-a para Montpellier com seus filhos, não a deixe aqui.

Com o cigarro entre os dedos, ele passou a mão pela testa devagar, depois pelo cabelo, até a nuca.

— Eles dizem a mesma coisa, que eu a acompanhe e depois volte, se quiser; eles sabem que preciso terminar a obra, as economias de muitas famílias estão investidas ali. Mas ela não está em condições, Cecilia. Não suportaria uma travessia de barco, menos ainda uma viagem de avião. E você sabe como está o porto, cheio de viajantes, polícia, militares. E o aeroporto meio colapsado também; ela não aguentaria.

Eu entendia sua angústia, como não? E pela parte que me tocava, embora ela ignorasse minha volta à vida de seu marido, eu me sentia responsável por ele não estar ao lado dela a todo momento. Enfim, não insisti no assunto dos panfletos, logo meu medo passaria. Comparando um infortúnio com outro, ter um ativista da OAS sob meu teto talvez fosse menos grave que uma esposa à beira do colapso.

Para nos acalmar, pensei que poderíamos entrar para ver o filme. Eu não sabia qual estava passando naquela tarde, mas não fazia diferença. A única coisa que importava era que, na escuridão da sala, poderíamos ao menos ficar de mãos dadas e transmitir consolo um ao outro.

Eu ia propor isso quando ele se antecipou com algo diferente.

— Você, sim, deveria ir embora, Cecilia.

Uma espécie de gargalhada seca ficou atravessada em minha garganta. O que ele estava dizendo? Como podia pensar uma coisa dessas? Eu, ir embora? Para onde, para onde eu iria se todos os meus pilares estavam em Orã? Minha empresa, minha casa, ele. Meus cheiros, meus sabores, meus sabonetes, minhas ruas pelas quais eu era capaz de andar de olhos fechados. Meu sol, meu mar, minha vida inteira. Meus funcionários, meus conhecidos, porque amigos já não me restavam.

— Você pode fechar a fábrica — acrescentou, firme. — Parar temporariamente a produção e deixar tudo como está, para caso um dia volte.

Oportunamente, nesse momento passou um velho arrastando os pés; eu me dirigi a ele e minha voz soou oca no grande vestíbulo:

— Que filme estão passando? — perguntei, quase gritando.

— Um musical americano. *West Side Story*.

Ele pronunciou tão mal o título em inglês que quase não entendemos. Eu não gostava de musicais. Rafael também não, mas, mesmo assim, para evitar lhe dar uma resposta, eu o arrastei para dentro.

# CAPÍTULO 93

Os Acordos de Évian foram assinados em 18 de março de 1962. Com eles, supostamente, os conflitos violentos davam-se por encerrados. Decretou-se o cessar-fogo, o Exército foi aquartelado. Estabeleceu-se um poder temporário compartilhado entre os representantes franceses e um governo provisório argelino até que, no mês de julho, chegasse formalmente o referendo para a independência. Acabava, definitivamente, uma longa etapa colonial que mesclava luzes e sombras. Foi uma vitória para a FLN. A França assumiu uma derrota que, na realidade, representava um alívio. E nós saímos perdendo.

Porque a violência não acabou: nem no dia seguinte, como havia sido pactuado, nem durante os meses seguintes. O Exército francês cumpriu sua parte, sim, dedicando-se quase exclusivamente, a partir de então, a perseguir a OAS, deixando de intervir contra os rebeldes independentistas. A FLN, porém, manteve as armas, especialmente por meio de seu braço militar, a ALN, atacando tanto a população europeia como seus próprios irmãos, os *harkis*, árabes e berberes integrados em unidades militares do Exército francês durante os *événements*, muçulmanos como eles, que consideravam traidores indignos merecedores de represálias. E a OAS, como se seu reino não fosse deste mundo, manteve seu estilo.

— Volte para Marselha, Fabien — roguei pela enésima vez no dia seguinte. — Vá embora daqui, não se meta mais nessa loucura. Essa luta não tem sentido, vocês não vão conseguir nada. Vão matar você qualquer dia desses. Chega de sujar suas mãos de sangue.

Eu mal o via; ele entrava e saía quando lhe dava na telha, às vezes sozinho, às vezes com alguns amigos, carregando pacotes sinistros que enfiava em meus armários ou debaixo das camas. Às vezes agarrado à cintura de uma menina de cabelo comprido que havia se tornado sua cúmplice ou namorada ou o que fosse; preferi não saber. Seu quarto estava sempre um chiqueiro e, sem me pedir permissão, ele havia começado a usar as roupas do pai que eu guardava em malas no sótão.

Ponha-o na rua, teria dito Catherine se estivesse ali comigo. Mas Catherine não estava. Mande-o arranjar outro lugar, e que não envolva você; posso falar com ele, se quiser, insistia Rafael. Mas eu não permitia. Troque a fechadura outra vez, Cecilia, ponha uma nova imediatamente, teria me aconselhado Azoulay. E denuncie-o sem reservas. Mas o velho continuava em sua penosa decadência, cada vez mais apagado em um apartamento anônimo de Lyon, deslocado, alheio a tudo diante das águas de um rio largo que lhe dava pânico, conforme me contara seu genro, Louis, em sua última carta. Azoulay se recusava a sair à rua, levantava-se no escuro no meio da noite e trombava com os móveis. Vez ou outra, entre sonhos e desvelos, dizia meu nome.

A maioria do povo mantinha o apoio à OAS, mas eu sabia que todos os homens e mulheres que já haviam passado por minha vida e deixado em mim alguma marca teriam me empurrado em uma direção sensata. Minha professora madame Le Clerc, meu amor republicano e meu amor americano, talvez inclusive a Chefona, aquela cavalona da lavanderia. Fique longe de seu enteado, teriam gritado todos. Fique longe. Se ele quer continuar com essa insensatez, ponha-se a salvo você, pelo menos.

Mas dentro de mim havia algo que não me permitia fazer isso. Uma espécie de fidelidade obtusa à memória de Jean-Pierre, aquele fio interminável de certeza de que havia sido eu a responsável por seu assassinato. E por isso eu me sentia incapaz de lançar seu filho ao vazio, longe de minha proteção e de minha casa. Tinha certeza de que ele se tornara um terrorista, mas, mesmo assim, recusava-me a largá-lo.

E enquanto continuava suportando aquele rapaz indomável, a pouca esperança que restava a milhares de europeus de Orã e de todo o Oranesado, de toda a Argélia depois dos Acordos de Évian, se esgotou e optaram por começar a partir *en masse*, em massa. O que até então havia sido um gotejamento incessante de partidas rumo à França se tornou um êxodo incontido. Uma debandada sinistra.

Eu contemplava tudo isso de meu nono andar, via o cais cheio de gente que tentava levar consigo seus móveis, baús, malas. Montes de carros ficavam nos arredores, os barcos de passageiros entravam e saíam constantemente durante aqueles dias longos e aquelas noites claras de primavera tardia. Muitas vezes eram famílias inteiras que iam, outras vezes pela metade, mulheres com filhos pequenos, idosos sozinhos, moças e rapazes sem concluir os estudos. Alguns partiam enfurecidos por serem expulsos de seu mundo, muitos outros com medo, quase às escondidas. Havia até quem deixasse o varal cheio de roupa pendurada para fazer de conta que continuava dentro de casa, para que não roubassem tudo ou invadissem, caso voltassem. Outros, porém, conseguiam passagens tão de última hora que saíam voando com a casa só meio recolhida; havia quem deixasse até a mesa posta.

Enquanto eles partiam, eu procurava ânimo no trabalho. Mas cada vez havia menos coisas para fazer, porque quase não entravam pedidos e as pessoas se viravam com o sabão que tinham; e era cada vez mais complicado transportar a mercadoria pelas ruas e estradas. Mesmo assim, eu não entregava os pontos, e uma manhã depois da outra ia desviando de bulevares e avenidas, arames farpados e trincheiras de sacos de terra, e mais ou menos à hora de sempre, cedo todos os dias, chegava à minha fábrica. Das funcionárias só restavam três, porque as outras, embora não houvessem partido, preferiram parar de trabalhar e renunciar ao salário. Dos homens, só Hamid continuava ao meu lado.

Foi em um desses dias de início de junho, quando o calor já começava a apertar, enquanto eu me empenhava, com as mangas arregaçadas, em consertar outra máquina sem conserto, que ouvi a voz às minhas costas em um tom obscuro que me pôs em guarda.

— Madame...

Eu me endireitei, girei, lá estavam. Passara semanas, meses temendo que aparecessem, e, por fim, estavam diante de mim. Três soldados árabes. Jovens, uniformizados, com metralhadoras a tiracolo.

— Querem saber como a fábrica funciona. Qual é a produção, quanto...

Interrompi Hamid antes que terminasse.

— Que me perguntem eles mesmos e não metam você no meio.

Tanto fazia em que língua o fizessem; embora meu árabe não fosse bom, poderia entendê-los. Mas eles falaram em francês, em um tom inicialmente bruto que, de maneira involuntária, foi se tornando meio deferente; até intercalavam um "madame" de vez em quando. À medida que passavam os minutos, fui me dando conta de que eram ainda mais jovens do que eu havia pensado no início: dezessete, dezoito. Idade de ainda estar no liceu, se a França da qual estavam se desprendendo a tiros os houvesse tratado com mais afeto.

Foram embora tal qual chegaram, não incomodaram mais nem levaram nada. Mas nós dois sabíamos que voltariam. E dentro de Hamid e de mim ficou a inquietude.

O mal-estar ainda não havia desaparecido quando voltei para casa naquela tarde. E quando entrei no edifício e vi uma caixa de sapatos vazia no chão, soube que ali também havia acontecido o que eu já pressentia havia muito tempo. Porque aquela caixa era minha, de um par de sandálias brancas que Jean-Pierre me dera de presente e que eu nunca mais usara desde sua morte. Peguei-a e, com ela apertada contra o peito, subi pela escada os nove andares.

Ao chegar, com a respiração entrecortada, encontrei o que temia: a evidência de que alguém, de que várias pessoas, tinha estado ali em busca de Fabien, ou de armas, propaganda, ou qualquer rastro de seu pertencimento à OAS. Com as pontas dos dedos, devagar, empurrei a porta já meio aberta. Entrei lentamente, evitando pisar nas coisas caídas, nos cacos de vidro, nas tábuas soltas, vendo o caos à medida que avançava. Armários abertos de par em par, gavetas no chão junto com seu conteúdo. As camas desfeitas, os colchões rasgados. Os quadros tirados da parede, minha roupa arrancada dos cabides e amontoada pelos cantos, móveis de cabeça para baixo e até as tampas dos vasos sanitários fora do lugar e o forno aberto na cozinha.

Não sabia se o haviam encontrado. Em nenhum lugar vi sangue, mas o estado de destruição me fez suspeitar de que houvera discussão e de que talvez o houvessem encontrado e levado vivo, arrastado. Embora a inquietação me pedisse que gritasse, xingasse, chorasse, amaldiçoasse, reagi ao contrário: movida por uma estranha frieza, peguei uma sacola de papelão jogada no meio de meu quarto e, de um montinho no chão, tirei algumas peças de roupa. Acrescentei uma escova de cabelo, uma escova de dentes e a agenda telefônica.

A última coisa que fiz foi endireitar uma cadeira virada e subir nela para pegar o envelope com o dinheiro que Azoulay ocultara de mim e que eu havia escondido, cautelosa, no fundo da última prateleira da biblioteca, atrás de umas cerâmicas caras e absurdas que Jean-Pierre havia comprado em um de seus esbanjamentos. As mãos da Garde Mobile não haviam chegado a essa altura, talvez porque procurassem algo mais volumoso. Mas, apesar de tatear a superfície com dedos ávidos, não encontrei nada, só um vazio desconcertante. Imaginei que Fabien havia levado o último dinheiro que me restava.

Com a sacola na mão e a alma encolhida, no meio do corredor rumo à porta quase pisei em umas fotografias. Eu me agachei para vê-las de perto, sem tocar nelas. Na primeira da pilha estávamos Jean-Pierre e eu no cassino de Bouisseville, havia sido tirada em uma noite de verão. Bronzeados, atraentes, apaixonados; ele com a mão em minha cintura dizendo algo em meu ouvido, eu prestes a soltar uma gargalhada, com a face apoiada em seu ombro. Hesitei por uns segundos. Por fim, levantei-me sem as recolher e abandonei minha casa.

Ferdinand Martinez, o dono do hotel, em vez de me dar o quarto individual que lhe pedi, deu-me um duplo, amplo, com janela para um pátio interno, para que eu ficasse longe do barulho do bulevar. Mesmo assim, deitada naquela cama estranha, continuei ouvindo, abafados, o som dos explosivos, as sirenes e as buzinas durante uma noite de vigília que me pareceu eterna.

# CAPÍTULO 94

Rafael não atendeu ao telefone de seu escritório quando liguei, cedo, para lhe contar da revista da Garde Mobile e para que soubesse onde eu me havia refugiado. Também não atendeu quando liguei no meio da manhã. Nem ao meio-dia. Nem à tarde. Nem à noite. No segundo dia, quando eu já estava consumida por um medo atroz sem saber se ele havia sido sequestrado pela ALN ou sido vítima de uma granada da OAS, se havia levado um tiro à queima-roupa de seus próprios compatriotas de dentro de um carro ou sido esfaqueado como Jean-Pierre pelos radicais árabes e depois jogado em um lixão, ele apareceu na fábrica. Bem cedo, com passo rápido e espanto no rosto.

— Onde você se meteu, Cecilia, pelo amor de Deus? — gritou ao me ver, correndo para mim com os braços abertos. — Estive em sua casa, vi que havia sido revistada, onde diabos…

Não esperei que terminasse, não me importei com as funcionárias que estavam ali. Sem sombra de pudor, deixei caírem no chão as formas que tinha nas mãos, corri para ele e o abracei com todas as minhas forças, nervosa, feroz, aliviada, possessiva, enquanto eu mesma, sem responder, devolvia as perguntas.

— Onde você estava, Rafael, por que não atendeu às minhas chamadas, onde…?

Interrompendo um ao outro sem parar, fomos relatando as tétricas desventuras que havíamos acabado de viver. E, assim como na tarde dos panfletos da OAS, seu drama superou o meu. Émilie, sua esposa, havia morrido. Deitada ao lado dele, de madrugada. Havia sido uma noite assustadora, com as explosões em cadeia, panelaços, sirenes. Perto do amanhecer, o coração dela parou. Não aguentou mais. Ela se foi, incapaz de suportar aquele inferno por mais tempo.

— Sinto muito… — murmurei, com a boca seca.

Estava sendo sincera; longe de representar um alívio, essa perda foi muito dolorosa para mim, como uma farpa cravada na palma da mão. Por ele, por ela, por mim, por todos. Então, ele me contou como haviam sido tortuosos os trâmites para lhe dar uma sepultura digna, por isso eu não conseguira encontrá-lo: andara de uma ponta a outra de Orã tentando encontrar um caixão, procurando um nicho onde a enterrar, um padre disposto a se deslocar até o cemitério. Os filhos não foram, ele não permitiu. E as cunhadas, em um arroubo de raiva e desconsolo, jogaram a infidelidade na cara dele e acabaram os três abraçados, chorando juntos.

Estávamos em meu escritório, com a porta fechada, um pouco mais serenos, mas ainda aturdidos. Eu ocupava minha cadeira de sempre, atrás de minha mesa na qual só havia contas que ninguém me pagaria. Ele, com os braços cruzados, estava apoiado na mesa de Azoulay, coberta apenas de vazio e pó.

Quando acabou de me contar sua triste crônica, eu só tinha uma ideia na cabeça.

— Você precisa ir, Rafael. Vá para Montpellier com seus filhos, passar com eles o luto pela mãe.

Ele negou com a cabeça, devagar. Estava exausto, barba por fazer, olhos aquosos, olheiras profundas. Insisti:

— Aqui você não pode mais trabalhar, sua torre não pode avançar mais. Você fez sua parte, tem que dar a obra por terminada. É hora de estar com sua família.

Ele negou de novo.

— Os três são adultos, têm seus trabalhos, seus próprios caminhos a percorrer; até Marianne, a menor, arranjou emprego em uma agência de viagem. E quanto a Émilie… — Calou-se por uns segundos; o que havia vivido nos dias anteriores ainda o machucava. — Eles não a esquecerão, com certeza; nenhum de nós a esquecerá. Mas temos que seguir em frente.

Então, ele se aproximou de minha mesa, contornou-a até ficar a poucos palmos de mim e se inclinou para me tomar pelos ombros. Seus olhos estavam vermelhos devido ao esgotamento.

— Eu só saio daqui com você, Cecilia. De avião será impossível encontrar passagens, dizem que as filas no aeroporto chegam a três dias e três noites, o que for preciso para conseguir comprar uma. Mas de navio possivelmente teremos mais chances. Saem abarrotados, com o dobro da capacidade, mas ainda podemos conseguir alguma coisa.

Isso me desconcertou, demorei alguns segundos para reagir.

— Não posso abandonar esta fábrica — disse eu por fim, tentando parecer firme.

Ainda segurando meus ombros, ele me sacudiu, enérgico.

— Você mesma acabou de me dizer em relação à minha obra: não há nada que possamos fazer na Argélia que se avizinha. Nossa parte terminou, já a cumprimos.

— Mas esta empresa é a única coisa que... a única coisa que consegui na vida. E, além disso...

Eu me calei. Desvencilhei-me de suas mãos e me levantei para não sentir sua presença tão próxima. Fiquei olhando o calendário pendurado na parede, a folha daquele sinistro mês de junho de 1962 que ficaria gravado eternamente em nossa memória.

— E, além disso, você se recusa a abandonar seu enteado, não é? — ouvi-o dizer às minhas costas.

Só precisei de uns instantes para processar mil pensamentos acerca de meu presente e meu porvir: aquilo que talvez fosse o momento de sacrificar com sensatez, mesmo às custas de meu orgulho, e aquilo que ainda tinha que cumprir para saldar contas comigo mesma e apaziguar meus remorsos.

— Ajude-me a descobrir o que aconteceu com Fabien — pedi, voltando-me para ele. — Se foi preso pela guarda móvel ou se continua nas ruas cometendo atrocidades. Se está morto ou vivo.

Quase notei as engrenagens de seu cérebro avaliando minhas palavras. Depois, ele fez que sim com o queixo, um sim breve, mas sólido. Um compromisso. Grata, acariciei seu rosto áspero depois de dias sem navalha e sossego.

— Quando descobrirmos, vamos embora juntos. Aonde for possível. Aonde nos levarem.

## CAPÍTULO 95

Restavam poucos recursos para encontrar Fabien, muita gente conhecida havia ido embora. Mesmo assim, não desistimos. Fiquei ao telefone em meu escritório; havia decidido encerrar as atividades e mandara as últimas funcionárias para casa, inclusive as do Gambetta. Elas se despediram, comovidas: o que será de nós, madame; o que será dos nossos?

Só Hamid continuou ao meu lado, arriscando-se. Fingia concluir obrigações, recolher o desnecessário, mas eu sabia que escondia outra razão: recusava-se a me deixar sozinha. Enquanto ele andava entre as caldeiras desligadas e as máquinas quietas, pelos depósitos onde restavam apenas sombras, eu passava as páginas de minha agenda telefônica e ligava insistentemente a uns e outros. E à medida que o fazia, ia riscando a lápis os nomes daqueles que não atendiam: quase todos. Rafael, por sua vez, percorria edifícios públicos, ia à prefeitura, sempre em busca de pessoas com quem já havia se relacionado por trabalho, amigos com contatos, homens influentes que talvez pudessem ajudá-lo a chegar a alguém com poder dentro da guarda móvel. Mas também não conseguia nada, só encontrava salas quase vazias, gabinetes desertos.

Dos cidadãos que ainda não haviam partido, alguns permaneciam voluntariamente, apesar do fato de que, em breve, a França renunciaria a sua autoridade de um século e trinta anos sobre o território argelino. Mas a maioria continuava tentando atravessar o mar, e para isso, as pessoas continuavam formando filas infinitas, passando dias e noites no aeroporto de La Sénia ou no cais tentando embarcar em um dos navios lotados que ultrapassavam sua capacidade a ponto de correr sério risco de acidente. Preferiam arriscar para poder chegar a Marselha, Sète, Port-Vendres, aonde fosse. As opções iam diminuindo, e as exigências, endurecendo; àquela altura, já permitiam apenas uma bagagem por passageiro, nenhum veículo, nada de móveis. Para aumentar o medo, começou a correr o rumor de que os radicais da FLN haviam pronunciado uma frase sinistra: *La valise ou le cercueil*. A mala ou o caixão, vocês escolhem.

Conforme o drama prosseguia, quando já não havia forma humana para fazer caber mais passageiros nos barcos e o governo francês, sem a menor compaixão, havia proibido que se usassem navios de guerra, vários países começaram a oferecer ajuda com suas frotas. Espanha, Itália, Grécia, até os Estados Unidos. Mas Paris se recusou a aceitá-la, em uma altiva tentativa de minimizar, perante a França e o mundo, a tragédia humana que a Argélia estava vivendo.

Nenhum navio de bandeira estrangeira poderia entrar no porto de Orã, decretaram; as aglomerações daqueles infelizes se resolveriam com extrema facilidade, que necessidade havia de exagerar as coisas? Não precisamos da ajuda de ninguém, insistiram; *merci*, nações amigas, *merci beaucoup*, muito obrigado. *Pas de panique*, nada de pânico, não está acontecendo nada aqui. Aqueles *vacanciers* escandalosos já vão se virar sozinhos para chegar à metrópole. *Vacanciers*, turistas; assim optaram por nos denominar cinicamente, sem consideração, sem respeito. Diante dessa negativa arrogante, os países voluntários deram um passo para trás. Exceto um, mas disso eu só saberia dias depois.

Houve também pessoas audazes que escolheram outras alternativas, mesmo correndo risco de morte: muitos pesqueiros, veleiros, pequenos mercantes, rebocadores e até frágeis lanchinhas, embarcações antes dedicadas a outras tarefas que não ao transporte de passageiros, começaram a tirar gente dali. Alguns faziam só a viagem de ida e ficavam no destino que alcançavam. Outros, porém, com patrões humanitários que às vezes eram simples pescadores, velhos marinheiros ou navegantes de recreio, fizeram tantas travessias de ida e volta quantas lhes foi possível, trasladando montes de desesperados em cada viagem. Pela proximidade, quase todos acabaram nas costas espanholas do sudeste, nos portos de Almería, Cartagena, Torrevieja, Santa Pola, Alicante, Calpe; alguns chegaram até a Valência.

— Nada?

— Nada. E você?

— Nada também.

Com essa decepção Rafael e eu voltávamos ao Le Martinez antes do toque de recolher, e nosso jantar transcorria comentando os passos infrutíferos de ambos. Costumávamos ocupar a mesma mesa à qual retomáramos nossa história, quando eu recorrera a ele para lhe pedir que me ajudasse com o mesmo rapaz que então procurávamos, frenéticos. Quase não havia restaurantes abertos à noite e, àquela hora, o salão de jantar do hotel ficava cheio de jornalistas desalojados e montes de cidadãos expulsos de seus lares.

Ciente de nosso desânimo, certamente também para aliviar o seu próprio, no fim da noite Ferdinand Martinez, dono do hotel, aparecia com as mangas arregaçadas e duas garrafas de Calvados, avisava aos clientes que ainda restavam ali, dispersos, que era por conta da casa e punha um disco. Uma noite, escutamos Juanito Valderrama com *El emigrante*, em nossa homenagem; em outra, Charles Trenet cantou *La Mer* e Édith Piaf não se arrependeu de nada em seu *Non, je ne regrette rien*, e o corso Tino Rossi também nos acompanhava vez ou outra com sua voz meio demodê. *Marinella*...

Depois, exaustos, Rafael e eu subíamos para nosso quarto e mal dormíamos, sabendo que a esperança de encontrar Fabien estava acabando.

## CAPÍTULO 96

Já estávamos no fim de junho, a cidade continuava mergulhada no caos. Rafael, farto de insistir, havia jogado a toalha. Não mais me dizia o tempo todo vamos embora daqui, Cecilia; sabia que não ia me convencer. Mas aquela manhã ocorreram duas coisas e nosso futuro, dessa vez, sim, deu uma guinada radical.

Eu não podia mais continuar com minhas ligações infinitas: a OAS havia explodido a central telefônica. Esgotado esse recurso, só me restava a opção de ir pessoalmente aos poucos lugares que ainda me pareciam remotamente úteis. E assim, por volta do meio-dia, fui ao Consulado da Espanha.

Nos tempos maravilhosos de minha empresa eu era convidada às recepções que se celebravam no terraço de lá em 18 de julho, em comemoração do golpe de Estado; nunca fui a nenhuma. Porém, ao me ver diante daquele estranho edifício em forma de bico, de repente me veio à memória minha chegada a Orã, mais de trinta anos antes, quando naquele mesmo lugar eu subira em uma charrete cheia de desventurados com destino a Sidi Bel Abbès para empreender as etapas mais duras de meu passado.

Tentando tirar aquelas recordações da cabeça, parei em frente a um sóbrio funcionário de bigode e paletó preto, apesar do calor, e de um fôlego só lhe expliquei meu problema. Intuía que essa visita de pouco me serviria, mas, mesmo assim... A modo de réplica, do outro lado do balcão o homem me fez uma pergunta:

— Seu enteado tem passaporte espanhol, senhora?

Como se chamava Fabien Aubert, não pude mentir.

— Nesse caso, não podemos ajudá-la. Lamento, boa sorte.

Murmurei um débil obrigada. Estava me voltando para sair quando ouvi às minhas costas:

— Desculpe a indiscrição, mas a senhora é espanhola?

Depois de meus dois casamentos, oficialmente eu era tão francesa quanto "A marselhesa". Mas ainda conservava certas evidências que poderiam me servir para atestar o contrário, se me interessasse. De modo que preferi não arriscar e repliquei apenas:

— Por que a pergunta?

O funcionário começou a falar depressa, desembestado, como se houvesse repetido essas mesmas frases montes de vezes. Dois navios. Sem custo. Portos de Alicante e Cartagena. Sem limite de bagagem. Única oportunidade oficial para cidadãos espanhóis; depois, cada um que arcasse com as consequências.

— Entendeu bem, senhora? Vou repetir: se quiser embarcar, vá ao cais da ponta, perto do Ravin Blanc, ao lado da central térmica. Saída prevista para amanhã, hora ainda não definida.

Se eu houvesse permanecido em meu apartamento, no dia anterior teria visto da varanda dois navios da Compañía Trasmediterránea se aproximando de Orã. Um era o *Victoria*, desviado de sua travessia entre Barcelona e Palma de Maiorca. Outro, o *Virgen de África*, que por uns dias deixava de fazer o trajeto de Algeciras a Ceuta para se dirigir à costa argelina. A iniciativa havia partido, dias antes, do próprio Consulado da Espanha: alarmados diante da quantidade de cidadãos de origem espanhola que ainda permaneciam em situação de risco espalhados por todo o Oranesado, decidiram agir. Pediram ajuda a Madri, que, por interesses políticos ou por simples humanidade, concordara em intervir. Organizaram caravanas escoltadas pelo Exército para tirar as pessoas de *fermas*, campos, povoados, e trasladá-las por estrada, protegidas, até Orã.

Mas, mesmo com os navios à vista e as tripulações inquietas à espera, as autoridades francesas continuavam categoricamente negando a permissão para que qualquer embarcação estrangeira entrasse no porto, apesar da insistência dos capitães e da pressão diplomática. E enquanto se disputava esse tenso cabo de guerra, não parava de chegar ao porto, em manada, gente que ainda falava espanhol ou havia falado um dia e que, pela razão que fosse, preferira manter a nacionalidade espanhola e não adotar a francesa: centenas e centenas de mulheres, homens, crianças, jovens e idosos, a maioria de aparência aturdida e humilde, iam chegando das terras do interior carregando seus pobres pertences.

Nervosos, exaustos depois do caminho extenuante desde sua origem, morrendo de sede, de calor e de medo, fartos de sangue, em busca de uma maneira de sair da Argélia. Em uma esplanada abrasada pelo sol, iam se amontoando os García, Fernández, Segura, Sierra, Castillo, Moreno, López, sentados sobre suas míseras bagagens, sobre caixotes ou no chão mesmo, com crianças no colo, protegendo-se do sol com boinas, lenços, chapéus de palha ou feitos com folhas de jornal. Cercados por seus parcos pertences, mochilas, fardos, ferramentas de trabalho, trouxas disformes, até gaiolas com canários levavam alguns. Assustados como animaizinhos à espera de que alguém lhes dissesse que podiam subir a bordo.

Nas horas seguintes, quando a notícia dos barcos espanhóis correu pela cidade, outras tantas centenas de famílias arrumaram correndo o pouco que podiam levar e abandonaram seus bairros também a caminho do porto.

Nesses momentos, eu ainda ignorava que nós dois acabaríamos nos somando a esse pelotão de desventurados.

## CAPÍTULO 97

Eu estava de volta à fábrica, dentro de meu escritório, com os olhos inutilmente fixos no telefone que já não funcionava. Continuava pensando no que o homem me havia dito horas antes, no consulado, quando a porta se abriu de supetão sem que ninguém batesse.

— Antoine — murmurei, levantando-me bruscamente —, o que está fazendo aqui, de onde saiu, o que aconteceu?

Quem acabava de entrar sem pedir licença era o filho mais novo de Catherine, só pele e osso. Eu o conhecera quando era um rapazinho: soubera de seus estudos, suas namoradas, sua rebeldia juvenil, sua entrada na idade adulta. Naquele momento, era um homem que eu não via fazia dois ou três anos: um homem jovem que trabalhava na rádio e se recusara a partir com a mãe e o irmão à Bretanha porque já andava metido com grupos de resistência, gerando uma profunda insegurança em minha amiga. Sua aparência era um desastre, cabelo sujo e revirado, um corte no supercílio, um braço em uma tipoia.

— Preciso de um lugar para ficar, Cecilia — disse apenas, desabando na mesma cadeira que tantas vezes sua mãe ocupara.

Não respondi, limitei-me a fitá-lo. Mais uma vez, diante de mim estava um maldito patriota, outro temerário defensor da permanência da França na Argélia a qualquer custo. Outro iludido violento. Outro terrorista, embora ninguém ao meu redor assim os chamasse.

— Aqui não é possível.

Tentei me mostrar serena, para que ele não notasse minha comoção ao ver no que havia se transformado.

— Uns dias atrás, veio uma patrulha da FLN, tenho certeza de que vão voltar a qualquer momento. Eles têm interesse nesta fábrica, ficar aqui seria como se entregar a eles.

Ele levou alguns segundos para processar o que eu havia acabado de dizer, até que entendeu; sua cabeça funcionava devagar.

— Dinheiro, então — disse em voz baixa, com seus lábios cheios de rachaduras.

— Também não tenho. Nos últimos tempos só tenho perdido. Com o pouco que me restava, paguei os salários de minhas funcionárias. E o resto me roubaram.

Transcorreram alguns instantes de silêncio; nenhum dos dois disse nada, só nos olhamos. Até que ele se levantou, cambaleando, e tentei esconder minha dor imensa, a vontade de abraçá-lo, por ser o filho de minha amiga, como se fosse meu próprio filho. Como se fosse minha pequena Marie sepultada pelo barro, a criança de todas as mães muçulmanas, judias, cristãs, que choravam por seus filhos desventurados em nossa desventurada Argélia.

— *Merci*, Cecilia. Vou indo, então — murmurou.

E começou a se dirigir à porta.

— Espere, Antoine — falei, saindo depressa de trás de minha mesa e indo até ele a passos rápidos. — Escute com atenção. Amanhã vão zarpar dois barcos para a Espanha, acabei de saber. Só aceitam espanhóis, mas você tem o sobrenome. Pode tentar, pode dizer que perdeu seu passaporte, inventar qualquer coisa. Eu lhe arranjo roupa limpa, vou com você até o cais, se quiser, e...

Ele murmurou um não com seus lábios arrebentados, um não que mal ouvi, mas entendi que era firme. E eu, embora tivesse mil razões para tentar convencê-lo, só pude pronunciar poucas palavras com voz trêmula.

— Vá para sua mãe, Antoine. Não resta nada pelo que lutar, você precisa ir embora daqui.

Ele não insistiu na negativa; simplesmente, arrastando os pés, preferiu não me ouvir mais e foi se afastando. E eu fiquei olhando para ele enquanto me invadia um pranto que não tentei conter, porque o pesar que sentia por ele, por Catherine, por seus companheiros e seus inimigos, por todos nós, não tinha consolo.

— Ah, mais uma coisa, Cecilia, estava esquecendo — falou sem se voltar, quando já havia avançado alguns metros.

Não me deu tempo de perguntar o que era.

— Acho que Fabien era parente seu. Fabien, o da franja.

Virou-se então, devagar, para erguer torpemente uma mão a modo de adeus e pronunciar suas últimas frases com um sorriso triste.

— Nós o chamávamos de O Marselhês. Não sei se sabe, ele morreu. Três quilos de explosivo plástico explodiram na cara dele.

## CAPÍTULO 98

Rafael e eu conversamos sobre tudo isso naquela noite, durante um jantar no qual só consegui engolir três garfadas. E decidimos que por fim havia chegado a hora de nos juntarmos às centenas de milhares de europeus e dezenas de milhares de *harkis* que já haviam empreendido *le rapatriement*; chamavam de repatriação, mas para a maioria, na verdade, não se tratava de um retorno a nenhuma pátria, e sim de um êxodo, uma debandada trágica e incerta.

— Eu ainda tenho aquele documento falso que você mesmo arranjou para mim durante a guerra, lembra? Quando eu ia ficar com a *épicerie* e queria voltar a ser quem era antes de me casar com Lagarde. Vou tentar usá-lo, direi que roubaram meu passaporte ou que o perdi, qualquer mentira. Imagino que isso sirva para eu me passar por espanhola. Não creio que, no meio dessa urgência de sair, eles parem para fazer averiguações.

— Para mim será mais complicado; desde que me naturalizei, acho que não me resta nada que...

— Procure. E se não encontrar algo, diremos que você é meu marido.

Peguei sua mão e a apertei com força.

— Sairemos, com certeza.

Sairíamos. Ambos havíamos passado a vida inteira vencendo obstáculos, nadando contra a maré. Não seriam meros papéis que nos deteriam.

Passei metade da noite escrevendo em papel timbrado do Le Martinez. Ao amanhecer, Rafael foi até sua casa em busca de qualquer coisa que o fizesse passar pelo espanhol que já não era. E eu, com a mente organizada e o passo apressado, saí para cumprir minhas últimas obrigações.

Ir à minha casa foi a primeira, mas não para pegar roupas nem nada, nem para me despedir de minha linda propriedade ou resgatar uma fotografia de Jean-Pierre com seu filho: já não me restavam tempo nem forças para chorar por eles. Meu único interesse era algo que tirei precipitadamente, quase arranquei de uma gaveta de minha mesinha de cabeceira que a guarda móvel não chegara a tocar. Era uma pasta cheia de documentos, com a qual voltei para a fábrica caminhando depressa pela cidade quase deserta, entre lojas fechadas, restos de explosões e rescaldos de incêndios. Preferi não olhar para o alto dos edifícios para não ver os canos das armas.

— Vamos para o escritório, Hamid — ordenei ao chegar, sem me deter.

Ele ficou esperando, confuso, enquanto eu abria a pasta em cima da mesa. Nela eu guardava todos os documentos importantes da minha vida, desde que comprara a *épicerie* dos Martin até o presente: vinte e cinco anos de identificações e registros de propriedades, constituição de sociedades, atas e protocolos assinados perante um tabelião. Tudo com cópias; Azoulay, precavido, cuidara para que assim fosse. Com dedos velozes, separei os documentos que devia levar. Aos que restaram, acrescentei as páginas que havia redigido durante a noite.

— Aqui estão as escrituras da empresa, da loja do Gambetta e de minha casa, junto com uma declaração minha segundo a qual deixo tudo para você.

Ele não estendeu a mão para pegar o que eu tentava lhe entregar; ficou sem reação, como se não conseguisse entender o alcance de minhas intenções. Mas eram sólidas, e os navios zarpariam em breve, de modo que dobrei as folhas ao meio rapidamente e as empurrei contra seu torso. Depois, tirei um molho de chaves de minha bolsa e o deixei em cima da mesa.

— A Savon de l'Oranie fica em suas mãos, Hamid. Não sei que validade terá minha assinatura perante as novas autoridades, mas entre mim e você é algo totalmente legítimo. Mude-se para minha casa com sua família, contrate quem julgar conveniente, dirija a fábrica à sua maneira. Se um dia eu voltar, não vou lhe pedir que me preste contas, veremos o que fazer. E se eu não voltar, tente impedir que confisquem tudo de você e continue se esforçando como sempre para levar os negócios adiante. Você é um homem magnífico, Hamid, saberá como fazer isso.

Apesar de meu esforço para não me comover, minhas últimas palavras saíram de minha garganta finas como um pedaço de linha, enquanto ele continuava me olhando com seus olhos escuros arregalados, sem dizer uma palavra. Pela cabeça de ambos passaram flashes do passado: a modesta fábrica clandestina em meu quintal quando ele não era mais que um adolescente e eu uma mulher jovem que ansiava por progredir, as vendas furtivas, a morte de Casilda e a partida de Petra, a mudança depois da guerra, Azoulay e Catherine, os dias brilhantes na loja das arcadas, as hostilidades, o medo, a decadência. Tantas coisas, tantos momentos.

— Que seu Deus os proteja — murmurei no fim, apesar de minha falta de fé. E pela primeira e última vez, sem que ele se houvesse recuperado ainda de seu estupor, dei-lhe um abraço.

*

Quando Rafael e eu chegamos ao cais, os enormes tanques da British Petroleum que a OAS havia explodido continuavam lançando uma fumaceira monstruosa no céu limpo de verão. Levávamos uma mala pequena cada um. Juntamo-nos à massa, o embarque nos dois navios havia começado. Amontoados no meio de desconhecidos, apesar do nervosismo coletivo, começamos a andar em uma ordem que brotou espontaneamente; como única identificação, ele levava um velho documento da juventude, e eu, uma certificação mais falsa que Judas. Assim havíamos chegado àquele norte da África décadas antes, mal identificados, pobres como ratos diante de um porvir incerto. E assim o abandonávamos, arruinados e sem documentos, com o único consolo de que estávamos partindo juntos.

Afastados, sem entrar no porto, mas alertas, dois destróieres da Marinha espanhola aguardavam os navios para escoltá-los. Inicialmente, estava previsto que o *Virgen de África* se dirigisse a Cartagena e o *Victoria* a Alicante. No fim, por razões que ninguém nos explicou, ambos chegariam ao segundo porto perto da meia-noite, um atrás do outro.

Apesar da diligência das tripulações e da urgência dos passageiros, a CRS acabou complicando as coisas com sua intenção de revistar as bagagens. Como faziam em todos os lugares, estavam procurando membros da OAS. Teria sido uma temeridade, talvez até um delito, mas naqueles instantes desejei com todas as minhas forças poder ter levado comigo Fabien e Antoine, segurando a mão de cada um como se fossem ainda duas crianças com um futuro luminoso pela frente, e não dois terroristas aferrados a uma insensatez com a qual não conseguiram nada além de dor.

Mas não; o filho de Jean-Pierre e o de Catherine não estavam conosco; um fora morto por uma carga de explosivos e o outro provavelmente teria um desenlace igualmente triste. Sob o sol africano, conosco havia apenas um pelotão de gente assustada, suada, exausta, enquanto os oficiais dos dois navios, em suas respectivas passarelas, se opunham firmemente às exigências da polícia francesa. Soberania espanhola, aqui vocês não têm autoridade. Deixem essa pobre gente em paz, já suportaram muita coisa. Permitam que zarpemos, saiam daqui.

Às três e meia estávamos todos a bordo. Às quatro soltaram as amarras. Quando começamos a nos afastar do cais, todo o medo reprimido ao longo dos terríveis dias anteriores, toda a raiva e o desconcerto voaram pelos ares e se transformaram em ruidosas demonstrações de alívio. Nos conveses abarrotados brotaram aplausos, abraços, lágrimas. Houve grupos que lançaram impropérios contra as forças de segurança que ficavam em terra, contra as autoridades que durante dias inteiros negaram permissão para que saíssemos daquele inferno. Ouvi também gritos de viva a Espanha e viva Franco, gratos por aquele resgate inesperado.

Enlaçados pela cintura, Rafael e eu não participamos do júbilo. Ficamos em silêncio, comovidos, desgarrados, contemplando como nos afastávamos de Orã, como iam ficando pequenas as construções, os penhascos, o monte de Santa Cruz, a varanda de minha casa, os negócios que fundamos e as ruas que pisamos, nosso passado, nosso universo. Ambos com um nó na garganta.

Ainda não sabíamos nada sobre o destino que nos aguardava; nós, os milhares de passageiros que naquele momento começavam a atravessar o Mediterrâneo. A partir do dia seguinte, começaria uma vida nova para todos e cada um traçaria seu próprio caminho. A maior parte acabaria se estabelecendo na França, onde aguardavam reunificações familiares e compensações econômicas; talvez se integrassem ativamente ao coletivo dos *pieds-noirs* e vivessem uma permanente *nostalgérie*, mantendo uma melancolia que nunca desapareceria. Outros, a menor parte, acabariam se assentando na Espanha, na costa alicantina principalmente. Rafael e eu ainda não éramos capazes de prever o que seria de nós.

Enquanto isso, na Argélia que havíamos abandonado, nos dias sucessivos aconteceria um referendo cujo resultado seria um clamoroso sim à independência; mas isso não representaria o fim dos atos sangrentos. Nasceria uma nova nação de destino incerto apesar do otimismo das ruas. Um país jovem à margem das instituições francesas, estranho para gente como nós, que havíamos contribuído com nossos acertos e erros, com nosso zelo, nosso esforço e nossas ilusões, para erguer o que a partir de então mudaria de alma e de bandeira.

— Leve tudo na memória, Cecilia; que não nos esqueçamos de nada — murmurou Rafael quando a costa de Orã já havia se transformado em uma linha difusa. — Para se o destino nos trouxer de volta.

Mas não foi assim.

Jamais voltamos.

# NOTA DA AUTORA

*Se o destino nos trouxer de volta* é uma ficção construída sobre pilares de realidade que se alicerçam em muitos dados proporcionados tanto por pessoas vinculadas à Argélia francesa em primeira pessoa como por pesquisadores dedicados ao estudo da presença espanhola no velho Oranesado, entre o rigor acadêmico e a memória herdada.

Entre os primeiros, agradeço enormemente a afetuosa cumplicidade de Carlos Galiana, descendente de família alicantina dedicada à destilaria de anisados em Orã – produtores do lendário Super Anís Galiana – e residente no bulevar Front-de-Mer durante a juventude, como a própria Cecilia. Também quero expressar minha gratidão, por compartilhar comigo suas recordações pessoais e seu legado familiar, a Pepe Méndez, oranês de nascença depois do exílio dos seus, que eram de Múrcia. Em Orã se dedicaram a atividades industriais. A Laurent Nocchi, com ascendentes nascidos em Almeria, Múrcia, Toscana e Maó, que em julho de 1962, aos dezoito anos, lançou-se ao mar em um frágil barquinho de construção quase caseira junto com seu pai e um amigo para acabar desembarcando – como muitos outros durante aqueles dias turvos – no Club de Regatas de Cartagena. A Vicente Jorro, cujo tataravô atravessou o Mediterrâneo proveniente de Calpe em meados do século XIX para abrir um próspero caminho no ramo de cigarros. A Pascale Morant, de estirpe jijonenca com fábrica de torrone e sorvete na rue de la Bastille, uma das poucas herdeiras de espanhóis que preferiu permanecer depois da independência. A Ricardo Martín, cuja mãe almeriense, Carmen Morales, repetiu a vida inteira com orgulho: Nasci em Orã, província da França.

Entre os pesquisadores, meu reconhecimento mais sincero a Juan Ramón Roca por me fornecer muita informação e material por meio de nossos encontros e correspondência, e por meio de suas magníficas obras *Españoles en Argelia: memoria de una emigración* (2007) e *Españoles en Argelia: emigración y exilio, memoria gráfica* (2020). Embora já não esteja entre nós, deixo meu respeito pelo trabalho de meu antigo colega Juan Bautista Vilar, autor de obras essenciais sobre o universo ao qual seus próprios antepassados emigraram, entre as quais se destacam *Los españoles en la Argelia francesa (1830-1914)*, publicado em 1989 pelo CSIC e pela Universidade de Múrcia. Minha gratidão também a Luisa Mora Villarejo, diretora da Biblioteca Islâmica da AECID em Madri, por me ajudar no acesso a seu magnífico acervo. A Antonio Bravo Nieto e Sergio Ramírez González, por me maravilharem uma vez mais com seus estudos sobre o patrimônio espanhol no norte da África e me ensinarem, entre muitas outras coisas, que na velha praça de armas espanhola de Orã – que durante o período francês foi place de la Perle e hoje é de Abdelbaki Benziane – houve um monumento régio dedicado a Carlos III.

Mesmo sem contato direto com seus autores, houve muitos outros trabalhos de investigação que me lançaram interessantes raios de luz ao longo da escrita deste romance. O propósito desta nota não é desfiar uma bibliografia completa, mas quero deixar registradas duas fontes de particular relevância por sua versatilidade de enfoques: a *Revista Argelina*, publicada pela Universidade de Alicante, com interessantes contribuições multidisciplinares de ambas as margens, e *Las campanas de Orán, 1509-2009: estudios en homenaje de Fatma Benhamamouche*, publicado em 2012 pela Universidade de Alcalá, com numerosos artigos que fluem entre a topografia da cidade, a arquitetura, a literatura, o teatro e a imprensa, notas de viajantes e questões linguísticas. Focadas justamente na influência da língua espanhola na fala local, temos, ainda, outras contribuições específicas, como "El español en Orán: notas históricas, dialectales e sociolingüísticas" (1992), de Francisco Moreno Fernández; "Los españoles en Orán: historia común y herencia lingüística" (2017), de Lahouaria Nourine Elaid, ou o bem recente "El español en Argelia: últimos testimonios de una variedad extinta" (2024), de Víctor Lara Bermejo. Quanto à influência do valenciano, há inclusive teses de doutorado, como *Presencia del español y del valenciano en el habla cotidiana de Orán: análisis lingüístico del léxico a través del uso oral y escrito*, apresentada em 2019 na Universidade de Alicante por Karima Laraiche Ferrag.

Do outro lado dos Pireneus, e sem tradução para o espanhol, infelizmente, despontam as sólidas obras de Anne Dulphy, *L'Algérie des pieds-noirs: entre l'Espagne et la France* (2014), e de Alfred Salinas, *Oran la Joyeuse: mémoires franco-andalouses d'une ville d'Algérie* (2004) e *Algérie, l'empreinte espagnole: des immigrés d'Al-Andalus aux expatriés du XXIe siècle* (2022).

No âmbito literário, considero fascinantes as obras de três autores de origem *pied-noir*, também descendentes da emigração espanhola e amigos entre si, que narram com suas maravilhosas vozes as dificuldades e, muitas vezes, a pobreza, a ignorância e até a sordidez de suas humildes famílias e bairros, seja na capital, Argel, ou na Orã deste romance. Albert Camus, prêmio Nobel de Literatura em 1957 e neto de minorquinos – eram chamados de *mahoneses* –, nos deslumbra e comove com seus testemunhos da infância em *Le premier homme* [*O primeiro homem*], publicado postumamente em 1994 pela Gallimard. Emmanuel Roblès, de origem granadina e membro da prestigiosa Académie Goncourt, também nos deslumbra com *Saison violente* (Seuil, 1974), assim como Jean Sénac, em *Ébauche du père* (Gallimard, 1989).

Sob a perspectiva argelina, também é digna de menção a obra de Mouloud Feraoun *Le fils du pauvre* (Cahiers du Nouvel Humanisme, 1950). Mais recente e com ampla repercussão global, é imprescindível mencionar o célebre romance de Yasmina Khadra *Ce que le jour doit à la nuit* [*O que o dia deve à noite*] (Julliard, 2008), a partir do qual Alexandre Arcady dirigiu um filme de mesmo título em 2012. Sobre a guerra da independência há também muitos filmes franceses, mas talvez a obra mais digna de nota seja o impressionante e controverso filme italiano *La battaglia di Algeri* [*A batalha de Argel*, que foi censurado no Brasil], dirigido em 1966 por Gillo Pontecorvo.

Autopublicadas, sem aspirações literárias, mas com a intenção de também registrar o mundo em que viveram, há lembranças cheias de detalhes, reflexões e histórias cotidianas, como as de Jean-Claude

Martinez em *Orán: la pequeña España* e *Historias de Argelia: vida de un Pies Negros en la Orán del siglo* XX; *Tiempos sin freno*, de Enrique Ibañes, ou *Comme le dernier des mohicans: memoire d'un oranais*, de Claude Garcia.

Sobre o exílio republicano existe vasta documentação que continua aumentando à medida que as pesquisas avançam, tanto sob a perspectiva acadêmica ou de divulgação como das narrativas pessoais ou herdadas daqueles que o sofreram. Entre as obras do primeiro grupo destaca-se *Alcazaba del olvido: el exilio de los refugiados políticos españoles en Argelia (1939-1962)*, de Miguel Martínez López (Endymion, 2006), e são igualmente interessantes as *Actas del seminario y exposición sobre la memoria del exilio español en Argelia*, celebrado entre Argel e Orã em 2019. Entre os segundos, li, comovida, alguns testemunhos pessoais como os recolhidos em *Stanbrook: vivencias de un exilio* (L'Eixam, 2016), de Isabel Beltrán Alcaraz; *Diario de Gaskin*, de Laura Gassó (L'Eixam, 2014); *Por tierras de moros: el exilio español en el Magreb*, de José Muñoz Congost (Madre Tierra, 1989); *Desde la otra orilla: recuerdos de un niño exiliado* (Instituto Alicantino de Cultura Juan Gil-Albert, 2009), de José Alonso Sellés, ou *De Orán y del regreso* (Atrapasueños, 2016), de Yénia Camacho Samper, filha de Marcelino Camacho. Merecem menção especial aqui o escritor Max Aub e seu *Diario de Djelfa*, livro de poemas cuja maior parte foi escrita durante sua permanência em um campo de concentração do Saara argelino e publicado em 1944, em seu exílio posterior no México. E por seu esforço para que esse fragmento da história não caia no esquecimento, meu reconhecimento e gratidão por sua cumplicidade a Eliane Ortega Bernabéu, oranesa do Gambetta e descendente desse exílio, pesquisadora tenaz e partícipe de várias iniciativas.

Em relação aos acontecimentos sangrentos que se desenrolaram entre 1954 e 1962, e que só tempos depois começaram a ser oficialmente denominados como guerra pela França, muito se escreveu. Para uma revisão rigorosa destaco especialmente as obras do historiador Benjamin Stora, judeu *pied-noir* e certamente a voz mundial mais reconhecida em matéria da Argélia francesa. É também autor de *Le rapport Stora*, um relatório encomendado em 2020 pelo presidente Emmanuel Macron com o objetivo de articular iniciativas a fim de fechar as feridas provocadas pela colonização e pela guerra, em um novo afã conciliador. Em relação ao impacto do conflito fora da Argélia e da França, também é interessante a coleção de artigos coordenados por Eloy Martín Corrales e Josep Pich Mitjana em *La guerra de la independencia de Argelia y sus repercusiones en España* (Bellaterra, 2018).

Quanto à OAS, recorri tanto a materiais que analisam as atividades terroristas com o necessário olhar crítico quanto a outros que defendem uma suposta luta legítima, como *OAS: soldados de una causa perdida*, de Erik Norling (Fides, 2024), e inclusive testemunhos de um envolvido, por meio de obras autopublicadas, como é o caso de José Torroja em *Sudor y sangre: la traición de un general* (2021) e *De cordero a lobo* (2022).

A respeito dos navios enviados pelo Estado espanhol no fim de junho de 1962 existe muita informação nas hemerotecas de alguns jornais – *ABC*, *La Vanguardia*, *Información* – e em sites que contêm testemunhos de pessoas que abandonaram Orã neles. Agradeço aqui pelas contribuições em primeira pessoa do próprio José Torroja, que fez a travessia no *Virgen de África*, e a gentileza pessoal de Carlos Mas, filho do primeiro oficial dessa embarcação da Compañía Trasmediterránea. E para saber que fim levaram aqueles repatriados que, no fim, não seguiram seu caminho até a França, mas optaram por ficar na Espanha, Juan David Sempere Souvannavong pesquisou o tema em seu estudo *Los pieds-noirs en Alicante: las migraciones inducidas por la descolonización* (1998).

Embora as experiências posteriores ao êxodo de europeus e *harkis* excedam o âmbito deste livro, há inúmeras obras muito interessantes, se alguns leitores quiserem conhecer a maneira como algumas pessoas enfrentaram aquele desarraigo, especialmente da França. Por exemplo, *L'art de perdre*, de Alice Zeniter, *Trois jours à Oran*, de Anne Plantagenet, ou *A Man With No Title*, de Xavier Le Clerc.

Por último, quero expressar minha gratidão àqueles que em Orã mesmo me estenderam a mão para perseguir os fantasmas do passado pelas ruas do presente. A Juan Manuel Cid, diretor do Instituto Cervantes, por sua atenção e hospitalidade e por favorecer generosamente mil contatos. Ao cônsul geral da Espanha anterior, Jorge de Lucas y

Cadenas, por nos receber nas dependências consulares, em um imóvel do bairro que na época se chamava Miramar e que foi doado ao Estado espanhol por Bartolomé Such y Barber, um daqueles emigrantes a quem os ventos foram favoráveis em sua aventura argelina no início do século XX.

Minha gratidão também a María Eugenia Sánchez Oncena, do Consulado da Espanha, e a Victoria Vila Herrero, bibliotecária do IC, pelo Mauritania, pelas confidências e pelas risadas. A Kouider Metair, alma da Association Bel Horizon dedicada à conservação do patrimônio histórico, por seus passeios e explicações. A Faridou Del Asmo, que trabalha com temas espanhóis na margem argelina. A Rachid Mehadji, por nos acompanhar a muitos dos lugares que Cecilia percorre neste livro e por me contar, com bom humor, que durante sua infância no bairro de Sidi el Houari, onde antes existiram o La Marina e La Escalera, quando brincava na rua e voltava para casa mais tarde que o devido, sua avó brigava com ele pelo atraso em seu dialeto natal, o *dariya*, usando uma velha expressão oranesa que, traduzida, significa: "Aonde você foi, menino? A Cartagena?".

## Leia também:

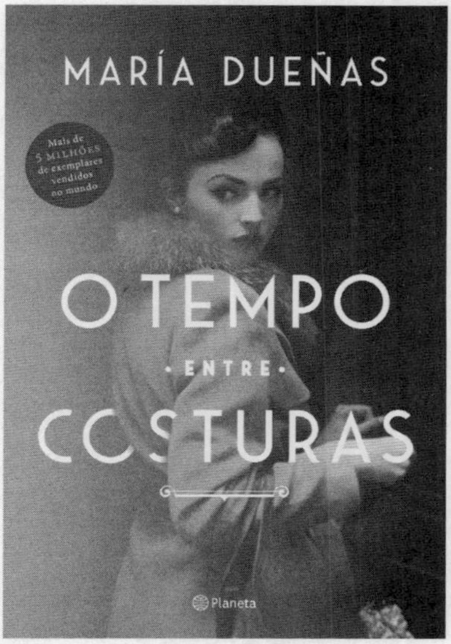
MARÍA DUEÑAS
Mais de 5 MILHÕES de exemplares vendidos no mundo
O TEMPO
ENTRE
COSTURAS
Planeta

MARÍA DUEÑAS
SIRA
O TEMPO ENTRE COSTURAS
Planeta

MARÍA DUEÑAS
DESTINO: LA TEMPLANZA
Série disponível no prime video
Planeta

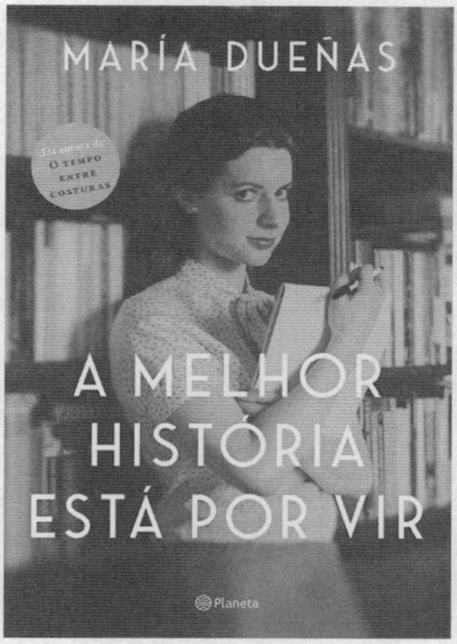
MARÍA DUEÑAS
Da autora de O TEMPO ENTRE COSTURAS
A MELHOR HISTÓRIA ESTÁ POR VIR
Planeta

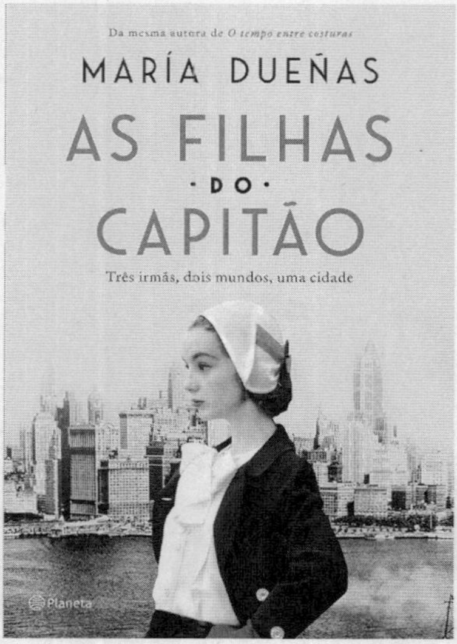
Da mesma autora de O tempo entre costuras
MARÍA DUEÑAS
AS FILHAS DO CAPITÃO
Três irmãs, dois mundos, uma cidade
Planeta

**Acreditamos**
**nos livros**

Este livro foi composto em Bembo Book Pro
e impresso pela Lis Gráfica para a Editora
Planeta do Brasil em julho de 2025.